Un bouleversant marché

★

Maîtresse d'un play-boy

★

Le désir sur contrat

HELEN BLANCHIN

Un bouleversant marché

Traduction française de

ANNE DAUTUN

HARLEQUIN

Titre original :
THE WEDDING ULTIMATUM

Ce roman a déjà été publié en 2012

HARPERCOLLINS FRANCE
83-85, boulevard Vincent-Auriol, 75646 PARIS CEDEX 13
Service Lectrices — Tél. : 01 45 82 47 47

www.harlequin.fr

ISBN 978-2-2804-3901-5

1

Comment s'habille-t-on pour un rendez-vous avec le diable ?

Danielle chassa cette pensée d'un rire bref et amer avant d'examiner d'un œil exercé le contenu de son armoire. Elle effectua un choix attentif puis commença à se vêtir.

L'appartement avec toit en terrasse qu'elle partageait avec sa mère à Brighton, la banlieue chic de Melbourne, était son foyer de toujours. Luxueux et spacieux, il symbolisait le summum de la réussite sociale.

Mais Ariane et elle n'appartenaient plus pour longtemps à cette classe privilégiée et fortunée. L'échéance était déjà inscrite sur les murs : des tableaux de prix avaient été vendus, des meubles de piètre qualité remplaçaient des antiquités de valeur. Des pièces de joaillerie avaient disparu en salle des ventes et l'élégante Bentley avait cédé la place à une berline standard. Et les créanciers, tels des requins encerclant une proie, guettaient le moment où l'appartement, grevé d'hypothèques, serait mis à l'encan.

Les cartes de crédit de sa mère avaient dépassé leur plafond depuis belle lurette. Quant à La Femme, la boutique de lingerie qu'elles possédaient en commun, elle battait de l'aile, c'était le moins qu'on puisse dire. Tout en ressassant ce déprimant constat, Danielle mit ses clous d'oreilles en diamants — seul bijou qui lui restait, legs de sa grand-mère maternelle.

Dans moins d'une semaine, il leur faudrait fermer La

Femme, quitter ces lieux en emportant les quelques effets personnels que leur laisseraient les huissiers, s'installer dans un médiocre appartement de location et trouver du travail.

A vingt-sept ans, Danielle d'Alboa se retrouvait pauvre. Ce n'était pas un sentiment agréable. Elle saisit sa pochette et gagna l'ascenseur. Il y avait près d'un an qu'Ariane et elle n'avaient donné une réception, et leurs sorties se limitaient désormais aux invitations des rares amis que conservait encore sa mère, fidèles à la veuve d'un homme apparenté à la famille royale espagnole.

La rencontre de ce soir était une tentative de la dernière chance, pour en appeler à la clémence du propriétaire de l'immeuble et du complexe commercial dont faisaient partie et l'appartement et la boutique.

Dans l'échelle sociale, Rafe Valdez était ce qu'on appelait un « nouveau riche ». Selon la rumeur, il avait bâti sa gigantesque fortune par des moyens qui n'avaient pas toujours été irréprochables. Avoisinant la quarantaine, il était connu pour sa libéralité envers des organismes caritatifs respectables. Cette générosité lui avait servi, prétendaient les mauvaises langues, à s'introduire dans le cercle des gens riches et célèbres de Melbourne — un cercle auquel sa mère et elle n'avaient plus accès.

Malgré cela, Danielle ne pouvait ignorer l'existence de Valdez. Sa photo illustrait régulièrement les articles financiers des journaux autant que leurs pages mondaines, où il apparaissait toujours au bras de la dernière jolie fille en vogue, mannequin, chanteuse ou actrice de préférence.

Danielle l'avait rencontré une fois, près d'un an auparavant, dans un dîner chez une prétendue amie qui, leurs difficultés financières désormais connues, se gardait à présent de renouveler ses invitations. Dès qu'elle avait vu Valdez, ce jour-là, Danielle avait adopté une attitude souriante et polie mais distante, ce qu'elle appelait son

« système d'autodéfense ». Car toute relation avec un homme tel que Rafe Valdez revenait à faire commerce avec le diable !

Aujourd'hui, elle n'avait plus le choix. Elle avait mis des semaines à obtenir un rendez-vous avec lui. Et c'était lui qui avait insisté pour qu'ils se rencontrent à l'occasion d'un dîner.

Le restaurant gastronomique qu'il avait élu se trouvait en centre-ville, dans une allée à sens unique qui abritait plusieurs boutiques de luxe. Elle dut faire le tour du pâté de maisons à plusieurs reprises avant de trouver une place libre, ce qui la mit en retard de dix minutes. Cela n'avait rien d'impardonnable, mais n'était pas fait pour la mettre dans les petits papiers de son hôte.

Elle l'aperçut dès son entrée, accoudé au petit bar circulaire. Comme elle déclinait son nom au maître d'hôtel, Rafe Valdez se leva pour venir à sa rencontre. Grand, brun, il était doté de traits qui semblaient sculptés au burin et révélaient son ascendance andalouse. Ses yeux noirs comme le péché croisèrent les siens en un regard… électrique, fascinant.

Danielle sentit un frisson lui parcourir la colonne vertébrale ; les battements de son cœur s'accélérèrent. Il y avait en cet homme quelque chose qui la poussait à relever autour d'elle toutes ses barrières protectrices. Cela tenait à sa personne même, bien au-delà de l'impact physique qu'il exerçait.

— J'espère que vous n'avez pas attendu trop longtemps.

— Serait-ce un acte de contrition ? fit-il en haussant un sourcil.

Il avait une voix grave et traînante, avec des inflexions américaines. Et, sous son affabilité apparente, on sentait une sauvagerie bridée, une dureté implacable. Ce qui tendait à rendre vraisemblable la rumeur selon laquelle il avait grandi dans les quartiers louches de Chicago, où ne survivaient que les plus coriaces.

— Oui, lui répondit-elle en croisant son regard sans ciller. Si vous désirez une explication, sachez que j'ai eu toutes les peines du monde à me garer.

— Vous auriez pu prendre un taxi.

— Non. C'était impossible.

Son budget ne lui permettait pas un tel luxe, et la nuit une femme seule évitait les transports en commun.

Levant la main, Valdez fit signe au maître d'hôtel. Avec une courtoisie proche de l'obséquiosité, ce dernier les conduisit à leur table et convoqua le sommelier d'un claquement de doigts impérieux. Danielle évita de commander du vin, choisit une entrée légère et un plat de résistance, puis un dessert.

— Vous savez, je suppose, pourquoi j'ai pris l'initiative de cette rencontre ? attaqua-t-elle.

Rafe s'autorisa un demi-sourire. Une femme qui ne tournait pas autour du pot : parfait ! Il l'examina, captant sa fierté, son courage… et aussi un certain désespoir.

— Pourquoi ne pas nous détendre et savourer le repas ? suggéra-t-il. Bavarder un peu avant d'en venir aux choses sérieuses.

— Je n'ai pas d'autre motif de conversation avec vous que les affaires.

— Une chance que je n'aie pas un ego fragile !

Danielle contint un soupir. Un bloc de granit, un cœur de pierre : quelle probabilité avait-elle de le convaincre de surseoir à l'hypothèque ? Sûrement aucune. Elle devait essayer, pourtant.

— Je doute qu'il y ait quoi que ce soit de « fragile » en vous, lâcha-t-elle.

— La franchise est un trait admirable.

Le serveur ayant apporté leurs entrées, elle avala

quelques bouchées sans appétit, malgré la jolie présentation du chef. Il fallait qu'elle tienne le coup pendant une heure ou deux, tout au plus. Quand elle partirait d'ici, elle aurait sa réponse. Son destin et celui de sa mère seraient alors scellés.

La cuisine était certainement délicieuse, mais ses papilles semblaient faire grève. Elle toucha à peine au plat principal, se contentant d'avaler un peu d'eau minérale. Rafe Valdez, lui, dîna avec un plaisir visible, maniant ses couverts avec des gestes précis.

Il avait tout l'air de ce qu'il était devenu : un homme fréquentant un monde d'hommes, impeccablement vêtu. En Armani, peut-être ? Sa chemise d'un bleu intense était en fine baptiste, sa cravate de soie. Il portait une montre de grand luxe. Mais l'homme était-il aussi élégant que ses habits ? Rafe Valdez avait, dans les milieux d'affaires, la réputation d'être impitoyable et d'user de son pouvoir sans pitié aucune. Se montrerait-il tout aussi inflexible lorsqu'elle formulerait sa requête ?

Elle dompta sa nervosité de son mieux et, dès que le serveur eut emporté leurs assiettes, énonça la phrase qu'elle avait préparée avec soin.

— Accepteriez-vous de nous accorder un délai ?

— Dans quel but ?

Il allait refuser, c'était clair ! pensa Danielle, la gorge serrée.

— Ariane peut diriger seule la boutique. Moi, je travaillerai ailleurs.

— Pour un salaire qui suffirait tout juste à couvrir vos dépenses hebdomadaires ? Ce n'est pas une solution viable.

Il se carra dans son siège et adressa un signe au serveur, qui remplit de nouveau son verre de vin.

Leur dette était faramineuse, Danielle en avait conscience. Elle ne pouvait espérer l'honorer un jour. Regardant Rafe Valdez droit dans les yeux, elle lança :

— Vous prenez plaisir à ce que je vous supplie ?

— Est-ce ce que vous êtes en train de faire ?

— Cette soirée était une erreur.

Elle se leva et saisit son sac. Mais déjà Valdez la retenait par le poignet, d'une main ferme.

— Rasseyez-vous.

— Pourquoi ? Pour que vous puissiez me regarder en train de me tortiller comme un ver sur ma chaise ? fit-elle dans un élan de colère. Non, merci !

Rafe accentua son emprise et la vit se crisper de douleur.

— Rasseyez-vous, répéta-t-il doucement. Nous sommes loin d'en avoir terminé.

Danielle considéra le contenu de son verre d'eau et, dans un moment de folie, fut tentée de le lui expédier à la figure.

— Ne faites pas ça, laissa-t-il tomber d'une voix suave, plus redoutable que la pire menace.

— Lâchez-moi !

— Quand vous aurez consenti à vous rasseoir.

C'était à qui emporterait la partie, et Danielle n'avait pas envie de céder. Mais quelque chose, dans le regard sombre de son adversaire, l'avertissait qu'elle ne pouvait pas gagner. Après un instant de tension intense, elle se rassit. Comme promis, il la relâcha et elle frotta son poignet. Il aurait pu le lui casser, s'il l'avait voulu ! pensa-t-elle avec un frisson.

— Que voulez-vous ?

— Parlons d'abord de ce que *vous* voulez, répliqua Valdez.

Tandis qu'elle était gagnée par un mélange d'appréhension et de défiance, il continua.

— Votre lettre au Père Noël mentionne : appartement en pleine propriété, retour des meubles anciens, des œuvres d'art et des joyaux, apurement des dettes.

Il ajouta, après un bref silence :

— Relocalisation de La Femme dans la très chic Toorak Road avec bail avantageux.

Incapable de deviner les motivations secrètes de cet homme, Danielle ne s'y essaya même pas.

— Tout cela représente une somme considérable, avança-t-elle.

— Un million et demi de dollars, peu ou prou.

— Vous avez fait l'inventaire, c'est ça ? lança-t-elle en maîtrisant mal sa poussée de colère.

— Oui.

Avait-il donc suivi le déroulé de leur existence, regardé partir aux enchères, un à un, tous les précieux biens de sa mère ? Dans quel but ? Elle serra les poings à en avoir mal.

— Pourquoi ?

— Faut-il vraiment vous mettre les points sur les i ? J'ai donné à un intermédiaire agissant pour mon compte l'instruction de racheter tout ce que votre mère et vous avez été forcées de vendre.

Danielle tressaillit à cet aveu. Quel homme était-il donc ? La réponse vint aussitôt : un homme prêt à tout pour atteindre son but. Cela la glaça jusqu'aux os. Elle examina ses traits si bien sculptés avec une nervosité croissante.

— Pourquoi ? demanda-t-elle de nouveau.

Ses lèvres s'incurvèrent en une ébauche de sourire totalement dénué d'humour.

— Par caprice, peut-être…

Elle le toisa avec une colère qu'elle ne cherchait même pas à masquer. Un homme de la trempe de Rafe Valdez n'avait pas établi son statut social en agissant par « caprice » !

— Je vous en prie ! fit-elle. Ne me prenez pas pour une idiote.

Il savoura une gorgée de vin, puis mania le verre entre ses doigts pendant quelques secondes interminables avant de relever les yeux.

— Vous m'intriguez, dit-il.

Une sorte de décharge électrique la parcourut tout entière. Il aurait fallu être très naïve pour ne pas comprendre les implications de ce mot ! Sa fierté et son courage lui permirent d'énoncer avec sang-froid :

— Comme toute la population féminine de cette ville ou presque. En tout cas, si je vous fascine, cela ne se voit pas.

Le serveur apporta leurs cafés. Visiblement conscient de la tension à couper au couteau qui régnait à la table, il afficha un sourire figé et s'empressa de s'éclipser. Danielle, qui avait très envie de l'imiter, se domina de son mieux. En réalité, une seule chose la retint : sa conviction que Rafe Valdez n'était pas du genre à tolérer les simagrées.

— Mon père, et son père avant lui, travaillaient dans le vignoble de la famille d'Alboa, dit-il enfin, les yeux fixés sur elle. Ils considéraient comme un honneur de servir un aussi noble propriétaire terrien. Quelle ironie, vous ne trouvez pas, que le fils d'un paysan immigré ait le pouvoir de sauver la petite-fille du respectable Joaquin d'Alboa ?

— Il s'agit donc de vengeance ? dit-elle, le cœur soudain serré.

— Je me contentais d'expliquer le lien, fit-il avec un sourire sans chaleur.

Danielle le regarda sucrer son café, puis en savourer une gorgée. Il posa encore les yeux sur elle, éperonnant son regard avec une expression énigmatique. Pourquoi avait-elle le sentiment d'être l'objet d'une manipulation, dans le pire sens du terme ?

— Que voulez-vous ? ne put-elle s'empêcher de demander.

— Un héritier auquel transmettre ma fortune. Un enfant légitime engendré dans les liens du mariage. Qui choisir de mieux pour concevoir et me donner cet enfant qu'une descendante de l'aristocratique famille d'Alboa ?

Rafe reposa sa tasse et observa son invitée, enregistrant son incrédulité, puis sa colère.

— Auriez-vous perdu la tête ? lança-t-elle d'une voix méconnaissable. Ce ne sont pas les gosses dans le besoin qui manquent, en ce bas monde. Adoptez-en un !

— Non. C'est une question de réciprocité. Il y a vos besoins, et les miens.

— Vous voulez rire !

— C'est pourtant le marché. A prendre ou à laisser, lâcha-t-il d'un air implacable.

Danielle se sentait glacée jusqu'aux os. Bon sang ! C'était impensable !

— Tâchons d'être clairs, reprit-elle d'une voix tendue. Vous proposez que je devienne votre femme, puis la mère porteuse de votre enfant… et que je m'en aille ensuite ?

— Pas avant que l'enfant n'entre à l'école.

Elle fut à deux doigts de lui décocher une gifle.

— Qu'est-ce à dire ? La garderie ? La maternelle ? L'université ?

— L'école primaire.

— Une période d'environ sept ans, donc, à supposer que j'aie la chance de tomber enceinte immédiatement ?

— Oui.

— Ce dont je serai récompensée au tarif de deux cent mille dollars par an ?

Elle marqua un arrêt pour dominer sa fureur. Elle prit une grande inspiration avant de poursuivre.

— Payés d'avance de façon à libérer l'appartement de toute hypothèque, apurer la totalité des dettes, restituer les biens d'Ariane et remettre en selle la boutique ?

— Oui.

— Et qu'en est-il des années où je serai votre épouse ?

— Vous jouirez de tous les avantages corrélatifs : vivre dans ma demeure, être ma maîtresse de maison, recevoir une généreuse allocation.

Il laissa passer un temps, puis ajouta :

— Et partager mon lit.

Danielle se força à détailler ses traits, à le soupeser du regard.

— Pardonnez-moi, finit-elle par dire, mais je ne considère pas comme un bonus le fait de coucher avec vous.

— Quelle déclaration inconsidérée de la part d'une femme qui ne m'a jamais eu pour amant ! répliqua Valdez avec un sourire amusé.

Soudain, de folles images de ce corps mâle et puissant engagé dans un échange intime assaillirent Danielle. Elle les refoula avec force.

— Vraiment ? Et d'où tirez-vous cette assurance ? D'une ribambelle de remarquables simulations féminines et autres « Tu as été *merveilleux,* chéri » ?

— Vous faut-il un certificat pour garantir mes aptitudes sexuelles ?

Elle déglutit péniblement. Pourquoi avait-elle le sentiment qu'elle était en train de perdre pied ?

— Et quand j'aurai rempli ma part de votre complot diabolique… que se passera-t-il ?

— Précisez votre pensée.

— Après le divorce, dit-elle laconiquement.

— C'est à négocier.

— Je veux les éléments tout de suite. Aurai-je un droit de visite ? Ou serai-je tenue à l'écart de mon enfant après ma « date de péremption » ? persifla-t-elle.

— Un arrangement approprié sera pris.

— C'est-à-dire ?

— Je n'ai pas l'intention de vous bannir de la vie de l'enfant.

Danielle n'en crut pas un mot. Valdez aurait recours aux meilleurs avocats du pays pour s'assurer d'exercer sur son héritier une influence totale, elle en était certaine.

— Mais vous limiterez ma présence au minimum,

pendant les vacances et les week-ends. Et, bien entendu, continua-t-elle, un contrat prénuptial assurera que je m'en irai sans dédommagement après le divorce.

— Vous serez installée dans une résidence convenable et continuerez à recevoir une allocation généreuse jusqu'à ce que l'enfant atteigne sa majorité.

— Je suppose que vous êtes disposé à coucher tout cela par écrit ?

— C'est déjà fait.

Il glissa une main dans la poche de sa veste et en sortit un document plié en quatre.

— Il est signé et enregistré devant notaire, précisa-t-il en le posant devant elle sur la table. Emportez-le, lisez-le attentivement et donnez-moi votre réponse d'ici à vingt-quatre heures.

Elle n'en revenait pas d'être encore assise ici, devant lui, à écouter ces folles inepties.

— Vous demandez l'impossible, déclara-t-elle.

— Vous n'êtes pas en position de marchander.

— Est-ce une menace voilée de retirer votre offre ?

— Ça, c'est vous qui le dites, pas moi, fit-il en la dévisageant avec calme. Il s'agit d'une négociation d'affaires, ni plus ni moins. J'en ai énoncé les termes. A vous d'accepter ou de refuser.

Avait-il donc le cœur sec ? Ce fut avec une sorte de nausée que Danielle se leva et prit son sac. Si elle s'attardait plus longtemps, elle finirait par dire ou faire quelque chose de regrettable.

— Merci pour ce dîner, jeta-t-elle poliment.

— Je vous escorte jusqu'à votre voiture.

— C'est tout à fait inutile, dit-elle avec raideur en s'éloignant vers la porte.

Elle salua le maître d'hôtel et sortit. A peine avait-elle fait quelques pas sur le trottoir qu'une silhouette masculine survint à sa hauteur.

— Vous êtes si pressée que ça de partir ? lança Rafe, observant le jeu d'ombres et de lumière que dessinait le halo du lampadaire sur les traits expressifs de Danielle.

— Quelle perspicacité !

Ayant atteint l'angle de la rue, elle prit à droite et marcha aussi vite que le lui permettaient ses hauts talons. Encore un pâté de maisons, et elle serait délivrée de sa présence !

— Bonne nuit, fit-elle.

Rafe ignora cette rebuffade implicite et l'escorta jusqu'à sa petite berline. Il resta là tandis qu'elle la déverrouillait et s'installait au volant. Au moment où elle voulut refermer la portière, il la bloqua et se pencha vers elle.

— Vingt-quatre heures, Danielle. Réfléchissez. Vous avez beaucoup à gagner, et tout à perdre.

Il recula et Danielle claqua sa portière. Puis elle déboîta rageusement et s'engagea dans la circulation. Qu'il aille au diable ! Pour qui se prenait-il, bon sang ?

Un mariage arrangé : cela ne se faisait plus depuis des lustres ! Et quand bien même : elle se sentait capable de contracter un tel engagement avec un homme qu'elle trouvait antipathique.

Un enfant. Une crispation douloureuse lui noua l'estomac à la pensée de devenir mère. Rafe Valdez avait donné l'assurance verbale qu'elle conserverait un rôle dans la vie de l'enfant après le divorce. Le prix à payer en était-il trop élevé ?

Tout d'abord, résolut Danielle, elle livrerait la proposition écrite de Rafe à l'examen attentif d'un avocat.

Ensuite seulement, elle prendrait sa décision.

2

— Vous pouvez embrasser la mariée.

En enregistrant ces mots, Danielle éprouva une panique passagère alors que Rafe saisissait son visage entre ses mains et couvrait ses lèvres avec les siennes, bouche ouverte, lui donnant un baiser évocateur qui la remua au plus profond d'elle-même. Surprise, elle écarquilla fugitivement les yeux. Puis, paupières baissées, elle accepta avec un demi-sourire les félicitations de l'officiant, et celles d'Ariane et de l'avocat de Rafe, leurs deux témoins.

La semaine précédente avait passé en un éclair, une journée chaotique succédant à l'autre — Danielle et sa mère avaient eu une paperasse terrible à gérer. Elle n'avait vu Rafe qu'une fois, dans le bureau de l'avocat, lorsqu'elle avait apposé sa signature sur le contrat prénuptial. Ensuite, il l'avait informée par téléphone de la date, de l'heure et du lieu de leur mariage. C'était tout.

Dans un moment, après avoir paraphé le certificat de mariage, Rafe Valdez apposerait sa signature sur une déclaration sous serment permettant le paiement des dettes de sa mère et la restauration de ses biens. La richesse allait de pair avec le pouvoir, et il en avait usé implacablement pour atteindre son objectif.

L'étreinte d'Ariane traduisit une inquiétude toute maternelle. Rien n'était demeuré dans le non-dit : résolue, Danielle avait à toute force convaincu sa mère qu'elle avait mûrement réfléchi et n'épousait pas Rafe Valdez sur un coup de tête.

A présent, elle n'en était plus si sûre...

Certes, elles avaient évité la banqueroute, effacé une énorme dette, récupéré les précieux biens des d'Alboa. Mais tout cela avait un coût. Et Danielle en paierait le prix d'ici peu.

L'homme qu'elle venait d'épouser était pour elle un inconnu. Pourtant, elle s'apprêtait à lui livrer son corps et à engager avec lui la plus intime des relations physiques. Cette perspective la rongeait, menaçant son équilibre, l'amenant au bord de l'effondrement.

Ce matin, ses vêtements et ses affaires personnelles avaient été transportés chez Rafe, à Toorak. Puis, tout juste une heure auparavant, elle avait franchi dans sa petite berline les imposantes grilles d'entrée de l'élégant manoir. Rafe les avait accueillies dans le grand hall et présentées à Elena, sa gouvernante. Il avait ensuite conduit sa future femme à l'étage dans une suite raffinée.

Danielle portait un tailleur de soie ivoire, classique et élégant. Sa seule concession au rôle de mariée était la rose d'un jaune paille qu'elle tenait à la main. Elle avait réuni ses cheveux en torsade et ne s'était que légèrement maquillée.

Rafe avait opté pour un costume de cérémonie et une chemise blanche, et, en le voyant dans sa tenue impeccable, elle avait eu une folle envie de prendre la fuite. Elle lui trouvait l'allure d'un prédateur indolent, exsudant une puissance sombre, un pouvoir indomptable. Cette impression était accentuée par sa haute silhouette aux épaules d'athlète et quelque chose de brut, de primitif, qui n'appartenait qu'à lui.

L'officiant remit le certificat de mariage à Rafe, échangea avec lui les civilités d'usage, puis se retira. Du champagne fut servi. L'avocat de Rafe porta un toast à leur union. Danielle le trouva superflu, et même hypocrite. Elle savoura cependant le doux breuvage, en ayant conscience de s'exposer à ses effets : elle n'avait avalé qu'un mince toast au petit déjeuner et s'était contentée de picorer une salade à midi. Et le plateau de petits fours que lui présentait un serveur n'éveilla guère son appétit.

Rapidement, Rafe et son avocat se retirèrent — sans doute encore des documents à signer. Mais l'accord était pratiquement scellé. Il ne lui restait plus maintenant qu'à faire ce qu'on attendait d'elle... sur un plan très intime. Et à donner un enfant à Rafe. Son estomac se noua, douloureusement, à cette idée. Mais l'heure n'était plus aux arrière-pensées !

Ariane et l'avocat prirent congé en même temps, escortés par Rafe. Et Danielle suivit du regard la voiture de sa mère qui descendait l'allée, suivie par la BMW de l'homme de loi.

— La chambre de maître se trouve au premier, en surplomb de la piscine et des jardins, si tu désires te rafraîchir, proposa Rafe, en rentrant dans le vestibule.

Tout en dégrafant un bouton de manchette, il désignait le large escalier en courbe menant à l'étage.

— Elena a sûrement déballé tes affaires. Le dîner sera servi d'ici une demi-heure.

Danielle fut soulagée de le voir se diriger de nouveau vers son bureau.

Tandis qu'elle montait l'escalier à balustrade, elle constata que le décor traduisait une influence espagnole marquée. Le carrelage au sol, en marbre crème, déclinait des motifs et bordures gris foncé, noirs et vert bouteille. Des vitrines et des cabinets en acajou occupaient les pans de mur. Çà et là, de grandes vasques se dressaient sur des colonnettes en marbre, et des œuvres d'art ornaient les parois. L'élégant lustre en cristal, suspendu au-dessus d'un bassin intérieur avec fontaine, soulignait la grande hauteur de plafond du hall.

Danielle dépassa les suites d'invités, localisant aisément la chambre de maître, vaste et dotée de deux dressings, avec une grande salle de bains attenante luxueusement agencée et équipée d'un spa. Son nécessaire de toilette avait été disposé à l'extrémité de la longue étagère en marbre. Ses vêtements et chaussures étaient déjà logés dans l'un des spacieux dressings, dont les nombreux tiroirs renfermaient sa lingerie.

Du regard, elle survola les lieux, notant l'agréable fond ivoire et crème, qui servait d'écrin aux meubles d'acajou et à la coiffeuse surmontée d'un miroir. Il lui fut impossible de ne pas s'attarder sur le grand lit double recouvert d'un boutis. Et tout aussi impossible d'ignorer la tension nerveuse qui lui nouait le ventre.

Ressaisis-toi, s'admonesta-t-elle. *Rafe Valdez est un homme comme les autres.*

Mais la perspective d'avoir des relations sexuelles avec un homme qu'elle connaissait à peine la mettait diablement mal à l'aise, même dans les liens du mariage. Elle n'avait pourtant qu'à partager son lit et à lui permettre d'unir son corps au sien…

Peut-être la laisserait-il tranquille si elle tombait rapidement enceinte ?

Prenant une profonde inspiration, elle détourna les yeux de la vaste couche et se demanda si elle devait changer de tenue. Après avoir consulté sa montre, elle jugea peu probable que Rafe troque son costume d'apparat pour une tenue décontractée : il était pratiquement l'heure de dîner !

— Tu as eu le temps de te familiariser avec les lieux, je suppose, déclara depuis le seuil une voix traînante, grave et bien timbrée.

Lentement, Danielle se retourna. Son veston suspendu

à l'épaule, Rafe avait desserré sa cravate. Il dégageait quelque chose de ténébreux et d'inquiétant, et sa large carrure était encore plus impressionnante.

— Tu as une très belle maison.

— *Gracias*, énonça-t-il, détaillant du regard les courbes de son corps. Le dîner va être prêt.

Danielle prit soudain la décision de se changer tout de même.

— Je n'en ai que pour une minute, lança-t-elle en entrant dans son dressing.

Rapidement, elle quitta le tailleur crème pour passer une étroite robe rouge, sélectionnée au petit bonheur la chance. L'ayant agrémentée d'une ceinture de cuir mordoré, puis ayant retouché son rouge à lèvres, elle revint dans la chambre.

Elle toléra avec calme l'examen songeur, presque morose, que Rafe lui fit subir. Puis, d'un geste, il lui enjoignit de le précéder hors de la chambre. Elle gagna la salle à manger en s'efforçant de garder un maintien gracieux et assuré ; elle accepta avec un sourire le siège qu'il tira pour elle.

Du champagne fut servi de nouveau. Un instant tentée de se laisser sombrer dans une légère ivresse, et un oubli commode, Danielle préféra pourtant l'eau minérale. Elle avala lentement de rares bouchées de nourriture, s'employant tant bien que mal à faire honneur à la cuisine d'Elena, qui avait apprêté un véritable festin.

— Tu n'as pas faim ? s'enquit Rafe.

— Pas particulièrement.

— Détends-toi, recommanda-t-il avec une brusquerie soudaine.

Il vit se dilater les pupilles de Danielle qui, presque aussitôt, baissa les paupières. Rompu à l'art de déchiffrer les expressions, il demeura songeur. La plupart des femmes qu'il connaissait auraient adopté une attitude séductrice, laissé entrevoir de futurs délices sensuels entre les draps, une aisance avec l'acte sexuel et le don mutuel du plaisir.

Mais la jeune femme assise face à lui était dominée par la nervosité, c'était une évidence.

Désignant les pièces de porcelaine, les verres en cristal, les divers plats, il enchaîna.

— Je ne vais pas balayer tout ceci d'un revers de la main pour te violer sur la table.

— Tu me vois soulagée de l'entendre, dit-elle en reposant sa fourchette.

A l'idée de cette grande et forte silhouette masculine l'écrasant sur la table après avoir envoyé valser tout ce qui était disposé sur la nappe, elle n'avait pas le cœur de picorer la moindre bouchée supplémentaire !

— Un dessert ? proposa Rafe.

— Non, merci.

Elle s'exprimait avec un sang-froid qu'elle était loin de ressentir.

Elena fit son entrée, débarrassa les assiettes, adressa un signe d'assentiment à Rafe lorsqu'il lui précisa qu'ils prendraient plus tard le dessert et le café, puis se retira.

Poussée par le besoin d'entretenir la conversation, Danielle demanda :

— A quel âge as-tu quitté l'Andalousie ?

— Serait-ce l'heure des questions-réponses ? répliqua-t-il en haussant les sourcils.

Elle ne baissa pas le regard. Sous cet éclairage, elle percevait les fines lignes en éventail qui marquaient le coin des yeux de Rafe, le léger bleuissement de ses joues. Il avait des traits comme ciselés par un sculpteur, et sa bouche… Danielle avait l'impression de sentir encore le contact de ses lèvres lorsqu'il avait affirmé son statut d'époux, de sentir le lent cheminement de sa langue sur les siennes.

— Je ne sais de toi que ce qui circule par ouï-dire.

— Et une information de première main fera une différence ? lança-t-il, légèrement railleur, laissant filtrer une dureté sous-jacente.

— Pas du tout.

— Néanmoins, il te semble préférable de fouiller mon passé, pour découvrir mes antécédents et ce qui a fait de moi le diable au cœur noir que je suis, lâcha Rafe de sa voix nonchalante. Ou est-ce pour me comprendre mieux ?

— Pour séparer les faits de la légende, répondit-elle sans hésiter. Selon un cliché répandu, tu as grandi dans les rues de Chicago, où tu étais membre d'un gang.

— Tu y crois ?

Elle l'examina, cherchant à voir au-delà du masque doucereux et inquiétant, consciente qu'il n'était pas du genre à se laisser approcher intimement. L'acquisition d'une aussi grande fortune à l'âge qu'il avait indiqué, une vie faite de risques, une existence sur le fil du rasoir.

— Je pense que tu as fait le nécessaire pour survivre.

— Un passé mouvementé, c'est ça ?

— Y a-t-il du vrai là-dedans ?

— En partie.

Un guerrier des rues aux cheveux longs noués sur la nuque, vêtu de noir, avec du cran et du style ; un meneur plutôt qu'un suiveur : c'était ainsi qu'elle l'imaginait.

— A un moment donné, on raconte que tu as changé du tout au tout. Parce que le crime ne paie pas ?

Rafe ne répondit pas immédiatement. Il se savait une dette éternelle envers le policier intelligent et têtu qui avait infléchi le cours de son existence. Cet homme avait vu son potentiel derrière son attitude bravache et l'avait mis au jour, canalisant sa révolte dans la pratique des arts martiaux. Rafe n'avait pas oublié le dojo des bas uartiers où l'on pratiquait la discipline du corps autant que de l'esprit, une spiritualité qui donnait du sens à l'énergie. Il y avait eu cela, et la foi d'un homme en ses capacités. Il était retourné à l'école, avait obtenu une bourse d'études universitaires et travaillé comme un damné, obtenant son diplôme avec mention. Le soutien du policier lui avait valu une chance ; la suite de l'histoire était du domaine public.

Personne ne savait qu'il alimentait généreusement la caisse de retraite de la police. Ni qu'il organisait une aide sur ses fonds privés pour offrir des centres sportifs aux gosses de la rue — des centres qu'il visitait personnellement à chacun de ses retours aux Etats-Unis.

— Disons que j'ai pris la décision de me situer du bon côté de la loi, déclara-t-il finalement, masquant à peine une intonation railleuse.

— Tu ne vas rien m'apprendre d'autre ?

— Pas pour le moment.

— Tu n'as pas répondu à ma question initiale, observa-t-elle.

— J'ai quitté l'Andalousie à neuf ans.

Sa vie avait alors changé à jamais. Les tensions, les conflits, les désillusions d'un père incapable d'obtenir un travail stable avaient fini par provoquer l'éclatement de la famille. Le manque d'argent avait enclenché une spirale qui avait façonné sa jeunesse, le privant très tôt de ses deux parents.

— Encore un peu de champagne ? proposa-t-il, peu désireux de s'étendre sur son histoire personnelle.

— Non, merci, répondit Danielle, qui porta son regard à travers la baie vitrée.

Le crépuscule gagnait du terrain ; les couleurs du jour s'affadissaient. A mesure que la nuit s'installait, quelque chose de surréel imprégnait le décor, une sorte d'étrange immobilité précédant l'instant où les éclairages jailliraient, apportant la lumière.

— Nous allons passer dans le salon. Je vais demander à Elena de servir le café.

— Elle vit ici ?

— Non. Elle vient du mardi au samedi avec Antonio, son mari. Elena s'occupe de la maison, prépare mon repas du soir si nécessaire, et Antonio se charge des jardins, de la piscine, de l'entretien en général.

Installée dans un confortable fauteuil, Danielle savoura sans hâte son café noir très sucré. Dans combien de temps Rafe suggérerait-il qu'ils passent au lit ? Dans une heure ? Ou… moins que ça ? Une part d'elle-même désirait en finir au plus vite avec cette corvée, l'autre aurait aimé pouvoir jouer la partition de la séduction.

— La nouvelle boutique d'Ariane est prête, lança soudain Rafe. J'ai organisé le transfert de son stock pour demain.

— Je lui téléphonerai pour la rejoindre là-bas.

— Es-tu bien sûre de ne rien oublier ?

Danielle le dévisagea, l'air défiant.

— Tu es désormais ma femme, souligna-t-il.

— Je suis l'associée de ma mère. Il serait déloyal de ma part de la laisser se charger toute seule de l'aménagement du magasin.

— Et… si j'avais pris des arrangements qui te mettent dans l'impossibilité d'aider Ariane ?

— Est-ce le cas ?

— Nous sommes attendus pour une partie de tennis à 14 heures, dans une demeure privée.

— Cela me laisse libre de donner un coup de main à ma mère dans la matinée, observa-t-elle.

— Tu n'as pas besoin de travailler.

— Tu escomptes que je vais rester ici à me tourner les pouces en attendant que tu viennes copuler à la fin de la journée ?

— *Por Dios !* lâcha Rafe. « Copuler » ?

Son intonation la fit frissonner. Gagnée par l'appréhension, elle parvint à rester ferme.

— Une grossesse étant l'objectif principal, notre activité sexuelle devrait être limitée à mes périodes de fertilité.

Rafe ne cilla même pas, et Danielle se dit qu'il devait être brillant au poker. Mais ceci n'avait rien d'un jeu !

— Copuler… Comme une jument qu'on mène à la saillie ?

— Pourquoi ne pas nommer les choses telles qu'elles sont ? lâcha-t-elle.

Il la fixait toujours, et elle dut rassembler tout son courage pour ne pas se désunir sous la force implacable de son regard noir, intense et dur.

— Nous occuperons le même lit chaque soir, finit-il par déclarer avec une inquiétante suavité.

— Tu as l'intention de m'imposer le devoir conjugal ?

— Espérais-tu le contraire ?

— Oui !

— Erreur, fit-il tranquillement.

— C'est… c'est de la barbarie !

— Je doute que tu saches de quoi tu parles en ce domaine.

Danielle releva le menton et darda sur lui un regard hostile quand il se leva, dépliant sa haute silhouette.

— Tu t'attends à ce que je monte tranquillement là-haut avec toi ?

— A pied, ou renversée sur mon épaule. Je te laisse le choix.

— Tu as autant de sensibilité qu'un éléphant !

— A quoi t'attendais-tu ? Des mots doux et des violons ?

Danielle se leva et le devança, gagnant le grand escalier.

— C'est bien ma veine ! lança-t-elle.

*
* *

Elle s'engagea dans le couloir menant à la chambre. Sa nervosité semblait croître à chaque pas, et elle avait une conscience aiguë de la présence de l'homme qui marchait à côté d'elle.

La première chose qu'elle vit en entrant fut le lit, imposant, inquiétant même. Sans un mot, elle ôta ses chaussures, puis elle s'approcha du tiroir qui contenait ses tenues de nuit. Dédaignant le superbe déshabillé en satin et dentelle que lui avait offert sa mère, elle lui préféra un T-shirt en coton. Elle se rendit à la salle de bains. Une douche l'aiderait peut-être à se calmer !

Quelques instants plus tard, nue et démaquillée, les cheveux relevés en chignon, elle pénétra dans la spacieuse cabine vitrée. Elle ne s'y attarda pas. Une fois séchée, elle enfila le T-shirt et retourna dans la chambre.

Elle se figea sur le seuil, le cœur battant à tout rompre, à la vue de Rafe qui rabattait les couvertures.

Il avait les reins ceints d'une serviette, exhibant ainsi sa silhouette athlétique, dont les muscles superbes jouaient au moindre de ses mouvements. Sa peau bistre était parcourue, au niveau du torse, par une légère toison brune, qui s'étirait ensuite en fine ligne jusqu'au nombril. Ses hanches étroites, ses cuisses puissantes achevaient de composer un ensemble particulièrement viril, dégageant une impression de force brute, primitive, aussi fascinante que perturbante.

Rafe plissa les yeux en percevant l'hésitation de Danielle. Avec ses cheveux réunis en queue-de-cheval, son visage sans fard était celui d'une adolescente.

3

— Quel côté du lit préfères-tu ?

Seigneur, que répondre ?… « Je ne suis pas très à l'aise pour ce genre de chose » ?

— Aucune importance.

Parvenue au bord du lit, Danielle s'y laissa tomber, non sans une conscience exacerbée des gestes de Rafe, qui dénouait sa serviette. Elle se hâta de détourner les yeux.

— Peux-tu éteindre la lumière ?

Etait-ce vraiment sa voix ? On aurait dit qu'elle avait une portée de chats dans la gorge !

— Non.

Avait-elle réellement capté une note d'amusement dans son refus ? Elle aurait aimé le croire. Le matelas se creusa sous le poids de Rafe.

— Débarrassons-nous de ça ! ordonna-t-il.

Avant de comprendre de quoi il s'agissait, elle sentit ses mains effleurer ses cuisses pour saisir le T-shirt au niveau de l'ourlet. Il le lui ôta d'un geste sûr. Elle lâcha une protestation étranglée et, dans un réflexe machinal, ramena un bras sur ses seins.

Lui n'avait aucune pudeur, constata-t-elle tandis que malgré elle son regard s'attardait sur l'évidence dressée de son désir viril. Comment pourrait-elle l'accepter en elle ?…

Une main ferme se referma sur son poignet et écarta son bras. Alors qu'elle baissait les paupières, il lui releva le visage par le menton.

— Ne te cache pas.

Ce reproche amena du rouge aux joues de Danielle, qui rouvrit les yeux.

— Tu es peut-être habitué à coucher avec des femmes déjà consentantes à peine rencontrées, mais moi, je ne suis pas prête à des relations intimes avec quelqu'un que je connais à peine !

Pendant sa tirade, il avait commencé à jouer avec la pointe de son sein. Des sensations s'éveillaient en elle, irradiant sa chair sensible. Elle s'efforça de contenir un spasme voluptueux. Rafe inclina la tête, lui effleurant la tempe de ses lèvres.

— S'il te plaît, supplia-t-elle d'une voix défaillante en désignant la lampe.

— Je veux te voir, murmura-t-il, laissant glisser ses lèvres vers les siennes.

D'une pression douce sur ses épaules, il la fit basculer sur le matelas, accompagnant le mouvement avec son propre corps. Danielle posa les mains sur son torse pour tenter de le repousser, d'agrandir la distance qui les séparait encore. Mais elle se figea, car il promenait maintenant la pointe de sa langue sur ses lèvres. Il la glissa dans sa bouche et lui dispensa un baiser profond, auquel elle réagit spontanément.

Il avait vraiment l'art de faire perdre la tête à une femme…

Elle était si engloutie dans son propre plaisir qu'elle eut à peine conscience du cheminement de la main de Rafe, qui avait rejoint progressivement la jonction de ses cuisses. Elle se tendit lorsque deux doigts s'aventurèrent dans sa vallée secrète, puis ne put réprimer un cri de gorge quand il caressa délicatement sa chair la plus sensible. Après s'y être attardé avec bonheur, il glissa un doigt en elle. Danielle se cambra instinctivement, électrisée, à la fois excitée et furieuse, se haïssant elle-même et détestant Rafe de prendre ainsi à l'abordage ses émotions.

Non content de s'en tenir là, il entama un lent voyage vers l'un de ses seins et en agaça la pointe raidie. Elle mêla les doigts à ses cheveux. Des sensations intenses la parcoururent lorsque ses lèvres happèrent le téton, puis l'autre, avant de descendre sur son ventre.

Non, il n'allait tout de même pas... Et pourtant ! Elle voulut se dégager, mais Rafe emprisonna ses mains sans le moindre effort avant de lui dispenser le plus intime des baisers.

Elle tenta, un peu plus mollement, de s'y soustraire, consciente qu'elle risquait de perdre toute emprise sur elle-même, mais son amant se contenta de peser sur elle de tout son poids tout en continuant sa sensuelle gâterie, la projetant vers les hauteurs vertigineuses et inconnues du plaisir. Il lui sembla lâcher un cri mais, emportée par ses sensations, elle était déjà en apesanteur.

Rafe sentit le frisson qui secouait le corps de Danielle, entendit les gémissements rauques qui sourdaient de ses lèvres, et, se redressant à demi, il se coula en elle.

Elle restait crispée malgré les préliminaires. Il s'enfonça alors lentement, la laissant s'offrir, s'habituer à lui. Couvrant sa bouche de la sienne, il absorba son léger cri au moment où, s'étant retiré à peine, il revenait en elle d'une poussée accrue, répétant le mouvement jusqu'à ce qu'elle l'accueille pleinement.

Emportée dans un voluptueux tourbillon, Danielle sentit que le rythme s'accélérait. Elle avait conscience que Rafe la regardait, le regard soudé au sien. De nouveau, des sensations puissantes, presque affolantes, exquises, l'emportèrent vers un septième ciel où disparaissait le monde réel, aux portes de l'infini. L'orgasme de Rafe suivit de très peu le sien.

Aucune des expériences qu'elle avait connues n'approchait l'émotion primitive qu'il avait su faire surgir. Une volupté brute et envoûtante, mêlée à une sensation de complétude totale. Cela en disait long sur l'homme qui, voici quelques heures à peine, avait passé un anneau à son doigt. Avait-il délibérément cherché à la séduire ? Ou bien était-ce sa façon coutumière d'opérer au lit ? Si c'était le cas, pensa-t-elle en frémissant, elle ne s'étonnait plus que les femmes lui courent après !

Il roula soudain sur lui-même, se renversant sur le dos et l'entraînant avec lui. Toujours en elle, Rafe porta la main à ses cheveux, qu'il libéra de l'élastique qui maintenait sa queue-de-cheval. Elle s'étonna de le voir y glisser les doigts pour en lisser la masse désormais répandue autour de son visage. Il se pencha alors vers elle et l'embrassa, d'un baiser qui la remua jusqu'au tréfonds de l'âme.

Son savoir-faire sensuel était incroyable ; il avait l'art de faire naître la sensation voulue au moment désiré... Et pourtant, il lui fallait continuer à haïr cet homme qui avait tramé un plan diabolique : troquer une dette considérable en échange de plusieurs années de sa vie, et d'un enfant.

Dans un gémissement étranglé, Danielle détacha ses lèvres des siennes et tenta de le repousser.

— J'ai besoin de dormir.

Elle avait son compte pour cette nuit ; c'était déjà plus qu'elle avait pensé lui concéder. Pourtant, à l'instant où ces pensées la traversaient, elle le sentit durcir en elle. Etait-ce possible ? Si vite ?

— Oh ! tu dormiras, déclara Rafe de sa voix nonchalante, emprisonnant ses seins au creux de ses paumes. Mais plus tard.

Il effleura leur rondeur, en agaça les pointes tendres, caressa son ventre en une promenade à la fois vagabonde et attentive. Danielle frémit, traversée de frissons, puis s'agrippa à ses épaules puissantes tandis qu'il remuait les hanches, ondulant en douceur, puis de plus en plus vigoureusement jusqu'à ce que la chevauchée électrisante la précipite au bord du vertige, et qu'elle bascule enfin dans l'abîme de la jouissance.

Rafe eut envie de la renverser sous lui et de s'abandonner à son propre plaisir en une série de longues poussées violentes. Mais il jugula son désir, désireux de la respecter. Si son pressentiment était bon, Danielle n'avait eu que peu de partenaires. Et sans doute pas très imaginatifs ! Ou alors, c'était une comédienne de première force — ce dont il doutait fort. Avec précaution, il se retira, puis, d'un geste souple, se mit debout et quitta le lit.

— Allons prendre une douche, dit-il.

Danielle le dévisagea un instant d'un air interdit.

— Je ne prendrai pas de douche avec toi.

— Oh que si !

Sans lui laisser le loisir de protester davantage, il la souleva puis l'emporta dans la salle de bains adjacente.

— Repose-moi ! lança Danielle, lui décochant un coup de poing à l'épaule alors qu'il réglait le thermostat du jet. Je t'interdis !

Imperturbable, il entra dans la cabine et referma la porte vitrée coulissante. Danielle frémit. Il était si proche. Trop proche. Intimidant. Après ce qu'ils venaient de partager, elle n'avait pas envie d'un face-à-face. Et elle ne voulait surtout pas qu'il commence à exercer sur elle une quelconque emprise.

— Il n'y a donc rien de sacré, même pas mon intimité ? s'écria-t-elle tandis que Rafe se mettait en devoir de la savonner délicatement.

— Il va falloir que tu t'habitues.

— Je te déteste ! cria-t-elle en lui lançant un regard noir.

Elle tenta de nouveau de lui échapper et décocha un direct vers son estomac ; il para le coup en l'immobilisant prestement par le poignet.

— Ne fais pas ça. Tu n'aurais jamais le dessus.

Il détenait en effet le pouvoir, la force pour la battre dans n'importe quelle confrontation physique. Elle connaissait cependant le point faible de l'anatomie masculine... Mais à peine avait-elle amorcé un mouvement de sa jambe qu'une fois encore il la contrait. Il en profita pour la soulever contre lui et lui replier les jambes autour de ses hanches, tout en la bloquant contre le mur. Il n'y avait plus d'amusement du tout dans son attitude. Seulement une détermination implacable qui la mit mal à l'aise.

— Tu veux jouer ? fit-il.

Trop furieuse pour prendre garde à l'avertissement contenu dans son intonation, Danielle pencha la tête et le mordit à l'épaule.

Il laissa échapper un cri étranglé de colère tandis qu'elle sentait sur sa langue le goût salé du sang. Elle poussa à son tour un cri en sentant une douleur juste sous son sein droit, là où Rafe venait de la mordre, sensuellement certes mais réellement. Il en avait profité pour la soulever plus haut et poster son membre tendu entre ses jambes. Le frottement de son désir déployé contre sa chair sensible était délicieux...

Il prit alors ses lèvres, en un assaut affamé qui la ravagea jusqu'à l'âme. Danielle ne pouvait presque plus bouger, car Rafe la verrouillait contre lui. Alors, elle agita les bras, le martelant au hasard avec ses poings, sans toutefois le faire faiblir dans sa détermination.

Combien de temps dura ce baiser déchaîné ? Danielle l'ignorait, ayant perdu toute conscience du temps. Rafe emplissait son champ de vision : ses traits modelés à la perfection, dans leur dureté, et ses yeux si noirs. Impitoyables et fascinants à la fois.

Etait-ce vraiment l'homme qui l'avait emmenée quelques minutes auparavant dans un voyage sensuel inédit pour elle ? Etait-ce l'amant qui avait déjoué sa réserve et lui avait fait don du miracle sensuel dont son corps vibrait encore après sa possession virile ?

Soudain, Danielle eut conscience de l'eau qui coulait sur leurs corps et de sa propre respiration, irrégulière, haletante. Cette journée, sa signification, Rafe lui-même, tout cela lui sembla soudain trop lourd à encaisser, et elle se surprit à lutter contre les larmes.

Oh bon sang, s'admonesta-t-elle, *ne pleure pas !* C'était là un signe de faiblesse qu'elle se refusait à afficher. Pourtant, elle fut impuissante à retenir les deux gouttes brûlantes qui roulèrent sur ses joues. Elle resta figée, combattant de toute la force de son orgueil l'émotion obscure qui menaçait d'anéantir les vestiges ultimes de son sang-froid.

Comme au ralenti, Rafe éleva la main, essuyant du bout du pouce une larme, puis l'autre. Elle n'esquissa pas un mouvement alors qu'il effleurait le contour de ses lèvres meurtries, puis laissait retomber son bras contre son flanc.

— Sors d'ici, *mi mujer*, dit-il d'une voix rocailleuse.

Cette injonction fut le catalyseur qui mit Danielle en mouvement. Elle sortit de la douche sans perdre de temps, poussée par le besoin de se libérer de la perturbante présence de Rafe et s'empressa de s'enrouler dans une serviette avant de s'échapper dans la chambre.

Là, séchée et revêtue de son T-shirt, elle embrassa d'un regard le lit défait, les oreillers dispersés, et décida de dormir ailleurs.

— N'y songe même pas, fit derrière elle la voix veloutée de Rafe.

Elle se retourna et le regarda se mouvoir à travers la pièce.

— Je ne veux pas dormir avec toi, déclara-t-elle hardiment.

— Tu ne veux pas *coucher* avec moi. Mais, en l'occurrence, *dormir* sera bienvenu. Et nous partagerons le même lit.

— Non.

— Il ne me semblait pas t'avoir accordé le choix.

Une flambée de colère embrasa Danielle.

— Va au diable !

— Tu n'as aucune envie que je t'y emmène, crois-moi, rétorqua-t-il avec un regard âpre.

— Ah ? lâcha-t-elle, tel un train lancé à toute vitesse vers un précipice. Et ce qui s'est passé dans la salle de bains, c'était quoi ? Un numéro viril ? Ou une leçon d'asservissement ?

— Tu parles à tort et à travers, dit Rafe avec une suavité glaciale.

— Si tu voulais une épouse docile et soumise, il fallait choisir quelqu'un d'autre !

— Mais c'est toi que j'ai prise, rétorqua-t-il, éperonnant son regard hostile avec une décontraction exaspérante. Dans un but bien précis. L'aurais-tu déjà oublié ?

Danielle détourna les yeux.

— Si tu me touches encore ce soir, je…

— … te combattrai jusqu'à la mort ? T'arracherai les yeux ?

Se penchant vers le lit, il retapa les oreillers et releva les couvertures, ajoutant :

— Je te préviens, j'ai le sommeil léger.

— Qu'est-ce que ça peut bien me faire ?

— Ce n'est qu'un avertissement, pour le cas où tu déciderais d'aller dormir ailleurs en pleine nuit.

— Tu ne peux pas…

— Je vais me gêner !

— Tu n'es qu'une brute et un tyran !

Il se débarrassa de la serviette qui lui ceignait les reins.

— Je ne tolérerai qu'un nombre limité d'insultes, fit-il en se glissant entre les draps. Couche-toi, Danielle.

— Et si je refuse ?

— J'emploierai la force.

Elle ramena machinalement derrière son oreille une mèche qui avait glissé sur sa joue, attentive au regard aigu qu'il lui jetait. Elle décida qu'il était plus judicieux de capituler. Pour le moment…

Elle se faufila entre les draps et, en un geste ultime de défi, tourna le dos à Rafe. Elle n'en tira guère de satisfaction, car il se contenta d'éteindre la lumière, plongeant la chambre dans les ténèbres. Elle demeura allongée dans le noir, tendue, à l'écoute du souffle de son bourreau, qui ne tarda pas à prendre un rythme ralenti et régulier.

Comment avait-il pu s'endormir aussi vite et aussi aisément ? se demanda-t-elle. Etait-ce dû à l'habitude qu'il avait de l'inconfort et du danger ? Etait-il vraiment doté d'un mécanisme mystérieux qui le mettrait en alerte au moindre son, au moindre mouvement ?

Danielle ne pouvait cesser de penser à lui, et les questions s'enchaînaient dans son esprit intranquille. Qu'avait-il vécu, dans sa jeunesse, pour afficher une attitude aussi dure ? Le destin lui avait-il réservé un sort si difficile qu'il en avait perdu toute sensibilité ? N'avait-il plus de cœur ? Une femme pouvait-elle le changer ? Modifier sa façon d'être et de voir ? Pouvait-elle être cette femme-là ?

Elle s'en voulut pour cette dernière interrogation. Son seul rôle dans la vie de Rafe consistait à lui donner un enfant ; puis, après la période dûment requise, elle ferait place nette. Et d'ailleurs quelle femme sensée aurait voulu d'un homme du calibre de Rafe Valdez ?

Malgré sa colère, elle dut admettre que les candidates seraient nombreuses. Le chéquier bien garni de Rafe ne pouvait que lui valoir l'adoration de toute femme qui accepterait de lui servir de maîtresse de maison et de maîtresse tout court. Et qui ne demanderait pas mieux que de se faire faire un enfant.

Alors, pourquoi avait-il jeté son dévolu sur elle puisqu'il n'avait que l'embarras du choix ? Parce qu'elle n'était ni docile ni servile, ou bien était-ce une question de « circonstances », comme il l'avait proclamé ? Elle était une d'Alboa, issue d'une longue lignée aristocratique, et cela semblait avoir de l'importance pour lui.

Réprimant un soupir, elle tenta de se détendre. En chien de fusil au bord du matelas n'était pas sa position favorite pour dormir. Déjà, elle ressentait les effets de la crispation musculaire. Et puis elle avait mal, pas seulement psychologiquement : la morsure qu'il lui avait infligée en représailles était douloureuse, et sa bouche restait meurtrie par ses baisers impérieux.

Elle aurait pu se laisser aller à sangloter, histoire d'apaiser son âme — ne disait-on pas que les pleurs étaient un soulagement ? Mais, quand elle sentit rouler sur sa joue une larme brûlante, elle la chassa d'un revers de main coléreux.

Un long moment s'écoula avant qu'elle sombre dans un sommeil agité, dont la tirèrent les attouchements de Rafe, à l'instant même où les premières lueurs de l'aube filtraient par les volets clos.

Il avait donc un appétit matinal aussi aiguisé que le nocturne ? Elle envisagea confusément de rester inerte dans l'espoir de lui échapper, mais une traîtresse fièvre sensuelle s'emparait déjà de sa chair. Rafe sut les mener au plaisir avec un art consommé, suscitant une réponse spontanée et violente de son corps. Dans un ultime et délicieux spasme, elle se cramponna à lui.

Ensuite, elle sombra de nouveau dans le sommeil.

Lorsqu'elle s'éveilla, il faisait grand jour. A côté d'elle, le lit était vide.

4

Danielle roula sur elle-même, consulta l'horloge digitale posée sur le chevet, puis, paniquée, se leva d'un bond et s'empressa de dénicher son portable pour appeler sa mère.

— Mais voyons, ma chérie, je ne m'attendais pas du tout à ce que tu viennes ce matin, protesta Ariane. Je peux très bien me débrouiller seule.

— A nous deux, nous irons deux fois plus vite, déclara Danielle en entrant dans son dressing.

Elle y sélectionna un jean et un débardeur, qu'elle flanqua sur le lit avant de choisir des sous-vêtements.

— Tu es sûre que Rafe n'y verra pas d'objection ? demanda Ariane.

— Je ne vois pas pourquoi il s'y opposerait, déclara calmement Danielle, le portable calé entre l'épaule et l'oreille tandis qu'elle enfilait une culotte. Autant que je sache, rien n'est prévu avant cet après-midi, et je serai de retour à temps.

Elle enfila son jean dans une position acrobatique.

— Je viens te chercher ? suggéra Ariane. C'est moi qui ai la voiture, ne l'oublie pas.

— O.K. Je serai prête dans vingt minutes. Je te retrouve devant la grille.

D'un mouvement fluide, Danielle enleva son T-shirt… et laissa échapper un cri de surprise : on venait de lui arracher son portable. Elle allongea le bras vers Rafe, qui s'était silencieusement matérialisé dans la chambre.

— Rends-moi ça !

Il se contenta de coller l'appareil à son oreille.

— Ariane ? On vous rejoint à la boutique.

Là-dessus, il coupa la communication.

— Non mais qu'est-ce qui te prend ?

— J'apporte mon aide.

Soudain consciente de sa semi-nudité, elle lui tourna le dos et attrapa son soutien-gorge, qu'elle agrafa en un temps record avant de passer le débardeur puis de lacer ses tennis.

— Ton aide n'est pas nécessaire, lança-t-elle en entrant dans la salle de bains.

Rafe n'avait pas quitté la chambre lorsqu'elle ressortit un moment plus tard. Elle avait relevé ses cheveux en un chignon informel et s'était contentée pour tout maquillage de mettre un peu de brillant à lèvres.

Il était pour sa part en jean et tennis, avec un polo qui moulait ses épaules musclées et soulignait la puissance de ses biceps.

— Tu n'as rien mangé, observa-t-il.

— Je grignoterai plus tard, répondit-elle en prenant ses affaires.

— J'y veillerai ! assura-t-il en lui emboîtant le pas.

— J'ai les hommes tyranniques en horreur.

— On m'a déjà appliqué des qualificatifs beaucoup plus détestables.

— Et on a eu raison, répliqua-t-elle avec un soupçon de raillerie.

Quelques minutes plus tard, Rafe pilotait sa luxueuse Jaguar au-delà des grilles et prenait la direction de Toorak Road.

Les nouveaux locaux de La Femme étaient idéalement situés, dans un petit ensemble moderne qui incluait plusieurs boutiques de luxe, ainsi qu'une cafétéria huppée où l'on pouvait savourer des mets haut de gamme.

Danielle ne pouvait que porter au crédit de Rafe le fait qu'il avait consulté Ariane au sujet de l'emplacement de la boutique et de son arrangement, commandé les collections qu'elle désirait et veillé à ce que les locaux soient prêts à point nommé pour le transfert des stocks.

Ce n'était pas tout : le croquemitaine était devenu, aux yeux d'Ariane, un preux chevalier qui avait approuvé la commande de nouveaux articles venus de France afin de répondre à la demande d'une clientèle fortunée. Et, avec son appui bancaire et financier, l'attitude des fournisseurs et grossistes s'était métamorphosée. De nouveaux arrivages avaient été livrés la veille, d'autres encore étaient promis pour le lendemain.

— Dépose-moi devant, dit Danielle à Rafe alors qu'il garait la Jaguar. Je prendrai un taxi pour rentrer.

Mais il coupa le moteur et la suivit sur le trottoir, roulant comiquement des yeux en réponse au regard assassin qu'elle lui avait décoché.

— J'ai pour règle d'inspecter tous mes placements, lança-t-il.

Danielle nota que l'inscription en lettres d'or sur la vitrine faisait belle impression. A l'intérieur, elle vit Ariane occupée à vérifier le contenu de cartons ; celle-ci releva la tête et lui fit un signe de la main. Etait-ce un effet de son imagination, ou bien le regard de sa mère s'attardait-il un peu trop sur elle ? Guettait-elle un signe révélateur indiquant que Rafe l'avait maltraitée ? Danielle aurait pu la rassurer sur ce point. Si blessure il y avait, elle était invisible.

Ils entrèrent dans la boutique.

— Alors, on se met au boulot ? proposa Rafe.

— Tu comptes rester ? maugréa Danielle.

— Tu y vois une objection ?

— Bien sûr que non, glissa Ariane avec un sourire. Il faut trier le stock en fonction du style, de la taille et de la couleur. J'aimerais aussi réorganiser les présentoirs et réaliser la vitrine. J'ai déjà commencé, d'ailleurs. Danielle, tu tries, et moi je range.

— Et moi ? Que voudriez-vous que je fasse ? s'enquit Rafe.

— Tu effectueras le contrôle et porteras les colis, déclara Danielle, ouvrant au cutter le scotch épais d'un gros carton.

Il fallut un bon moment pour déballer le contenu des colis, puis trier et ranger les différentes références dans les grands tiroirs des meubles alignés contre les murs.

— Je vais chercher à boire et à manger, déclara soudain Rafe au milieu de la matinée. De quoi avez-vous envie ?

— J'ai apporté des sandwichs et de l'eau minérale, dit Ariane. Ils sont dans l'arrière-boutique.

Danielle, qui œuvrait agenouillée, se leva et s'étira.

— Je vais les chercher.

— Effectivement, une petite pause ne nous fera pas de mal, renchérit sa mère.

Dans la réserve, des étagères s'alignaient du sol au plafond. Il y avait juste assez de place pour accueillir une petite table et deux chaises, en face d'un plan de travail avec un évier et deux placards. Y reposaient une bouilloire électrique et un petit micro-ondes.

Danielle sortit les sandwichs et les boissons, qu'elle disposa sur la table.

— Le gros du travail est fait, déclara-t-elle en sortant des verres et en y versant de l'eau.

— Merci à vous deux, dit Ariane avec satisfaction. Il ne reste plus que la disposition des présentoirs et de la vitrine.

Depuis qu'ils travaillaient, Danielle avait ressenti avec acuité la présence de Rafe. L'aisance de ses mouvements félins, le contact fugitif de sa main effleurant la sienne en lui passant un carton, la façon dont son regard s'attardait parfois sur elle, tout cela la déstabilisait.

De plus, cela lui évoquait vivement ce qu'ils avaient partagé pendant la nuit et… partageraient encore. Car elle lisait dans ses yeux une intention, une passion en sourdine mais bien présente, fondée sur le désir sexuel, ni plus ni moins.

Après qu'ils eurent englouti les délicieux sandwichs de sa mère, Danielle se chargea de débarrasser et de ranger. Ariane retourna dans la boutique s'attaquer à la vitrine, mais Rafe ne bougea pas.

— Tu n'as pas besoin de rester, dit Danielle en se tournant vers lui. Je veillerai à rentrer à temps pour prendre une douche et être prête pour 14 heures.

Il ramena derrière son oreille une mèche de cheveux vagabonde.

— Non.

Elle sentit son pouls s'accélérer. Malgré elle, une vague de chaleur se répandit dans ses veines. Ses sens semblaient électrisés au contact de Rafe, et elle le maudit en son for intérieur.

Avec des mouvements rapides et économes, elle lava et essuya la vaisselle avant de la ranger dans le placard. Puis cllc sortit dc la réserve, suivie par Rafe.

Elle se remit au travail, créant un fond de vitrine raffiné à l'aide de tulle et de rubans. Ensuite, elle disposa trois mannequins parés d'ensembles La Perla. Elle cala un grand catalogue illustré contre une chaise ancienne capitonnée de satin, sur laquelle elle plaça avec art un porte-jarretelles en dentelle de Valenciennes.

Lorsqu'elle eut terminé, sa mère inspecta le tout, effectua une ou deux petites retouches et admit que c'était parfait. Il ne restait plus à présent qu'à arranger les vitrines intérieures. Ariane assura qu'elle pouvait s'en charger seule.

— Tu en es sûre ?

— Evidemment, ma chérie. D'ailleurs, vous avez vos projets pour cet après-midi.

La partie de tennis revint à l'esprit de Danielle, saisie d'un désarroi soudain. Sa première réapparition sur la scène sociale et mondaine. Elle aurait préféré de loin paresser sur un transat près de la piscine au lieu de se démener sur un court. Sans parler des regards intrigués, curieux voire malveillants qu'il lui faudrait subir.

— En effet, nous avons des projets, approuva Rafe.

Il n'avait pas manqué de remarquer l'expression fugitivement assombrie de Danielle, ni d'en deviner la cause.

— Dans ce cas, sauvez-vous vite, dit Ariane.

Donnant un baiser à sa fille, elle ajouta :

— Merci pour tout. Amusez-vous bien !

En se glissant sur le siège passager de la Jaguar, Danielle constata que la boutique avait vraiment de l'allure.

— Je prendrai des dispositions pour qu'une voiture te soit livrée dans la journée, lui annonça Rafe en démarrant.

— Merci, souffla-t-elle du bout des lèvres.

Si elle n'avait guère envie d'accepter ce cadeau, elle ne pouvait se passer de véhicule.

— J'ai suggéré à Ariane de d'ores et déjà sélectionner des intérimaires pour te remplacer lorsque tu ne seras pas disponible, continua-t-il.

— Comment ça, « pas disponible » ? fit-elle avec vivacité.

— Tu m'accompagneras pendant mes voyages d'affaires. Il y aura aussi les occasions où tu devras assister à un cocktail, à un déjeuner à but caritatif…

— La Femme est ma priorité !

— Tu te dois d'être d'abord disponible pour moi. Par loyauté.

— Toutes mes excuses, railla-t-elle. J'ai failli oublier un instant que j'ai été achetée et payée pour tenir un rôle.

— Ne pousse pas le bouchon trop loin…

La voix doucereuse de Rafe laissait percer une menace sous-jacente, et Danielle sentit l'appréhension la gagner.

Ils déjeunèrent d'une paella savoureuse, et il n'était pas loin de 14 heures lorsque Rafe se gara derrière une enfilade de voitures, dans une allée que Danielle eut un coup au cœur en reconnaissant.

Ils étaient chez Lillian et Ivan Stanitch.

En assistant à cette réception, Rafe la forçait à prendre le taureau par les cornes ! Elle ne subodorait que trop bien la liste des invités, uniquement des gens que sa mère et elle avaient l'habitude de fréquenter du temps de leur splendeur sociale.

— Rafe, mon cher, fit Lillian, lui donnant deux baisers aériens qui n'atteignirent pas ses joues.

Puis elle recula d'un pas et, pivotant vers Danielle, marqua un infime temps d'arrêt.

— Danielle ?

— Mon épouse, souligna Rafe.

Lillian fut prompte à se remettre.

— C'est un plaisir. Félicitations !

Vraiment ? songea Danielle. Combien de temps faudrait-il pour que la rumeur se répande dans ce microcosme ? Cinq minutes ? Et qui serait le premier, ou la première, à interpréter la nouvelle ? A moins que le déménagement de la boutique n'ait déjà déclenché les ragots…

— Venez donc rejoindre les autres sur la terrasse et prendre un verre, continua leur hôtesse. Ivan a déjà organisé le petit tournoi.

Se contraignant à sourire, alors qu'elle aurait donné n'importe quoi pour être ailleurs, Danielle emboîta le pas à Lillian. Celle-ci n'était pas du genre à manquer une telle occasion : elle frappa dans ses mains pour attirer l'attention de ses invités, puis annonça le mariage de Rafe.

— Nous avons la primeur de la nouvelle, précisa-t-elle avec un petit rire teinté d'amertume. Tu as été très discret là-dessus, mon ange.

— Comme sur tout ce qui concerne ma vie privée, répondit-il nonchalamment.

— Tu ne nous livreras aucun détail, alors ? insista Lillian.

Rafe saisit la main de Danielle et la porta à ses lèvres. Son regard sombre restait indéchiffrable. Après quelques secondes électrisantes, il abaissa son bras, gardant leurs doigts mêlés.

— Non. Aucun détail.

Il y eut un silence ; on aurait entendu voler une mouche. Puis, écartant à demi les bras, Lillian laissa perler un rire.

— Cela se fête !

Subrepticement, Danielle tenta de libérer sa main, sans y parvenir. Elle se pencha vers lui et souffla :

— Quel jeu joues-tu ?

— La solidarité.

— Divisés nous perdons, unis nous vaincrons ?

— C'est ça.

— Tu me surprends.

— Pourquoi ?

— Je supposais que tu n'hésiterais pas à me jeter en pâture aux loups.

— Je veille sur les miens, dit-il avec un regard direct, d'une voix presque trop douce.

Danielle tiqua. Depuis quand faisait-elle partie des « siens » ? Mais elle n'eut pas le temps d'y réfléchir plus avant : déjà, on les félicitait de toutes parts. Elle encaissa avec le sourire, mais sans être dupe, les vœux de bonheur en apparence enthousiastes d'anciens amis. Ces gens-là lui avaient tourné le dos lorsque les revers de fortune s'étaient fait sentir, avaient cessé de leur envoyer des invitations, s'étaient empressés d'oublier son existence. Maintenant qu'elle était l'épouse de Rafe Valdez, ils étaient avides de renouer les liens. Elle accueillait donc leurs salamalecs avec une prudence extrême et une pointe de cynisme.

— *Querido*, fit soudain une voix féminine derrière eux.

Danielle se retourna et se retrouva face à une blonde sculpturale, la perfection faite femme — un charme sexy, une sensualité affirmée et de l'assurance à revendre.

— Cristina ! fit Rafe.

La blonde reporta son attention sur Danielle et lâcha, avec un sourire superficiel :

— Comment avez-vous osé me le voler ?

Si le ton était léger, le regard, gris et froid, ne souriait pas.

— Vous devriez peut-être poser la question à Rafe ?

Cristina se crispa. Danielle se mordit la lèvre : ou elle se trompait lourdement, ou elle venait de déterrer la hache de guerre sans le vouloir.

— Une de tes nombreuses conquêtes, je suppose, glissa-t-elle à Rafe un instant plus tard, tout en savourant du champagne.

— Nous sommes occasionnellement sortis ensemble, admit-il.

Heureusement, Ivan lança les parties — des doubles — sur les courts de tennis de leur propriété. Le premier match les opposa, Rafe et elle, à Cristina et son partenaire.

Elle portait le blanc de rigueur, mais sa tenue ne pouvait rivaliser, loin s'en fallait, avec celle de Cristina, sans doute conçue sur mesure par un styliste en vogue. La partie censée être amicale ne tarda pas à virer à la compétition ouverte : l'ex de Rafe s'était visiblement mis en tête de l'épuiser, en ne jouant que sur elle, voire de l'atteindre avec une balle quand elle s'aventurait au filet.

Danielle résista, et se félicita de n'avoir pas trop perdu en technique ni en physique. Elle calma bientôt les ardeurs destructrices de Cristina et, comme Rafe était un excellent joueur, porté par sa stature, sa puissance et son service impérial, ils l'emportèrent assez facilement. Sur leur lancée, ils atteignirent la finale, qu'ils remportèrent de peu.

A l'issue de ce dernier match, Rafe semblait en pleine forme, comme si les parties acharnées n'avaient été qu'une promenade de santé pour lui, alors que Danielle n'aurait pu encaisser un set de plus !

On servit à 20 heures des brochettes de fruits de mer et de viande, accompagnées de salades variées, puis du café.

— Danielle, dit Lillian, il faut absolument que tu viennes au déjeuner de la semaine prochaine. Je t'enverrai une invitation.

— C'est gentil, répondit-elle, cependant résolue à décliner plus tard l'invitation en faisant valoir ses obligations à la boutique.

Il y avait des manifestations de charité qu'elle ne demandait pas mieux que de soutenir, mais en signant un chèque plutôt qu'en acceptant de paraître dans une assemblée de femmes affectées et superficielles.

Rafe avala sa dernière gorgée de café et reposa sa tasse. Il avait remarqué les efforts de Danielle pour afficher une politesse de façade. Elle semblait fragile, avec ses yeux légèrement cernés. Un détail qui n'était guère surprenant : ne l'avait-il pas empêchée de dormir pendant la majeure partie de la nuit ? Il résolut de mettre fin à son calvaire.

— Prête pour le départ ? lui murmura-t-il.

— Oui, dit Danielle avec simplicité, ne songeant qu'à quitter les lieux depuis longtemps déjà.

Elle était lasse et n'avait jamais envisagé avec autant de soulagement la perspective de se mettre au lit. Sauf que le lit, c'était partager l'intimité d'un homme qui déchaînait en elle des émotions ambivalentes, contradictoires. Il n'y avait pas eu un instant, dans cette journée, où, lorsqu'elle avait posé les yeux sur lui, elle ne s'était remémoré la nuit écoulée. Sa bouche, ses mains… Quelque chose en lui la remuait profondément. Les choses auraient été plus simples si Rafe avait été un amant maladroit, plus soucieux de son propre plaisir que du sien.

Quelques instants plus tard, ayant remercié leurs hôtes et salué les autres invités, ils remontèrent en voiture. Danielle se renversa sur son siège avec une indicible satisfaction.

— Tu as très bien joué, dit Rafe.

— Tu parles du tennis ou de la parade sociale ?

— Les deux, dit-il en faisant ronronner le moteur.

— Oh ! un compliment ! répliqua-t-elle sans pouvoir dominer cet accès de raillerie.

Le trajet fut court. Quelques minutes après leur départ, il engageait la Jaguar dans le garage de sa maison.

Danielle n'avait qu'une envie : ôter ses vêtements, se doucher et se mettre au lit… pour dormir ! Une éventualité aussi peu probable qu'un décollage pour la lune, constata-t-elle lorsque Rafe la suivit dans la douche.

— C'est pousser l'intimité un peu loin, non ? protesta-t-elle.

— Tu as pris un coup de soleil, murmura-t-il, lui effleurant l'épaule du bout des doigts.

Dans cet espace étroit, elle avait plus conscience encore de sa haute stature, de la musculature de son torse et de ses épaules, de sa virilité si affirmée. C'était une force dévastatrice qui submergeait ses sens. Mais, si elle y succombait, elle risquait de se trouver confrontée à plus qu'elle n'en pouvait gérer.

Elle remarqua un curieux symbole oriental tatoué sur son bras droit. Et, sur la gauche de sa cage thoracique, une fine cicatrice en diagonal, qui n'avait rien de chirurgical.

Un coup de couteau ? Il y avait aussi une autre cicatrice proche de sa clavicule, qui ressemblait étrangement à la marque d'entrée d'une balle de revolver.

— Souvenirs de bagarre ? lança-t-elle, affrontant son regard sombre.

— Dus à mon douteux passé, c'est ça ? acheva-t-il à sa place.

— Douteux… jusqu'à quel point ?

— Tu veux vraiment le savoir ? demanda-t-il pour la forme, peu enclin à partager certains de ses souvenirs de jeunesse.

— Cela fait partie de toi, dit-elle sans ciller.

— Quelle profonde réflexion !

Vexée par son ironie mordante, Danielle saisit le savon, tentant d'ignorer la présence de Rafe. Ce qui était tout bonnement impossible, vu la taille de la cabine de douche et la proximité de son grand corps viril !

Quelques secondes plus tard, le savon lui était ôté des mains.

— Faut-il vraiment que tu en viennes là ? demanda-t-elle, furieuse. Un numéro de séduction ne fait pas partie de mes priorités du moment.

Pourtant, sa chair réagissait déjà aux caresses de Rafe : une vague de chaleur se répandait dans ses veines et son pouls commençait à battre sur un rythme erratique.

— Si tu fermais les yeux et te laissais aller…

— Pas ce soir !

Rafe ébaucha un sourire. Il avait capté l'émotion mal dominée de son intonation et deviné sa fragilité.

— C'est si terrible que ça ? demanda-t-il, posant les mains sur ses épaules.

Danielle se sentait tout endolorie. Son abonnement à la salle de sport avait été une des premières choses auxquelles elle avait renoncé. Elle ne s'était pas dépensée physiquement depuis une éternité, et cela faisait des mois qu'elle n'avait joué au tennis.

Elle étouffa un soupir. Seigneur ! Rafe avait un toucher magique, apaisant ses muscles crispés, la débarrassant des nœuds et tensions. Elle était très fortement tentée de fermer les yeux et de se laisser aller, comme il l'avait suggéré. Cela aurait été merveilleux de faire volte-face et de se lover dans ses bras, de s'appuyer contre lui tandis que ses paumes viriles effleureraient sa chair…

Elle se ressaisit, effarée d'être la proie de pareilles idées. Rafe Valdez n'avait qu'un double objectif : satisfaire sa libido et avoir un enfant ! Elle se libéra de son emprise et sortit de la cabine, puis saisit une serviette et l'enroula autour d'elle avant de gagner la chambre.

Rafe la rejoignit à l'instant où elle enfilait un T-shirt par-dessus sa tête. Il plissa les paupières en voyant les légères meurtrissures qui la marquaient. Il n'avait pas pour habitude de faire mal à une femme et se demanda pourquoi il était contrarié de voir que celle-ci portait des marques dont il était l'auteur…

Danielle avait un corps souple, mince, des jambes fuselées aux muscles finement dessinés et se mouvait avec une grâce fluide.

— Pourquoi ce T-shirt en coton, demanda-t-il, alors que tu disposes à La Femme de toute une variété de tenues autrement élégantes ?

— Je l'ai peut-être choisi comme… repoussoir.

— Pas très efficace, lâcha Rafe, étant donné que tu ne gardes jamais longtemps ce que tu portes.

Préférant ne pas répondre, elle ouvrit les couvertures et se mit au lit, consciente qu'il traversait la pièce et actionnait l'interrupteur. La chambre fut plongée dans le noir. Quelques secondes après, elle sentit s'incurver le matelas : il venait de se glisser à côté d'elle et, tendue, elle guetta l'instant où il allongerait le bras pour la toucher.

Mais les minutes s'étirèrent. Elle ferma les yeux, vaincue par la fatigue, peu encline à méditer sur les événements de la journée.

Aux premières heures de l'aube, Danielle fut arrachée au sommeil en sentant sur ses cuisses la caresse des mains de Rafe, qui remontèrent bientôt pour la débarrasser de son T-shirt.

Sa protestation ensommeillée demeura sans effet alors que, l'attirant à lui, il se mettait en devoir de lui agacer le lobe de l'oreille. Elle chercha à le repousser, mais ne put retenir un gémissement tandis que sa bouche glissait vers un de ses seins et s'y arrêtait un moment. Ses lèvres reprirent leur promenade vers le bas et Danielle perdit tout contrôle, tandis que Rafe la tenait fermement par les hanches.

Puis il écarta doucement ses cuisses et s'immisça profondément en elle. Il la sentit se dilater, capta le souffle étranglé qui s'échappait de sa gorge pendant qu'il commençait à se mouvoir, en un va-et-vient doucement rythmé, jusqu'à ce qu'elle l'agrippe par les épaules et s'abandonne à leur danse lascive.

5

Ils prirent le petit déjeuner au frais sur la terrasse, sans hâte. Danielle s'empara de la section « mode » du journal tandis que Rafe étudiait les pages financières.

Il paraissait détendu et à l'aise, affichant une grâce de fauve, même affalé dans son fauteuil. Ses cheveux noirs étaient impeccablement coiffés, son visage rasé de près. Sa chemise était entrouverte au col, pendant que son veston et sa cravate gisaient sur une chaise proche, au pied de laquelle étaient posés une mallette et un ordinateur portable.

Le parfait homme d'affaires, pensa Danielle. Il y avait en lui quelque chose d'inflexible, une dureté qui prenait sans doute naissance dans son ancien acharnement à survivre. A l'instant où elle se disait cela, il leva les yeux sur elle. Elle soutint son regard.

— Si tu as terminé, nous pouvons partir, dit-il, avalant une dernière gorgée de café avant de se mettre debout.

Il était 8 heures et demie tapantes quand il se gara près de la boutique.

— J'ai un dîner d'affaires, ce soir, annonça-t-il.

Débouclant sa ceinture de sécurité, elle tendit la main vers la portière.

— Donc je ne dois pas attendre ?

Rafe ignora cette légère manifestation de cynisme.

— Une voiture te sera livrée dans l'après-midi.

— Merci.

Balançant ses pieds au-dehors, Danielle descendit, referma la portière, puis le suivit un bref instant du regard alors qu'il réengageait la Jaguar dans la circulation.

Sa mère était déjà dans la boutique. De concert, elles effectuèrent quelques menus changements, vérifièrent les listes du stock, puis discutèrent de leur futur catalogue.

La matinée passa rapidement. Certaines clientes entraient simplement par curiosité, pour voir la nouvelle boutique et les collections proposées. D'autres pour acheter. Quelques anciennes habituées se montrèrent et tentèrent de renouer l'amitié rompue. Danielle ne laissa rien paraître de son dégoût pour une attitude seulement motivée par le désir d'entrer dans les grâces de son puissant mari. Les affaires sont les affaires, après tout. D'ailleurs, par fierté, elle désirait que leur commerce soit une réussite.

A midi, elles prirent une brève pause déjeuner. Dans l'après-midi, outre le ballet des clientes, elles réceptionnèrent une livraison.

Peu après, un directeur commercial se présenta pour remettre à Danielle les clés d'une BMW garée devant la boutique. Ensuite, une heure avant la fermeture, elle reçut par porteur un chéquier et des cartes de crédit au nom de Danielle *Valdez*.

Rafe remplissait sa part du contrat.

Cela n'aurait pas dû l'irriter à ce point, et pourtant… Elle chercha à analyser sa réaction et l'attribua au fait que Rafe avait pris le contrôle de son existence. Mais l'honnêteté la poussa à reconnaître que c'était elle-même qui lui en avait donné la possibilité, même si elle n'avait pas eu le choix. Car quelle personne sensée aurait choisi la banqueroute et la pauvreté alors qu'on lui offrait une solution financière avantageuse ?

Néanmoins, le prix à payer était élevé. Serait-elle capable de remplir sa propre part du contrat ?

Décrétant que l'introspection ne lui valait rien de bon,

elle s'occupa activement à faire du réassort dans les tiroirs en puisant dans la réserve.

A 17 h 30, elles fermèrent et vérifièrent la recette du jour : la somme totale leur arracha des cris de joie.

Une fois rentrée, Danielle se débarrassa du tailleur qu'elle avait mis pour travailler, passa un maillot de bain et se dirigea vers la piscine couverte. L'eau était fraîche. Elle aligna plusieurs longueurs avant de sortir, de s'enrouler dans une serviette et de gagner la douche adjacente.

Le dîner se composa d'une salade au poulet, qu'Elena avait préparée et placée dans le réfrigérateur, accompagnée d'un jus de fruits frais.

La maison semblait bien grande pour une personne… enfin, pour deux personnes, désormais. Les pièces du rez-de-chaussée étaient spacieuses, idéales pour recevoir. La salle de réception n'abritait pas moins de vingt-deux chaises, alignées le long d'une grande table rectangulaire. Et le salon abritait assez de canapés pour accueillir confortablement autant de personnes.

Emportant avec elle un verre d'eau fraîche, Danielle s'installa devant la télévision, regarda une ou deux émissions puis, sur le coup de 22 h 30, monta dans la chambre.

A quelle heure Rafe rentrerait-il ? se demanda-t-elle en s'installant contre les oreillers. Elle se persuada que ça lui était bien égal. Plus tard il reviendrait, mieux cela vaudrait. Avec un peu de chance, il serait trop fatigué et la laisserait tranquille.

Autant croire au Père Noël, pensa-t-elle confusément lorsque l'effleurement des lèvres de son mari au creux de son épaule la tira de son sommeil. Sa bouche, tel un instrument érotique joué par un virtuose, l'éveilla tout à fait et, dans les ténèbres, elle se cramponna à lui, considérant sa propre satisfaction comme un agréable à-côté du plan machiavélique de Rafe.

Ce fut au moment du petit déjeuner, le lendemain matin, qu'elle pensa à la BMW.

— Merci pour la voiture, au fait. Et pour les dispositions bancaires, dit-elle.

Achevant son café, Rafe remplit de nouveau sa tasse.

— Je compte bien que tu sauras m'en remercier…

Il n'y avait pas à se méprendre sur le sens de cette allusion, et elle se sentit rougir, horrifiée par sa propre réaction.

— Mignon tout plein, fit Rafe avec des inflexions taquines. Une femme qui rougit encore, à notre époque !

La boutique prospérait de jour en jour à la grande satisfaction de Danielle, heureuse de voir sa mère de nouveau heureuse et combative. Les moments de calme étaient rares. Elles trouvèrent cependant le temps de recevoir plusieurs candidates pour les seconder à temps partiel.

La nuit, il y avait Rafe.

Le schéma adopté au cours de leur première semaine de vie commune se transforma en une routine bientôt familière. Ils dînaient, puis Rafe se retirait dans son bureau, d'où il émergeait rarement avant 22 heures.

Danielle utilisait une des pièces de la maison comme bureau. Elle vérifiait les comptes, gérait les stocks, effectuait des recherches sur divers sites internet dans le but de moderniser La Femme et de fournir aux clients les tout derniers modèles de la lingerie de luxe. La maquette du catalogue était prête, mais elle voulait être sûre qu'elle ne pouvait être améliorée avant de remettre l'ensemble à l'imprimeur.

Rafe semblait faire partie des chanceux capables d'assumer un emploi du temps surchargé sans dormir plus de cinq heures par nuit. Et même moins, étant donné la fréquence avec laquelle il l'attirait à lui dans les ténèbres.

Chaque fois, Danielle éprouvait un peu plus de mal que la précédente à conserver avec lui une distance émotionnelle. Il avait du savoir-faire, et en jouait en maître pour qu'elle ait un plaisir au moins égal au sien.

Ce samedi-là, le soleil brillait dans un ciel dégagé. La forte chaleur était doublée d'un taux d'humidité élevé et promettait de mettre à l'épreuve ceux qui n'avaient pas la chance de bénéficier de la climatisation. Traditionnellement, le samedi était un jour de forte activité. Leanne, l'assistante que sa mère avait engagée à mi-temps, était venue les seconder à la boutique, d'autant que Danielle devait partir une heure plus tôt, en raison d'un dîner prévu chez une personnalité de la jet-set de Melbourne.

Danielle était à peine partie de La Femme depuis quelques minutes qu'elle se retrouva prisonnière d'un embouteillage géant provoqué par un grave accident de la route. Lorsque finalement elle gara sa voiture devant la maison, dans un léger crissement de pneus, elle en jaillit comme une tornade. Puis elle franchit le perron quatre à quatre et se précipita dans la chambre. Elle y retrouva Rafe, occupé à glisser sa chemise blanche dans son pantalon.

— Tu es en retard, constata-t-il en lui jetant un regard lourd de reproches.

— Eh bien, sors ton revolver et tire.

Elle était encore remuée par les hurlements des sirènes, la venue de la police, d'une ambulance, d'un camion de pompiers et… le souvenir trop vivement ranimé de l'accident, similaire, qui avait provoqué la mort de son père.

Rafe examina sa femme en plissant les yeux. Elle semblait vaguement effrayée et avait les yeux un peu trop brillants, comme remplis de larmes. Abandonnant sur une chaise la cravate qu'il s'apprêtait à nouer, il franchit l'espace qui les séparait.

— Qu'est-ce qui ne va pas ?

Danielle s'étonna : une semaine de vie commune et il pouvait déjà lire en elle, deviner ses émotions ? Elle n'était tout de même pas transparente à ce point ! Cependant, elle n'avait aucunement l'intention de parler avec lui de ses émotions.

— Je n'ai pas le temps de t'expliquer.

— Quelques minutes de plus ou de moins ne comptent pas, fit Rafe, lui soulevant le visage et la contraignant à le regarder en face.

— Je t'en prie. J'ai juste vingt minutes pour me doucher et m'habiller.

— Tu peux aller jusqu'à trente. Je t'écoute.

Elle le foudroya du regard.

— Qu'est-ce que c'est ? L'Inquisition ?

— Je pourrais très facilement découvrir de quoi il retourne. Alors, pourquoi ne pas parler ?

— Tu n'es qu'un obstiné tortionnaire…

— D'accord pour « obstiné ». « Tortionnaire » ne me semble pas le mot le plus approprié.

— Tu me rends folle, lâcha-t-elle, le regard de plus en plus noir.

— Rien de neuf là-dedans, n'est-ce pas ? fit-il, redessinant sa lèvre du bout du pouce.

Cette douce caresse la fit frémir et vint à bout de ses réticences : d'une voix tremblante, elle expliqua la raison de son retard.

— Et cet accident a ravivé douloureusement le souvenir de la mort de ton père, conclut Rafe.

Danielle en resta sans voix. Il avait énoncé une affirmation, et non une question ; elle se demanda jusqu'où il avait poussé l'enquête qu'il avait sans doute menée sur les vies de Joaquin d'Alboa, de sa veuve et de leur fille.

— Allons, va te doucher, lâcha-t-il.

Il la suivit du regard tandis qu'elle s'éclipsait.

Elle reparut entièrement vêtue et maquillée vingt

minutes plus tard, les cheveux relevés en chignon. Sa robe noire ajustée, classique, avait de fines bretelles qui mettaient en valeur ses jolies épaules minces, la courbure élégante de son cou, la rondeur de ses seins. Elle fixa ses clous d'oreilles puis le suivit hors de la chambre après avoir pris sa pochette.

Debout près de Rafe, savourant une coupe de champagne millésimé, Danielle songea que c'était une soirée particulièrement somptueuse. Une cinquantaine d'invités au moins était réunie sur une vaste terrasse, qui donnait sur un jardin à la française, orné de fleurs colorées, de topiaires, d'allées paysagées qui accueillaient, stratégiquement disposés, des bancs et autres sièges.

Des serveurs en livrée faisaient circuler des plateaux de petits fours, de mignardises et de boissons.

— Au fait, j'ai oublié de poser la question. C'est une simple occasion mondaine ou une soirée caritative ? demanda Danielle en se tournant vers son mari.

— Une soirée caritative.

— A laquelle tu contribues par une généreuse donation.

— J'apporte mon soutien à un certain nombre de bonnes causes, oui.

Rafe était impressionnant dans son smoking italien qui sublimait sa silhouette mince et athlétique. Elle pensa à ce que dissimulait le luxueux tissu, se remémorant avec une précision redoutable ce corps nu et bien modelé, le dessin de ses muscles, la texture de sa peau.

Elle eut une vision de sa bouche capturant la sienne et crut presque sentir se promener sur son corps ses mains habiles, allumant sur sa chair de petits brasiers de volupté…

Arrête ! s'ordonna-t-elle impérieusement. Si elle acceptait leurs relations sexuelles, c'était pour accomplir sa part du marché puisque le but en était de concevoir un enfant.

Un invité les aborda et, après les salutations d'usage, engagea avec Rafe une discussion professionnelle. Contente de cette diversion, Danielle s'excusa et s'éloigna vers un serveur, dans l'intention de prendre une boisson — non alcoolisée, cette fois. Elle capta au passage des bribes de conversations. A l'instant où elle venait de jeter son dévolu sur un verre d'eau minérale avec des glaçons, elle entendit qu'on l'appelait par son prénom.

Lorsqu'elle se retourna, elle dut faire un effort pour conserver le sourire poli qui lui était venu aux lèvres : Cristina se tenait devant elle, grande, élégante, chaque fibre de son être martelée par la classe altière que donnent l'extrême richesse et la fréquentation des meilleures universités.

— Vous êtes sûrement contente d'être de nouveau active sur la scène sociale après une aussi… malheureuse absence, attaqua-t-elle.

Danielle s'enjoignit la prudence : rester courtoise, simple, ne pas entrer dans son jeu.

— En effet.

Elle vit passer un éclair dans le regard gris glacial de Cristina.

— Intéressant, la manière dont votre mère et vous avez réussi ce retournement de fortune.

— N'est-ce pas ?

— Qu'avez-vous fait, ma chère ? Vous vous êtes vendue ?

Danielle se mordit l'intérieur de la joue pour ne pas exploser. La situation se gâtait. Elle réussit cependant à conserver un ton égal pour répondre.

— Si c'était vrai, que viendrait faire le mariage dans cette équation ?

— Quelque chose que tout le monde a sur le bout des lèvres…

Elle parvint à sourire, s'abstenant de tout commentaire.

— Alors, dites-moi, reprit Cristina. Pourquoi vous ?

— Peut-être devriez-vous poser la question à Rafe.

— Vous ne pouvez pas être si performante que ça au lit !

Le verre de Danielle faillit finir sur le visage de Cristina mais heureusement elle se contint.

— Encore une question à poser à Rafe. Vous en avez, des choses à lui demander !

— J'espère que vous pourrez rester à la hauteur, ma chère. Ce salaud est très porté sur la chose.

— N'est-ce pas…, répliqua Danielle d'un ton suggestif, affectant, au risque d'envenimer la situation, un sourire langoureux.

— A toutes fins utiles, lança Cristina avec une rage froide, une alliance au doigt ne me fait pas peur chez un homme.

— Vous mettriez donc le grappin sur lui si je n'étais plus en grâce ?

— C'est au futur qu'il faut parler, pas au conditionnel. Rafe ne se satisfait pas longtemps d'une seule femme.

— Je pourrais être l'exception qui confirme la règle.

— J'en doute, laissa tomber la blonde après l'avoir jaugée d'un regard insolent.

— De quoi doutes-tu, Cristina ? s'enquit une voix traînante.

Avec la grâce silencieuse d'un fauve, Rafe les avait rejointes sans se faire remarquer. Cristina fut prompte à se ressaisir.

— Nous discutions de La Femme, mon cher. La relocalisation sera sûrement très fructueuse.

Elle ne manque pas d'air, pensa Danielle, se demandant si Rafe était dupe.

— Tu veux bien nous excuser ? fit-il à Cristina, saisissant la main de Danielle et mêlant ses doigts aux siens.

Il l'entraîna plus loin. Puis, portant sa main à sa bouche, il y promena ses lèvres. Elle tenta vainement de se libérer.

— Qu'est-ce que c'est ? Tu limites les dégâts ? Je peux me défendre toute seule, figure-toi !

— Cristina a tout du piranha.

— Elle a des visées sur toi.

— Sur mon compte en banque, rectifia Rafe d'un ton sec.

Danielle lui jeta un regard intrigué, observant son profil, la façon dont les ombres et les lumières en découpaient les angles et les aplats. Il avait un visage plein de caractère, avec une mâchoire décidée, un grand front, un nez droit et bien équilibré, et une bouche… à se damner !

— Ravie de voir que tu ne te fais aucune illusion, dit-elle doucement.

Il sourit et elle eut un coup au cœur. Il avait presque l'air d'un gamin, quand il souriait ainsi. Même s'il n'avait sans doute guère goûté les joies de l'adolescence. Il était brutalement passé de l'enfance à l'âge adulte, façonné par les dures lois de la survie.

— Tu as la langue bien pendue, dis-moi, observa-t-il.

— C'est un de mes principaux talents.

— Allons, viens. Notre hôtesse annonce le buffet.

Une somptueuse sélection de mets était disposée sur une longue table. Danielle fit son choix, déposant quelques amuse-gueules sur son assiette. Les préparations, présentées en menues portions faciles à piquer d'une fourchette, permettaient aux invités de se déplacer à leur guise, de se réunir pour bavarder avec qui bon leur semblait. La soirée pouvait ainsi se dérouler dans une agréable atmosphère informelle.

Danielle avait l'habitude des collectes de fonds. Celle-ci suivait un schéma assez classique : servir généreusement à boire, donner aux invités le temps d'échanger, les nourrir ensuite puis, quand tous étaient détendus, passer à l'événement capital de la soirée.

En l'occurrence, une vente aux enchères d'objets

précieux : un ensemble de verres en cristal de Baccarat que des visiteurs européens de sang royal avaient portés à leur bouche ; un pendentif en jade qui avait orné le cou d'une ex-épouse d'un prince arabe, etc.

Le regard de Danielle fut attiré par un des lots présentés. L'écrin et le ravissant bracelet en diamants qu'il contenait ne pouvaient être confondus avec aucun autre. Le bijou ciselé à la main avait un dessin unique, qu'elle identifia aussitôt : c'était un héritage qu'on lui avait remis quatre ans plus tôt, à l'occasion de son vingt et unième anniversaire. Par sentimentalisme, elle avait conservé les pendants d'oreilles assortis, mais le bracelet était parti l'an dernier — une de leurs nombreuses tentatives pour récupérer des liquidités.

Que faisait-il ici ? Et qui… ? Non, ce ne pouvait être Rafe, pensa-t-elle, lui décochant un regard pénétrant. Elle échoua à interpréter son expression.

Lors de la vente, le bracelet fut présenté comme ayant appartenu à un membre de l'aristocratie espagnole. Ce fut Rafe qui ouvrit les enchères. Cristina enchaîna. Sa participation souleva l'intérêt de l'assistance. Les enjeux montèrent si vite, grossis par d'autres participants, qu'il ne resta bientôt plus en lice que deux personnes. A chaque offre de Rafe, Cristina renchérissait, et réciproquement. Lorsque l'enchère eut atteint une somme que Danielle jugea indécente, la sculpturale blonde renonça.

Rafe avait-il eu l'intention de signifier publiquement la défaite de cette dernière ? La plupart des personnes présentes n'avaient pu manquer d'établir une relation entre les enchères qu'il avait menées et l'origine affichée du bracelet.

La vente se poursuivit avec les autres objets de la liste, suscitant une compétition intense. Une somme considérable fut ainsi réunie, pour un organisme caritatif dont la spécialité était de réaliser le souhait le plus cher d'enfants malades en phase terminale.

On servit ensuite du café, tandis que les gagnants prenaient possession de leurs lots. Rafe rejoignit Danielle, sortit le bracelet de son écrin et le passa à son bras.

— Pour toi.

— Merci, dit-elle, effleurant les précieux diamants. Il a appartenu à ma grand-mère maternelle.

— Il faisait partie des bijoux acquis par mon intermédiaire.

— Tu as donné quelque chose que tu possédais pour le racheter ensuite ? Pourquoi ?

— Par caprice, peut-être ? suggéra-t-il.

Danielle en doutait. Il n'était pas du genre à céder à une impulsion frivole. Rafe était un stratège hors pair, qui n'agissait que pour vaincre.

Les invités commençaient à se disperser. Elle accompagna Rafe pour saluer leurs hôtes, puis ils rejoignirent la voiture. La soirée d'été était tiède, le ciel d'un indigo soutenu constellé d'étoiles, et la légère fraîcheur de l'air suggérait que le temps serait agréable le lendemain.

Dès que Rafe eut remisé la voiture, Danielle descendit et gagna le hall, heureuse à la pensée que le lendemain matin elle n'aurait pas à guetter la sonnerie du réveil ni à se soucier des embouteillages. Elle caressa l'idée agréable d'une journée de farniente.

Elle monta dans la chambre, se débarrassa de ses talons aiguilles, puis se mit en devoir de défaire la glissière de sa robe. Soudain, elle sentit les doigts de Rafe, venus la seconder dans cette tâche.

Lorsque la fermeture fut ouverte, il fit glisser les bretelles de ses épaules puis, d'un geste, fit coulisser le vêtement à terre. Danielle frissonna. Comme la robe avait un soutien-gorge incorporé, elle ne portait dessous qu'un mince slip en dentelle noire. Rafe retira alors les épingles qui fixaient son chignon torsadé, et ses cheveux se répandirent sur ses épaules. Il la fit pivoter face à lui ; elle demeura immobile, sur ses gardes, pendant qu'il ôtait son veston, puis sa cravate, et déboutonnait le haut de sa chemise.

Saisissant son visage au creux de ses paumes, il lui donna un baiser câlin et séducteur, qui ne tarda pas à se faire possessif. Ses mains glissèrent, l'une dans ses cheveux, l'autre sur ses fesses. Rompant leur baiser, il se dépouilla rapidement de ses vêtements avant de soulever Danielle contre lui, lui écartant les jambes de façon à presser la part la plus intime de sa chair contre son sexe érigé. Le mouvement glissant et doux qu'il adopta la rendit presque folle de plaisir. Lorsqu'elle commença à gémir, il la délivra de sa culotte avant de basculer sur le lit avec elle.

Il la pénétra d'une longue poussée, en douceur cependant. Elle l'accueillit avec bonheur, au bord de perdre tout contrôle. Mais, en de savants va-et-vient, Rafe les emmena tous deux vers les hauteurs vertigineuses d'un voyage sensuel marqué par la joie intense de la complétude, par l'exquise sensation de former un duo à l'unisson.

La bouche de Rafe ravagea la sienne, d'un baiser lent gagnant peu à peu en intensité érotique, attisant un regain mutuel de désir. D'un mouvement fluide, il roula sur le dos, et elle s'installa sur lui, traversée par une sensation de pouvoir jouissive, le taquinant, le tentant, mettant son *self-control* à l'épreuve. Elle effleura son torse, explora la texture de sa peau, grisée par son souffle entrecoupé, son regard noyé de plaisir.

— As-tu fini de faire joujou, *querida* ? murmura-t-il.

— Mmm... non, pas encore, répondit-elle, agaçant son mamelon, le mordillant.

Puis elle se cambra, le chevauchant sur un rythme accru jusqu'au point d'incandescence, qui les laissa tous deux haletants d'une fièvre sensuelle.

Seigneur… Cela serait-il toujours ainsi ? se demanda Danielle en se laissant aller contre lui. Elle vibrait encore, le souffle court, et sentait sur sa chair la caresse douce des doigts de son mari, apaisants, l'accompagnant jusqu'à ce qu'elle s'immobilise dans le repos.

Une femme pouvait devenir accro à une passion aussi intense. Si l'amour venait s'y ajouter, ce serait un mélange véritablement explosif !

Elle avait beau tenter de se persuader qu'elle détestait Rafe, sa chair était de toute évidence en désaccord avec sa raison et vibrait tel un instrument finement accordé dès qu'elle entrait en contact avec son corps viril. Elle aurait aimé pouvoir retrouver sa haine initiale envers lui, le détester tout comme elle se détestait elle-même d'avoir perdu la tête…

Sur le point de sombrer dans le sommeil, elle sentit ses lèvres effleurer son front et laissa échapper un soupir, à bout de forces, incapable de s'insurger.

6

Danielle se réveilla et s'étira, se rendant compte qu'elle était seule dans le grand lit. Elle envisagea de paresser encore une heure entre les draps, mais y renonça en devinant le soleil qui brillait derrière les volets. Et puis elle avait toute une longue journée devant elle qu'elle voulait mettre à profit, entre autres, pour rattraper son retard dans la comptabilité de la boutique et ensuite en s'accordant quelques heures de shopping.

Il y avait une éternité qu'elle n'avait fait un peu de lèche-vitrines. Etant donné les obligations sociales et mondaines de son mari, elle avait besoin d'une nouvelle paire d'escarpins et d'une robe du soir.

Elle se glissa hors du lit, se doucha, puis enfila un jean et un haut en coton. Elle descendit d'un pas léger dans la cuisine, où elle prépara son petit déjeuner : céréales, fruits, toasts et café.

Rafe demeurait invisible. Tout en feuilletant le journal dominical, elle se demanda où il pouvait bien être. Dans son bureau ? Dans le gymnase du sous-sol ? Après un second café, elle prit son ordinateur portable et s'installa à la table de la salle à manger pour travailler.

— Bonjour, lança une voix familière, une heure plus tard.

— Salut, fit-elle, relevant la tête.

Les battements de son cœur s'accélérèrent quand elle vit Rafe devant elle, en short, T-shirt et tennis. Il revenait visiblement de la salle de sport. Il alla prendre une bouteille d'eau fraîche dans le réfrigérateur et but à même le goulot une longue gorgée, avant de se tourner vers elle.

— Je vais prendre des dispositions pour qu'une pièce de l'étage soit aménagée en bureau à ton intention.

— Ce n'est pas nécessaire. J'aime pouvoir travailler n'importe où. Il ne me faut pas plus de quelques heures par semaine pour tenir les comptes à jour, de toute façon.

— Il te sera plus facile d'avoir ton propre espace de travail, affirma Rafe.

Il vida la bouteille, s'en débarrassa et sortit de la cuisine. L'affaire était classée, visiblement. Elle aurait dû lui en être reconnaissante, alors pourquoi éprouvait-elle une sorte de rancune ?

Sa comptabilité enfin à jour, Danielle ferma son ordinateur, rassembla ses documents dans sa mallette et monta déposer le tout au premier. Puis elle prit son sac et les clés de sa voiture avant de se mettre en quête de Rafe, pour l'informer qu'elle sortait pour le restant de la journée.

Elle ne le trouva nulle part. Elle lui laissa donc un mot en évidence sur le plan de travail de la cuisine et gagna le garage.

Sa première destination était Brighton, charmante bourgade de la grande banlieue de Melbourne, au bord de la mer. Elle y flâna à travers les rues, puis savoura un cappuccino dans un café branché avant de faire les boutiques.

Son téléphone portable sonna au moment où elle s'apprêtait à entrer dans un magasin. Elle prit l'appel, s'immobilisant sur le trottoir.

— Où es-tu ? demanda la voix inimitable de Rafe.

— Très précisément devant une boutique de prêt-à-porter, à Brighton.

— Le « sais pas quand je serai de retour » de ton petit mot signifie-t-il en fin d'après-midi ou ce soir ?

— Cela a-t-il de l'importance ?

— Réponds à ma question, Danielle.

— J'ignorais que j'avais besoin de ta permission pour sortir.

— *Querida*, fit-il d'une voix trop douce pour ne pas être inquiétante, ne mets pas ma patience à l'épreuve, s'il te plaît.

— Est-ce ce que je suis en train de faire ? s'enquit-elle, joueuse.

— Ferais-tu preuve de la même audace si j'étais en face de toi ? Je me le demande.

— Sois bien certain que oui.

Il laissa échapper un petit rire rauque qui la fit frissonner.

— Si on reprenait tout depuis le début ?

— Je rentre ce soir, concéda-t-elle, ne cherchant pas à biaiser. Je veux faire un saut à l'appartement pour voir ma mère.

— Sois de retour à 18 heures, Danielle. Ensuite, nous emmènerons Ariane au restaurant.

Là-dessus, il raccrocha. Elle téléphona aussitôt à sa mère pour l'informer de l'invitation.

— C'est absurde, ma chérie. Ce sera bien plus confortable et intime de dîner ici !

Danielle n'était pas sûre qu'un repas « intime » était une bonne idée ! Sa chère petite maman voudrait certainement en profiter pour se faire une idée de la vie de couple de sa fille, ce qui, étant donné les circonstances du mariage, ne lui semblait pas une excellente idée…

— Je préparerai une de mes spécialités, décréta Ariane.

Il y avait longtemps que sa mère n'avait pu s'adonner

au plaisir de recevoir, aussi Danielle se résigna-t-elle avec un soupir.

— J'apporte quelque chose ?

— Une baguette bien craquante, ma chérie. Oh ! et puis de la salade verte.

— Je viendrai en avance pour t'aider.

— Non, laisse-moi le plaisir de t'avoir pour invitée.

Après avoir mis fin à la communication, Danielle consacra les heures suivantes au choix d'une paire de chaussures et d'une robe.

Il était 16 heures passées quand elle entra dans le penthouse familial, lestée d'un bouquet de fleurs, d'une bouteille de bon vin, ainsi que de la baguette et de la salade demandées. Des senteurs alléchantes flottaient dans la cuisine, et Danielle embrassa affectueusement sa mère, émue de voir son expression de plaisir face aux plats qui mijotaient sur le fourneau.

— Pour toi, maman, dit-elle en lui tendant le vin et les fleurs. Bon, et maintenant, comment puis-je t'aider ?

Elles finissaient d'apprêter la table, une heure plus tard, quand Rafe sonna à la porte. Ariane alla lui ouvrir. Danielle entendit bientôt leurs voix dans le vestibule : celle de Rafe, grave et mâtinée d'accent américain ; celle de sa mère, vibrant du plaisir de l'accueillir. Lorsqu'elle les rejoignit, Rafe s'approcha d'elle et planta un baiser sur sa bouche.

Elle l'aurait volontiers giflé, et il le savait, la crapule ! Elle avait capté la lueur amusée de son regard alors qu'il reprenait sa bouche en un baiser lent et possessif. Cette caresse la mit sur les nerfs et amena du rouge à ses joues. C'était un acte délibéré, un geste qui ne manquerait pas d'exciter l'imagination de sa mère — c'était sûrement l'effet cherché !

— J'ai pensé qu'il serait agréable de dîner ici, déclara

Ariane en décochant un regard rayonnant à sa fille. Vous serez mes premiers convives.

Elle se tourna alors vers Rafe.

— Que puis-je vous offrir à boire ? J'ai un excellent chardonnay.

Durant le repas — une réussite culinaire indéniable —, Danielle envisagea avec réticence la sympathie naissante entre sa mère et Rafe. Une part d'elle-même désirait avertir Ariane qu'elle avait affaire à un manipulateur et la mettre en garde contre les démonstrations affectueuses de son mari. Car il ne pouvait s'agir que d'une comédie de sa part ; toute autre supposition n'était pas recevable.

A la fin du dîner, il manifesta de l'intérêt pour les photos exposées çà et là sur les meubles ; Ariane alla dénicher dans un tiroir les albums de famille. Au prétexte de préparer le café, Danielle s'éclipsa dans la cuisine, peu disposée à participer au déballage de son passé que ne manquerait pas d'occasionner le feuilletage des albums. Elle prit son temps, disposant des tasses en porcelaine sur un plateau, puis des petits fours, patientant jusqu'à ce que le liquide ait filtré. Enfin, n'ayant plus de raison de s'attarder, elle retourna dans le salon.

Elle avait espéré que les albums auraient regagné leur place habituelle et fut dépitée d'entendre que sa mère était lancée dans un récit de vacances à l'étranger. Elle commentait en détail les circonstances dans lesquelles certaines photos avaient été prises, livrant beaucoup trop d'informations personnelles sur la vie de sa fille au goût de Danielle. Jusqu'à la fin de la soirée, celle-ci ne put se débarrasser du sentiment de vulnérabilité que les confidences de sa mère avaient suscité en elle.

— Il faudra renouveler cette expérience, lança Ariane, enthousiaste, lorsque Rafe déclara qu'il était temps de partir.

— Bien sûr. Vous serez notre invitée, déclara Rafe. Danielle vous tiendra au courant.

Puis ils prirent congé et chacun grimpa dans sa voiture ; Danielle suivit Rafe sur le court trajet jusqu'à sa maison, qu'elle allait devoir s'habituer à considérer comme *leur* maison.

— Ta mère est une femme charmante, lâcha Rafe en dénouant sa cravate. Je veillerai à ce qu'elle soit invitée avec nous à certaines soirées.

— Cela lui fera plaisir, j'en suis sûre, dit Danielle.

Elle rangea ses achats dans son dressing, enleva ses chaussures, ses bijoux, et passa à la salle de bains. Après s'être dévêtue, elle ouvrit le robinet et s'avança sous le jet, savon à la main, réfléchissant aux livraisons prévues le lendemain et aux améliorations à apporter à la vitrine. Elle allait peut-être modifier la parure du mannequin central, présenter plutôt le body noir en dentelle…

La porte vitrée coulissante s'ouvrit et Rafe entra. Ce n'était pas la place qui manquait dans la cabine, même pour deux, mais Danielle lui en voulut d'envahir de nouveau son espace personnel — ce qui n'était guère logique, étant donné l'intimité qu'ils partageaient.

— Il faut vraiment que tu te douches en même temps que moi ? protesta-t-elle.

— Ça te dérange ?

— Oui !

— Eh bien, il va falloir t'habituer, dit-il en s'emparant du savon.

— Ecoute…

— Je préfère regarder, *querida*, lâcha-t-il avec amusement, la saisissant par les épaules pour la faire pivoter face à lui. Si je me souviens bien, une photo de l'album mettait en évidence une adorable petite marque de naissance…

Ses doigts errèrent vers le creux de ses reins, sur la courbe de ses fesses.

— Par ici, je crois. Ah, oui, la voici. Comment ai-je pu ne pas la remarquer ?

Danielle se libéra de son étreinte, mais il la ramena vers lui, tandis que le jet cascadait sur son large dos. D'un geste impulsif, elle abattit une main sur son épaule, puis lui décocha un coup de poing à l'estomac.

— Arrête !

— Attention, fit Rafe, dont le regard était soudain dépourvu d'humour. Tu t'aventures sur une pente glissante.

— Tu ressentirais quoi, hein, maugréa-t-elle avec un regard noir, si je détaillais TES imperfections ?

— Ça m'exciterait.

— Evidemment ! commenta-t-elle avec un cynisme railleur.

— Tu tiens vraiment à en faire toute une histoire ?

— Oui !

— Pourquoi, puisque tu n'as aucune chance d'emporter la partie ?

— Ça ne m'empêche pas d'essayer !

Qu'est-ce qui me prend ? se demanda-t-elle. C'était insensé d'entamer une dispute avec Rafe. Et carrément stupide de le faire alors qu'elle était nue…

— Qu'est-ce que tu espères, hein ? fit-il.

Echappant à son emprise, elle lança :

— Si ça ne t'ennuie pas, j'aime autant ne pas te servir d'objet sexuel, ce soir !

Rafe la ramena une fois de plus contre lui, emprisonnant son visage pour la contraindre à le regarder en face.

— Et si j'y vois une objection ?

— Tu n'as qu'à t'en aller au diable !

Il fut tenté de la prendre là, séance tenante. Pour lui faire sentir la différence entre posséder une femme et lui donner du plaisir. Il faillit bel et bien passer à l'acte mais se contenta d'incliner la tête et de lui imposer un baiser, avec l'obscure volonté de la punir plutôt que de la satisfaire.

Il voulait obtenir une réaction violente, désinhibée, et œuvra dans ce sens, la tourmentant sensuellement jusqu'à ce qu'il sente venir sa reddition. Alors il fut moins pressant, se faisant plutôt suggestif et provocant, jusqu'à ce que ce soit elle qui cède à la passion…

Les jours suivants furent très chargés. Danielle créa une vitrine qui suscita pas mal de compliments, voire d'éloges. Les affaires marchaient de mieux en mieux. Depuis son transfert dans le quartier huppé et commerçant de Toorak Road, La Femme était devenue une affaire florissante. La boutique proposait une gamme étendue d'articles d'importation de luxe, et attirait une nombreuse clientèle.

Le mercredi, cependant, s'avéra la journée de tous les ratés. Le livreur n'arriva pas à l'heure prévue et une cliente, s'étant présentée avant midi pour prendre sa commande spéciale, s'irrita en découvrant qu'elle n'était pas arrivée. Les excuses ne la calmèrent pas, ni l'assurance que sa commande serait très certainement déposée dans l'après-midi.

Ce ne fut pas le cas, malheureusement, et la cliente revint pour rien. Elle leur servit alors une diatribe sur le manque de fiabilité de La Femme, la désinvolture d'Ariane et Danielle, leur dédain des clients, le tout assorti d'une menace d'aller trouver satisfaction ailleurs.

Danielle passa un coup de fil au fournisseur, qui l'informa que cette commande avait été annulée et qu'il en ignorait le motif. Une vérification rapide avec Ariane confirma ce dont Danielle se doutait déjà : sa mère n'avait pas annulé la commande. Leanne était hors de cause, puisqu'elle n'était présente à la boutique que les jeudis, vendredis et samedis ; or la commande datait du lundi, soit quarante-huit heures auparavant.

— Tu as une idée de ce qui se passe ? lui demanda sa mère.

— Une hypothèse tout au plus.

— Tu penses à un sabotage, n'est-ce pas ?

— Ce n'est pas une éventualité qui m'enchante, mais... En tout cas, dorénavant, nous confirmerons chaque commande par un courrier électronique assorti d'un code spécial, uniquement connu de toi, de moi et du fournisseur, décida Danielle.

Elle souleva aussitôt le téléphone, organisant cet arrangement sans tarder. Cependant, cet incident la perturbait. S'il s'agissait de sabotage, alors... qui en était l'auteur ? Un nom était immédiatement venu à l'esprit de Danielle. Cristina... Etait-elle capable de pousser aussi loin l'esprit de vengeance ?

Elle n'aimait pas l'idée d'accuser sans preuves ; si Cristina était réellement responsable, elle ne pouvait la contrer sans en avoir d'irréfutables. Les suppositions, les soupçons ne suffisaient pas.

Préoccupée pendant le trajet du retour en voiture, consciente de sa tension, elle décida qu'elle avait besoin de dépenser son excès de nervosité. Elle opta pour une séance dans la salle de sport, suivie d'une série de longueurs dans la piscine. Une fois rentrée, elle passa donc un maillot de bain, enfila par-dessus un short et un T-shirt et descendit au sous-sol.

La salle, spacieuse, comportait un banc de musculation, un tapis roulant électronique, un vélo d'exercice, un sac de frappe et des haltères. Une vitrine fermée contenait une série d'armes utilisées dans les arts martiaux.

— Tu admires ma collection ?

Une fois de plus, avec sa démarche féline, il s'était

glissé près d'elle sans un bruit. Elle se tourna lentement vers lui. Il portait un pantalon de jogging et un T-shirt, ainsi qu'une serviette autour du cou.

— Tu pratiques les arts martiaux ?

Il croisa les bras avec une grâce fluide peu ordinaire chez un homme.

— Cela t'étonne ?

— Non, dit-elle, songeuse.

De sa part, elle s'attendait à tout, et elle avait déjà observé confusément chez lui, sans jamais vraiment s'y attarder, une harmonie du corps et de l'esprit, une maîtrise de l'un et de l'autre et l'art d'en user de manière accomplie.

— Tu veux t'entraîner ? fit-il, jaugeant sa tenue.

— Taper dans quelque chose, corrigea-t-elle brièvement.

Rafe la sentit tendue, et s'en étonna.

— Tu as envie de m'expliquer pourquoi ?

— Pas vraiment.

— Je te passe des gants de boxe ? suggéra-t-il, légèrement ironique.

— Je ne rigole pas, fit-elle en lui décochant un regard noir.

— Ça va si mal que ça ?

Il fut tenté de détourner la colère de Danielle, de la canaliser vers la passion mais, au lieu de cela, il se dirigea vers un des meubles placés contre le mur et en sortit une paire de gants de boxe.

— Tends les mains, fit-il en revenant vers elle.

Il lui enfila les gants, les laça, puis s'approcha du sac de sable, qu'il bloqua contre son torse.

— Tu t'es déjà servie de ça ?

— Jamais, dit-elle en s'approchant. Mais ça fera l'affaire.

— A la place de qui ?

— Je ne suis pas sûre, lâcha Danielle après un silence.

Il lui donna quelques explications, puis lui proposa de commencer sa séance. Elle s'exécuta, libérant un flot de violence contenue. Ensuite, en nage, elle gagna le tapis roulant. Rafe le régla sur une vitesse moyenne et elle courut ainsi une demi-heure. Il était dans son champ de vision ; elle ne put qu'admirer la souplesse et la grâce de ses mouvements tandis qu'il exécutait ses exercices. Contrôle, discipline, il possédait tout cela. Dans un combat, il devait être très dangereux...

Ensuite, elle gagna la piscine, dans laquelle elle effectua une série de longueurs. Elle en avait perdu le compte lorsqu'une tête brune apparut soudain à sa hauteur. Rafe adopta la même allure qu'elle. Il s'écoula un bon moment avant que Danielle décide qu'elle en avait assez.

— Ça y est, tu as ta dose ? demanda Rafe.

— Oui, fit-elle, reprenant son souffle, accrochée au rebord du bassin.

— Tu te sens mieux ?

— Un peu.

— Alors, sortons d'ici, douchons-nous et passons au repas.

— C'est moi qui cuisine, proposa-t-elle en se hissant hors de l'eau et en attrapant une serviette.

— On pourrait dîner au restaurant.

— Je n'ai pas de rivale pour préparer un steak-salade, lança-t-elle en essorant ses cheveux. Elena a rempli le réfrigérateur. Avec un peu de pain pita et de l'houmous, ce sera parfait. Fais-moi confiance.

Ils dînèrent sur la terrasse, arrosant leur repas d'un délectable cabernet sauvignon. Danielle appréciait ce décor fait de pelouses bien taillées, de plates-bandes fleuries, de plantes buissonnantes et d'arbustes. Elle imagina ce que serait la vie dans un tel lieu avec des enfants. Il y aurait une balançoire, un toboggan, une ribambelle de jouets ; plus un chien, compagnon de jeux et de fous rires et, dans la maison, un chat pelotonné sur son fauteuil favori. Elle voyait aussi une nursery joliment meublée, un cheval à bascule où elle pourrait elle-même se balancer en tenant son enfant dans ses bras…

Un enfant. La raison de ce mariage.

Etait-elle déjà enceinte ? Cela n'aurait pas été impossible mais, selon ses calculs, il était probable que non. Combien de temps faudrait-il ? Un rire monta dans sa gorge : étant donné le penchant de Rafe pour les ébats au lit, un bébé ne tarderait pas à être en route !

— Les comptes de La Femme continuent à faire ressortir un turnover accru, observa-t-il. La boutique roule sans problème.

— Oui, dit-elle, en savourant une gorgée de vin.

— Tu as des réticences ?

Danielle posa sur lui un regard curieux. Décidément, il avait l'esprit vif ! Presque trop, pensa-t-elle, captant la lueur perspicace et aiguë de ses prunelles. Ariane lui avait-elle parlé de la mystérieuse annulation de commande et de la crise de fureur de la cliente insatisfaite ? Devait-elle le mettre au courant ?

Elle était tentée de régler le problème par elle-même, question de fierté et d'intégrité. Ce n'était sûrement pas bien difficile, même si Cristina avait brouillé les pistes.

— Non, aucune réticence, répondit-elle finalement.

— Mais ? fit-il.

— Pourquoi supposes-tu qu'il y a un « mais » ?

Rafe se renversa sur son siège et la scruta. Quelque chose la tracassait, il en était certain. Il était résolu à découvrir de quoi il retournait. A un moment plus favorable. Il décida alors de changer de sujet.

— Nous sommes invités au vernissage d'une exposition photographique à la Simpson Gallery, vendredi soir.

— Tu m'informes du calendrier mondain de la semaine prochaine ?

— Oui.
— Génial.
— Ne sois pas railleuse.
— C'est juste que j'ai horreur de me donner ainsi en spectacle.
— Avec le temps, notre mariage n'intéressera plus personne.

Il avait raison, mais cela ne lui remontait pas le moral. D'autant que Cristina rôdait sans cesse à l'arrière-plan.

— Des amis nous invitent à passer quelques heures de farniente sur la plage, dimanche, ajouta-t-il. Volley-ball et barbecue.
— Et si j'ai des projets personnels ?
— Nous trouverons un compromis.
— Je pensais aller au cinéma, avança-t-elle.

Il n'en était rien, mais Danielle tenait à marquer son territoire, à affirmer son indépendance. Ne serait-ce que pour la forme.

— Nous serons sur la Gold Coast la semaine prochaine.
— « Nous » ?
— J'ai des affaires à y traiter, expliqua Rafe, faisant un effort de patience.
— Je ne peux pas délaisser la boutique !
— Si, tu peux. Leanne travaillera jeudi et vendredi.
— J'aurais préféré que tu m'en parles d'abord, maugréa Danielle, refoulant une poussée de colère.

Avec le déclin du soleil à l'horizon, le ciel se décolorait, le paysage s'estompait. Bientôt, le décor se fondrait dans un mélange de gris. Les lumières du jardin ne tardèrent pas à s'allumer, baignant les lieux d'un halo doré. Sans un mot, Danielle se leva et se mit à débarrasser la table. Il ne lui fallut que quelques minutes pour tout mettre en ordre. Ensuite, elle monta prendre les clés de sa voiture et son sac. Elle éprouvait le besoin irrépressible de s'échapper un peu, même pour une heure.

— Tu sors ? fit Rafe, surgissant sur le seuil de la chambre.

— Oui.

— Le temps d'enfiler ma veste et je t'accompagne.

— Je sors seule, décréta-t-elle, le regard noir.

— Je viens avec toi, rétorqua-t-il d'une voix doucereuse. Sinon, tu ne feras pas un pas dehors.

— Je n'ai pas envie d'être avec toi pour le moment ! s'écria-t-elle, furieuse.

— C'est dur à entendre…

— Oh ! bon sang ! Tu ne peux quand même pas…

— Si, je peux, coupa Rafe.

— Pourquoi t'acharner ainsi sur moi ? demanda-t-elle, en le regardant aller et venir dans la pièce.

— Parce qu'il est hors de question que la femme de ma vie sorte seule la nuit.

— Je ne suis pas la « femme de ta vie ».

Il eut un léger sourire et répondit avec sa nonchalance coutumière.

— Si.

— Non, en aucune manière ! déclara-t-elle, d'autant plus exaspérée qu'il semblait s'en amuser.

Il saisit sa veste et la balança sur son épaule.

— Allons-y !

— J'ai changé d'avis.

— On pourrait aller se coucher tôt, alors.

L'allusion, plus que claire, renforça la fureur de Danielle.

— Tu ne penses donc qu'à ça ?

— Avec toi, ça vient naturellement.

Cédant à une impulsion incontrôlable, elle éleva la main pour lui coller une gifle. Mais il la retint par le poignet avant qu'elle ait pu atteindre sa joue. Comme au ralenti, il déposa d'une main sa veste sur une chaise tandis que de l'autre il l'attirait à lui, lui donnant un baiser profond, envahissant. Danielle lutta, le martelant de ses poings, mais il se contenta de la soulever tout en la maintenant contre lui. Sa lutte était d'autant plus perdue d'avance que son corps n'était pas du même avis que sa raison… Car, depuis qu'elle avait senti contre son ventre l'excitation de Rafe, elle n'avait qu'une envie : répondre à son invite. Cela lui arracha un gémissement de désespoir.

Soudain Rafe la relâcha. Elle recula d'un pas, cherchant à reprendre son souffle.

— Alors, on reste ou on sort ? demanda-t-il.

Il était si décontracté qu'elle devint plus furieuse encore.

— Je sors. Seule, décréta-t-elle en le foudroyant du regard.

— Ça ne va pas recommencer !

— Tu n'es pas mon geôlier, bon sang ! s'emporta-t-elle.

Elle le dépassa d'un pas vif et descendit l'escalier. Une fois dans le garage, elle se mit au volant et ouvrit la porte avec sa télécommande. Mais, à peine avait-elle mis le contact que Rafe se glissa sur le siège du passager. Elle leva les yeux au ciel et démarra.

Danielle se dirigea vers la rive sud du Yarra, où l'on pouvait savourer le plaisir de s'asseoir dehors pour regarder vivre Melbourne. Décidant de faire comme si Rafe n'était pas là, elle choisit un café et s'installa en terrasse. Elle commanda un crème.

— Un expresso, demanda-t-il en s'installant face à elle.

Le serveur reparti avec leurs commandes, il l'enveloppa du regard.

— Allons-nous nous regarder en chiens de faïence ou communiquer ?

— Choisis un sujet, répliqua-t-elle tranquillement.

— La chose qui te turlupine, quelle qu'elle soit.

— C'est toi qui me turlupines ! riposta-t-elle. Tu fais

des projets sans me consulter et tu attends que je t'obéisse sans broncher.

— Ta docilité fait partie de notre marché.

— Ben voyons ! N'oublions surtout pas le « marché » !

— Prends garde, *querida*, murmura Rafe.

Le retour du serveur interrompit leur joute verbale. Danielle sucra sa boisson avant d'en savourer une gorgée.

— Je ne veux pas qu'Ariane assume seule la responsabilité de La Femme, reprit-elle.

Sa mère était plus que compétente et, dans des circonstances normales, elle n'aurait pas hésité à s'absenter quelques jours. Mais elle avait l'intuition que Cristina s'était mis en tête de leur nuire. Plus elle y pensait, plus elle était sûre que le raté de commande était son œuvre ; elle s'inquiétait de ce qu'elle pouvait mijoter d'autre.

— Deux jours, ce n'est pas la mer à boire, fit Rafe.

— Tu ne céderas pas, n'est-ce pas ?

— Non.

Danielle l'examina et lut dans ses yeux sa détermination d'homme auquel il ne faisait pas bon s'opposer. Sans un mot, elle vida sa tasse et sortit son portefeuille. A peine eut-elle pris un billet que Rafe abattit sa main sur la sienne.

— Tu pousses l'indépendance un peu loin.

Il héla le serveur, régla l'addition et suivit Danielle dehors, sur la promenade en planches. Avec son pantalon noir et sa chemise décontractée, entrouverte au col, il était tout le contraire, en apparence, de l'homme d'affaires puissant qu'il était en réalité. Et il y avait en lui quelque chose qui faisait se tourner les têtes — féminines surtout.

Ils ne tardèrent pas à regagner la voiture. Il ne leur fallut que quelques minutes pour rentrer. Une fois à la maison, elle monta à l'étage sans se soucier d'être suivie ou pas, se prépara rapidement pour la nuit, se coucha et éteignit la lumière.

Le sommeil se fit attendre. Elle était allongée dans le noir depuis ce qui lui semblait une éternité lorsque Rafe entra en silence dans la pièce. Elle entendit le léger froissement de vêtements qu'on enlève et eut immédiatement la vision mentale de son corps athlétique et nu, à la peau brune et satinée. Sa chair s'embrasa malgré elle, aspirant aux caresses. Bon sang ! Pourquoi ses sens étaient-ils si réticents à ce que lui dictait sa raison ?

Elle éprouvait le besoin de se perdre dans l'union physique, de vivre encore et encore la magie sensuelle que Rafe était le seul à pouvoir créer. Elle voulait, rien que pour un instant, être transportée dans ce lieu spécial où elle pouvait imaginer que ce qu'ils partageaient allait au-delà du plaisir sexuel.

Seigneur ! comment pouvait-elle imaginer s'engager émotionnellement dans leur relation ? Où avait-elle la tête ? Elle était censée détester Rafe Valdez à cause du plan qu'il avait ourdi pour l'emprisonner !

Malheureusement, la haine ne semblait pas jouer un très grand rôle dans ce qu'elle éprouva lorsqu'elle se sentit happée par ses bras puissants. Ni même l'antipathie. Son mari avait l'art de transporter une femme au paradis, et elle se laissa emporter sans songer à rien d'autre.

7

Cristina avait-elle une invitation pour chacune des manifestations mondaines de la jet-set de Melbourne ? se demanda Danielle en découvrant la présence de la blonde au vernissage de l'exposition, où Rafe et elle venaient d'arriver. Etait-ce un hasard ? Elle penchait pour une réponse négative en captant le regard hostile de l'ex de son mari.

— Tu sembles bien songeuse…

Danielle se tourna vers Rafe, lui adressant un magnifique sourire.

— Non. J'observe, tout simplement.

— Cristina ?

— Comment as-tu deviné ?

— Y a-t-il une raison particulière ?

— Elle te veut. Tu n'as pas remarqué ?

— Et ça te dérange ?

— Pourquoi devrais-je m'en soucier ?

Une lueur amusée dansa dans le regard brun de Rafe, qui esquissa un sourire.

— Examinons les choses à voir : celles qui sont accrochées au mur, précisa-t-il en enlaçant Danielle.

Elle appréciait que Rafe ne se donne jamais de grands airs. Il se contentait de jouer le rôle que la société attendait de lui. De son côté, elle avait grandi dans un milieu qui louangeait ses pairs pour mieux les rejeter si leur éclat venait à ternir.

Les œuvres exposées étaient nombreuses. Il y avait des noirs et blancs tranchés, des tons de gris subtils. Un collage abstrait suscitait l'intérêt par son mystère. La beauté la plus saisissante côtoyait le réalisme le plus brut. Danielle contempla avec émotion le portrait d'un enfant aux traits fins et aux yeux incroyablement tristes. Elle s'approcha pour lire la légende : il s'agissait d'un enfant que la guerre avait privé de sa famille. Tant d'innocence, et tant de chagrin ! pensa-t-elle, le cœur retourné. Elle sentit les larmes lui étouffer la gorge.

L'idée qu'un enfant puisse souffrir — *a fortiori* son enfant à elle — lui parut insupportable. Surprise par cette poussée d'instinct maternel, elle comprit tout à coup pourquoi elle avait accepté aussi facilement d'épouser Rafe Valdez. Elle avait misé sur son antipathie pour lui, s'était arrangée de leurs relations sexuelles en se disant qu'elle le faisait pour sa mère et pour la boutique, et avait espéré pouvoir mener sa propre vie dans le cadre de leur contrat.

Mais cela ne marchait pas du tout comme elle l'avait escompté ! D'une part parce que Rafe ne lui laissait presque aucun espace de liberté ni d'intimité, d'autre part parce qu'elle avait beau s'y efforcer, elle avait de plus en plus de mal à ne pas s'impliquer émotionnellement. Dès que Rafe la touchait, son cœur battait deux fois plus vite ! C'était bien joli de s'exhorter à prendre chaque jour comme il venait, mais il y avait aussi les nuits…

— Rafe chéri !

Danielle tressaillit et se retourna légèrement au son de cette voix féminine un peu rauque. C'était Cristina, bien sûr.

— J'aimerais avoir ton conseil sur une affaire que je suis en train d'examiner. Puis-je vous l'enlever un instant ? acheva la blonde en adressant un vague sourire à Danielle.

— Je vous en prie.

Il était évident que Cristina s'était servie d'un prétexte, mais pourquoi s'en serait-elle souciée ?

Dès qu'ils se furent éloignés, elle replongea dans ses sinistres pensées concernant sa situation. Qu'est-ce qui lui avait pris d'imaginer qu'elle pourrait engager des relations intimes avec Rafael Valdez en préservant ses propres sentiments ?

Alors que lui semblait avoir le pouvoir de maîtriser ses émotions. On ne survivait pas dans la rue si on était faible et dépourvu d'autodiscipline. Rafe avait acquis un vernis de sophistication et d'urbanité en s'élevant dans l'échelle sociale, et il était bien intégré dans les milieux d'affaires et la haute société. Mais son caractère impitoyable perçait encore sous la surface. On le sentait capable de faire preuve de sauvagerie pour triompher d'un adversaire.

Pour lui, elle n'était elle-même qu'une mère porteuse en puissance, vouée à lui donner un enfant et à apporter à cet enfant la présence maternelle si primordiale au cours des premières années d'une vie. Une fois ce but atteint, elle aurait accompli sa mission et il lui rendrait sa liberté, tout en veillant à sa sécurité financière — par acquit de conscience. A supposer qu'un homme tel que Rafe ait une conscience… et elle en doutait !

— Danielle ! Quel plaisir de te revoir !

— Oh ! bonjour, Lillian.

— Je suis bien contente de te voir. J'envisage d'organiser une récolte de fonds caritatifs d'une manière un peu originale. J'ai pensé qu'Ariane et toi seriez peut-être intéressées par l'organisation d'un défilé de lingerie chez La Femme. Uniquement sur invitation, bien entendu. Nous louerions des sièges, fournirions les modèles, il y aurait du champagne, des jus de fruits, des petits fours… et une offre de démarque de dix pour cent chez La Femme serait incluse dans l'invitation. Qu'en penses-tu ?

— Il faudrait que j'en discute avec ma mère, répondit Danielle. Et qu'on évalue le coût de l'opération.

— Ma chère, le coût importe peu. Je vous demande seulement le droit d'organiser ça à La Femme. Les dix pour cent seraient votre contribution à l'événement.

Danielle n'avait en effet pas besoin de réfléchir pour savoir que c'était là une proposition séduisante, car les invités ne regarderaient pas à la dépense.

— Combien de personnes envisages-tu d'inviter ?

— Une cinquantaine. J'imagine des doubles rangées de dix de chaque côté, et deux rangs de cinq juste en retrait de l'entrée.

Cela impliquait que la boutique serait fermée au public pour l'occasion, songea Danielle.

— Quel créneau horaire envisages-tu ? Et quand ?

— Deux heures en tout. Disons de 14 à 16 heures, de préférence en milieu de semaine. Dans une quinzaine de jours ?

— Couche-moi ça par écrit, et je te recontacterai.

— C'est déjà fait, ma chère, dit Lillian, sortant un feuillet plié de son sac pour le remettre à Danielle. Téléphone-moi demain pour donner votre réponse.

Sa mère donnerait son accord à une proposition qui ne manquerait pas d'être lucrative. Après tout, la règle du jeu était que la boutique réalise des profits ! Après avoir bavardé poliment quelques instants avec Lillian, Danielle prit congé et évolua dans la galerie, saluant les quelques personnes qu'elle connaissait, admirant les œuvres. Elle s'arrêta devant la photo grand format d'une Harley Davidson. Elle n'aurait su dire ce qui retenait le plus l'attention : le bolide ou l'homme tatoué, aux longs cheveux noirs en catogan, qui le chevauchait.

— Le rêve de toute femme, lâcha derrière elle une voix familière.

Rafe l'enlaça par la taille.

— Mmm, approuva-t-elle. Toute cette puissance vibrante…

— C'est de la machine dont tu parles ? Ou de l'homme ?

— De l'homme, bien sûr, répliqua-t-elle du tac au tac. Je ne m'intéresse pas aux motos.

— Ce n'est qu'une image…

— Tu as bien changé la tienne, fit-elle observer.

— Peut-être pour mieux coller au personnage que je suis devenu.

— Pourtant, sous ce beau costume et toute cette sophistication, la personne que tu étais demeure.

— Pour toi, je reste le mauvais garçon des rues de Chicago ?

— Tu es Rafael Valdez, dit-elle avec gravité. Un homme qui se fond aisément dans n'importe quel milieu, et que personne n'ose défier à moins d'être un téméraire imbécile.

Impossible de déchiffrer le regard noir de Rafe, mais il y brillait un indéniable amusement.

— Serait-ce un compliment ?

— Une constatation.

Danielle restait persuadée qu'il aurait pu se débarrasser de son image d'emprunt tout aussi facilement qu'il l'avait endossée. Redevenir celui qu'il avait été. C'était là, mystérieusement présent dans son allure, son maintien ; dans sa façon d'observer, en homme dont les sens sont exacerbés, toujours aux aguets, pour se protéger, assurer sa survie.

Entrait-elle dans la même catégorie que lui ? Elle aimait mieux ne pas trop s'interroger là-dessus !

— Je t'ai vue parler avec Lillian…

— Oui, elle m'a soumis une proposition intéressante. J'aimerais avoir ton avis.

En l'écoutant lui rapporter les paroles de Lillian Stanitch, Rafe se dit que sa relation avec Danielle progressait. Une semaine auparavant, elle ne lui aurait pas parlé de la proposition, encore moins demandé son avis.

— Lillian a des relations, et ce sera une bonne publicité pour la boutique, commenta-t-il.

Danielle jugeait de même. Elle s'apprêtait à lui en faire part lorsqu'elle eut la sensation étrange d'être observée. En tournant la tête, elle croisa le regard de Cristina. Pendant quelques fugitives secondes, celui-ci exprima une haine si intense que Danielle en eut le frisson. Que de venin dans ces yeux !

— On s'en va ? suggéra-t-elle à Rafe.

Elle avait besoin de sentir l'air frais sur son visage et de mettre la plus grande distance possible entre elle et la blonde fatale. Si Rafe devina la raison de sa prière, il n'en laissa rien paraître. Et, cinq minutes plus tard, Danielle se laissait aller au soulagement tandis que la voiture roulait en direction de Toorak.

De nombreux cafés étaient encore ouverts, et ils s'arrêtèrent dans l'un d'eux pour savourer un instant de détente en terrasse. Le téléphone portable de Rafe sonna. Il prit la communication, conversa un instant, puis raccrocha.

— Il faut que je transmette des données par mail à New York.

— Tu veux qu'on parte ?

— Ça peut attendre.

Rafe avait conscience de trop travailler, au détriment de son temps libre et de ses loisirs. Il aurait pu déléguer, bien sûr, mais savait d'expérience que s'il quittait la barre la navigation en souffrirait. D'ailleurs, concevoir des projets et les mener à bien, les poussées d'adrénaline, il adorait ça !

Il avait accompli un sacré chemin en dix ans ! Il avait

acquis une réputation solide, la richesse, un standing social élevé, plusieurs demeures dans divers pays. Et bientôt il aurait un enfant, qui hériterait un jour tout ce qu'il avait bâti par ses efforts.

Il leva les yeux sur son épouse. Danielle d'Alboa *Valdez*. Une femme qui ne cachait pas son antipathie pour lui et avait l'honnêteté de jouir de ce qu'il offrait sans faire de simagrées. Un changement rafraîchissant par rapport à ses relations passées. Comment réagirait-elle s'il lui apprenait qu'il avait délibérément suivi le déclin financier de sa famille, sa disgrâce, dans le seul but de l'épouser ? Qu'il ne s'était pas agi d'un simple marché, mais d'un plan prémédité et soigneusement orchestré ? Un plan qui, loin d'avoir été improvisé, avait été conçu dans son esprit un an plus tôt…

Danielle avait vu juste en l'accusant de s'être servi d'elle à son profit. Mais ce n'était pas seulement à cause de ses ascendances aristocratiques : il avait été attiré par sa fierté et son courage, par son honnêteté. Et il avait été prêt à en payer le prix car il voulait précisément que son enfant possède de telles qualités.

Il reposa sa tasse de café avec indolence, conscient de perturber Danielle en la fixant de la sorte. Elle avait une bouche généreuse, les traits délicats d'un ange. A la seule pensée de ses réactions débridées à ses caresses, il eut une érection et s'agita légèrement sur son siège.

Rarement il avait désiré une femme autant qu'elle. Pour le moment, elle lui appartenait, et c'était comme s'il avait mis la main sur un incroyable trésor.

Il finit son café et, Danielle ayant également terminé sa tasse, il se leva pour régler l'addition. Quand ils furent rentrés, il résista à l'envie de suivre sa femme à l'étage. *Au travail !* s'exhorta-t-il en gagnant son bureau. D'ici à une heure ou deux, il pourrait la rejoindre au lit.

3 heures n'étaient pas loin de sonner lorsqu'il se glissa sous les couvertures et lova Danielle contre lui. Il était excité, en manque, mais s'y prit pourtant en douceur, jusqu'à ce qu'elle réagisse avec une passion débridée…

8

Volley et natation suivis d'un barbecue, avait dit Rafe. Danielle décida donc de jouer sur les superpositions pour se vêtir. Elle mit un Bikini, une jupe par-dessus et un petit haut assorti. Puis elle fourra dans un sac de sport un short et un T-shirt, une serviette, des sous-vêtements, des bases de maquillage et une protection solaire.

Tout en se préparant, elle pria pour que Cristina ne fasse pas partie des invités…

Rafe, qui venait de loger une serviette dans son sac de gym, la précéda pour descendre au garage. Elle le trouvait superbe en chemise de chambray et short style treillis, une tenue qui soulignait sa haute silhouette athlétique. Il exsudait une énergie vibrante, une sensualité brute qui affolait les femmes — et froissait l'ego de certains hommes.

L'élégante maison de leurs hôtes était une construction ouverte, sans cloisons, avec un ameublement moderne et de magnifiques installations : piscine, court de tennis et accès direct à la plage. La plupart des invités étaient déjà réunis sur la vaste terrasse. Danielle s'avança parmi eux, sourire aux lèvres, saluant des connaissances qui, après l'avoir ignorée pendant de longs mois, donnaient maintenant l'impression d'être ses meilleures amies. Cette hypocrisie lui restait en travers de la gorge — plus qu'il n'aurait fallu, peut-être.

Le buffet proposait des boissons fraîches, des mets

apéritifs ; l'ambiance était détendue, même si le style décontracté chic était de rigueur.

— Tu es bien silencieuse…

— Excuse-moi, répondit-elle à Rafe en lui adressant un sourire éblouissant. J'ignorais qu'il fallait à tout prix entretenir une brillante conversation.

— Notre hôtesse ne va pas tarder à annoncer le match de volley.

— Et fournir ainsi aux femmes une occasion de se frotter aux hommes sous prétexte de faire du sport.

— Je connais une manière bien plus agréable de me dépenser physiquement, *querida*. Et qui n'exclut pas les frottements…

— Il me semble que tu en as eu ton content la nuit dernière, dit-elle en le regardant bien en face.

Le rire doux et rauque de Rafe la fit frémir.

— On dirait que j'ai échoué à faire forte impression…

— Je ne me sens pas portée à caresser quiconque dans le sens du poil.

Un rire cristallin, du côté des portes-fenêtres donnant sur la terrasse, attira son attention.

— Je laisse à la ravissante Cristina le soin de combler mes défaillances, enchaîna-t-elle du même ton léger.

— Mais… où vas-tu ? fit Rafe, alors qu'elle commençait à s'éloigner.

— Me mêler aux autres et faire la conversation, pardi ! Je n'ai aucune envie d'assister à ses petites manœuvres de séduction.

— Tu m'abandonnes au lieu de me soutenir ?

— Tu n'as besoin de personne pour assurer ta défense ! Tu soutiendrais victorieusement un duel même si tu avais les pieds et les poings liés ! ironisa Danielle.

Et, saluant la nouvelle venue d'un signe de tête qui n'était poli qu'en apparence, elle ajouta :

— Cristina, si vous voulez bien m'excuser…

— Mais bien sûr, ma chère.

Danielle s'éloigna vers le bar, y prit un verre de soda, puis contempla la baie splendide et paisible. Un ciel bleu, des bateaux colorés croisant sur les eaux, des familles en week-end... Malgré elle, son regard se porta vers Rafe, qui lui offrait son profil si bien dessiné.

Cristina s'évertuait à capter son attention et donnait l'impression de déployer toutes ses armes de séductrice : beau sourire soigneusement étudié, adorable inclinaison de tête, effleurements de main... Le charme incarné, pensa Danielle, refoulant un bref accès de jalousie.

Pour être jalouse, il fallait *tenir* à quelqu'un. Et elle ne tenait pas particulièrement à Rafe — du moins ne le devrait-elle pas. Alors pourquoi était-elle irritée de voir cette femme tenter d'enjôler l'homme qui l'avait payée pour lui faire un enfant et lui consacrer plusieurs années de sa vie ?

Comme s'il avait senti ses yeux posés sur lui, il tourna la tête et lui adressa un long regard de biais. Avec un geste délibéré, elle but une gorgée de soda, avant de se lancer dans une discussion animée avec son plus proche voisin. Ce fut cet instant que choisit leur hôtesse pour annoncer le commencement du match de volley.

Par quel hasard retors Cristina et Rafe se retrouvèrent-ils dans la même équipe, et Danielle dans le camp opposé ? Pour couronner le tout, la belle blonde s'était mise en Bikini...

Ce ne fut pas mieux lors de la partie suivante, lorsque les joueurs changèrent de côté et de coéquipiers : Danielle fut associée à Cristina. Elle ne tarda pas à se retrouver affalée dans le sable, grâce à un croche-pied discret de sa « partenaire ». Danielle était résolue à rendre à Cristina la monnaie de sa pièce. Mais, pendant les dix minutes suivantes, elle n'en eut pas l'occasion ; au contraire, elle reçut même un coup de coude et un coup de pied aussi agressifs que sournois.

La partie terminée, deux nouvelles équipes prirent la relève. Danielle, comme quelques autres, opta pour la piscine, bientôt suivie par Cristina. Celle-ci exécuta un plongeon impeccable ; Danielle se contenta de se laisser glisser dans l'eau. C'est alors que Rafe la rejoignit et lui donna un baiser à lui faire tourner la tête.

— Qu'est-ce qui te prend ? fit-elle.

— Ai-je besoin d'une raison ?

— Oui, répliqua-t-elle, nageant loin de lui.

Puis, se hissant hors de l'eau, elle alla prendre son sac de gym et gagna la cabine qui permettait de se changer. Il ne lui fallut pas longtemps pour se doucher et s'habiller. Quand elle quitta la cabine et avança dans l'entrée carrelée, elle découvrit que Cristina attendait son tour.

— Joli, votre petit numéro dans la piscine, commenta la blonde.

— Je ne vois pas ce que vous voulez dire, répliqua Danielle, agacée, nouant ses cheveux en un chignon décontracté.

— Gare à vous ! lança Cristina.

— Je suis parfaitement sur mes gardes, fit Danielle en s'éloignant avec le plus de désinvolture possible.

— Vous n'avez pas la moindre chance contre moi.

Danielle se retourna sous l'effet de cette réplique hostile.

— Seriez-vous en train de me menacer ?

— Ah, parce que vous avez besoin de poser la question ?

— Bonne chance, alors ! lança Danielle avec une décontraction encore plus appuyée.

Elle eut la satisfaction de voir passer un éclair de rage fugitif dans le regard de sa rivale.

— Je ne m'en remets jamais au hasard, rétorqua Cristina.

Danielle décida que cette joute verbale avait assez duré

et s'éloigna d'un air digne, sans accorder un regard de plus à l'infernale blonde.

Le barbecue commença aux environs de 19 heures, avec des brochettes de fruits de mer et de poisson, des salades variées, accompagnées d'un délicat champagne. Le soleil s'effaça à l'horizon, et le crépuscule ne tarda pas à céder la place à la nuit. Les lumières s'allumèrent, illuminant les jardins et la piscine, tandis qu'en arrière-plan la mer prenait une teinte argentée et que le ciel velouté se cloutait d'étoiles.

Il était plus de 22 heures quand la soirée s'acheva. Une fois qu'ils furent rentrés dans leur maison de Toorak, Rafe enclencha l'alarme, puis suivit Danielle à l'étage.

— Aucun commentaire ? fit-il en commençant à se dévêtir.

— La soirée était agréable, on a très bien mangé. Demain est un autre jour, et je suis fatiguée, dit Danielle. Satisfait ?

Il s'approcha et s'agenouilla pour examiner sa jambe, lui palpant le mollet.

— Doucement, fit-elle sans pouvoir retenir une légère grimace de douleur. Ça fait mal.

Il la massa légèrement.

— Tu auras un bleu.

Comme sa main remontait vers sa taille, elle lui donna une tape. Mais il en fallait plus pour l'arrêter.

— Je vais chercher de la crème pour réduire la contusion.

— Inutile ! protesta-t-elle en se réfugiant dans la salle de bains.

Un instant plus tard, elle en ressortait, toilette faite, vêtue d'un T-shirt. Posté près du lit, Rafe attendait, un tube de pommade à la main. Elle eut beau protester, il fallut qu'elle en passe par sa volonté.

— Tu es vraiment obligé de jouer les infirmières ? maugréa-t-elle tandis qu'il appliquait la pommade. Ton ex est une sale garce.

Rafe acheva sa tâche et déposa le tube sur la table de nuit. Puis, emprisonnant le visage de Danielle entre ses mains, il prit sa bouche.

— N'insiste pas, ça ne marchera pas, lui dit-elle dès qu'il la laissa aller.

— Je vois ça, fit Rafe, lui redonnant un baiser profond et ravageur.

Quand il redressa la tête, cette fois, il eut la satisfaction de constater qu'elle avait le regard noyé, enflammé par la passion. Doucement, il la renversa sur le lit…

Le jeudi matin, ils s'envolèrent pour Coolangatta Airport, dans le Queensland. Puis un taxi les mena au Palazzo Versace de Main Beach, sur la Gold Coast australienne. L'hôtel de luxe n'accueillait qu'une clientèle extrêmement fortunée ; le décor somptueux de leur suite, signé Gianni Versace, enchanta Danielle. C'était si beau qu'elle ne put s'empêcher d'en faire part à Rafe.

— Savoure ton plaisir, *querida*, dit-il avec une bienveillance indulgente. Si tu as besoin de moi, appelle-moi sur mon portable. Je réserverai pour dîner.

Danielle n'était pas venue sur la Gold Coast depuis longtemps. Elle déambula avec enchantement dans le complexe hôtelier et ses boutiques, s'attarda à une terrasse pour siroter un café-crème, puis arpenta Tedder Avenue, toujours aussi chic.

Elle gardait pourtant présent à l'esprit, tandis qu'elle se promenait, le fait qu'elle n'était pas encore enceinte. Et elle ne savait trop si elle devait s'en réjouir ou s'en montrer contrariée.

Il n'était pas loin de 17 heures quand elle rentra dans la

suite, prit des sous-vêtements propres puis se dirigea vers la douche. Elle n'avait emporté qu'un peu de rechange et un élégant tailleur-pantalon de soie rouge. Ce fut cette toilette qu'elle passa, la complétant par des escarpins noirs et un sac en cuir assorti.

Le restaurant où Rafe avait réservé était situé en front de mer. La nourriture, divine, était si artistiquement disposée sur les assiettes qu'on hésitait presque à entamer les plats. Danielle se réjouit d'être seule avec Rafe. Pas d'invités avec lesquels il fallait entretenir une conversation polie, et, surtout, pas de Cristina !

— La suite t'appartient ? demanda-t-elle.

— J'en ai acquis deux, rectifia tranquillement Rafe. Une pour mon usage personnel, l'autre à titre d'investissement.

Dans un tel lieu, et avec de telles prestations, le placement devait être lucratif ! pensa Danielle, qui enchaîna.

— Je suppose que ton rendez-vous d'affaires s'est bien déroulé ?

— Très bien.

— Quand repartons-nous ? Demain ?

— Oui. En fin de matinée.

La pause était brève. Danielle se demanda s'ils reviendraient bientôt.

— Oui, dans quelques mois, dit Rafe avec un sourire. Tu as des traits diablement expressifs, ajouta-t-il en guise d'explication.

— Pas comme toi, répliqua-t-elle, doutant de parvenir un jour à déchiffrer son visage si énigmatique.

Ils savourèrent un café, puis se promenèrent sur le front de mer, dans l'agréable bruissement de la vie nocturne. Des yachts se balançaient dans la marina, et les nombreux cafés illuminés accueillaient une clientèle animée. Rafe lui prit la main ; elle mêla ses doigts aux siens.

Moins d'un mois plus tôt, elle aurait juré qu'elle détestait cet homme. Pourtant, à mesure que les jours s'écoulaient, ses sentiments à son égard semblaient se modifier subtilement. Il était son mari, son amant, et deviendrait tôt ou tard le père de son enfant. Etait-il possible qu'il devienne aussi son ami ?

Puis, si l'amitié devenait l'unique ciment de leur relation, comment le prendrait-elle ? « Pas très bien », lui souffla une petite voix intérieure. Cette découverte fut comme une fulgurance dans son esprit, et cela la rendit songeuse.

Elle se traita alors d'idiote. Rafe Valdez lui avait présenté un contrat, qu'elle avait accepté dans les termes qu'il avait lui-même définis. Et leur relation en resterait là. Dût-elle en mourir de désespoir.

Les journées prirent un pli familier ; ce fut avec plaisir, et une sensation d'accomplissement, que Danielle assista au développement constant de La Femme : les clientes étaient de plus en plus nombreuses, et les profits croissants.

Ses nuits étaient habitées par la passion que Rafe savait faire naître, électrisante et incroyablement sensuelle. Ses appétits les plus primitifs étaient satisfaits, mais elle aspirait à quelque chose de plus, qui irait au-delà de l'acte physique…

Elle planifia avec Ariane l'organisation de la collecte de fonds caritative : elles évaluèrent les stocks supplémentaires nécessaires et veillèrent à passer à temps les commandes afin qu'elles soient livrées au moment voulu.

Le jour venu, à l'heure prévue, Danielle ferma la boutique, s'assura que l'affiche annonçant un défilé privé était bien en vue et que les sièges étaient disposés de façon que toutes les clientes puissent voir les modèles.

Derrière le comptoir, près du mur orné d'un grand miroir, se trouvait un superbe arrangement floral, cadeau de Rafe pour leur « porter chance ».

— Qu'en penses-tu ? demanda Danielle à sa mère.

— C'est superbe, ma chérie, commenta Ariane, enthousiaste.

Le traiteur avait livré un peu plus tôt tout un assortiment de petits fours, ainsi qu'une glacière maintenant à température le champagne et le jus d'orange. Quant au programme de l'après-midi, elles l'avaient revu à plusieurs reprises et avaient soigneusement préparé les diverses pièces de lingerie nécessaires. Trois mannequins devaient arriver d'un moment à l'autre, avec Lillian et quelques bénévoles disposées à donner un coup de main. Quant aux CD du programme musical, ils étaient déjà chargés dans la platine. Les invités ne tarderaient pas…

Soudain, Lillian entra en coup de vent, suivie de ses bénévoles et de deux mannequins.

— Il y a un petit changement, déclara-t-elle. La troisième modèle que nous avions recrutée est malade. J'ai réussi à dénicher une volontaire : Cristina. C'est vraiment gentil de sa part d'accepter ce remplacement au pied levé !

En effet, la grande blonde fit son entrée quelques secondes après cette annonce. Danielle se força à lui sourire et à la remercier, bien qu'être contrainte à se montrer polie envers son ennemie lui fasse horreur. Qu'avait-elle derrière la tête ?

— Les autres modèles sont dans les cabines d'essayage, lui dit-elle. Leanne, notre assistante, va vous indiquer le programme.

Consultant sa montre, Ariane entraîna Lillian vers l'entrée pour accueillir les premiers invités. Bientôt, le champagne fut servi, les fauteuils occupés et la présentation put commencer.

Danielle sentit la tension monter en elle. La préparation ayant été faite avec soin, aucun accroc n'était pourtant à craindre. Normalement… Une certaine excitation s'installa alors que débutait la première partie du mini-show.

Sa mère et elle avaient décidé, après mûre réflexion,

de montrer d'abord les peignoirs et les tenues de nuit, puis de conclure avec les dessous les plus osés. Les trois modèles présenteraient trois couleurs différentes pour chaque parure. La Femme détenait désormais dans ses stocks toute une série de dessous de luxe, de fabrication française, allemande et italienne. De quoi satisfaire les plus exigeantes.

Les pyjamas de soie ivoire, pêche et crème soulevèrent des murmures d'approbation, tout comme les longues chemises de nuit et les déshabillés. Les toilettes étaient de plus en plus courtes et colorées.

Jusqu'ici, tout va bien, constata Danielle au moment de la brève pause, alors que l'équipe de Lillian servait de nouveau du champagne et des canapés.

Avec Ariane, elles apprêtèrent les culottes de toutes formes et couleurs, en satin, soie et dentelle.

— Le retour est excellent, jusqu'ici, dit sa mère.

— Presque tout le monde a coché des modèles sur le programme, les informa Lillian. Si elles achètent, vous devrez passer une énorme commande de réassort !

Danielle croisa les doigts dans son dos, histoire de leur porter chance…

La sonnerie du téléphone retentit alors. Ariane alla décrocher.

— C'était Rafe, ma chérie, dit-elle en revenant. Il est dans le secteur et passera ici quelques instants.

— Quand ?

— Il vient de se garer sur le parking de derrière.

Danielle sentit croître sa tension. Elle réussit à conserver un calme apparent tandis qu'elle traversait la réserve pour aller ouvrir la porte de derrière. Rafe se tenait devant le seuil, en costume impeccable, tel un ange noir. A son grand dam, son corps s'embrasa au quart de tour. Pourquoi diable lui faisait-il tant d'effet ?

— Que fais-tu ici ?

Il haussa les sourcils.

— Y a-t-il une raison qui m'interdise de venir ?

— C'est tellement inattendu, murmura-t-elle, cherchant à se ressaisir. On est en plein défilé.

— Tout se passe bien ?

— Je crois, oui.

Les doigts fermes de Rafe se glissèrent sous son menton et lui redressèrent la tête.

— Mais ? fit-il.

— Rien.

— Donc, tu as mal à la tête sans raison ?

Une fois encore, Danielle se demanda comment il pouvait lire ainsi en elle. D'un léger mouvement, elle échappa à son emprise légère.

— Tu restes ?

Rafe n'avait pas prévu de s'attarder. Il avait juste eu l'intention de se montrer dans la boutique, de saluer Ariane et Lillian, de rester un court moment histoire de donner par sa présence du poids à la petite manifestation avant de s'esquiver. Soudain, il changea d'avis. Le défilé devait s'achever à 16 heures, il aurait donc le temps d'arriver à son rendez-vous de 16 h 30.

— Est-ce que ça te contrarierait si je restais ?

— Je suis sûre que ton apparition troublera certaines invitées, répondit-elle, de plus en plus désarçonnée.

Et fera le bonheur d'une modèle en particulier, ajouta-t-elle *in petto*.

Rafe éclata de rire.

— J'essaierai de passer inaperçu.

— C'est ça ! Et les cochons ont des ailes ! répliqua Danielle qui, pas assez preste, ne put esquiver le baiser rapide qu'il lui octroya.

Sa présence virile eut précisément l'effet que Danielle avait anticipé : les clientes se redressèrent sur leurs sièges en souriant de plus belle, et les modèles défilèrent d'un pas plus léger, plus suggestif.

Rafe plissa les yeux en voyant paraître Cristina. C'était une fauteuse de troubles, il le savait pertinemment. Et il se demanda comment elle s'y était prise pour se retrouver mannequin pendant ce défilé — il ne doutait pas d'une manigance de sa part. Ce n'était sûrement pas Lillian Stanitch qui l'avait secondée dans cette petite opération. Il était plus probable que Cristina s'était enquise du nom des modèles engagés, puis avait contacté l'une d'elles afin de lui demander de se porter pâle en échange d'une coquette somme…

Les bodys en dentelle n'eurent que peu d'effet sur sa libido, même s'il appréciait la classe des pièces présentées et les jolis corps des filles qui les portaient. Aussi observa-t-il plutôt sa femme ; il perçut immédiatement la tension que dissimulait son sourire de façade.

Danielle fit de son mieux pour ignorer la présence de Rafe. Ce n'était pas facile ! Elle sentait encore son baiser sur ses lèvres et, en sa présence, elle était partagée entre la colère et la résignation. Pourquoi ne s'en allait-il pas ? Prenait-il donc tant de plaisir à la vue de jolies filles paradant en string ?

Cristina était dans son élément dans le rôle de la séductrice enchanteresse. Elle allait et venait en prenant la pose. Son regard cherchait Rafe. Elle battait des cils et présentait une bouche en cœur, lui adressant des sourires d'invite qui semblaient vouloir dire : « Tout ceci est pour toi, si tu veux. » Tout le monde devait voir son ostensible manège.

Une fois les derniers modèles présentés, Ariane s'avança pour dire quelques mots de remerciement à Lillian, qui avait initié cette manifestation, et pour encourager les invitées à user de leurs bons de réduction afin d'aider une noble cause.

Du café fut servi, accompagné de mignardises sucrées. Rafe s'attarda juste le temps de saluer Lillian, puis se dirigea vers la sortie. C'est là que Cristina réussit à le harponner.

Danielle choisit de se concentrer sur leurs invitées, qui faisaient la queue au comptoir, leurs bons de réduction à la main. Les affaires furent bonnes. Si bonnes, même, qu'il restait encore des acheteuses dans la boutique à l'heure de la fermeture.

Lillian, toujours efficace, avait fait enlever les chaises et la glacière à 17 heures. Après le départ de l'ultime cliente, Ariane, Leanne et Danielle achevèrent de tout nettoyer et ranger. Il était 19 heures passées lorsque Danielle quitta la boutique.

Elle avait vu la voiture de Rafe au garage, donc il était rentré. Sans doute travaillait-il dans son bureau. Danielle grimpa l'escalier et se dirigea directement vers la salle de bains.

Quelques instants plus tard, elle était allongée dans la baignoire, les yeux clos, se laissant masser par le bain bouillonnant. C'était divin... Elle songea à l'après-midi écoulé et à sa réussite. Il n'y avait eu qu'un point noir, dans tout cela : Cristina.

— Tu es si fatiguée que ça ?

Elle ouvrit les paupières au son de la voix de Rafe, et écarquilla les yeux en le voyant s'agenouiller près d'elle pour lui tendre une flûte de champagne. Il fit cliqueter son propre verre contre le sien.

— A un défilé réussi !

En bras de chemise, avec son col ouvert et son jean

noir, il évoquait un pirate ; sa trop proche présence la troublait.

— J'ai oublié de te remercier pour les fleurs.

— Tout le plaisir était pour moi, affirma-t-il.

— C'est gentil de ta part d'être passé.

— Mais j'ai poussé un peu en restant plus d'une heure, c'est ça ?

Elle lui décocha un coup d'œil féroce.

— Les invitées nageaient dans l'extase en ta présence.

— Je voulais seulement apporter mon soutien.

— Vraiment ? ironisa-t-elle. C'est pour ça que tu t'es attardé ? Excuse mon excès d'imagination, j'ai cru que tu voulais reluquer des filles à demi nues.

Rafe éclata d'un grand rire franc.

— *Querida*, j'étais bien plus tenté par toi, sachant ce qu'il y avait sous ton tailleur chic, et conscient qu'il ne tenait qu'à moi d'y avoir accès. Je me moquais bien de « reluquer », comme tu dis, des femmes qui ne m'attirent pas.

— Cristina ne semblait pas de cet avis ! rétorqua Danielle.

— Evidemment. Vu qu'elle est exhibitionniste et dotée d'un ego surdimensionné !

— En tout cas, il était clair qu'elle ne donnait sa petite représentation que pour toi.

— Jalouse ?

Danielle lui expédia son éponge de bain à la tête. Il l'esquiva sans peine, la flanqua dans l'eau puis se redressa de toute sa haute taille.

— Tu veux que je partage ton bain ?

— Si tu mets un doigt de pied dans l'eau, j'en sors !

Tranquillement, Rafe enleva sa chemise, puis fit glisser la fermeture Eclair de son jean.

— Essaie un peu, pour voir.

Danielle se mit debout tandis qu'il achevait de se

dévêtir, mais, comme elle tentait de quitter la baignoire, il la retint prestement par un bras.

— Lâche-moi ! protesta-t-elle.

Inutile, Rafe l'emprisonnait déjà en une attitude animale, païenne, exsudant une sensualité brute. Alors qu'elle continuait à se débattre, il se mit à masser les muscles tendus de son cou. Elle sentit ses trapèzes commencer à se détendre. Seigneur, c'était délicieux...

— Tu t'y prends tellement bien ! ne put-elle s'empêcher de dire.

— J'espère que mes talents ne se limitent pas à ça, commenta-t-il d'une voix amusée, déposant un baiser sur son épaule.

De plus en plus troublée, elle grommela :

— Qu'est-ce qu'il te faut ? Une note entre un et dix ?

— Le ciel m'en préserve, fit Rafe, franchement rieur.

— Je voudrais me sécher, maintenant.

— Je n'ai pas encore fini...

Et elle sentit glisser sa main vers son ventre, puis encore plus bas...

9

Danielle laissa errer son regard sur les jardins tandis qu'elle savourait son café. Comme il était agréable de commencer la journée par un petit déjeuner sur la terrasse ! Grâce aux soins attentifs d'Antonio, les pelouses et les plates-bandes étaient magnifiques à voir.

Toorak était une banlieue chic et aisée de Melbourne, où se mélangeaient agréablement demeures modernes et constructions anciennes, souvent dotées de terrains arborés alentour. C'était le cas de celle de Rafe. Ses hauts murs lui conféraient intimité et isolement, en dépit de la proximité du centre-ville.

Assis face à elle, Rafe reposa sa tasse.

— J'ai une semaine de rendez-vous à Paris et à Londres. Nous partons demain.

Froissée par ce « nous », Danielle lâcha :

— J'imagine que tu en as discuté avec Ariane, que Leanne est prête à me remplacer et que je suis placée devant le fait accompli !

Rafe inclina la tête.

— Tu aurais préféré qu'on discute en pure perte ?

— Si je comprends bien, je n'ai pas le droit de dire non ?

— Pourquoi pas, tu en as envie ? fit-il avec humour.

Danielle ouvrit la bouche pour dire « oui » et se ravisa presque aussitôt. Revoir Paris… un rêve ! Même en plein milieu de l'hiver, cette ville conservait sa magie.

— Qui refuserait un voyage à Paris ? répondit-elle.

*
* *

Danielle releva son col et s'emmitoufla dans son écharpe. Il y avait cinq ans qu'elle n'était venue dans la capitale française et elle avait envie de visiter les galeries, de paresser sur la rive gauche, de retourner dans un café où elle avait eu ses habitudes lors de son séjour dans cette belle cité…

Même si le froid faisait sentir sa morsure et qu'un léger brouillard recouvrait la ville, son humeur était au beau fixe. Elle adorait l'ambiance de Paris, cette sensation d'être dans un lieu chargé d'histoire, théâtre de tant de combats, d'innovations, au milieu d'une architecture superbe. Il lui était égal que Rafe soit pris toute la journée par ses rendez-vous d'affaires. A elle le Louvre et Notre-Dame, la tour Eiffel et Saint-Germain-des-Prés…

Après avoir acheté un cadeau à sa mère, un souvenir pour Leanne et pour Elena, elle regagna vers 18 heures l'hôtel des Champs-Elysées où ils étaient descendus.

Débarrassé de son veston et de sa cravate, Rafe savourait un apéritif. Il embrassa du regard le visage rosi de Danielle, ses yeux brillants ; il se leva alors et lui offrit un long baiser.

— Tu as passé une bonne journée ?

— Merveilleuse, lui dit-elle avec un grand sourire qui le retourna. Et toi ?

— Les Français aiment chipoter.

— Donc, tu es dans l'impasse.

— On peut dire ça.

— Et tu refuses de céder.

— Bien sûr, fit Rafe.

Si l'affaire se concluait, ce serait dans les termes qu'il aurait choisis !

Elle déposa ses achats dans un fauteuil, puis déboutonna son manteau. Glissant les mains sous les pans du vêtement, Rafe l'enlaça et l'attira à lui, taquinant de ses lèvres la chair douce juste au-dessous de son oreille.

— Viens prendre une douche, murmura-t-il en refermant ses paumes sur ses fesses et en la plaquant contre lui pour lui faire sentir son érection.

Il avait envie d'elle, envie de se perdre en elle, entre ses bras, et d'oublier les frustrations de la journée. Ensuite, ils iraient savourer un bon dîner.

— Je ne suis pas sûre que ce soit une bonne idée, dit-elle. Nous pourrions finir par ne plus mettre le nez hors de cette suite.

— Et ce serait un problème ? demanda-t-il tout en continuant ses agaceries sensuelles.

— Nous sommes à Paris ! souligna simplement Danielle.

Rafe laissa échapper un rire bas, puis s'empara de sa bouche en un baiser prolongé et langoureux. Elle lui rendit sa caresse, réagissant presque malgré elle. Alors, il l'embrassa plus profondément, et ils ne tardèrent pas à se délivrer de leurs vêtements, dévorés par une fièvre mutuelle.

Les draps furent rabattus en une seconde, puis Rafe la fit basculer sur le lit, enfouissant la bouche dans la vallée qui séparait ses seins, taquinant leurs pointes, les mordillant doucement. Elle se cambra, soulevée d'un plaisir où se mêlait un peu de douleur.

Soudain enhardie, elle caressa à son tour ses mamelons, lui arrachant avec satisfaction un râle étouffé. Puis elle s'aventura vers le bas et referma la main sur son membre érigé.

— Attention, *querida*, murmura-t-il.

Puis il prit sa bouche en un baiser sauvage, la pénétrant d'une seule poussée. Danielle était déjà au bord du vertige. Elle l'emprisonna en elle et ils adoptèrent un rythme langoureux, apparemment possédés par la même fièvre.

Etait-ce elle qui criait ainsi, qui suppliait ainsi ? se

demanda-t-elle, emportée par une déferlante de sensations, d'émotions violentes et confuses, pendant qu'ils basculaient dans l'abîme du plaisir.

Une fois douchés et habillés, ils sortirent sur les Champs-Elysées, dédaignant le restaurant de l'hôtel pour le seul plaisir de déambuler à l'aventure. Ils n'eurent pas à aller bien loin pour trouver une table de haute gastronomie, où Rafe sollicita le maître d'hôtel dans un français impeccable.

Ils furent menés dans un petit salon élégant, où ils savourèrent un repas exquis. Au moment du café, Danielle pensa, en contemplant Rafe, qu'il avait tout du félin voluptueux et repu, abîmé dans un repos cependant illusoire qui cachait mal sa puissance létale. Elle se rappela leur échange explosif d'avant le dîner, et une chaleur révélatrice envahit sa chair. Rafe était conscient de son trouble, elle s'en rendait compte. Elle captait parfaitement la lueur qui brillait dans son regard brun à l'indolence trompeuse...

— Danielle ? Danielle d'Alboa ?

Elle sursauta en entendant prononcer son nom par une voix familière ; elle la reconnut aussitôt, tout comme l'homme qui venait de les aborder.

— Jean-Claude ? s'exclama-t-elle, incrédule et ravie. C'est bien toi ? Je n'en reviens pas.

— Et moi donc ! C'est une telle surprise de te voir de retour à Paris ! dit Jean-Claude, lui donnant un baiser sur les joues. Tu me présentes ?

— Bien sûr. Jean-Claude Sebert... Rafael Valdez.

— Son mari, glissa Rafe.

Danielle ne manqua pas de capter son intonation possessive et s'en étonna fugitivement. Jean-Claude s'était montré très bon avec elle cinq ans auparavant — autrement dit, un siècle !

— Jean-Claude est un vieil ami, précisa-t-elle. Je t'en prie, joins-toi à nous, nous allions justement prendre le café.

— Je ne voudrais pas être de trop…

Danielle vit le coup d'œil aigu que Jean-Claude lançait à Rafe ; elle comprit qu'il se demandait s'il était sage de contrarier un tel homme.

— Je vous en prie, dit celui-ci, désignant une chaise vide.

Jean-Claude s'assit en le remerciant.

— Eh bien, Rafael, reprit-il, dites-moi comment vous vous y êtes pris pour capturer cette délicieuse créature.

— En lui faisant une offre impossible à refuser.

— Je vois.

— Je l'espère bien, cher ami, lâcha Rafe, faisant signe au serveur.

— J'ai l'impression qu'il y a une éternité qu'on ne s'est vus, continua Jean-Claude à l'adresse de Danielle, avec un grand sourire chaleureux. Et, en même temps, on croirait que c'était hier. Tu es devenue encore plus belle, tu sais…

— Et toi, tu es toujours aussi flatteur, répondit-elle malicieusement.

— Tu me connais trop bien, soupira-t-il.

Consciente du regard dont Rafe les enveloppait, Danielle expliqua à son intention :

— Jean-Claude étudiait l'art à la Sorbonne. Nous nous sommes rencontrés au cours d'une visite au Louvre. Il voulait épater le monde entier avec son travail.

— Et vous y avez réussi, Jean-Claude ? demanda Rafe avec une nonchalance trompeuse.

— Le monde entier attendra, dit avec humour le jeune homme. Mais quelques galeries présentent tout de même mes toiles.

Un serveur revint avec leurs cafés gourmands.

— Vous restez longtemps ? reprit le nouveau venu.

— Juste quelques jours, l'informa Rafe, qui ne manqua pas de capter la déception de leur invité.

— Raconte-moi un peu ce que tu deviens, dit Danielle à son ami. T'es-tu marié ?

— Oui, mais ça n'a pas duré longtemps, répondit-il avec un haussement d'épaules éloquent. Je m'adonne uniquement à mon travail, désormais.

— Je suis désolée.

— J'imagine, oui, dit Jean-Claude en finissant son café. Si vous voulez bien m'excuser...

Il se leva et déposa sur la table un billet, que Rafe repoussa vers lui. Mais le jeune Français ne le reprit pas. Effleurant la joue de Danielle, il murmura : « Au revoir, chérie » avant de se tourner vers Rafe pour le saluer d'un signe de tête.

Danielle le suivit des yeux alors qu'il s'éloignait ; elle prit sa tasse pour avaler une gorgée.

— Ce n'était pas du tout ce que tu crois...

— Etais-tu amoureuse de lui ?

— Il a été présent quand j'en ai eu besoin, répondit-elle avec calme. Au moment où un homme que j'avais cru aimer s'est avéré plus attiré par l'héritage des d'Alboa que par moi. Jean-Claude m'a alors aidée à me remettre.

Et il est tombé amoureux de toi, conclut Rafe en son for intérieur, se demandant si elle s'en était rendu compte.

— Il semble que je l'aie méjugé, dit-il.

— Et tu n'auras pas l'occasion de t'en excuser.

— Tu n'as pas gardé contact avec lui ?

— Cela n'aurait pas été honnête, expliqua-t-elle avec simplicité.

Rafe héla le serveur et paya.

Ils sortirent du restaurant et se promenèrent un moment. La nuit était animée de terrasses bondées, de flâneurs, de groupes d'amis ou de touristes. Danielle ressentait une félicité légère, la sensation d'être hors du temps. On captait ici une vibration qu'elle n'avait ressentie dans aucune des autres grandes villes du monde. A Paris, tout était différent.

Ou alors, c'était elle qui avait changé, à la suite de la perte de son train de vie — qu'elle avait jusque-là considéré comme une chose acquise et naturelle. Elle avait depuis compris que la dignité et l'intégrité étaient plus importantes que les biens matériels et les faux amis.

Il était tard quand ils rentrèrent à l'hôtel. Rafe se retira pour travailler sur son ordinateur portable. Quand il se coucha, Danielle dormait déjà. Il contempla ses traits au repos, songeant à la beauté intérieure de cette femme, sa femme. Cela le remua au plus profond de lui.

Les jours suivants passèrent vite, trop vite. Danielle redécouvrait Paris avec un plaisir émerveillé ; elle aurait adoré y traîner pendant un mois au lieu de seulement quelques jours. Il y avait tant de choses à voir ! C'était un rêve d'en arpenter les rues, d'explorer les boutiques, de dîner chaque soir avec Rafe et de déambuler ensuite avec lui dans la ville illuminée. Ils passèrent quarante-huit heures à Londres, avant de s'envoler de nouveau pour Melbourne.

Le téléphone sonnait avec insistance. Comme sa mère s'occupait d'une cliente dans le salon d'essayage, Danielle, abandonnant le mannequin qu'elle était en train de parer, traversa la boutique pour décrocher.

— Avez-vous reçu la culotte censée remplacer celle que je vous ai retournée ? demanda une voix féminine sèche et arrogante.

Danielle leva les yeux au ciel. La femme n'avait pas eu besoin de s'identifier pour qu'elle la reconnaisse. La « cliente infernale », comme elle l'avait surnommée.

— Oui, madame. Je suis allée moi-même la chercher à Paris. Je la tiens à votre disposition.

Un léger silence salua cette annonce.

— Je passerai demain, lâcha finalement la cliente infernale.

Danielle poussa un soupir en raccrochant. Cette cliente semblait déterminée à créer des ennuis ! Elle avait rapporté un article acheté lors du défilé de lingerie en prétendant qu'elle y avait trouvé un petit accroc, une maille filée dans la dentelle. Danielle et sa mère étaient certaines que c'était faux : elles vérifiaient le contenu de chaque livraison avec un soin draconien et inspectaient toutes les pièces avant de les mettre en rayon. La dentelle avait donc filé après l'achat. Etait-ce un accident ou une altération délibérée ? Il leur avait été difficile de trancher, mais la cliente, ulcérée, avait parlé de tromperie sur la marchandise, et même de contrefaçons de marques prestigieuses vendues à des prix exorbitants. Il était clair qu'elle cherchait délibérément à dénigrer La Femme…

Danielle avait donc conservé l'emballage et le reçu. Cet incident perturbant l'avait poussée à redoubler de prudence. Si la cliente avait été Cristina, ses motivations auraient été évidentes. Mais les deux plaintes qui avaient eu lieu en dix jours émanaient de deux femmes différentes.

Heureusement, plusieurs jours s'écoulèrent sans autre incident de ce genre.

— Ça t'ennuierait que j'invite maman à dîner ? demanda Danielle un vendredi matin, se tournant vers Rafe.

Il la regarda posément, et ce seul regard suffit à la perturber. Mais comment rester calmement assise face à lui alors qu'ils avaient fait l'amour avec une frénésie dévastatrice quelques heures plus tôt ?

— Ce soir ?

— J'avais plutôt pensé à dimanche, répondit-elle en s'efforçant de dompter son trouble. Sauf si tu as d'autres projets.

— Dimanche, c'est d'accord.

— Je ferai la cuisine.

Comme il haussait légèrement les sourcils, elle enchaîna.

— Tu doutes de mes capacités en ce domaine ?

— Je n'ai rien dit de tel…

Danielle le sentit si peu convaincu qu'elle se promit de l'épater en concoctant quelque chose de hautement exotique.

— Miam, lança Rafe en entrant dans la cuisine. Ça sent drôlement bon !

Il laissa ses yeux s'attarder sur la silhouette de sa femme. Elle était à croquer ainsi vêtue d'un short et d'un débardeur, les cheveux réunis en queue-de-cheval, sans le moindre maquillage sauf… une touche de farine sur la joue ! Il s'approcha d'elle et l'enlaça, mais elle lui donna une tape sur le bras. Si elle croyait que ce seul geste pouvait l'empêcher d'arriver à ses fins, elle se trompait… Il se pencha pour prendre sa bouche et, quand il redressa la tête, il eut la satisfaction de voir qu'elle avait le regard noyé de désir. Mais elle se reprit beaucoup trop vite à son goût.

— Puisque tu es là, rends-toi utile, lui dit-elle en désignant l'amas de vaisselle. La machine est déjà pleine, mais je te laisse choisir : tu laves ou tu essuies ?

— Va donc te changer, lui répliqua Rafe, je m'en occupe.

Cela lui rappela soudain les fois où il faisait la plonge dans les restaurants en échange d'un repas ; voilà bien longtemps…

Danielle ne se fit pas prier et quitta la cuisine. Quand elle y revint, elle avait recouvré son aspect impeccable.

Ariane arriva à 17 heures et tendit à Rafe une bouteille de vin blanc. Danielle refusa son aide aux fourneaux.

Le repas fut excellent et agréable, conclu par un café sur la terrasse, sous le ciel d'un indigo soutenu et criblé d'étoiles. Danielle dut s'avouer qu'elle s'était rarement sentie aussi détendue, aussi bien — aussi heureuse ?

10

— Ça ne t'ennuie pas que je parte plus tôt, tu es sûre ? insista Ariane.

— Maman, il est 17 heures et nous sommes en milieu de semaine. Je serais surprise que les clientes se bousculent précisément maintenant à la porte de la boutique.

Sa mère la laissa, et la dernière heure fut, comme prévu, très calme. Danielle éteignit la chaîne hi-fi, qui diffusait une musique de fond reposante, et coupa la climatisation.

Dès qu'elle sortirait de la boutique, elle ressentirait la chaleur du jour. Elle pensa à la piscine de Rafe et savoura à l'avance l'idée de faire quelques longueurs. Ensuite, elle se changerait pour accompagner Rafe au vernissage d'une exposition de sculptures, réservé à des clients choisis, collectionneurs de l'œuvre de l'artiste.

Tandis qu'elle verrouillait la porte de derrière, se demandant quelle toilette elle porterait ce soir, elle fut surprise d'entendre la clochette de l'entrée. Cela n'arrivait pratiquement jamais, à une heure pareille. Un motard encore casqué se tenait dans l'entrée. Peut-être venait-il pour le compte de sa petite amie ?

— En quoi puis-je vous aider ? demanda Danielle.

L'homme désigna le mannequin sur la gauche de la vitrine.

— Auriez-vous le même modèle en noir, et en taille 38 ?

Elle ne mit qu'un instant à ouvrir le tiroir de rangement approprié pour en sortir l'article demandé, dont elle vérifia soigneusement la taille. Puis elle s'approcha du comptoir pour prendre du papier de soie et un ruban, ainsi qu'un sac au nom de la boutique.

Soudain, elle fut empoignée et le motard lui ramena brutalement les mains dans le dos.

— Mais qu'est-ce que vous faites ? s'écria-t-elle, rudement immobilisée.

— La ferme !

Un voleur, c'était bien sa chance… Le premier instant de panique surmonté, elle se promit de ne pas lui rendre la partie facile ! D'un mouvement vif, elle lui flanqua un coup avec le talon pointu de son escarpin. Il lâcha un cri de douleur tandis qu'elle se retrouvait projetée à terre. Elle n'eut pas le temps de se relever : son agresseur était déjà sur elle, la dominant sans difficulté. Danielle se débattit, en vain. L'homme la maintenait d'une main de fer.

Sans réfléchir, elle planta les dents dans sa cuisse. L'empoignant par les cheveux, le motard lui tira vicieusement la tête en arrière, lui arrachant un hurlement, et lui assena à la volée une claque sonore en pleine figure.

— Salope ! fit-il.

Les larmes aux yeux, elle murmura :

— Prenez l'argent et partez.

Elle entendit un bruit de Scotch qu'on tire, ponctué par un ricanement. Elle continua à se débattre pendant que son agresseur se mettait en devoir de lui ligoter les poignets à l'aide de l'adhésif. Elle hoquetait, ses cheveux défaits avaient glissé sur son visage.

— Essaie encore de résister et tu regretteras d'être encore en vie ! lui jeta-t-il, collant son visage contre le casque.

Elle lui décocha un regard méprisant et furieux.

— Alors, on a perdu sa langue ? continua-t-il, cruel.

Il leva une main puis la posa sur sa joue.

— Ne… ne me touchez pas ! cria Danielle, folle de colère.

— Essaie un peu de m'en empêcher, pour voir, répliqua-t-il avec un calme insolent.

Elle donna une ultime ruade, essayant vainement de l'atteindre alors qu'il lui emprisonnait les chevilles et les entourait d'adhésif. Il fit de même au niveau des genoux puis des cuisses, et elle se retrouva dans l'impossibilité de faire un mouvement.

Il ouvrit le tiroir de la caisse et fourra dans ses poches tout l'argent qu'il contenait. Puis il se pencha sur elle et la saisit brutalement par le menton.

— D'ici que les secours arrivent, je serai loin !

Il rafla la culotte sur le comptoir, franchit le seuil et disparut.

Danielle se contorsionna, se débarrassant de ses chaussures, et s'efforça de ramper vers le téléphone. Bon sang ! Qui aurait cru qu'un simple adhésif puisse être si efficace ? Peut-être qu'en atteignant le tiroir où se trouvaient les ciseaux…

Il s'écoula un moment avant qu'elle ne parvienne à mettre son dessein à exécution. Mais elle réussit. Elle libéra ses chevilles, ses jambes, ses cuisses, s'écorchant néanmoins vilainement lorsque les ciseaux dérapèrent. Mais elle put se relever et atteindre le téléphone ; les doigts tremblants, elle dut s'y reprendre à deux fois avant de réussir à composer le numéro de Rafe.

— Valdez.

— On vient de voler la boutique, énonça-t-elle avec calme. Il faut que je fasse une déposition à la police.

Il laissa échapper un juron.

— Est-ce que ça va ?

Danielle était secouée, en colère, mais saine et sauve.

— Oui.

— J'arrive !

***

Il mit dix minutes à peine à la rejoindre. Danielle était parvenue dans ce laps de temps à trancher, à force de contorsions, l'adhésif qui lui emmaillotait les poignets. Rafe jaugea la scène d'un coup d'œil.

— Il t'a frappée, fit-il, voyant l'ecchymose qui marbrait sa joue.

— Ça aurait pu être pire.

Rafe replia tout doucement ses mains autour de son visage, le logeant au creux de ses paumes. Puis il s'inclina, et lui donna sur les lèvres un baiser si doux qu'elle en fut toute retournée.

— Raconte.

Elle s'exécuta avec calme, d'une voix qui tremblait un peu, cependant. Puis Rafe alerta la police, qui se présenta en un rien de temps. La boutique n'avait pas été dévastée, le butin s'élevait à une centaine de dollars en liquide, et Danielle n'était pas blessée. L'intrus, muni de gants, n'avait pas laissé d'empreintes. Et comme il n'avait à aucun moment enlevé son casque, elle ne put le décrire. Il n'y avait pas grand-chose à faire, si ce n'est une déclaration.

Les policiers interrogèrent le voisinage, pour le cas où un témoin aurait pu voir quelque chose ou noter le numéro d'immatriculation. Mais les chances de ce côté-là étaient minces, voire nulles.

Rafe s'opposa à ce que Danielle prenne le volant pour rentrer.

— Mais je vais bien, insista-t-elle.

C'était le cas, même si elle demeurait tracassée par un soupçon lui soufflant que le hold-up était un acte prémédité.

Rafe fut surpris par la détermination de sa femme. Il devinait qu'il y avait autre chose là-dessous mais décida d'attendre avant d'en avoir le cœur net. Pour le moment, l'essentiel était que Danielle soit en sécurité à la maison.

Il la suivit donc dans sa Jaguar tandis qu'elle démarrait au volant de sa voiture. Il mit le trajet à profit pour passer un coup de fil en vue de prendre des dispositions de sécurité, veillant à ce qu'elles soient effectives dès le lendemain.

Il accompagna Danielle dans leur chambre, remplit le bain bouillonnant puis se mit en devoir de déboutonner la veste de son tailleur.

— Je peux me déshabiller toute seule ! protesta-t-elle.

— Je sais, lâcha-t-il tranquillement, continuant à la dévêtir.

— Nous serons en retard au vernissage, protesta-t-elle faiblement.

— Eh bien, tant pis.

Elle le laissa faire, prête à se laisser emmener où il voudrait. Il se déshabilla à son tour. Un soupir étranglé lui échappa quand il vit la longue égratignure sur l'intérieur de sa cuisse.

— Les ciseaux ont dérapé quand j'ai découpé les couches d'adhésif, expliqua-t-elle très vite.

— Il t'a touchée ?

— Pas au sens où tu l'entends, non, dit-elle, réalisant avec un frisson qu'il aurait pu en être autrement et qu'elle l'avait échappé belle.

Rafe la mena dans la salle de bains, ferma les robinets, activa les jets, puis entra dans l'eau bouillonnante en soulevant Danielle pour l'installer devant lui. Elle s'abandonna, bercée par la sensualité de ses gestes. C'était si agréable d'être lavée par son amant… Le glissement de ses mains savonneuses sur sa peau, le parfum léger montant à ses narines en même temps que la vapeur, les lèvres de Rafe s'attardant au creux de son épaule… Elle se laissa aller en arrière contre Rafe en fermant les yeux et se contenta de savourer l'instant.

Quand elle sentit qu'une brosse lui lissait doucement les cheveux, elle émit de légers murmures de satisfaction. Ensuite, Rafe massa ses épaules, faisant disparaître sa tension. Enfin, la faisant pivoter vers lui, il l'embrassa sur la bouche. C'était un geste doux, qui ne réclamait rien en retour. Pour un peu, elle en aurait pleuré. Elle noua ses bras autour de son cou, aspirant à sentir sa chaleur rassurante.

Rafe ne lui offrait pas d'amour, d'adoration, de tendresse infinie. Mais ce qu'il lui donnait lui suffisait pour le moment. Elle aurait été folle d'aspirer à plus.

Lentement, elle releva la tête et effleura ses lèvres des siennes. Puis elle se leva et sortit de la baignoire.

— Oublierais-tu que nous devons assister au vernissage de Daktar ? demanda-t-elle.

— Je peux téléphoner pour annuler.

— J'aimerais bien y aller.

— Veux-tu me dire pourquoi ? fit Rafe d'un ton soupçonneux.

Danielle constata une fois de plus que décidément rien ne lui échappait.

— Je... je me trompe peut-être...

— Et si tu ne te trompes pas ?

— Alors, il faudra que je règle la question, dit-elle en s'enroulant dans une serviette. Définitivement.

Pas sans moi, se dit Rafe, bien résolu à lui apporter toute l'aide dont il était capable. Il sortit de l'eau à son tour, se sécha et commença à s'habiller. Dès le lendemain, des caméras de sécurité seraient installées dans la boutique, ainsi qu'un bouton d'alerte relié à une agence de sécurité haut de gamme. De plus, il y aurait un vigile sur place, de l'ouverture à la fermeture.

Et il mènerait sa propre enquête. Si quelqu'un cherchait

à effrayer Danielle, ou pis, il saurait le lui faire regretter amèrement !

Il était 8 heures passées quand ils entrèrent dans la galerie qui exposait les sculptures de Daktar. Tous deux acceptèrent une flûte de champagne offerte par un serveur. Les femmes arboraient des bijoux de prix, un fait qui, à lui seul, justifiait la présence d'un vigile à l'entrée.

Danielle avait masqué avec soin la meurtrissure de sa joue et choisi une robe du soir rose qui exaltait son teint. Elle avait parfait cette toilette par un chignon raffiné orné d'un clip décoratif, sans surcharger sa tenue par d'autres bijoux.

Elle déambula à travers la galerie, admirant les sculptures. Rafe ne la quittait pas d'une semelle ; il ne manqua pas de remarquer qu'elle revenait une seconde fois vers un bronze particulièrement remarquable, dressé devant des miroirs qui permettaient d'admirer la sculpture sous toutes ses faces.

— Elle est magnifique, dit Danielle avec simplicité.

Déjà, elle l'imaginait installée dans un angle de la boutique, sur une sellette en marbre, avec une tenture de soie drapée en arrière-fond. Ce serait un superbe élément, qui capterait l'intérêt. Quand elle consulta le catalogue de vente, cependant, elle accusa le choc en voyant le prix de l'œuvre. Il faudrait augmenter l'assurance de la boutique rien que pour couvrir la valeur de ce bronze !

— Rafe, Danielle… Quel plaisir de vous revoir !

Lillian s'était jointe à eux, tout sourires.

— Lillian, la salua Rafe, charmeur en diable. Voulez-vous m'excuser un instant ?

Il s'éloigna, sous le regard conquis de Lillian.

— C'est quelqu'un, votre mari !

— Oh ! ça oui ! en convint Danielle.

Lillian laissa perler un rire.

— Vous faites un couple tout à fait charmant.

— Je rapporterai vos propos à Rafe.

— Je prépare une autre manifestation de charité pour le mois prochain. Je vous ferai envoyer des billets, bien entendu.

— A Ariane aussi, j'espère ?

— Cela va de soi, ma chère.

— Merci.

— De rien. Permettez que je vous laisse.

De nouveau seule, Danielle couva d'un regard envieux la sculpture convoitée puis continua sa visite. Subitement, en parcourant la galerie d'un long regard circulaire, elle aperçut une saisissante silhouette tout de rouge vêtue. Cristina…

Si la blonde fut surprise de la voir, elle n'en laissa rien paraître. Après quelques secondes d'échange visuel, Danielle leva ironiquement son verre en guise de salut ; Cristina avança jusqu'à elle.

— Je ne m'attendais pas à vous voir ici ce soir.

— Ah ? fit délibérément Danielle. Et pour quelle raison, Cristina ?

— Comment était le séjour à Paris ? demanda celle-ci au lieu de répondre.

— Romantique, malgré la pluie et le ciel gris.

— C'est une ville pour les amants.

— Je ne vous le fais pas dire…

Cristina savoura une gorgée de champagne.

— Ne tombez pas amoureuse de lui. Ce serait fatal.

Elle avait dit cela avec le sourire, mais son regard gris était venimeux. Danielle visualisa Rafe un quart de seconde avant que Cristina le voie et se tourne vers lui, un sourire de séductrice aux lèvres.

— Nous parlions justement de toi.

En enlaçant Danielle, Rafe perçut sa tension.

— On rentre ? fit-il.

— Cristina aimerait une autre coupe de champagne.

— Je vais appeler un serveur, dit tranquillement Rafe en joignant le geste à la parole.

Danielle se demanda s'il le faisait exprès ou s'il n'avait pas compris qu'elle désirait rester seule avec Cristina.

— Rabat-joie, va, murmura-t-elle.

— On y va ? répéta-t-il.

— Juste ciel ! Déjà, *querido* ? plaisanta Cristina, railleuse.

— Il ne songe qu'à ça, glissa Danielle avec un sourire suave. N'est-ce pas, *querido* ?

Elle avait insufflé dans ce petit mot doux en espagnol une dose de cynisme que Cristina ne pouvait manquer de percevoir. Un instant, son regard brilla de fureur. Mais elle s'empressa de masquer sa réaction.

— En ce cas, amusez-vous bien ! Nous aurons certainement l'occasion de nous revoir.

Danielle la regarda s'éloigner. Elle avait mal à la tête, tout à coup, et se sentait fragile.

Plus tard, alors qu'ils se déshabillaient dans leur chambre, Rafe lança :

— Consentiras-tu à me dire de quoi il retournait exactement, avec Cristina ?

— Non, dit Danielle en gagnant la salle de bains.

Quand elle revint, il lui présenta un verre d'eau et des analgésiques, qu'elle prit sans discuter avant de se glisser au lit. Elle eut juste le temps d'enregistrer, confusément, que Rafe éteignait la lumière, avant de sombrer dans un sommeil porteur d'oubli.

— Tu es sûre que ça va ? demanda sa mère dès que Danielle entra dans la boutique, le lendemain.

— Oui ! répondit-elle d'une voix ferme.

A la demande de Rafe, elle avait, peu après le petit déjeuner, averti sa mère de ce qui s'était produit. Puis elle était partie d'assez mauvaise humeur, contrariée qu'il ait décidé la pose d'un système de sécurité sans prendre son avis. Elle avait l'impression d'être surveillée par deux parents hyperprotecteurs — même si les attentions de Rafe n'avaient souvent rien de paternel !

Alors qu'Ariane et elle s'apprêtaient à savourer un café en examinant les courriels et le courrier du jour, la sonnette d'entrée retentit. Danielle se porta à la rencontre de l'homme qui venait d'entrer. Ayant présenté sa carte professionnelle, il entreprit aussitôt, avec son équipe, l'installation d'une alarme et de caméras de surveillance.

Un instant plus tard, une jeune femme élégante arriva à son tour et déclina ses titres et identité, soutenant que Rafael Valdez l'avait engagée comme agent de sécurité de la boutique.

— Alors là, c'est un peu fort ! s'écria Danielle.

Elle s'empressa d'appeler Rafe sur son portable et lui débita une tirade coléreuse. Lorsqu'elle eut terminé, il se contenta de laisser tomber :

— Maris reste. Point final.

— Je n'ai pas besoin d'un garde du corps !

— Il va falloir t'y faire.

— On en reparlera ce soir.

— A ta guise.

Danielle raccrocha avec un soupir excédé, devinant déjà que rien ne se ferait « à sa guise », précisément !

— Je suis formée aux techniques de vente, déclara Maris. Le mieux est que je me présente comme votre assistante.

Danielle, agacée, ne répondit rien — même si elle n'en pensait pas moins ! Soudain, elle grimaça au son strident d'une alarme électrique. Ce n'était qu'un essai, s'excusa le technicien. Décidément, la journée s'annonçait désagréable !

Vers midi, l'installation de l'alarme et des caméras était en voie d'achèvement.

— Cette boutique est plus protégée qu'une banque ! pesta Danielle.

— Voyons, ma chérie, Rafe ne pense qu'à te protéger et à défendre tes intérêts, répliqua sa mère. L'épisode d'hier soir est plus que regrettable, mais ça aurait pu être encore plus grave !

Danielle n'en doutait pas. Et, malgré sa colère, elle ne put s'empêcher d'éprouver de la reconnaissance.

Cela ne l'empêcha pas de se lancer dans une attaque en règle le soir même, dès qu'elle fut entrée dans le bureau de son mari.

— Pourquoi ne m'as-tu pas consultée ? demanda-t-elle sans préambule, d'un ton hargneux.

Rafe leva les yeux de son écran d'ordinateur, sur lequel s'alignaient des colonnes de chiffres. Il enregistra son travail et se carra sur son fauteuil, prêt pour la bagarre. Il eut le temps de trouver Danielle diablement belle en colère.

— L'affaire est déjà conclue, *querida*, lâcha-t-il d'une voix traînante, captant les efforts qu'elle faisait pour dominer son indignation.

— J'accepte l'alarme, dit-elle en venant se planter devant lui. Et même les caméras. Mais Maris ? Franchement, Rafe, c'est exagéré !

— Maris est mon employée, déclara-t-il, laconique. Je la paie. Point final.

Saisissant le premier objet qui lui venait sous la main — un livre —, Danielle l'expédia dans sa direction. Mais, il avait anticipé et intercepta sans difficulté le projectile, qu'il posa tranquillement sur sa table de travail. Puis il se leva, contourna le bureau et vint se placer face à Danielle, qui le foudroyait du regard d'un air de défi.

— Que cherches-tu à prouver ? fit-il.

— J'aimerais bien te voir un peu moins triomphant, pour une fois !

La prenant par le menton, il se demanda subitement à quel moment son désir fou pour elle s'était mué en *amour.* Il n'en savait rien, mais c'était bel et bien ce qui s'était produit, il ne pouvait plus se mentir…

— Tu as déjà réussi cet exploit hier soir, lâcha-t-il. Quand j'ai su qu'on s'en était pris à toi ; quand j'ai imaginé ce que tu aurais pu avoir à subir.

Interloquée, Danielle se demanda ce qu'il essayait de lui dire. Qu'il tenait à elle, qu'il se souciait d'elle ? C'était une idée presque… terrifiante. Elle le dévisagea en silence, immobile, perturbée. Il y avait quelque chose qu'elle ne savait pas déchiffrer dans son regard noir, mais elle se sentit soudain dépouillée de toute colère.

— Je suis désolée, chuchota-t-elle.

Il sourit et effleura sa bouche du bout du pouce.

— Je te crois, fit-il, laissant retomber sa main.

Puis il désigna un carton d'emballage, sous la fenêtre.

— Ouvre-le, c'est pour toi.

Elle continua à le contempler quelques secondes, incapable de détacher son regard du sien. Puis, s'approchant du gros carton, elle en défit l'emballage soigné et écarta les copeaux de mousse. Un soupir étranglé lui échappa : c'était la sculpture qu'elle avait tant admirée à la galerie la veille !

— Tu l'as… achetée ? murmura-t-elle.

— J'ai pensé qu'elle ferait bien dans la boutique.

Danielle se redressa et se tourna vers lui, ne sachant si elle devait sourire ou pleurer.

— Merci, Rafe.

— Je veillerai à ce que tu me remercies comme il faut, sois tranquille.

Il la taquinait, elle s'en rendait compte. Elle anticipa cependant la nuit à venir pendant tout le reste de la soirée.

Au lit, ce fut elle qui esquissa les premiers gestes. Cependant, même s'il prenait plaisir à ses caresses — elle ne pouvait en douter —, il reprit la direction de leur échange sensuel et ce fut lui qui les mena vers l'acmé du plaisir.

— Pourquoi faut-il toujours que ce soit toi qui gagnes ? demanda Danielle d'une voix rauque.

— Parce que je le peux.

11

— Je te trouve pâle, ma chérie, observa Ariane. Tu couves quelque chose ou quoi ?

— Je ne crois pas. Je me sens un peu lasse, c'est tout.

— Tu travailles sans doute un peu trop.

— Il ne me semble pas...

Danielle ne pouvait guère confier à sa mère que Rafe l'occupait pendant une grande partie de la nuit, sans compter que, très souvent aussi, il lui faisait l'amour aux premières lueurs de l'aube.

— Est-il possible que tu sois enceinte ?

Effectuant un rapide calcul mental, Danielle secoua la tête.

— J'en doute.

Pourtant, elle acheta un test de grossesse à la pharmacie. Elle resta tétanisée quand il s'avéra positif. Son médecin confirma ses craintes : elle était enceinte de huit semaines.

— Ce n'est pas possible ! protesta-t-elle.

— Je vous assure que si.

— Mais j'ai eu mes règles, le mois dernier !

— Avez-vous noté quelque chose d'inhabituel ?

Danielle précisa au généraliste qu'elles avaient été beaucoup moins abondantes et longues que d'habitude. Elle l'écouta dans un silence abasourdi alors qu'il lui donnait des explications médicales. Elle consentit à effectuer les tests sanguins nécessaires.

Seigneur ! Un enfant ! Son enfant ! La réalité s'imposait,

implacable. Elle ne pouvait cacher la nouvelle à sa mère : elle avait le droit de savoir. Et Rafe aussi, bien sûr…

— Tu es enceinte, devina Ariane dès qu'elle la vit. Oh ! ma chérie, quelle merveilleuse nouvelle !

Prise dans l'étreinte affectueuse de sa mère, Danielle se demanda si c'était aussi merveilleux que cela. Elle aurait dû être folle de joie à l'idée d'avoir accompli la première étape du marché qu'elle avait conclu, mais tel n'était pas le cas… Désormais, la durée de son mariage pouvait être déterminée de façon précise.

— Ne vas-tu pas l'annoncer à Rafe ? demanda Ariane, qui semblait percevoir son déchirement intérieur.

— J'attendrai ce soir, murmura Danielle.

Cela lui donnerait le temps de se remettre un peu.

La journée fut plutôt occupée, laissant peu de temps à Danielle pour réfléchir à sa situation — ce qui n'était pas plus mal…

Peu après 18 heures, elle arriva à Toorak. Dans d'autres circonstances, elle aurait réservé dans un restaurant qu'ils aimaient pour annoncer la nouvelle devant une jolie table éclairée aux bougies. Mais, là, elle n'en eut pas envie. Pendant tout le repas, elle ne cessa de tourner et retourner dans sa tête les mots qu'il fallait prononcer. Elle finit par renoncer à trouver les paroles adéquates. Comme elle repoussait son assiette de paella à demi entamée, Rafe demanda :

— Tu n'as pas faim ?

— Pas vraiment.

Allons, parle ! Dis-le-lui ! lui intima une voix.

— Quelque chose te tracasse ?

Soudain, Danielle décida de se jeter à l'eau.

— J'avais rendez-vous chez le médecin, aujourd'hui. Je suis enceinte.

Et voilà, c'était fait. Elle l'avait dit !

Une lueur vite domptée jaillit dans le regard de Rafe.

— Je suppose que tu as déjà une date pour l'accouchement ?

— La mi-juillet, précisa-t-elle, parvenant à sourire. L'étape numéro un est bouclée.

Rafe resta anormalement silencieux, la scrutant, lui sembla-t-il, jusqu'au fond de l'âme.

— Comment te sens-tu ? finit-il par demander.

Elle soupira. Comment répondre à cela ?

— Bien, fit-elle, refoulant une remarque désinvolte.

— Tu vas te faire suivre par un obstétricien, bien sûr. Et réduire ton temps de travail à la boutique.

— Non.

Il ne broncha pas, mais resta figé dans une immobilité qui la fit frémir.

— Non ? répéta-t-il finalement, d'un ton si froid qu'il en était menaçant.

— Je suis jeune et en bonne santé, fit-elle valoir. Si le médecin pense que je dois être suivie par un spécialiste, je le ferai. Quant à la boutique, je tiens à y travailler jusqu'au bout. C'est mon corps. Et c'est mon enfant. Pour le moment, en tout cas, l'un ne va pas sans l'autre.

Elle se leva, éprouvant le besoin de s'éloigner de Rafe, ne fût-ce qu'un moment. De garder ses distances. Mais il la harponna avant qu'elle ait pu faire le moindre pas, la serrant contre lui.

— Laisse-moi tranquille, implora-t-elle.

— C'est ton corps, et ma semence, lui assena Rafe avec une douceur glaçante.

Il lui prit la main et la posa sur son ventre, puis la couvrit de la sienne.

— C'est *notre* enfant, ajouta-t-il.

Danielle fulminait. Comment pouvait-il parler ainsi ? Ce bébé était une créature vivante, pas une « semence », qu'elle porterait sept mois encore dans son ventre, qu'elle chérirait pendant toute son enfance puis…

Un frisson glacé interrompit le cours de ses pensées. Car, une fois son enfant sorti de l'enfance, elle devrait s'en éloigner et ne plus partager qu'une faible part de son existence. Si absurde que cela soit, elle devait déjà envisager sa séparation avec un petit être qui n'était pas encore né !

Et puis comment pourrait-elle supporter que Rafe s'éloigne d'elle, qu'il épouse une autre femme, donne des demi-frères et sœurs à leur bébé, mène une existence distincte de la sienne ? Comment pourrait-elle… vivre sans lui ?

Danielle porta les mains à son cou, horrifiée. Elle s'employa à se ressaisir rapidement, mais la vérité crue l'aveuglait désormais : elle éprouvait de l'amour pour Rafe ! Mais comment était-ce possible, bon sang ? Elle ne pouvait pas être éprise de lui ! L'amour ne jouait aucun rôle dans leur marché ! Elle en conclut que ses hormones lui jouaient un mauvais tour — d'ailleurs, n'avait-elle pas envie de pleurer ?

— J'annule la soirée prévue, décida Rafe.

Ils devaient assister à la première de la nouvelle pièce du plus important auteur de théâtre australien. Danielle n'avait pas grande envie de se mettre sur son trente et un pour aller tenir son rang dans la parade sociale. Mais leur absence à cet événement prestigieux ne manquerait pas d'être remarquée.

— Pourquoi ? dit-elle. Le fait d'être enceinte ne fait pas de moi une fragile petite fleur.

Il eut un sourire si chaleureux qu'elle sentit son cœur fondre, et ses lèvres tremblèrent un peu quand il déposa un baiser sur son front.

— Je n'ai pas imaginé ça un seul instant, affirma-t-il.

*
* *

Le premier acte n'allait pas tarder à commencer quand ils pénétrèrent dans le foyer du théâtre. De nombreuses femmes en vue de la haute société étaient présentes.

— Rafe, Danielle ! J'espérais que vous seriez là !

Danielle ravala un juron. Encore Cristina ! La blonde était étourdissante dans une robe de soie ivoire. Elle n'avait jamais vu son compagnon, et refoula l'idée peu charitable que Cristina l'avait peut-être engagé pour la soirée.

— Je crois que nous serons voisins, reprit cette dernière.

Encore une manipulation ? se demanda Danielle, soulagée d'entendre la sonnerie invitant les spectateurs à prendre place et d'éviter ainsi une conversation forcée avec sa rivale.

Cristina manœuvra pour être assise près de Rafe, tandis que Danielle s'installait à la gauche de ce dernier, ruminant en silence des pensées assassines. Rafe lui prit la main et la retint dans la sienne.

L'orchestre commença à jouer, les lumières diminuèrent peu à peu, puis le rideau se leva. Ayant vainement tenté de dégager sa main de celle de Rafe, Danielle se concentra sur la scène.

Pendant le premier entracte, Danielle s'excusa et se retira un instant dans les toilettes des dames. Quand elle revint, Cristina était en pleine conversation avec Rafe. A dire vrai, c'était surtout elle qui parlait. Danielle les rejoignit. Elle haussa les sourcils quand Rafe, lui prenant de nouveau la main, la porta à ses lèvres.

— A quoi joues-tu ? demanda-t-elle à voix basse alors qu'ils longeaient la travée pour regagner leurs sièges.

— Je rassure.

— Qui ? Toi ou moi ?

Il ne répondit pas.

Danielle essaya de se laisser captiver par le deuxième

acte, mais elle ne songeait que trop aux manigances possibles de Cristina ; par fierté, elle se garda de vérifier que la blonde n'avait pas avec Rafe les mains baladeuses.

Obligée de retourner aux toilettes pendant le second entracte, elle se demanda si c'était une faiblesse de femme enceinte. Il faudrait qu'elle achète un livre sur la grossesse et se renseigne à fond sur le sujet.

Quand elle sortit de la cabine, Cristina faisait mine de retoucher son maquillage devant une glace. Sûre que sa présence ici n'avait rien de fortuit, Danielle décida de mettre les pieds dans le plat.

— Vous m'avez suivie, dit-elle. Pourquoi ?

— Il serait dommage que La Femme subisse d'autres revers…

Danielle retoucha son rouge à lèvres avec une décontraction étudiée.

— Serait-ce une menace ? demanda-t-elle finalement, comme si elles parlaient de la météo. Si c'est le cas, je veillerai à ce que la police vous place en tête des suspects lorsqu'elle enquêtera sur tout problème venant à surgir, soyez-en sûre.

Elle marqua une pause, puis ajouta :

— Vous devriez vous rappeler que Rafe est propriétaire de La Femme et qu'il a des relations.

— Ma chère, je ne vois pas de quoi vous parlez.

— Vraiment ?

— Vous êtes pâlotte. Vous ne vous sentez pas bien ?

— Je n'ai jamais été en meilleure forme, déclara Danielle.

— On pourrait presque croire…, murmura Cristina, dont les pupilles se dilatèrent et se contractèrent tour à tour. Vous ne seriez pas enceinte ?

— Eh bien, si.

Toute une gamme d'émotions défila sur le visage de Cristina, et aucune ne semblait plaisante.

— Espèce de sale petite garce, siffla-t-elle soudain.

— Merci, riposta Danielle en souriant calmement.

Voyant la porte s'ouvrir sur une nouvelle venue, elle en profita pour s'éclipser.

La journée était belle. Pas un nuage ne venait troubler l'étendue azurée du ciel. Tout en roulant vers la boutique, Danielle envisagea de téléphoner à l'un de ses fournisseurs pour commander un réassort d'un ensemble qui se vendait particulièrement bien.

Soudain, un éclat bleu apparut dans son champ de vision, elle entendit un heurt brutal, métal contre métal, et fut projetée en avant.

Tout était allé si vite, de façon si inattendue, qu'elle n'eut pas le temps de réfléchir ni de se préparer au choc. Elle dut appuyer instinctivement sur la pédale de frein cependant, car deux secondes plus tard, la voiture franchit le talus et s'arrêta à quelques centimètres à peine d'un des arbres qui bordaient Toorak Road.

Un instant, elle demeura secouée. Puis, réalisant pleinement ce qui venait de se produire, elle détacha sa ceinture de sécurité et descendit. Elle l'avait échappé belle. Elle était inquiète pour l'autre conducteur et voulait vérifier les dégâts. Il allait falloir établir un constat, alerter la police…

— Est-ce que ça va ?

C'était une voix masculine qui avait lancé cette question, redoublée d'une interrogation identique proférée par une deuxième voix d'homme. Danielle chercha des yeux l'autre voiture, mais il n'y en avait pas.

— La bagnole vous a foncé dessus et a pris la fuite ! dit un des deux hommes. C'est criminel !

— Vous… vous plaisantez ? balbutia Danielle, incrédule.

— Je crois que vous devriez vous asseoir, mademoiselle.

« Je ne suis pas si fragile », voulut-elle répondre. Mais elle était en état de choc et aucun son ne franchit ses lèvres.

— J'appelle la police.

— Moi, une ambulance.

— C'est inutile, protesta Danielle.

Elle sortit son portable pour prévenir sa mère qu'elle arriverait en retard à la boutique.

— Ne bouge surtout pas, décréta Ariane, après s'être inquiétée des blessures éventuelles dont pouvait souffrir sa fille. Je me fiche de savoir que la voiture est en état de rouler. Tu restes où tu es !

— Mais... je n'ai...

Danielle n'eut pas le temps de conclure : sa mère avait raccroché.

Elle examina la BMW, qui semblait miraculeusement intacte. A cet instant, une voiture de police s'arrêta à son niveau, ne précédant que de quelques secondes la Jaguar de Rafe. Danielle ferma fugitivement les yeux en le voyant bondir de son siège, tel un ange noir de la vengeance prêt à en découdre.

Rafe sentit le soulagement détendre ses muscles — la crispation lui avait noué tout le corps dès qu'il avait reçu le coup de fil d'Ariane. Il avait pulvérisé les limitations de vitesse et freiné si brusquement qu'un des officiers de police lui établissait une contravention. Cela lui était bien égal. Il ne pensait qu'à Danielle. S'il lui était arrivé quelque chose... Seigneur ! Il aimait mieux ne pas y penser.

Ce fut avec un bonheur intense qu'il posa les mains sur elle, se rassurant à son contact. Puis, sans se soucier des badauds présents, il l'embrassa à pleine bouche. Elle réagit, et il se sentit encore plus rassuré. Elle s'arracha à son étreinte.

— Il faut vraiment qu'on se donne en spectacle ?

Les yeux de Rafe semblaient très noirs, et ses traits

avaient une rigidité frappante tandis qu'il la dévisageait. Danielle entrevit dans son expression quelque chose d'éloquent qu'elle avait presque peur d'identifier. Pendant un instant hors du temps, leurs regards se vrillèrent l'un à l'autre. Tout semblait suspendu.

— J'ai besoin de précisions, mademoiselle.

Les mots du policier rompirent le sortilège. Elle entendit les éclats de voix, le lointain hurlement d'une sirène, le bruit du monde en marche. Poussant un soupir, elle raconta ce qui s'était produit. Après le flot de questions, Rafe expliqua aux secours qu'il l'emmenait lui-même à l'hôpital. Il prit sa mallette dans la BMW, verrouilla les portières et fit monter Danielle d'autorité dans la Jaguar.

— Emmène-moi au travail, c'est tout, dit-elle.

Rafe démarra et roula rapidement, conscient qu'elle ne tarderait pas à réaliser qu'il se gardait de la conduire à La Femme. Comme elle protestait de plus belle, il lui prit la main et la porta à ses lèvres.

— S'il te plaît, laisse-moi faire.

Elle soupira, vaincue.

— Où allons-nous ?

— Tu verras bien.

Quand ils atteignirent la luxueuse clinique privée, Danielle secoua la tête.

— C'est ridicule ! souffla-t-elle.

Mais Rafe avait déjà réservé une suite privée à son nom. Une infirmière les y conduisit et lui enjoignit de se mettre au lit.

— Je reviens tout de suite, dit-elle en sortant.

— Oh ! bon sang, comment met-on ce truc-là ?

Danielle tourna et retourna la camisole en coton, ne

sachant si les liens devaient se nouer devant ou derrière. Rafe se mit en devoir de la dévêtir, sans tenir compte de ses protestations.

Elle était en sous-vêtements quand l'infirmière fit son entrée et lança d'une voix joviale :

— Enlevez tout ! Et mettez la camisole. Les nœuds vont derrière.

— Charmant, bougonna Danielle en s'exécutant.

L'équipe médicale s'avéra diablement efficace : feu roulant de questions, batterie de tests, échographie, le tout conclu par une visite de l'obstétricien en personne.

— Le bébé va bien, annonça-t-il.

— Je peux rentrer chez moi, alors ?

— Demain. Nous vous gardons toute la nuit en observation.

— Est-ce bien nécessaire ? maugréa-t-elle.

— Précaution de routine, décréta le médecin avec un sourire chaleureux, avant de s'éclipser.

Planté devant la fenêtre, Rafe, sombre et songeur, dominait la chambre de son imposante stature. Danielle se sentait presque écrasée par sa présence.

— J'aimerais être un peu seule, murmura-t-elle. Tu veux bien partir, maintenant ?

Rafe se retourna et la contempla. Il avait des questions à poser, des réponses à obtenir, des appels à passer… Il marcha jusqu'au lit et, résistant à l'envie d'étreindre sa femme, il se contenta de lui octroyer un baiser léger et doux, qui le laissa excité et frustré à la fois.

— Je reviendrai plus tard, dit-il.

Elle eut tout juste la force de faire un signe d'assentiment et, dès qu'il fut sorti, ferma les yeux.

« La bagnole vous a foncé dessus et a pris la fuite », avait déclaré un des témoins. Il s'agissait donc d'une tentative délibérée, criminelle, pour lui nuire. Cristina était-elle impliquée ? Avait-elle sombré dans l'obsession paranoïaque en découvrant qu'elle était enceinte de Rafe ?

Mais, si c'était le cas, comment en apporter la preuve ?

Après le repas de midi, sa mère lui téléphona ; Rafe fit livrer un bouquet de fleurs accompagné d'une carte. Ensuite, Danielle feuilleta quelques magazines, somnolant par à-coups.

Après la fermeture de la boutique, Ariane vint la voir. Elle apportait un superbe déshabillé et des mules en satin.

— Pour toi, ma chérie, dit-elle, dissimulant derrière un sourire son inquiétude maternelle.

Elle parla délibérément de choses légères, se gardant de dire qu'elle avait mis Rafe au courant de tous les incidents louches qui s'étaient produits, non sans lui faire part de ses propres soupçons. Elle s'éclipsa au moment du dîner.

Danielle venait juste de se rafraîchir lorsque Rafe survint. Elle ne lui résista pas quand il l'embrassa à pleine bouche. Ensuite, la lovant contre lui, il lui donna de doux petits baisers. Elle se laissa faire, nouant les bras autour de son cou.

— As-tu dîné ? demanda-t-elle — une question bien éloignée de tout ce qu'elle aurait voulu pouvoir aborder avec lui !

— On verra ça plus tard.

Il la souleva dans ses bras, prit place dans un fauteuil et l'installa confortablement sur ses genoux.

— Alors, et ta journée ? reprit-elle. Occupée, j'imagine.

— Très.

Passant enfin à l'action, il avait tiré quelques ficelles, rassemblé des faits. Il avait ensuite fixé un rendez-vous à Cristina. Cette dernière avait fait feu de tout bois : numéro de séduction, larmes, déclaration d'amour enflammée. Il avait rétorqué par un avertissement glacial, lui intimant de quitter la ville sous vingt-quatre heures. Faute de quoi, il l'attaquerait en justice.

*
* *

Danielle était contente d'être dans les bras de Rafe. Elle écoutait les battements rassurants de son cœur, humait les effluves de son eau de toilette qui se mêlaient à la tiédeur de son corps.

Peut-être était-ce le contrecoup du choc mais elle se sentait très lasse ; cette nuit de repos imposée, dans cette confortable clinique, commençait à lui paraître plutôt bienvenue.

12

— Il faut qu'on parle, décréta Rafe.

Danielle était de retour depuis une heure. En compagnie de Rafe, elle savourait du thé et des viennoiseries sur la terrasse surplombant les jardins.

— Je n'ai qu'une question : pourquoi ne t'es-tu pas confiée à moi ? continua-t-il d'une voix étrangement atone, avec une expression imperturbable.

— Je pensais pouvoir gérer ça toute seule, répondit-elle en soutenant son regard. Que voulais-tu que je fasse ? Que je me précipite pour te raconter en pleurnichant toutes les petites crasses de Cristina ? Comment pouvais-je me douter qu'elle était si dangereuse ?

— Si tu m'avais parlé, elle n'y serait pas revenue à deux fois ! Et tu n'aurais pas eu à souffrir de ses actes.

Il leva la main pour effleurer ses cheveux, y mêla ses doigts, caressa le creux de son cou.

— Elle voulait ce que j'avais : toi.

Rafe prit sa bouche, en un baiser prolongé et dévastateur.

— Quand je pense…, commença-t-il en redressant la tête.

D'un doigt sur les lèvres, Danielle lui imposa silence.

— Il n'est rien arrivé de mal. Le bébé va bien. Tu auras ton fils ou ta fille.

Et quand je devrai partir, j'aurai le cœur brisé, ajouta-t-elle en son for intérieur.

Une émotion qu'elle ne sut pas définir obscurcit le regard de Rafe.

— Tu crois que l'enfant que tu portes est tout ce qui compte pour moi ? *Por Dios*...

— Nous avons passé un marché et...

— Au diable le marché !

— De quoi parles-tu, alors ?

— De toi !

Le cœur de Danielle se serra tant elle n'osait se risquer à entrevoir ce qu'il voulait dire...

— Est-ce que tu te rends compte, reprit-il, de ce que j'ai éprouvé lorsque Ariane m'a averti que tu avais eu un accident ?

— J'imagine que tu étais inquiet...

— Le mot est faible ! Ce furent les pires instants de ma vie ! Si je t'avais perdue..., fit Rafe, lui saisissant la main.

Le pouls de Danielle s'accéléra au point qu'elle demeura incapable de proférer une parole pendant de longues secondes.

— Qu'est-ce que tu cherches à dire ? lâcha-t-elle enfin.

Rafe n'essaya pas d'envelopper les choses dans des phrases ronflantes. Il n'y avait que trois mots importants, essentiels, nul besoin d'en dire plus.

— Je t'aime.

— Rafe...

— Tu es ce qui compte plus que tout pour moi.

Danielle le dévisagea avec circonspection. Elle aurait plus que tout voulu qu'il dise vrai, mais...

— Je crois que tu as subi un choc, Rafe.

— J'ai quelque chose pour toi, fit-il brusquement.

Il allongea la main vers sa mallette et en tira une enveloppe brune contenant un document juridique, qu'il lui tendit.

— Tiens, lis. Et regarde la date.

Danielle parcourut du regard l'acte, qui rendait nul

et non avenu le contrat qui les liait. Il était signé par Rafe en personne ainsi que par son avocat. Et daté du jour précédant l'accident... Elle sentit une larme rouler sur sa joue.

— Non, ne pleure pas, *querida*, implora-t-il en la serrant contre lui. Le médecin suggère des vacances. La Gold Coast et l'appartement en terrasse, ça te va ?

— Si tu y tiens, souffla-t-elle, joignant les mains derrière la nuque de son mari.

Rafe rompit ce contact. Il lui avait ouvert son cœur, et elle n'avait pas prononcé un seul mot. Une vive souffrance commençait à l'envahir à l'idée que ses sentiments ne soient pas partagés par Danielle — ou pis : qu'elle le rejette. L'harmonie sexuelle n'était pas l'amour, il le savait, et pourtant il aurait presque juré qu'elle tenait à lui...

Au moment où la colère succédait à la douleur, elle se tourna vers lui.

— Je crois que j'ai besoin de te l'entendre dire encore, dit-elle simplement, avec une douceur émerveillée qui l'émut plus que tout.

Prenant son visage entre ses mains, il répéta :

— Je t'aime.

Il crut qu'elle allait pleurer. Il la vit lutter pour retenir ses larmes.

— Merci.

— De t'aimer ?

— De m'avoir fait le plus beau des cadeaux : toi. Ton cœur, ton âme. Je les chérirai tout le temps que je vivrai.

Alors qu'elle lui effleurait les lèvres du bout des doigts, elle sentit frémir sa bouche et lut l'émotion dans son regard.

— Au début, je voulais te haïr, avoua-t-elle. A un moment, j'ai même cru y être parvenue. Et puis je me suis rendu compte que la vie sans toi, ce n'était pas une vie. Je t'aime.

Un instant, Rafe demeura silencieux, incapable de

proférer une parole. Son cœur battait à grands coups. Danielle vit se peindre sur ses traits de la chaleur, de la passion, de l'amour. Et elle s'étonna de susciter en lui tant d'émotions.

Elle sut aussi qu'il venait de laisser transparaître quelque chose qu'il n'avait sans doute jamais livré à personne : un authentique élan du cœur.

Épilogue

Juan Carlos Rafael Valdez fit son entrée dans le monde avec quinze jours d'avance, après des heures de travail auxquelles il fallut mettre fin par une césarienne. Au grand soulagement de son père, qui semblait prêt à tailler en pièces l'obstétricien et toute son équipe, et à l'émerveillement étonné de sa mère, dans les bras de laquelle il ne tarda pas à s'endormir.

Trois mois plus tard, leur fils était devenu le centre de leur vie. Et, en regardant Rafe tenir au creux de son bras le petit Juan Carlos pour son baptême, Danielle se dit qu'il serait difficile d'imaginer un père plus dévoué.

— Je crois, dit-elle en enveloppant le petit d'un regard débordant d'affection, qu'il lui faut un frère. Ou une petite sœur.

Elle s'interrompit un instant en voyant l'air secoué de Rafe.

— Sinon, ce sera un enfant gâté ! ajouta t-elle. En tant que fille unique, j'ai toujours aspiré à avoir des frères et sœurs. Pas toi ?

— Danielle…

— Imagine une petite fille, continua-t-elle sans tenir compte de l'interruption. Elle aurait des boucles noires, de grands yeux clairs et un sourire adorable.

— Non, implora Rafe, l'air retourné. Non, pas si vite. Je ne crois pas que je pourrai supporter…

— De me voir souffrir ? acheva-t-elle. Mais enfin,

c'est ridicule ! Les femmes mettent des bébés au monde depuis la nuit des temps ! De toute façon, le médecin a dit qu'il faudrait que j'accouche par césarienne, à l'avenir. Alors, il n'y aura pas ce problème les prochaines fois.

Rafe tiqua. Elle avait dit « les prochaines fois » ? Une discussion sérieuse s'imposait ! Mais plus tard, car le photographe leur faisait signe de se rapprocher un peu plus d'Ariane pour la photo de famille.

Les invités partis, le dîner avec Ariane achevé, Juan Carlos nourri et couché, ils se retrouvèrent seuls.

— Enfin, un moment à nous, *querida*, dit Rafe, attirant Danielle entre ses bras.

Il posa ses lèvres sur son cou, les promena sur sa chair, qu'il sentit frémir.

— La journée a été longue.

Et belle, compléta silencieusement Danielle. Remplie de joie et de fierté, de rires et d'amour. Mais rien n'égalait l'amour qu'elle ressentait pour cet homme. Il était tout ce dont elle avait jamais rêvé, et il la comblerait toujours.

— Je t'aime, dit-elle, la voix enrouée par l'émotion.

Déjà, Rafe avait glissé les mains vers ses hanches, puis vers ses fesses…

Ils redescendaient à peine du septième ciel, les sens comblés, épuisés, merveilleusement vivants, quand des pleurs grésillèrent dans le Baby-phone.

— J'y vais, dit Rafe.

Il se leva, enfila en hâte un peignoir et disparut dans la nursery.

Comme il mettait du temps à revenir, Danielle, intriguée, se mit debout à son tour et le rejoignit. Il était assis dans le fauteuil à bascule, son fils blotti contre lui. La tête contre l'épaule de son père, Juan Carlos dormait à poings fermés.

— Il avait besoin d'être changé, dit Rafe. C'est fait.

— Et tu as eu du mal à t'en séparer.

— Tu me connais bien, lâcha Rafe, avec un sourire qui lui retourna le cœur.

Il se leva, coucha tout doucement son fils dans son berceau et le couvrit tendrement. Ensuite, ils regagnèrent leur chambre sur la pointe des pieds. Rafe s'assit sur le lit et prit Danielle entre ses bras. Lovée sur ses genoux, elle l'enlaça, posant sa tête contre la sienne.

— Es-tu si opposé que ça à un deuxième enfant ? demanda-t-elle.

— Je pense avant tout à toi, *amada.*

— Cette maison est magnifique, elle possède un jardin merveilleux et toute la place nécessaire. Tu imagines ce que ce serait avec trois ou quatre beaux enfants bruns courant de tous côtés, et profitant de tout ce que nous pouvons leur apporter ?

Rafe se sentait incapable de lui refuser quoi que ce soit. Sa vie avait atteint sa complétude depuis que cette femme y était entrée. Quant à l'amour… Il n'aurait jamais cru qu'il soit possible de tant aimer une femme, et d'en être aimé en retour.

— Pas avant un an, *querida.* Accordons-nous un an pour profiter de notre fils avant d'agrandir notre petite famille.

— Mmm, fit Danielle, déposant un baiser sur son front. J'adore ton sens du compromis.

— Seulement du compromis ? lança Rafe, taquin.

— Non, il y a quand même un ou deux autres domaines où tu fais preuve de talent, continua-t-elle sur le même ton.

— Juste du talent ? Je vois. Il faut encore que je travaille ma technique.

Danielle colla sa bouche à la sienne, initiant un baiser profond.

— Si on commençait tout de suite ?

— Tes désirs sont des ordres, *mi mujer.* Et je suis prêt à les accomplir tous les jours de ma vie.

— Parce que tu m'aimes ?

L'air soudain plus grave, Rafe répondit :

— De tout mon cœur.

— *Gracias*, souffla-t-elle, la voix rauque.

Et Danielle lui donna un baiser passionné, en y mettant toute son âme. Il y avait en Rafe quelque chose de dur et d'implacable. Mais, avec elle, il ne l'était pas. Jamais. Elle avait touché son cœur et elle était résolue à choyer ce don inestimable tout le restant de sa vie.

TRISH MOREY

Maîtresse d'un play-boy

Traduction française de
ANNE BUSNEL

HARLEQUIN

Titre original :
HER MISTRESS FOR A MILLION

Ce roman a déjà été publié en 2010

1

La vengeance avait un goût délicieux.

Andréas Xenides leva les yeux sur l'immeuble délabré dont l'enseigne délavée ballottait au gré des bourrasques de vent. Depuis combien d'années traquait-il l'homme qui se trouvait à l'intérieur ? Il secoua la tête, indifférent au froid qui glaçait les piétons autour de lui. Peu importait la durée de ses recherches, maintenant qu'il l'avait débusqué.

Dans sa poche, le portable vibra. Il s'en saisit avec impatience. Son avocat avait promis de le joindre si un problème quelconque venait interférer avec ses plans. Voyant le nom de sa collaboratrice s'afficher sur l'écran, Andréas remit l'appareil en place. Ce qui se passait à Londres aujourd'hui était bien plus important que tout le reste. Pétra ne s'en rendait-elle pas compte ?

Comme il traversait la chaussée, une pluie cinglante s'abattit tout à coup et mit en déroute les rares passants qui traversaient ce paysage gris et noir. Andréas gravit les marches usées du perron, actionna la poignée de la porte. Celle-ci était fermée, comme il s'y attendait. La sécurité se résumait à un Interphone et à un système vidéo vétuste, mais c'était son jour de chance : un couple en survêtement et ceinture-banane sortit à cet instant de l'immeuble. Il en profita pour se faufiler et se diriger vers la zone de réception.

Sous ses pieds, le parquet recouvert d'un tapis élimé craqua à plusieurs reprises. Une odeur d'eau de Javel et de moisi flottait dans l'air. Quelque part, quelqu'un écoutait la radio.

L'endroit était vraiment minable.

Scotchée sur la porte de verre cathédrale au bout du couloir, une pancarte rédigée à la main indiquait « Administration ». L'attention d'Andréas se focalisa tout entière sur ce point, but ultime d'une si longue course-poursuite, si bien qu'il ne remarqua pas dans un premier temps la silhouette menue qui s'approchait, un aspirateur dans une main, un sac-poubelle dans l'autre.

Une femme de ménage. Il crut un instant qu'elle allait dire quelque chose, mais elle se borna à reculer contre le mur pour lui livrer passage. Il nota les cernes sous ses yeux rougis, sa frange plaquée sur son front, sa blouse tachée. Une odeur mêlée de bière et d'ammoniaque lui monta aux narines lorsqu'il parvint à sa hauteur.

Eh bien, le personnel était à l'image de l'hôtel ! songea-t-il avec dégoût.

La jeune femme s'éloigna d'un pas rapide. Il entendit dans son dos un choc, un cri étouffé, mais il avait bien autre chose en tête et ne se retourna même pas. Il était sur le point d'honorer la promesse faite à son père sur son lit de mort.

Ces instants, il prendrait tout son temps pour les savourer.

Il s'immobilisa quelques secondes, regrettant l'absence de son père. Où qu'il soit, celui-ci devait l'observer et se réjouir également, il en était convaincu.

L'heure était venue.

Il poussa le battant de deux doigts, le regarda pivoter sur ses gonds dans un grincement. Puis il entra.

L'homme assis derrière le bureau chichement éclairé ne releva pas la tête. Il était trop occupé à griffonner des notes sur un journal de courses hippiques, son téléphone vissé à l'oreille. Une bouffée de haine glacée envahit

Andréas. Il aurait voulu se jeter sur lui, le frapper. Mais, même s'il mourait d'envie de le réduire en pièces de ses propres mains, la vengeance qu'il avait élaborée était bien plus sophistiquée.

— Asseyez-vous, grommela l'homme qui, sans lâcher son téléphone, désigna le petit canapé poussé contre le mur. Je suis à vous dans une minute.

— *Kala ime orthios*. Je préfère rester debout, répondit Andréas entre ses dents.

L'homme se redressa et devint pâle comme un linge. Le combiné retomba sur son socle. Puis, dans un mouvement de recul, il s'écarta du bureau. Mais il n'y avait nulle part où se réfugier dans cette pièce exiguë. Il n'essaya cependant pas de se lever. Ses jambes flageolantes ne le lui permettaient peut-être pas, supputa Andréas.

— Que… que fais-tu là ?

Andréas s'approcha jusqu'à s'incliner au-dessus du bureau derrière lequel l'homme se recroquevilla. Il s'empara d'un coupe-papier acéré posé sur le plateau et, négligemment, se mit à jouer avec, sous le regard terrorisé de l'homme.

— Cela fait longtemps, n'est-ce pas Darius ? Ou préfères-tu que je t'appelle Démétrius ? Ou Dominic ? Ce n'est pas facile, tu changes d'identité comme de chemise.

L'homme jeta un regard affolé en direction de la porte. A cette distance, Andréas fut choqué de constater à quel point l'ex-associé de son père avait vieilli. Darius n'avait guère plus de cinquante ans, et pourtant son crâne s'était dégarni, ses rares cheveux grisonnaient et des rides profondes marquaient son visage affaissé. Le cardigan informe qu'il portait sur ses maigres épaules ne faisait rien pour lui rendre un peu de sa prestance d'antan.

Le temps s'était montré cruel avec lui. Tant mieux. Déjà, Andréas repérait dans le regard de son ennemi cette lueur fourbe et féroce qui trahissait son âme veule. Darius avait peut-être eu un réflexe de peur en voyant surgir dans son bureau le fils de celui qui avait été autrefois son meilleur ami. Mais maintenant, il était prêt à mordre.

Ce qui ne le sauverait pas de la chute, bien sûr.

— Comment m'as-tu trouvé ?

— Toujours aussi direct, Darius.

— Je n'ai pas l'impression que tu sois venu me parler de la pluie et du beau temps.

— C'est vrai, reconnut Andréas. J'avoue que tu m'as donné du fil à retordre. Tu as bien brouillé les pistes en Amérique du Sud. Dire que tu pourrais être encore à Mexico, à te dorer au soleil ! Mais il a fallu que tu sois assez bête pour revenir en Europe.

Darius ricana.

— Il faut croire que j'en ai eu assez de manger des haricots rouges.

— Je pense plutôt que tu t'es retrouvé à court d'argent à la suite d'affaires hasardeuses et de dépenses somptuaires. Les femmes, le jeu… Tu as tout flambé, Darius. Et voilà aujourd'hui à quoi tu es réduit, conclut Andréas avec un geste qui englobait l'hôtel.

Les yeux de Darius s'attardèrent sur le manteau en cachemire d'Andréas et ses chaussures italiennes en cuir cousu main.

— On dirait que pour toi tout va bien, fit-il remarquer d'un ton grinçant.

Pas grâce à toi, en tout cas !

Andréas ne put s'empêcher de serrer les poings, se rappela ses résolutions et prit une profonde inspiration pour se calmer.

— C'est pour ça que tu es venu ? reprit Darius avec un rictus mauvais. Pour te pavaner devant moi dans tes beaux habits ? O.K., tu es venu, tu as vu. Content ? A ce qu'on dit, le succès est la meilleure des revanches.

— Oh, mais on se trompe à ce sujet ! contra Andréas qui se permit enfin le sourire sardonique qu'il retenait depuis de longues minutes. Car la meilleure des revanches… c'est *ceci*.

Il tira un feuillet de papier de sa poche, le déplia. Darius blêmit en reconnaissant l'arrangement financier qu'il avait signé une semaine plus tôt.

— As-tu seulement lu les petits caractères, Darius ? Tu ne t'es pas demandé pourquoi quelqu'un t'offrait autant d'argent pour un hôtel presque en ruine ?

Un éclair de peur passa dans le regard de son ennemi.

— Tu n'as pas suspecté le piège ? insista Andréas dont le sourire s'élargit.

Darius avait maintenant le teint gris.

— C'est moi, le piège. Cette société financière m'appartient. C'est moi qui t'ai prêté cette somme. Et j'exige que tu me la rembourses. Immédiatement.

— Mais… ce n'est pas possible ! Tu sais bien que je ne dispose pas d'un tel montant…

— Ce n'est pas possible ? Dommage. Tu as signé ce document, tu sais ce que cela implique, alors.

Fébrile, Darius parcourut le texte, chercha les paragraphes rédigés en lettres minuscules au bas du feuillet.

— Non ! rugit-il. Tu ne peux pas me faire ça ! C'est… du vol pur et simple !

— Et tu t'y connais en la matière, pas vrai ? le nargua Andréas. Quoi qu'il en soit, cet hôtel miteux m'appartient désormais. Et je décide de le fermer. Dans l'heure.

Il jubilait face à la mine sidérée de son adversaire. On aurait dit que celui-ci venait de recevoir un coup de poing en pleine figure.

Oui, décidément la vengeance avait un goût délicieux.

2

Au fond du trou.

Voilà où se trouvait Cléo Taylor.

Elle avait mal au crâne, son tibia était tout endolori depuis qu'elle s'était cognée dans l'aspirateur. Après trois semaines de ce travail éreintant, elle était épuisée, tant physiquement que mentalement.

Lâchant le lourd engin au pied du lit étroit, elle se laissa tomber sur le matelas dont les ressorts grinçants la réveillaient la nuit, chaque fois qu'elle avait le malheur de se retourner.

Ce devait être une question de karma. Quoi d'autre ?

Combien de fois l'avait-on mise en garde ? Combien de fois lui avait-on conseillé d'être raisonnable, de ne pas se précipiter ? Et combien de fois avait-elle pensé que ces personnes qui l'exhortaient à la prudence étaient tout simplement jalouses parce qu'elle avait trouvé l'amour, grâce à internet, avec un homme qui vivait à des milliers de kilomètres de son Australie natale ?

Aujourd'hui, elle payait chèrement sa crédulité, et personne n'irait dire qu'elle ne l'avait pas mérité. Elle avait été stupide de croire Kurt, stupide de gober ses boniments, stupide de s'imaginer qu'il l'aimait. Et pathétiquement naïve de lui offrir son cœur et les économies de sa grand-mère !

Elle avait seulement réussi à prouver que ses anciennes camarades d'école, qui se moquaient d'elle et la traitaient d'indécrottable nulle, avaient finalement très bien cerné sa personnalité.

Cléo frissonna en entendant la pluie cingler le carreau du petit vasistas, au-dessus du lit. Et dire que le printemps était soi-disant là !

A contrecœur, elle envisagea de se relever. Elle ne voulait pas croiser de nouveau cet homme, dans le couloir. Il avait une allure étrange. Et ce regard… Elle frémit au souvenir de l'éclat intense qui avait brûlé dans ses yeux sombres. Il l'avait à peine gratifiée d'un coup d'œil dédaigneux, comme si elle n'était qu'un insecte. Malgré elle, elle avait eu un mouvement de recul, tandis que le « bonjour » qu'elle s'apprêtait à prononcer mourait sur ses lèvres.

Sa seule présence dans l'hôtel était incongrue. Il était si grand, si puissamment bâti, que le couloir étroit et bas de plafond avait paru trop étriqué pour lui. Il était passé, impérial dans son manteau de cachemire, laissant dans son sillage l'odeur de la pluie mélangée à son eau de toilette coûteuse.

Cléo soupira. Il fallait pourtant qu'elle quitte ce lit. Elle ne pouvait pas se coucher tout de suite, bien qu'elle ait dû se lever à 5 heures pour préparer les petits déjeuners, et qu'elle n'ait terminé sa tournée de ménage qu'à 16 heures. Elle avait l'impression de sentir la bière, à cause de ce groupe d'étudiants qui campaient dans la chambre voisine depuis trois nuits. Elle avait trouvé l'endroit dans un état de saleté repoussante, les lits défaits, le sol jonché de boîtes de pizzas vides abandonnées un peu partout. Un échafaudage branlant de cannettes de bière avait été artistement érigé dans un coin de la pièce, et sur un carton, une main avinée avait écrit : « La tour penchée de Pizza. »

Désopilant.

Enfin, Cléo parvint à s'arracher du lit pour aller récupérer sa serviette et sa trousse de toilette; elle était prête à rejoindre la salle de bains du premier étage. Le regard écrasant de l'inconnu au manteau de cachemire la hantait encore. Mais pourquoi se préoccuper de son mépris affiché ? D'ici dix minutes, après une bonne douche, elle serait au lit et s'endormirait comme un bébé. C'était tout ce qui comptait.

Le bon côté des choses, c'est qu'elle n'était pas à la rue, sous cette pluie battante, philosopha-t-elle pendant qu'elle gravissait l'escalier. « Il y a toujours un aspect positif aux choses », lui répétait sa grand-mère quand elle la consolait pour un genou écorché ou un chagrin quelconque. Par exemple, celui qu'elle avait ressenti quand elle était entrée à l'école et que les autres filles de sa classe s'étaient moquées d'elle parce que sa mère avait cousu elle-même son uniforme et que cela se voyait.

Même si sa famille avait toujours été pauvre, Cléo avait toujours trouvé quelque chose à quoi se raccrocher.

Enfin, presque toujours.

Sous le jet revigorant de la douche, elle sentit ses muscles endoloris se détendre. Oui, la situation aurait pu être bien pire, en définitive. Quand viendraient l'été et les longues journées, elle aurait le temps de visiter Londres, comme elle se l'était promis, avant de rentrer chez elle. Rien ne pressait, de toute façon. Avec sa maigre paye, une fois le gîte et le couvert déduits, il restait si peu qu'elle mettrait une éternité avant de pouvoir s'acheter le billet de retour pour l'Australie.

Seigneur, elle avait été tellement bête de confier son argent à Kurt !

Le mal du pays l'assaillit, alors qu'elle regagnait le rez-de-chaussée. Six semaines plus tôt, elle avait quitté, pleine d'assurance, la petite bourgade de Kangaroo Crossing. Et aujourd'hui, elle aurait tout donné pour pouvoir y retourner. Sa mère et ses demi-frères lui manquaient. Et même parfois son beau-père, dont elle n'était pourtant pas vraiment proche. Elle aurait voulu les voir, les serrer dans ses bras, mais cette perspective lui semblait si lointaine... Et puis, comment affronter leur jugement après une aventure si déplorable ?

Elle était tellement stupide...

Le bon côté des choses ! se rappela-t-elle.

Parvenue dans sa chambre, elle posa sur ses yeux le masque de satin qu'elle portait la nuit, se glissa sous les couvertures et n'entendit bientôt plus que le tambourinement des gouttes de pluie sur le carreau. Elle était au chaud et au sec, et elle avait devant elle de longues heures de sommeil avant de devoir de nouveau se lever pour travailler. C'était au moins un point positif.

— Tu ne peux pas fermer l'hôtel ! se récria Darius. Il y a des clients !

— On s'occupera d'eux, ainsi que du personnel.

Andréas saisit son portable, passa un rapide coup de fil, puis reprit :

— Les clients ne verront, je pense, aucun inconvénient à être transférés dans l'hôtel quatre étoiles où nous leur avons réservé des chambres. Quant aux employés, ils recevront un dédommagement substantiel. Non, vraiment, je ne crois pas que quelqu'un se plaindra. Quant à toi, je veux que tu vides les lieux sur l'heure. Mes équipes techniques vont intervenir d'un moment à l'autre afin que l'opération se déroule sans anicroche. D'ici deux heures, l'hôtel sera vide.

— Et moi ? s'écria Darius. Que suis-je supposé faire ? Tu ne me laisses rien. Rien !

Un lent sourire s'inscrivit sur les lèvres d'Andréas.

— Toi ? Combien de millions as-tu volés à mon père ? Tu les as empochés et tu as tourné les talons sans plus te soucier de notre famille. T'es-tu demandé comment nous allions survivre, à l'époque ? Non. Alors pourquoi devrais-je m'inquiéter aujourd'hui de ce que tu vas devenir ? Estime-toi heureux de pouvoir quitter ce bureau sur tes deux jambes !

Un bourdonnement retentit du côté de l'Interphone. Sur l'écran de contrôle, on voyait plusieurs personnes groupées sur le perron.

— Les voilà. Ouvre-leur, Darius, ordonna Andréas.

La main de Darius s'avança vers le bouton qui commandait l'ouverture de la porte d'entrée, puis s'immobilisa dans l'air.

— Je peux t'aider, affirma-t-il soudain en joignant les deux mains dans un geste de supplique. Tu n'as pas besoin de tous ces gens. Je connais cet hôtel et… je suis vraiment désolé pour ce qui s'est passé il y a toutes ces années. C'était une erreur… un malentendu. Ton père et moi étions bons amis jadis. Nous étions même associés. Tu ne peux pas tirer un trait sur tout cela…

— Je vais tirer un trait sur toi comme tu as tiré un trait sur nous. Maintenant va-t'en. Tu as dix minutes. Je ne veux plus jamais croiser ton chemin.

Darius comprit qu'il avait perdu. Les épaules voûtées, il rassembla quelques affaires, y compris son journal de pronostics. Il jeta le tout dans un carton avant de s'éloigner en traînant la patte, alors que les collaborateurs d'Andréas commençaient à prendre possession des lieux. Certains s'occuperaient de prévenir les gens qui avaient réservé pour des séjours à venir, les autres attendraient que les clients qui logeaient actuellement à l'hôtel rentrent, afin de leur expliquer qu'ils allaient devoir changer d'établissement. Il n'y avait aucune raison pour que les choses se passent mal, se dit Andréas.

Son portable sonna de nouveau. Il s'en saisit distraitement, l'esprit accaparé par l'intense satisfaction qu'il éprouvait, et le souvenir de l'expression atterrée de Darius quand il avait compris qu'il perdait tout... Cette image, il la chérirait doublement parce que son père n'avait pu la voir de ses propres yeux.

A la vue du nom qui s'affichait sur l'écran, il fronça les sourcils. Encore Pétra ? Il y avait peut-être une urgence à Santorin, finalement.

— Oui ?

— Andréas ! s'exclama Pétra d'une voix vibrante, des milliers de kilomètres plus loin.

— Que se passe-t-il ?

— Oh, je m'inquiétais pour toi. Tout se déroule comme prévu à Londres ?

L'agacement envahit Andréas. Nulle urgence, donc. Et si Pétra s'imaginait qu'elle était concernée par cette histoire, elle se trompait.

— Pourquoi m'appelles-tu ? demanda-t-il.

Il y eut un court silence, puis Pétra répondit :

— Le contrat Bonacelli. Il est fin prêt.

— Je sais, je t'ai dit que je le signerai à mon retour.

— Et Stavros Markos a appelé, enchaîna-t-elle sans faire cas de sa remarque. Il veut savoir s'il peut réserver le *palazzo* Caldera tout entier pour le mariage de sa fille, en juin prochain. Ce sera une réception exceptionnelle et...

— Pétra, tu sais très bien qu'il n'y a aucun problème, tu n'as pas besoin de moi pour donner la réponse. Y a-t-il autre chose ?

De nouveau, un silence. Puis Pétra émit un petit rire gêné qui alarma Andréas.

— Je suis désolée, c'est sans doute idiot, mais tu me manques. Quand comptes-tu rentrer ?

Une sensation de malaise naquit dans le creux de son estomac. Il repensa aux incessants coups de fil de sa collaboratrice ces derniers temps. Il n'avait pas voulu y réfléchir, mais de toute évidence, elle surveillait ses déplacements, sans doute pour s'assurer qu'aucune femme n'avait retenu son attention. Pourtant, elle savait bien qu'il ne s'engageait jamais dans une relation sérieuse. Elle était aux premières loges pour voir les petites amies défiler dans sa vie. C'est même elle qui leur achetait à l'occasion des fleurs ou diverses babioles de sa part.

Toutefois, il avait commis une grossière erreur en enfreignant sa propre règle : ne jamais mélanger travail et plaisir. Grisé par l'aboutissement d'années d'enquête qui lui avaient permis de piéger Darius, il avait baissé sa garde et invité Pétra à dîner au restaurant pour fêter l'événement. C'est lui qui avait commandé du champagne, lui qui avait réagi favorablement quand elle avait commencé à flirter avec lui. Il avait eu besoin de se défouler sur le plan physique et émotionnel, et Pétra était là, disponible.

Quel idiot il faisait ! Il avait toujours considéré sa collaboratrice et amie d'enfance comme une sorte de robot, aussi ambitieuse et professionnelle que lui. Il ne lui était même pas venu à l'esprit qu'elle puisse voir dans cet interlude autre chose que l'aventure d'un soir. Depuis, chaque fois qu'elle lui téléphonait, il avait l'impression de sentir ses mains aux ongles rouges se refermer sur lui. Pourtant, il avait du mal à comprendre qu'elle veuille devenir sa maîtresse, au risque de brouiller leur relation, alors qu'elle savait pertinemment que ses liaisons ne duraient guère…

Une idée brutale vint interrompre le cheminement de ses réflexions. Un frisson le secoua. Etait-il possible… était-il possible que Pétra ait tout autre chose en tête ? Qu'elle aspire à un véritable engagement qu'elle estimait lui être dû après toutes ces années passées à travailler à ses côtés ?

Sto thiavolo !

Lors de leur dernière conversation téléphonique, sa mère avait insinué qu'il était temps pour lui de trouver une femme et de fonder une famille. Or, Sofia Xenides connaissait bien Pétra et passait toujours par son intermédiaire quand elle souhaitait joindre son fils au bureau. S'était-elle épanchée, avait-elle fait part de ses désirs à Pétra ? C'était fort probable.

Bon sang ! Pétra était une excellente directrice commerciale, et il ne voulait pas être obligé de se séparer d'elle. Elle s'y prenait à merveille pour promouvoir les propriétés de grand luxe que Xenides Exclusive Property louait à de riches clients dans les lieux les plus paradisiaques de la planète. Elle avait elle-même supervisé l'élaboration de leur site web aux photos si évocatrices que la plupart des réservations s'effectuaient désormais via internet.

Ensemble, ils formaient une équipe parfaite. Mais il ne voulait surtout pas qu'elle s'imagine en Mme Xenides. Comment réagirait-elle la prochaine fois qu'il sortirait avec une autre fille à son bras ? Serait-elle furieuse au point de donner sa démission ?

A tout prendre, c'était un risque qu'il préférait courir plutôt que de la laisser échafauder des projets de mariage. Ce qui l'amenait à une conclusion incontournable : il ne pouvait regagner Santorin sans une présence féminine à ses côtés.

Cette fois, il devrait choisir quelqu'un de différent, quelqu'un qui pourrait tenir le rôle de maîtresse attitrée et en sortir sans complications quand il n'aurait plus besoin d'elle. Sans rien réclamer. Ce serait une sorte d'alliance contractuelle d'environ... un mois, oui, cela devrait suffire pour dissuader Pétra, réfléchit-il.

A présent, il ne lui restait plus qu'à trouver la candidate idéale avant de prendre le prochain avion pour la Grèce.

C'est alors qu'il entendit les hurlements.

3

Les clameurs résonnaient dans tout le rez-de-chaussée, entrecoupées de violentes vitupérations dont la signification échappait à Andréas. En trois enjambées, il fut dans le couloir et aperçut un des membres de son équipe qui reculait face à une porte ouverte. Une pantoufle vola dans les airs et manqua de peu le front de l'employé.

— Que se passe-t-il ici ? questionna Andréas.

L'employé lui jeta un regard penaud.

— Je ne savais pas que cette pièce était occupée. Sur le plan, elle est indiquée comme un placard. Et il est 18 heures, je ne pouvais pas deviner qu'il y aurait quelqu'un en train de dormir là-dedans…

— Sortez ! cria une voix féminine, depuis l'intérieur de la pièce. Ou j'appelle le directeur ! J'appelle la police !

Et dire qu'il avait pensé que tout se passerait comme sur des roulettes…, songea Andréas.

D'un geste, il écarta son assistant rouge comme une tomate et pénétra dans la pièce, minuscule, qui tenait effectivement plus du placard à balais que de la chambre. Celle-ci était située sous le renfoncement de l'escalier et il dut baisser la tête pour ne pas se cogner contre le dessous des marches ou le plafonnier, dont l'ampoule à la lumière blafarde éclairait la personne à l'origine de ce vacarme.

Elle était assise sur le lit — sur la couchette, plutôt —, le dos collé au mur, les couvertures tirées haut sur sa poitrine en dépit de son pyjama en pilou qui n'avait rien de bien affriolant. De sa main libre, elle brandissait une deuxième pantoufle de manière menaçante. Un masque de satin sur lequel on pouvait lire « Princesse » ornait son front et retroussait en épis hirsutes sa frange mal coupée d'une couleur indéfinissable, qui hésitait entre le blond terne et le châtain. Elle avait l'air de tout sauf d'une princesse, songea-t-il avec dérision.

Son regard tomba sur l'aspirateur posé au pied du lit et la blouse jetée sur le radiateur. Il comprit alors qu'il avait affaire à la femme de ménage entrevue un peu plus tôt. Celle qui empestait la bière à plein nez et qui devait cuver tranquillement quand son assistant l'avait dérangée.

— Je vous prie d'excuser cette intrusion, dit-il dans un effort d'amabilité. Personne ne vous veut de mal, mais nous ne savions pas que cet endroit était occupé.

— Il l'est, de toute évidence, et je trouve que vous avez un sacré toupet d'entrer comme ça chez les gens ! Qui êtes-vous ? Où est M. Démétrius ?

Andréas leva la main dans un geste apaisant. A son accent, elle devait être australienne, ou peut-être néo-zélandaise, mais elle parlait si vite qu'il ne pouvait pas en être sûr.

— Calmez-vous, je vais vous expliquer…

Les yeux flamboyants, elle leva plus haut sa pantoufle.

— M'expliquer ? répéta-t-elle. Il n'y a rien à expliquer. Sortez de ma chambre ou je recommence à crier !

Gamoto, cette sorcière se cramponnait à ses couvertures comme si sa vertu était menacée. Se croyait-elle si sexy ? Il capitula.

— Très bien, je m'en vais. Mais habillez-vous et rejoignez-moi dans le bureau dès que vous serez prête. Je ne vais pas discuter avec quelqu'un qui est au lit, attifé comme un clown.

— Co… comment osez-vous ? s'insurgea-t-elle après

une seconde de stupeur. Vous n'avez pas le droit d'être ici, de toute façon !

— J'ai tous les droits, et j'ai perdu assez de temps comme ça. Dépêchez-vous.

Sur ces mots, il tourna les talons et ferma la porte derrière lui, échappant de justesse à la pantoufle de velours rose qui lui rasa l'oreille tel un missile vengeur.

Il eut à peine le temps de gagner le bureau et de faire quelques pas devant la fenêtre avant qu'un coup ne soit frappé au battant. Il pivota et se retrouva face à une jeune femme vêtue d'un jean et d'un T-shirt, pieds nus, qui le considérait d'un air courroucé.

Encore un problème, soupira-t-il intérieurement, avant de s'enquérir à voix haute :

— Oui, que puis-je pour vous ?

— C'est à vous de me le dire. C'est vous qui avez réclamé ma présence.

Il eut un petit sursaut de surprise. C'était donc la femme de ménage ? La mégère qui, un instant plus tôt, vociférait à tue-tête et avait essayé de l'assommer d'un coup de chausson ? Elle était méconnaissable…

Il la pria de refermer la porte et, tandis qu'elle s'exécutait, s'assit sur le plateau du bureau pour mieux l'observer. Son ridicule pyjama avait disparu. Le jean qu'elle portait révélait des cuisses fuselées, et son débardeur jaune moulait joliment sa poitrine. Certes, elle avait mauvaise mine et les traits tirés, mais elle était bien plus jeune qu'il ne l'avait cru de prime abord. Ses cheveux humides étaient tortillés en un chignon hâtif qui dégageait son visage dépourvu de maquillage. Elle n'était pas belle au sens classique du terme, mais on ne pouvait nier qu'elle possédait un certain charme.

Pour l'heure, les yeux de la jeune femme brillaient toujours de colère. Sourcils froncés, elle croisa les bras sous sa poitrine en attendant visiblement qu'il prenne la parole. Se doutait-elle qu'ainsi, elle accentuait la rondeur de ses seins et attirait l'attention sur leurs pointes arrogantes qui se devinaient sous le T-shirt ? Manifestement, elle n'avait pas pris le temps de mettre un soutien-gorge.

Andréas était intrigué. Nulle part dans les documents concernant l'hôtel il n'était question d'une femme de ménage correspondant à son signalement.

Cléo se raidit sous le regard acéré qui la jaugeait. Quel était le problème de ce type ? Elle avait renoncé à tout espoir d'une bonne nuit de sommeil réparateur pour sauter dans ses habits et se présenter à lui dans la seconde. Alors ? Il ne l'avait tout de même pas fait venir simplement pour le plaisir de la toiser ainsi ?

Nerveuse, elle se frotta les bras. Des petits frissons l'envahissaient. De plus en plus mal à l'aise, elle perdit patience.

— Allez-vous me dire ce que vous me voulez ? Et où est M. Démétrius ?

— Celui que vous nommez ainsi est parti.

Il parlait par énigmes, maintenant. Il était vraiment insupportable.

— De quoi parlez-vous ? Parti où ? Quand rentrera-t-il ?

Elle n'aimait guère son patron qui lui avait toujours paru plus concerné par les courses hippiques que par la bonne gestion de son hôtel, mais plus tôt il serait de retour, mieux cela vaudrait.

— Il ne reviendra pas. Cet établissement m'appartient désormais.

Cette révélation donna à Cléo l'impression d'être frappée par la foudre. L'hôtel avait changé de propriétaire ! Et elle, dans tout cela ? Soudain, la peur la saisit face à cet inconnu au regard froid, insondable. Il semblait si… impitoyable. Et à l'en croire, il était son nouveau patron. Le désarroi la submergea au souvenir de l'accueil qu'elle lui avait réservé, tout à l'heure…

— C'est une sorte d'entretien, alors ? Bon, je m'appelle Cléo Taylor, je travaille ici depuis trois semaines et en plus du ménage, je m'occupe de préparer le petit déjeuner. M. Démétrius a dû vous dire…

— Il ne m'a rien dit. Votre nom n'est pas mentionné sur la liste du personnel.

— C'est peut-être parce qu'il me paie en liquide ? Il m'a dit que cela valait mieux pour nous deux…

Andréas eut un rire froid.

— Cela ne m'étonne pas du tout.

Darius payait cette fille des clopinettes, sans la déclarer, et puisqu'elle était logée sur place, il devait en plus déduire une pension de son salaire, une somme forcément scandaleuse au vu de ses conditions d'hébergement.

Sans bien comprendre l'ironie de son interlocuteur, Cléo reprit :

— De toute façon, vous avez toujours besoin d'une femme de ménage, non ?

— Pas vraiment. L'hôtel va fermer.

Les craintes de Cléo se muèrent en une franche panique. Ce travail était peut-être l'un des pires au monde, la paye était peut-être dérisoire, mais elle avait au moins un toit sur la tête. Si elle était licenciée…

La bouche sèche, elle bredouilla :

— Vous voulez dire… que je suis remerciée ?

Il répondit d'un bref hochement de tête qui, pour Cléo, s'assimilait à la chute d'une lame de guillotine. Elle faillit laisser échapper un rire amer. Une fois de plus, sa vie tournait au fiasco. Elle ferma brièvement les yeux et invoqua le visage de sa grand-mère. « Où est le bon côté des choses, maintenant ? »

Bien sûr, elle détestait ce travail, et maintenant elle allait devoir en trouver un autre. Qui serait peut-être mieux payé et plus intéressant. C'était sans doute cela qu'il fallait se dire. Mais comment positiver quand on se retrouvait à la rue ? s'interrogea-t-elle, les yeux tournés vers la vitre contre laquelle la pluie tambourinait toujours.

— Bon, soupira-t-elle, combien de temps ai-je devant moi ?

— Vous avez deux heures pour faire votre valise. Les clients vont être transférés dans un autre hôtel. Les ouvriers et les décorateurs ne vont pas tarder à investir les lieux.

— Deux… deux heures ? bégaya-t-elle. Si vite ! Mais… vous ne pouvez pas faire ça !

— Bien sûr que si. Que se passe-t-il ? Vous ne protestez tout de même pas par loyauté envers votre ancien employeur ? J'ai comme l'impression qu'il n'a pas été très bienveillant à votre égard.

— Non, mais j'ai passé toute la journée à nettoyer ces chambres du sol au plafond, et vous m'annoncez que je dois décamper dans deux heures ? Si j'avais su… Oh, allez au diable ! explosa-t-elle, avant de rejeter d'une main les mèches humides qui bouclaient sur son front.

Andréas ne s'était pas attendu à une réaction si véhémente. Comme la jeune femme gardait le bras levé, il eut de nouveau l'attention attirée par les rondeurs de sa poitrine. Indéniablement, elle avait des seins magnifiques. Déjà, son corps réagissait à cette vision et un élancement de désir lui échauffait les reins…

Il avait besoin d'une femme.

Prenant une profonde inspiration, il se força à détourner les yeux. Sapristi, que lui arrivait-il ? C'était la femme de ménage ! Qui buvait, en plus. Il perdait la raison.

— Vous êtes fâchée contre moi parce que vous avez fait le ménage toute la journée ? Mais… n'est-ce pas votre travail ? objecta-t-il.

Cléo ravala un sanglot. Oui, elle passait sans doute pour une hystérique aux propos irrationnels, mais il n'espérait quand même pas la voir accueillir la nouvelle de son licenciement avec un éclat de rire ?

— Essayez donc de nettoyer un endroit pareil ! J'ai passé une journée très pénible. Savez-vous ce que c'est que de ramasser des détritus à même le sol, des cannettes de bière, de gratter des morceaux de pizza incrustés dans la moquette ? Et maintenant, vous venez me dire que ce n'était pas la peine de faire tout ça !

— C'est vrai que vous sentiez la bière... mais je croyais que vous en aviez bu, reconnut-il.

— Non ! protesta-t-elle, horrifiée. Pour votre gouverne, sachez que je déteste ça. Après tous ces efforts, je suis tombée dans mon lit morte de fatigue. Et maintenant, on me réveille pour m'annoncer que je dois déguerpir sous cette pluie battante... Comment croyez-vous que je prenne la chose ?

Andréas retint un juron de contrariété. Rien n'aurait dû entacher cette journée de triomphe, et voilà que cette fille l'accusait d'être un individu sans cœur.

— Ecoutez, je suis un homme d'affaires, pas une assistante sociale. Vous avez bien un endroit où aller ?

— Oui. A trente mille kilomètres d'ici. Dois-je m'y rendre à pied ?

— Achetez-vous un billet d'avion.

— Croyez-vous que si j'en avais les moyens, je travaillerais dans cet hôtel minable ? rétorqua-t-elle, excédée, avant de reprendre d'un ton plus calme : Ecoutez, ne pouvez-vous me permettre de rester ici une nuit au moins ? Demain matin, j'aurai disparu, je vous le promets. Il aura peut-être cessé de pleuvoir, au moins.

— C'est impossible. L'hôtel ferme, je vous le répète. Il va être en travaux pendant plusieurs semaines.

— Alors... puis-je aller dans cet hôtel où vous allez reloger les clients ? Pas en tant que cliente bien sûr, mais... avec cet afflux supplémentaire, ils auront sûrement besoin d'un coup de main, non ?

Il marmonna quelque chose en grec.

— Je vais appeler pour poser la question, concéda-t-il. Mais je ne vous garantis rien. En attendant, allez boucler votre valise.

— Et s'il n'y a pas de possibilité d'embauche ?

— Vous vous débrouillerez autrement.

— C'est tout ?

— Oui, c'est tout.

Elle posa ses mains croisées sur le sommet de son crâne, leva les yeux au plafond, comme si elle réfléchissait à une solution alternative. Mais Andréas ne voyait que la courbe affolante de ses seins et sa taille de guêpe sous l'ourlet du T-shirt. Le souffle lui manqua, et il pesta contre lui-même. Décidément, il devait être très fatigué. Ou très frustré.

Elle baissa les bras et l'interpella de nouveau :

— Et mon salaire ? M. Démétrius me doit plus d'une semaine de travail. Et j'ai sûrement droit à une compensation si vous me renvoyez sans préavis ?

— Combien vous doit-il ?

— Environ… cinquante livres, dit-elle après un rapide calcul, en espérant que la somme ne le ferait pas bondir.

En silence, il tira une liasse de billets de sa poche, en retira cinq, puis cinq de plus, avant de les lui tendre.

— Mais… c'est beaucoup trop ! se récria Cléo.

— Vous avez demandé une compensation, n'est-ce pas ? Avec cette somme, vous aurez le temps de voir venir, du moins pendant quelques jours si vous savez gérer votre budget.

— Merci.

Sans plus discuter, elle pivota, glissant le rouleau de billets dans la poche arrière de son jean, là où le regard d'Andréas était venu se fixer automatiquement. Le jean épousait fort agréablement des fesses rondes et fermes.

Devant la porte, elle se retourna et il fut obligé de relever les yeux.

— J'aimerais pouvoir dire que ce fut un plaisir de faire votre connaissance, mais je crains que cela ne soit pas possible. Je laisserai ma clé sur la porte. Même si vous n'en avez pas besoin, de toute évidence.

Sur ces mots, elle sortit, drapée dans sa dignité telle une princesse.

Andréas n'avait aucune raison de s'attarder. Il demeurait pourtant là, à ressasser son mécontentement. Il ne pouvait s'empêcher de penser qu'il avait eu tort de laisser passer cette occasion. Cette fille n'était pas une beauté, elle n'était ni grande ni sophistiquée comme celles avec qui il avait l'habitude de sortir, mais il y avait en elle une énergie vitale qui le poussait à se demander si elle était aussi passionnée au lit…

Et puis, elle avait raison. Lui plus que quiconque savait ce que cela faisait de se retrouver démuni, jeté à la rue. Il ne souhaitait cela à personne.

Il saisit son portable, composa un numéro. En deux temps trois mouvements, l'affaire fut réglée. Bien qu'un peu surpris, le directeur du Grosvenor House accéda à sa requête : oui, on pouvait certainement embaucher un extra. Oui, les dispositions seraient prises. Une chambre sur place ? Pas de problème, mais il faudrait la partager.

Après avoir raccroché, Andréas s'autorisa enfin à se détendre. En concoctant sa vengeance, il croyait avoir balisé le terrain et paré à toutes les éventualités. Mais il avait surtout pensé aux répercussions pour Darius. A présent, il était soulagé. Son père était vengé sans que quiconque pâtisse des dégâts collatéraux.

Pourtant sa satisfaction n'était pas entière. Après toutes ces années d'attente, il aurait dû exulter. Or, quelque chose le turlupinait. Subissait-il le contrecoup de la poussée d'adrénaline ? Ou faisait-il une fixation sur cette fille ?

Autant ne pas attendre pour lui annoncer la bonne

nouvelle, décida-t-il. Sa voiture l'attendait et il avait encore beaucoup de travail.

Il la retrouva devant la porte du placard où elle dormait quelques instants plus tôt. Elle s'escrimait à extirper de la pièce un énorme sac à dos qui, à première vue, semblait bien trop lourd pour ses frêles épaules. Andréas se pencha pour agripper l'encombrant bagage et le soulever. Ce faisant, il frôla la main de la jeune femme par inadvertance. Elle la retira vivement, comme brûlée, et la glissa par réflexe sous son autre bras.

Il se sentit piqué au vif. La dégoûtait-il à ce point ?

Ou bien, au contraire, était-elle troublée par sa proximité ?

— Vous n'êtes pas obligé de m'aider ! protesta-t-elle. Surtout après... toutes ces choses que je vous ai dites alors que vous vous êtes montré si généreux envers moi. Je vous présente mes excuses, j'ai eu une dure journée.

— Je vous ai trouvé un travail.

— Vraiment ?

Ses yeux s'agrandirent de surprise. Ils étaient bleus, du bleu clair qu'a le ciel au petit matin, quand les premiers rayons du soleil lèchent les murs blancs de Santorin.

Puis un sourire illumina ses traits.

— C'est formidable ! Merci beaucoup. Et sera-t-il possible que je réside sur place ?

C'était la première fois qu'il la voyait sourire. Andréas eut la vague impression qu'ici, cela ne devait pas lui arriver souvent. Son visage en était métamorphosé.

Il toussota et se força à se concentrer.

— Oui, tout à fait.

— Oh, je n'arrive pas à le croire ! Je suis désolée d'avoir été si impolie avec vous, vraiment.

Elle saisit dans la poche de son jean le rouleau de billets qu'il lui avait donné un peu plus tôt et poursuivit :

— Je vais vous rendre votre argent, je n'en aurai pas besoin maintenant.

Une femme qui refusait de l'argent ? Il n'en connaissait pas beaucoup qui auraient agi de même en de telles circonstances. Elle était peut-être femme de ménage, mais finalement, peut-être correspondait-elle mieux qu'il ne l'avait cru au profil qu'il recherchait ?

Un mois.

Un seul petit mois. Elle n'était pas du genre à s'accrocher, à exiger plus qu'il ne consentirait à lui offrir.

Oui, un mois. Ce serait parfait.

4

Andréas repoussa la main qui tendait les billets.

— Non, gardez-les. Pour ce nouvel emploi, vous aurez besoin de vous acheter des vêtements neufs.

— Ah. Une nouvelle blouse ?

— Une sorte d'uniforme, si vous voulez. Venez, ma voiture nous attend dehors. Je vais vous conduire à l'hôtel.

Il chargea le sac sur son épaule sans effort apparent, jusqu'au moment où un des assistants l'aperçut et vint le délester de son fardeau. Comme ils émergeaient sur le perron, quelqu'un d'autre se précipita pour les protéger de la pluie à l'aide d'un parapluie.

Intriguée, Cléo observait cet empressement. Qui était cet homme ? Comment faisait-il pour avoir autant de personnes sous ses ordres ? Par quel tour de force allait-il réussir à vider un hôtel de sa population en quelques heures ? Déjà, une cohorte de minibus, rangée devant la façade, attendait les clients et leurs bagages.

Sans réfléchir, elle se dirigea vers le premier véhicule.

— Non, par ici, lui intima-t-il.

Cléo pivota et s'immobilisa. Non ! Il plaisantait. La limousine noire qu'il lui indiquait était aussi longue qu'un wagon ! Jamais, de toute sa vie, elle n'était montée à bord d'une voiture pareille !

Déconfite, elle pensa à sa tenue négligée, bottes éculées, jean délavé et débardeur jaune poussin. Non, décidément elle se sentirait plus à sa place dans un minibus.

Mais le chauffeur de la limousine ouvrait déjà la portière à son intention.

— Vous êtes sûr qu'il y a assez de place pour nous deux, là-dedans ? plaisanta-t-elle.

Sans même daigner sourire, il lui désigna la limousine d'un geste impatient.

Cléo eut l'impression de changer d'univers. L'habitacle était plus grand que sa chambre à l'hôtel… La banquette ressemblait à un canapé et sentait bon le cuir pleine fleur. Il y avait un bar à cocktails qui contenait diverses bouteilles orange, bleues, vertes et roses, ainsi qu'une rangée de verres en cristal suspendus pied en l'air. Le plafond de la voiture était semé de petits spots de lumière qui évoquaient un ciel étoilé. Et puis…

… et puis il y avait *cet homme*. Installé sur la banquette opposée, dos tourné au chauffeur, un bras négligemment posé sur le dossier, il avait ouvert son manteau de cachemire dont les pans retombés dévoilaient un strict costume anthracite et une chemise dont le blanc immaculé faisait ressortir sa peau mate.

Soudain, Cléo se rendit compte qu'il l'observait, alors qu'elle était en train de le dévorer des yeux. Elle ne put s'empêcher de se troubler. Ce n'étaient pas seulement ses yeux, c'étaient ces traits ciselés, cette mâchoire carrée et cette allure… Seigneur, il avait une allure incroyable !

— C'est la première fois que je monte dans une limousine, dit-elle, au comble de la confusion. Ma réaction doit vous paraître risible.

— Au contraire, je vous trouve charmante.

Charmante. Personne ne lui avait jamais dit qu'elle était charmante. Sans doute le faisait-il par pure politesse. Tout en pensant plutôt « peu raffinée ».

Elle préféra changer de sujet de conversation :

— Nous allons loin ?

— Non.

— Pouvez-vous m'en dire plus sur le travail ?

— Vous aurez diverses responsabilités. Je suis sûr que vous vous en tirerez sans mal.

Ses yeux brillaient étrangement à la lumière des réverbères de la ville. Tout à coup, elle éprouva un malaise inexpliqué.

— Il n'y a qu'un écueil. Il s'agit d'un contrat à durée déterminée. Un mois, précisa-t-il.

— Ah. Je vois... Mais c'est toujours mieux que rien et cela me laissera le temps de chercher ailleurs.

— Bien sûr, vous recevrez une compensation.

Elle cilla.

— Merci, une fois encore c'est très généreux de votre part, monsieur... Oh Seigneur, je n'ai même pas pensé à vous demander votre nom !

Cléo secoua la tête, confondue par sa propre stupidité. En dépit des vicissitudes qu'elle venait de traverser, elle était capable de sauter dans une voiture avec un parfait inconnu. Vraiment, elle était incorrigible !

Il esquissa un sourire et inclina la tête.

— Je vous assure que vous n'avez rien à craindre de ma part. Je me nomme Andréas Xenides, pour vous servir.

Cléo fronça les sourcils. Ce nom lui était familier. Elle l'avait lu dans un journal, chez elle, en Australie. Mais l'article parlait d'un milliardaire grec. Peut-être cet homme lui était-il apparenté ?

— J'ai entendu parler d'un Xenides propriétaire d'un palace sur la côte du Queensland.

— Oui, un de mes plus beaux fleurons, acquiesça-t-il.

— Cet hôtel... vous appartient ?

— Il appartient à une de mes sociétés, mais au bout du compte, oui, j'en suis propriétaire. Pourquoi ? Cela vous contrarie ?

— Me contrarier ? Non, cela me... terrifie !

Elle posa la main contre sa bouche. Quand apprendrait-elle à se taire ? Dire qu'elle avait lancé sa pantoufle à la figure de cet homme, de ce *milliardaire*, avant d'exiger qu'il lui règle sa semaine de travail, puis qu'il lui trouve sur-le-champ une autre mission !

Et le plus comique, c'est qu'il l'avait fait.

Mais *a posteriori*, au souvenir de tous ces gens qui se précipitaient pour le servir, elle se dit que cet homme lui aurait sans doute décroché un boulot d'astronaute si elle le lui avait demandé.

— Il y a quelque chose que je ne comprends pas, reprit-elle au bout d'un moment. Pourquoi vous intéressez-vous à un hôtel de troisième zone comme celui que nous venons de quitter ?

— J'ai mes raisons.

Son ton s'était durci, et Cléo ne put s'empêcher de frissonner. Elle détourna la tête vers la vitre et fut surprise de constater qu'ils avaient déjà parcouru une bonne distance. La limousine avait pris la direction du quartier chic de Mayfair.

Le portable d'Andréas Xenides bipa et Cléo profita de ce répit pour se plonger dans la contemplation du paysage urbain et de la circulation dense, avec ses hauts bus à impériale rouge vif.

— Oui Pétra, je suis content que tu appelles. J'en ai terminé à Londres.

Cléo ne voulait pas l'espionner, mais elle n'avait aucun moyen d'échapper à sa conversation, d'autant qu'il ne faisait aucun effort pour baisser le ton. Heureusement, il ne tarda pas à s'exprimer dans sa langue natale et elle put se concentrer uniquement sur les intonations graves et profondes de sa voix. Quand il parlait grec, il semblait plus humain. On voyait bien, de toute façon, que sous le vernis policé de l'homme du monde, avec sa limousine, son chauffeur et son manteau en cachemire, se cachait un être moins civilisé, capable de se montrer passionné, voire implacable.

Cette Pétra était sans doute sa maîtresse ou sa femme. Peut-être avait-il les deux, d'ailleurs. Les riches vivaient dans leur propre monde, bien loin de celui des passants qui se tordaient le cou pour essayer de voir à travers les vitres fumées de la limousine, pensa-t-elle avec dérision.

Qu'éprouvait-on quand on faisait partie de cet univers fantastique et qu'on considérait tout ce luxe comme normal ? Cléo sourit avec philosophie. Elle ne le saurait jamais. Dès qu'il l'aurait déposée à l'hôtel, le milliardaire grec s'envolerait vers sa Pétra. Quant à elle, elle replongerait brutalement dans sa triste réalité.

— Nous rentrons demain. Attends-nous vers 17 heures, l'entendit-elle préciser, cette fois en anglais.

Il raccrocha. Cléo continua d'admirer les façades aux fenêtres illuminées, l'éclairage citadin, le parc magnifique qu'ils laissaient sur leur gauche. Les rues de Londres l'avaient toujours fascinée. Elles ressemblaient si peu à sa petite ville de l'arrière-pays australien, dont la poussiéreuse rue principale était quasi déserte après 18 heures ! Ici, il régnait une animation de ruche bourdonnante à toute heure du jour ou de la nuit. Cléo ne se lassait pas de contempler les monuments tels que Buckingham Palace ou le Tower Bridge.

Quelques instants plus tard, la limousine longea Park Lane avant de s'immobiliser en douceur. Cléo leva les yeux sur le bâtiment de proportions imposantes qui se dressait dans la nuit.

— Mais… c'est le Grosvenor House ! s'exclama-t-elle en reconnaissant le célèbre palace.

— En effet.

Le portier s'approchait déjà. Une bouffée d'air froid gifla Cléo.

— Mais que faisons-nous ici ? Je croyais… vous aviez dit…, bredouilla-t-elle.

— Nous sommes arrivés. Venez.

Il sortit de son côté et contourna la voiture pour lui tendre la main et l'aider à descendre de voiture. Elle protesta :

— Mais je ne peux pas entrer comme ça dans cet hôtel ! J'ai l'air de… de sortir d'une ferme !

— Tout le monde pensera que vous êtes une riche australienne excentrique.

C'était une maigre consolation… Cléo se sentait totalement déplacée dans cet environnement fastueux. Pourquoi ne l'avait-il pas prévenue ? Mais déjà, le personnel de l'hôtel s'affairait ; les chasseurs en livrée entouraient la voiture, on chargeait son sac à dos informe sur un élégant chariot à roulettes.

— Allons, venez !

Il était difficile de résister à une injonction d'Andréas Xenides. Malgré elle, Cléo obtempéra et sortit de la limousine, pour franchir à la suite du milliardaire la porte circulaire qui donnait accès au grand hall blanc. Elle demeura bouche bée devant tout ce marbre, ces colonnes orgueilleuses. Incroyable ! Elle était loin de se fondre dans cette ambiance chic et feutrée : quelqu'un de la sécurité allait sûrement surgir pour lui enjoindre de quitter les lieux ! Mais non, personne ne réagissait… Etait-il possible qu'on l'ait engagée ici, dans ce palace à la clientèle si exigeante ?

Tandis qu'Andréas Xenides s'éloignait — sans doute pour aller prévenir la gouvernante —, Cléo se réjouit à l'idée d'appeler bientôt sa mère pour lui annoncer la bonne nouvelle. Elle serait enchantée d'apprendre que sa fille travaillait dans un établissement si prestigieux. Cléo ne lui dirait pas forcément que le contrat était limité à un mois, mais si elle se débrouillait bien, elle repartirait avec une lettre de référence qui lui permettrait de travailler dans un hôtel correct, pour une paye décente. Et bientôt, elle pourrait rentrer et rembourser sa grand-mère…

Andréas revint, la prit par le bras et l'entraîna en direction des ascenseurs.

— Si vous voulez me présenter à la gouvernante, je peux la trouver toute seule. Je vous ai fait perdre assez de temps comme ça…

— Je veux d'abord vous montrer votre chambre, afin de voir si elle vous convient. Vous ai-je dit qu'il faudra la partager ?

— Je vous assure que ce n'est pas un problème ! répliqua-t-elle en riant. Vous avez vu cet endroit ? Eh, mais… nous montons ! s'exclama-t-elle lorsque la cabine s'éleva dans un doux chuintement. L'office est sûrement à l'entresol, vous ne croyez pas ?

L'ouverture de la porte dispensa Andréas Xenides de répondre. Ils débouchèrent dans un élégant vestibule décoré dans des tons olive et magenta, avant qu'il n'ouvre une porte à l'aide d'une carte magnétique.

— Entrez.

Cléo obtempéra et se figea sur le seuil, interdite.

— Ce n'est pas ma chambre… Ce n'est pas possible !

— Eh bien, à strictement parler, non. Comme je vous l'ai dit, vous ne serez pas seule.

— Mais… qui loge ici ? Qui peut se payer une suite pareille à part le prince Harry ?

Alors même qu'elle ironisait, la réponse s'imposa dans son esprit. Mais c'était si inconcevable, si grotesque même, qu'elle repoussa d'abord cette idée en se traitant de folle. Puis elle articula :

— C'est votre suite, n'est-ce pas ? Et c'est vous qui avez l'intention de la partager avec moi ?

— Entrez et je vous expliquerai tout.

Elle se raidit.

— Il n'est pas question que je mette les pieds là-dedans ! Et si vous ne me dites pas tout de suite ce que vous avez en tête, je reprends l'ascenseur immédiatement. De toute façon, c'est ce qui risque d'arriver dans tous les cas de figure…

— Cléo, je ne veux pas discuter au milieu du couloir.

— Il n'y a personne !

Comme elle prononçait ces mots, une sonnette tinta doucement. Les portes de l'ascenseur s'ouvrirent de nouveau sur un trio de femmes, les bras chargés de sacs arborant le nom de marques les plus renommées.

Tout en riant et en bavardant, elles passèrent à côté de Cléo et d'Andréas Xenides.

— Où est mon sac à dos ? demanda-t-elle soudain, alarmée.

— Les chasseurs sont sans doute en train de le monter. Maintenant entrez et écoutez ce que j'ai à vous dire. Si ensuite vous désirez partir, je ne vous en empêcherai pas. J'ai réellement un travail à vous proposer.

— Oui, mais il ne s'agit pas de faire le ménage, je parie !

Cléo se mordit la lèvre inférieure. Quelle tâche un milliardaire aurait-il confiée à une fille qui n'avait même pas son bac et passait sa vie à échouer dans tout ce qu'elle entreprenait ? Sûrement pas un job très qualifié ! Mais cela n'avait pas de sens. Elle était petite, sans grâce, et les hommes ne s'étaient jamais bousculés pour obtenir ses faveurs.

— Cléo.

Avec un soupir résigné, elle pénétra dans le séjour. Il fallait avouer qu'elle n'avait guère envie de s'engouffrer dans la nuit londonienne pluvieuse, son sac sur l'épaule, sans même savoir où aller. Il le faudrait pourtant d'ici peu, mais elle y penserait plus tard. Elle n'allait pas laisser le mauvais temps lui miner le moral.

Elle reporta son attention sur les lieux, heureusement

assez vastes pour lui permettre de garder une distance respectable avec Andréas Xenides. Il y avait là une table entourée de six chaises qui occupait le fond de la pièce, un petit salon composé d'un canapé et de deux fauteuils club face à une cheminée en marbre. La décoration était élégante et sobre ; le choix des couleurs — crème et carmin — agréable à l'œil. L'avait-il fait venir ici pour l'impressionner ? Comme s'il voulait lui signifier que ce luxe était à sa portée, qu'elle n'avait qu'un mot à dire...

En échange de quoi ?

Après avoir abandonné sa veste sur le dossier d'une chaise, Cléo fit face à Andréas Xenides.

— Bon, allez-y. Que voulez-vous de moi ?

Sans se presser, il alla prendre une carafe d'alcool dans le bar et se servit un verre. Il leva la carafe d'un air interrogateur, mais Cléo refusa d'un signe de tête.

— Eh bien ? insista-t-elle. Ils n'ont pas besoin d'une femme de ménage, n'est-ce pas ?

— Je n'ai jamais dit cela, c'est vous qui avez tiré des conclusions erronées.

— Vous m'avez sciemment induite en erreur !

— Ce n'est pas faux, admit-il. En fait, je vous avais bel et bien déniché un travail. Et puis j'ai changé d'avis.

— Pourquoi ?

Il vida d'un trait le contenu de son verre, qu'il posa sur le plateau de la commode.

— Je vous propose un travail mieux payé. Moins pénible. Qui vous permettra de vous acheter un billet d'avion pour l'Australie et bien plus encore.

— Quel genre de travail ? demanda-t-elle, méfiante.

Il eut un rire sensuel et s'approcha de quelques pas.

— Vous voyez, j'étais certain que vous seriez parfaite pour ce rôle. N'importe quelle autre femme aurait d'abord demandé le montant de la rétribution.

— C'était ma prochaine question, rétorqua-t-elle en se plaçant près de la fenêtre pour mettre la table entre eux.

— Combien ? Je ne sais pas. Cent mille livres vous suffiraient-elles ? Combien cela fait-il en dollars australiens ?

Cléo sentit son cœur s'affoler. Elle avait beau être très mauvaise en mathématiques, elle se faisait une idée assez précise du montant de cette somme. Astronomique. Mais elle avait entendu un tas d'histoires à propos de voyageurs à qui on offrait de l'argent pour transporter avec discrétion un paquet dans leurs bagages. Elle savait bien ce qui leur arrivait quand les autorités les épinglaient. Elle avait peut-être fait beaucoup de choses stupides dans sa vie, mais il était hors de question qu'elle se laisse entraîner dans cette direction.

— Je ne toucherai pas à l'argent de la drogue, prévint-elle.

Il s'était encore approché d'elle.

— Cléo, je ne sais pas si vous vous rendez compte à quel point vous venez de m'insulter. Tout cela n'a rien à voir avec la drogue. Je hais ce trafic autant que vous et je vous garantis que votre travail sera tout à fait légal.

Un travail légal. Non qualifié. Payé cent mille livres. Bien sûr.

— De quoi s'agit-il ?

Feignant de s'intéresser à la composition florale qui ornait la table, Cléo contourna cette dernière pour s'éloigner d'Andréas Xenides.

Cette fois, il ne tenta pas de la suivre. Il laissa passer quelques secondes, puis, d'une voix claire et égale, répondit :

— Je veux que vous fassiez semblant d'être ma maîtresse.

5

Cléo éclata de rire.

Une fois de plus, il allait la croire hystérique, mais vraiment, la situation était trop ridicule.

— Faire semblant d'être votre maîtresse ? répéta-t-elle quand elle eut retrouvé son souffle. Avez-vous perdu l'esprit ?

— Je suis très sérieux.

— Votre *maîtresse*... ? Mais qui utilise encore ce mot aujourd'hui ?

— Vous préférez « petite amie » ?

Non, surtout pas !

— Je ne sais pas ce que vous pensez de moi, monsieur Xenides, mais je me vois dans l'obligation de refuser votre généreuse proposition.

— Appelez-moi Andréas, s'il vous plaît.

Cléo jeta un regard anxieux en direction de la porte, avant de répliquer :

— Expliquez-moi, pourquoi un homme tel que vous aurait besoin d'une fausse maîtresse ?

— Pour faire croire que je ne suis pas libre.

— Dans ce cas, pourquoi ne publiez-vous pas un communiqué de presse ? Mais où est donc mon sac à dos ? maugréa-t-elle avec un autre coup d'œil vers la porte. Je veux m'en aller !

— Au moins, réfléchissez. Je vous offre une belle somme. Pouvez-vous vous permettre de la refuser ?

— Vous êtes fou. Regardez-moi ! s'exclama-t-elle en écartant les bras. Je suis femme de ménage. J'ai les mains rouges et gercées par les produits nettoyants. Je ne suis même pas jolie, et vous pensez que je pourrais passer pour votre maîtresse ? Voyons, qui croirait une farce pareille ? Les gens penseront plutôt que vous êtes devenu fou et ils auront raison !

Il haussa les sourcils.

— Je crois que vous vous sous-estimez, Cléo. Vous êtes séduisante.

Séduisante ? De quelle planète cet homme débarquait-il ?

— Pourquoi *moi* ? Vous pouvez avoir n'importe quelle femme au monde. Et vous ne vous en êtes sans doute pas privé.

Elle avait voulu l'offenser, mais il tourna son argument contre elle.

— Précisément. Je ne veux pas *n'importe quelle* femme. C'est vous que je veux.

Il était tout proche à présent, si proche qu'elle pouvait distinguer ses épais cils noirs. Elle sentit son cœur s'emballer. Comme il tendait la main vers son visage, elle battit en retraite précipitamment.

Soudain, il se rembrunit.

— Vous n'êtes pas vierge, quand même ?

La question était on ne peut plus indiscrète. Les joues de Cléo se mirent à la brûler.

— Je ne vois pas en quoi cela vous intéresse, puisqu'il s'agit de jouer un rôle en public !

— Mais certaines nuits, pour maintenir les apparences, nous serons forcés de partager le même lit. Et quand un homme et une femme dorment ensemble, on ne peut exclure l'éventualité que…

— Vous voulez que je couche avec vous ? s'écria-t-elle, outrée.

— Ce n'est pas une obligation, juste une possibilité à prendre en compte.

Il était si détaché, si impersonnel. On aurait dit qu'il était en train de conclure un marché d'affaires. Ce qui était sans doute le cas à ses yeux…

— Je refuse, décréta-t-elle, sans bien savoir elle-même si elle parlait du contrat ou d'hypothétiques relations physiques.

— C'est une proposition honnête, argua-t-il encore d'un ton patient, un peu comme un père qui tente de convaincre son enfant de boire un verre de lait. Un contrat à durée déterminée d'un mois. Ensuite, vous rentrerez chez vous, tous frais payés, en première classe. Et si cette histoire d'intimité physique vous gêne autant, n'en parlons plus. Mais si d'aventure cela se produisait, soyez sûre que cela ne voudrait rien dire du tout.

« Ça ne veut rien dire du tout ! »

Cléo avait frémi. Les paroles d'Andréas Xenides faisaient écho à celles prononcées par Kurt. Quand elle lui avait dit « Je t'aime » après l'amour, il avait ri tout en enfilant son jean à la hâte : « C'est quoi ton problème ? On a juste couché ensemble, ça ne veut rien dire du tout. Tu es stupide ou quoi ? »

Elle avait senti son monde basculer dans un puits de noirceur.

— Donc, vous avez déjà couché avec un homme ? insista-t-il en l'enveloppant d'un regard suspicieux.

Il devait vraiment la prendre pour la pire des idiotes.

— Bien sûr. Plein de fois.

Une fois, en fait. Quelle importance au bout du compte s'il la prenait pour une idiote ? C'est bien ce qu'elle était, de toute façon.

— Donc, le problème est réglé.

— Réglé ? répéta-t-elle dans un tressaillement. Qu'est-ce qui est réglé ?

— Demain, nous prendrons l'avion pour Santorin.

Elle connaissait cette île grecque. Kurt l'avait fait rêver avec ses prétendus projets de voyages. Il avait évoqué des couchers de soleil spectaculaires, une croisière qui les mènerait de Corfou à Mykonos en passant par Santorin, les eaux cristallines, les plages ensoleillées… Cela lui avait paru si romantique ! Il lui avait fait miroiter un avenir commun pour l'attirer à Londres… Mais depuis, elle avait abandonné toute idée de visiter les beautés de l'Europe.

Aujourd'hui, Andréas Xenides lui en offrait l'opportunité. Mais cela suffisait-il pour accepter ?

La sonnette de la porte retentit. Andréas alla ouvrir, saisit le sac à dos qu'un chasseur apportait, avant de le remercier d'un pourboire. L'employé s'était déjà éclipsé quand Cléo agrippa son sac.

— Je vais le porter dans la chambre…, commença Andréas.

— Non ! C'est inutile, je m'en vais.

— Cléo, nous nous sommes mis d'accord…

— Pas du tout ! Je n'ai pas dit oui. Et je pars.

— Vous n'avez pas d'argent, pas de travail, nulle part où aller.

— Je me débrouillerai.

Le fait qu'il soit beau comme un dieu n'y changerait rien. Elle renonçait à une grosse somme et certains se seraient sans doute moqués d'elle, mais elle avait l'habitude : depuis que son père avait abandonné sa mère enceinte, elle était un objet de pitié et de railleries.

Et puis, Andréas Xenides lui proposait un marché de dupe, elle le savait bien. Or, elle ne voulait même pas envisager l'éventualité d'une relation physique. Elle avait fait l'amour avec un homme qui n'éprouvait rien pour elle, et elle s'était sentie salie, humiliée. En réalité, elle en avait beaucoup plus souffert qu'elle n'avait bien voulu se l'avouer. Il n'était pas question qu'un tel événement se reproduise.

— Au revoir.

— J'ai besoin de vous ! lança-t-il, comme elle posait la main sur la poignée de la porte.

— Je crois au contraire que vous n'avez besoin de personne, monsieur Xenides.

Elle actionna la poignée, entrouvrit le battant. Elle n'avait rien à faire ici et, maintenant qu'elle avait pris sa décision, elle avait hâte de quitter cet endroit.

La paume d'Andréas, plaquée sur la porte, referma celle-ci dans un claquement sec.

— Vous vous trompez, Cléo. Très bien, dites-moi ce qu'il faut pour vous convaincre ? Combien voulez-vous ? Je pensais que vous n'étiez pas sensible à l'argent, mais en réalité vous faites monter les enchères. Vous n'êtes pas différente des autres finalement, vous êtes juste meilleure actrice. Alors, quel est votre prix ? Pour un mois de vos services ? Deux cent mille livres ? Quatre cent mille ? Cela suffira-t-il ?

Les chiffres tournoyaient dans le cerveau de Cléo. A ce stade, ils n'avaient plus aucune signification. Quatre cent mille livres pour un mois de son temps ? Etait-elle folle de sentir sa résolution faiblir ? Elle pourrait rentrer chez elle, rembourser sa grand-mère, régler les réparations du toit de la maison qui fuyait depuis des lustres, et il lui resterait encore bien assez pour s'acheter son propre appartement. Et surtout, elle pourrait enfin relever la tête et proclamer qu'une fois, une fois au moins dans sa piètre existence, elle avait réussi…

Mais non, elle ne pouvait pas feindre d'être amoureuse de cet homme et se pavaner à son bras en public, tout en sachant que…

— Cinq cent mille livres. Un million de vos dollars. Qu'en dites-vous ?

— Vous êtes fou ! s'écria-t-elle, ahurie. C'est un montant… obscène !

— Pas si cela me permet d'obtenir ce que je veux. Et c'est vous que je veux, je vous le répète. Alors dites oui.

Cléo ne pouvait plus bouger ni respirer. Son cerveau semblait refuser de vouloir fonctionner. *Un million.*

Comment refuser ? C'était impensable, comme de gagner à la loterie et de jeter le ticket à la poubelle. De surcroît, elle aurait la chance de voir Santorin, l'île merveilleuse dont Kurt lui avait tant vanté les splendeurs sans penser une seule seconde qu'il irait un jour là-bas avec elle. Ne serait-ce pas la plus éclatante des revanches ?

— Pour… un mois, dites-vous ? articula-t-elle, la bouche sèche.

— Et peut-être moins si nous savons mener notre barque.

— Mais… nous ferons seulement semblant… vous me le promettez ?

— Si vous l'exigez, oui, opina-t-il dans un soupir.

Cléo déglutit avec difficulté. Une nouvelle appréhension s'empara d'elle.

— Je ne suis pas sûre… d'avoir les atouts nécessaires pour endosser ce rôle.

— Vous serez parfaite. D'autres questions ?

Elle secoua la tête. Comment aurait-elle pu extirper une question cohérente de son cerveau, en proie à un chaos indescriptible ?

— Euh, non… pas pour le moment.

Il sourit alors et, dans un geste inattendu, posa sa main sur la nuque de Cléo qui ne put s'empêcher de frissonner à ce contact.

— Puisque nous sommes enfin d'accord, scellons notre pacte par un baiser, proposa-t-il.

— Ou par une poignée de main ! s'exclama-t-elle, affolée.

— Pourquoi pas. Mais étant donné que nous allons

jouer à ce petit jeu pendant un mois, autant s'entraîner un peu.

Il lui renversa légèrement la tête en arrière et s'inclina jusqu'à ce que ses lèvres effleurent les siennes. Tétanisée, Cléo entendait les battements assourdissants de son propre cœur résonner à ses oreilles. Elle se tenait raide comme un piquet, mais quand les lèvres d'Andréas commencèrent à réclamer les siennes, doucement, plus doucement qu'elle ne l'aurait cru possible, quoique avec une immense assurance, elle laissa échapper un soupir et s'abandonna.

De son autre main, il la ramena contre lui. Ses seins aux pointes sensibles s'écrasèrent contre le large torse, et une brusque chaleur explosa dans son ventre, jusqu'à ce que ses jambes menacent de se dérober sous son poids. Tremblante, elle se raccrocha à ses épaules.

Ce n'était qu'un baiser, presque tendre, un baiser qu'elle n'aurait jamais attendu de la part d'un tel homme. Mais quel impact il avait sur elle ! Ses doigts s'emmêlèrent dans l'épaisse chevelure sombre et elle perçut la chaleur de sa peau. C'était donc cela, un homme, un vrai ? Quelqu'un de solide comme le roc, inébranlable, infiniment rassurant ? Kurt avait vingt-six ans, il faisait du sport régulièrement, mais il était loin d'avoir ce corps d'athlète puissamment musclé. Tandis qu'Andréas Xenides semblait sculpté dans le marbre.

Elle brûlait d'explorer ce corps, de le découvrir, centimètre par centimètre.

Puis tout à coup, il la relâcha et ce fut fini. Haletante, désorientée, elle se redressa, battit des cils. Silencieux, il la regardait d'un drôle d'air, une lueur interrogative dans les yeux. Un nouvel accès de panique s'empara d'elle. Avait-il repéré son manque d'expérience ? Allait-il comprendre qu'il y avait erreur sur la personne et se raviser, maintenant qu'elle avait accepté ses conditions ?

— Marché conclu, donc, murmura-t-il sans la quitter du regard. Je vais vous laisser vous installer. Je dois avoir une entrevue avec mes juristes afin qu'ils établissent les documents requis.

— Quels documents ?

— Le contrat qui va nous lier, bien sûr. Nous devons chacun avoir des garanties.

— Oui, je comprends.

Elle hocha la tête. En fait, elle ne comprenait rien. Depuis qu'il l'avait embrassée, elle flottait sur un petit nuage. Ce qu'elle savait des contrats d'affaires serait passé par le chas d'une aiguille. C'était bien pour cette raison qu'elle s'était fait si facilement duper par Kurt. « Parole d'honneur ! », lui avait-il dit. Et elle avait été assez bête pour croire que cela signifiait quelque chose pour lui.

De toute évidence, Andréas Xenides ne s'en tenait pas à la parole donnée, ce dont elle devait lui être reconnaissante, même si cela impliquait qu'il n'avait pas totalement confiance en elle. Toutefois, un contrat lui assurerait d'être dûment payée.

Une vague de fatigue l'assaillit soudain. Après toutes ces émotions et péripéties, elle était épuisée. Sans oublier qu'elle s'était levée très tôt. Elle ne tenait plus debout.

— Où est ma chambre ?

Andréas avait ouvert son portable et obtint dans la foulée son interlocuteur. Il jeta un regard appuyé sur sa droite, avant de se détourner pour débiter une litanie d'instructions en grec. Tant pis, se dit Cléo. Elle trouverait toute seule. Son sac à dos sur l'épaule, elle se dirigea vers l'une des deux portes qui ne menaient pas au couloir. Derrière la première, elle découvrit une vaste chambre au milieu de laquelle trônait un lit jonché d'oreillers dodus, dans une jolie harmonie de gris et d'argent. Elle alla ouvrir le dressing. Il n'y avait là que des chemises et des pantalons. Elle était donc dans la chambre d'Andréas.

Poussant la porte de communication, elle se retrouva dans la salle de bains en marbre noir. Il y avait une autre sortie qui la ramena dans le séjour.

En la voyant, Andréas, toujours en communication, haussa les sourcils, l'air surpris.

— Ma chambre ? articula-t-elle à voix basse.

Elle eut un petit coup au cœur en le voyant désigner de nouveau la première porte. Il ne s'attendait quand même pas à ce qu'ils partagent le lit ? Ici, il n'y avait personne à abuser : la comédie des amants fougueux ne s'imposait pas.

Son désarroi devait se lire sur ses traits, car Andréas abandonna un instant son téléphone pour expliquer, la main tendue vers le canapé :

— Je dormirai ici. Prenez la chambre.

Cléo rebroussa chemin et entreprit de fouiller son sac. Elle en retira son pyjama, s'enferma dans la salle de bains le temps de se déshabiller. Elle se sentait à la fois stupide, soulagée et embarrassée. Bien sûr qu'il n'avait pas eu l'intention de dormir avec elle ! Qu'allait-elle s'imaginer ? Tout ceci n'était qu'une mascarade. Ils allaient *faire semblant*. Jamais il n'avait été attiré par elle. Mais un pauvre petit baiser avait suffi à lui chambouler la tête.

Au moment de se mettre au lit, son estomac se mit à gronder, et elle se rendit compte qu'elle n'avait rien avalé depuis le petit déjeuner. Cela n'avait rien d'inhabituel et c'était bien pour ça qu'elle n'avait plus aucun problème pour fermer le bouton de son jean, comme c'était le cas quand elle avait débarqué à Londres. Au moins ses mésaventures avaient-elles réussi là où dix années de bonnes résolutions avaient échoué. De toute façon, elle était trop épuisée pour manger quoi que ce soit. Elle voulait juste dormir, dormir, dormir.

D'un geste, elle ôta l'élastique qui retenait sa chevelure, secoua la tête pour en libérer la masse indocile. Son regard erra sur le lit. Immense. Et tout pour elle. Elle ne put s'empêcher de se demander de quel côté dormait Andréas Xenides. A moins que Sa Seigneurie ne s'étale en plein milieu ? La pensée qu'il s'était étendu là quelques heures avant elle était dérangeante, comme si cela instaurait une intimité insupportable entre eux. Mais la fatigue finit par avoir raison de ses réticences et elle grimpa sur l'épais matelas pour se nicher sous la couette, si douillette et légère qu'elle eut l'impression de se retrouver bercée dans les bras de sa grand-mère.

Le bon côté des choses, réfléchit-elle, alors que le sommeil la happait déjà, c'est qu'elle serait bientôt de retour parmi les siens.

Il y avait toujours un côté positif.

Ce soir, rien ne pourrait l'empêcher de dormir. Ni la peur que ce Grec insensé déboule dans la chambre sur un coup de tête ; ni les regrets d'avoir conclu si vite cet accord saugrenu. Elle bâilla. Oui, elle se montrait imprudente, elle en avait conscience. Mais elle y réfléchirait demain, quand elle en serait capable. Demain matin, elle pourrait fixer des limites strictes. Demain matin…

Andréas était toujours au téléphone quand le service d'étage apporta le dîner qu'il avait commandé entre deux appels à son équipe juridique et au concierge de l'hôtel, qui se chargerait de prendre les rendez-vous qu'il avait prévus le lendemain pour Cléo.

Il était affamé, et sans doute l'était-elle aussi. Mais tant que sa transformation n'était pas achevée, il était inutile de se faire photographier en sa compagnie au restaurant. Et puis, même s'il était persuadé qu'elle serait parfaite pour le rôle qu'il voulait lui faire jouer, il n'aurait l'esprit tranquille que lorsque les deux exemplaires du contrat seraient signés.

Il poussa la porte de la chambre pour prévenir la jeune femme que le dîner était servi, mais il trouva la pièce plongée dans l'obscurité. A la lumière du plafonnier du séjour, il distingua une forme lovée sous la couette. Dans ce lit immense, elle avait l'air minuscule. Le vilain pyjama en pilou était de retour, boutonné jusqu'au cou. Et le hideux masque de satin lui couvrait les yeux.

Il fut gagné par l'irritation. Comment, elle dormait ? Il venait juste de lui accorder un million de dollars en échange de sa contribution, et elle s'endormait illico ? C'était un peu cavalier, tout de même.

Il était sur le point d'arracher le maudit masque quand elle poussa un soupir et se retourna dans son sommeil. Sa respiration était si profonde et régulière qu'il se figea. Il se souvint que tout à l'heure déjà, ses collaborateurs l'avaient trouvée endormie. Elle avait dit s'être levée à l'aube et les cernes sous ses yeux attestaient de son état de fatigue. Peut-être valait-il mieux la laisser récupérer ? Ses cernes s'en iraient tout seuls et demain, les experts en maquillage à qui il comptait la confier auraient moins à faire pour la sublimer.

A moins qu'il ne grimpe dans le lit pour exiger un acompte de ce qu'elle lui devait ? Elle prétendait ne pas vouloir coucher avec lui, mais aucune femme ne lui avait jamais tourné le dos. Il fallait avouer qu'il avait été un peu vexé par le ton catégorique qu'elle avait employé.

Quelques coups discrets furent frappés à la porte. C'était sans doute une femme de chambre qui venait préparer son couchage sur le canapé. A regret, il recula, referma la porte de la chambre.

Rien ne pressait. Il avait un mois. Elle viendrait à lui, il le savait. Ce n'était qu'une question de temps.

6

C'était un de ces rêves absurdes où les gens apparaissent et disparaissent sans logique aucune : ses anciennes camarades de classe, goguenardes, ses demi-frères et leur père qui la considéraient comme une pièce rapportée encombrante, Kurt qui lui riait au nez… La voix lointaine de sa grand-mère lui intimait de chercher le côté positif de l'histoire. Cléo tournait sur elle-même pour tenter de distinguer dans l'ombre épaisse la silhouette de son aïeule, mais tout à coup, une forme haute et massive, surgie de nulle part, se dressa devant elle, menaçante.

Elle cria.

Elle voulait fuir le chœur ricanant des moqueuses et leurs quolibets, prendre ses jambes à son cou et retrouver le monde qu'elle connaissait. Mais ses jambes paraissaient lestées de plomb. L'homme s'approchait, s'approchait jusqu'à la toucher presque. Ses dents blanches étincelèrent lorsqu'il sourit. Puis il inclina la tête pour l'embrasser, et elle n'entendit plus que les tambourinements de son cœur dans sa poitrine…

— Debout, Belle au bois dormant ! Vous avez une matinée chargée.

Ces mots échappèrent totalement à sa compréhension, jusqu'au moment où, dans un violent sursaut, elle rejeta la couette pour s'asseoir sur le lit.

D'un geste, Cléo releva le masque en satin qui lui bloquait la vue. Et le regretta dans la foulée.

Il était nu.

Totalement nu. Sans la moindre gêne, il alla chercher un peignoir dans le dressing et l'enfila d'un coup d'épaule. Trop tard, Cléo détourna les yeux, rougissante. Mais Andréas avait l'air tout à fait à son aise. D'un ton détaché, il s'enquit :

— Vous avez faim ? Vous avez sauté le dîner, hier soir. Je ne vous ai pas réveillée, vous dormiez comme un loir.

— Je… j'étais très fatiguée.

— Il faut vous lever maintenant. Le petit déjeuner va arriver. J'ai pris la liberté de commander pour vous. Vous avez des rendez-vous toute la matinée.

— Moi ? Des rendez-vous ?

— Tout d'abord dans le salon de beauté de l'hôtel. Puis une styliste viendra vous proposer une nouvelle garde-robe. Vous n'aurez pas trop le temps d'hésiter, notre avion décolle à 13 heures. Soyez prête pour midi.

Cléo jeta un coup d'œil au réveil posé sur la table de chevet : il était 7 heures passées de quelques minutes.

— Nous avons tout le temps, objecta-t-elle.

— Croyez-moi, vous allez être très occupée, alors mangez et ne m'attendez pas.

Quelques minutes plus tard, le service d'étage apporta une table roulante. Il s'échappait des plats des odeurs alléchantes qui faillirent rendre Cléo folle tant son estomac criait famine. Le garçon eut à peine le temps de dresser la table avant qu'elle ne s'attaque à la première assiette. Il y avait des croissants, des crêpes, des œufs brouillés, des saucisses et des yaourts, le tout accompagné de café noir, de crème et de jus d'orange frais. Un vrai festin ! Cléo mangea avec une gourmandise indicible.

Elle n'avait pas tout à fait terminé quand Andréas sortit de la salle de bains, une serviette nouée autour des reins, pieds nus, les cheveux encore humides et les épaules constellées de gouttelettes d'eau.

— Ah, j'apprécie les femmes qui savent se tenir à table ! s'exclama-t-il à sa vue.

Elle réussit à avaler sa bouchée, mais il lui fut difficile ensuite de penser à la nourriture, tant la proximité d'Andréas la troublait. Elle respira l'odeur du savon sur sa peau, et une faim qui, cette fois, n'avait rien à voir avec les plaisirs de la chère s'éveilla en elle…

Il se pencha au-dessus de la table, saisit un croissant tout frais et le lui tendit. Cléo commit l'erreur de lever les yeux sur lui au lieu de regarder la viennoiserie. Soudain, le souffle lui manqua. Sa peau mate était encore humide… Sous le pyjama en pilou, ses seins se dressèrent…

Etourdie, elle parvint à détourner les yeux et croisa alors le regard d'Andréas. Rêvait-elle ou y avait-il une lueur de malice ?

— Un croissant ?

— N… non, merci. Je n'ai plus faim. C'était un régal, mais je crois que je ferais mieux d'aller prendre ma douche.

Comme elle se levait de table, il la retint par la main. Elle eut l'impression qu'il laissait une empreinte brûlante sur son poignet.

— Une chose. Vous n'êtes pas obligée de me remercier à tout bout de champ. Nous avons conclu un marché. Vous ferez semblant d'être ma maîtresse et vous accepterez ce que je vous offre. De mon côté, je prendrai ce que vous m'offrirez. D'accord ?

La main de Cléo paraissait toute petite dans la sienne, et bien plus pâle. A Londres, elle avait perdu sa bonne mine d'Australienne, et le contraste entre eux n'en était que plus grand. Andréas était fort, riche, puissant ; elle avait mauvaise mine, elle était sans le sou, réduite à accepter d'étranges propositions pour survivre.

— Ne vous inquiétez pas, je respecterai les termes de notre contrat, assura-t-elle. Mais je ne vois pas ce que je pourrais vous offrir d'autre.

— Cela me suffit amplement, prétendit-il.

Mais la lumière dans ses yeux tenait un tout autre langage.

La matinée passa à la vitesse de l'éclair. Cléo fut conduite dans le salon de beauté et reçue dans un boudoir privé où il semblait qu'une douzaine d'employés avaient reçu pour mission de la transformer en une créature digne de paraître au bras d'Andréas.

Et personne ne s'en étonnait, du moins pas à voix haute.

La séance démarra par un massage afin de la détendre. De fait, les mains habiles y réussirent si bien que Cléo se moqua bientôt de ce qu'on pouvait penser de sa présence auprès d'Andréas. Quand avait-elle eu le plaisir infini de se faire dorloter ainsi ? Jamais. Elle allait savourer chaque seconde de ces instants de bien-être.

Une heure plus tard, sa tête était hérissée de petits papiers argentés. Pendant que les mèches prenaient, on lui fit une manucure et une pédicurie. Puis vint l'épilation, soignée, quasi complète. Un nouveau produit fut appliqué sur ses cheveux blondis, avant qu'on ne pose un masque régénérant sur sa figure.

Lorsque enfin elle put se lever, Cléo se sentait une autre femme. Mais ce n'était pas fini : elle passa ensuite entre les mains du coiffeur qui étudia longuement son visage et parut lire dans ses cheveux éclaircis comme un sculpteur lit dans la pierre. Cléo ne put suivre l'évolution de son travail, car une maquilleuse vint s'asseoir devant elle et entreprit de lui donner un look plus sophistiqué.

Enfin, elle fut prête.

Les artistes se réunirent autour d'elle, souriants, dans l'attente de sa réaction. Mais Cléo était trop abasourdie pour dire quoi que ce soit.

Dans le miroir, ses cheveux autrefois ternes et secs

brillaient doucement, illuminés de mèches dorées qui conféraient à sa coiffure lustre et relief. La coupe judicieuse profitait de ses ondulations naturelles pour lui donner du volume sans paraître apprêtée. Quant au maquillage…

La maquilleuse s'était débrouillée Dieu sait comment pour lui dessiner des yeux de chat immenses dont le bleu ressortait presque turquoise. Grâce à l'enlumineur de teint, ses cernes avaient disparu. Sa peau resplendissait et sa bouche, mise en valeur par un léger gloss rose pâle, était pulpeuse et sensuelle.

Pour la première fois de sa vie, elle se trouva jolie.

Des larmes lui montèrent aux yeux. Elle se mordit la lèvre, déterminée à ne pas pleurer pour ne pas ruiner tout ce beau travail.

— Je… je n'arrive pas à croire que vous m'ayez transformée à ce point. Merci, merci beaucoup ! balbutia-t-elle avec émotion, avant de demander à la maquilleuse : Pouvez-vous me montrer comment procéder pour obtenir le même résultat ?

— Bien sûr, acquiesça la jeune femme avec un large sourire. J'ai adoré vous maquiller. Vous avez de si beaux yeux. Il suffit de les souligner dans une certaine couleur pour qu'on ne voie plus qu'eux. Regardez…

La leçon ne prit guère de temps. Dix minutes plus tard, Cléo retournait dans la suite munie d'une trousse contenant tous les fards et produits de beauté dont elle aurait besoin pour se faire belle.

Cette fois, quand elle traversa le hall de réception, elle ne se tassa pas sur elle-même mais redressa les épaules, heureuse, sans crainte qu'un agent de la sécurité n'abatte sa lourde main sur son épaule. Elle portait toujours son jean et son débardeur, mais elle avait acquis un aplomb qu'elle ignorait posséder. Sur son passage, deux ou trois têtes se tournèrent, accentuant encore sa confiance. Elle n'arrivait plus à s'empêcher de sourire. Et elle avait hâte de montrer à Andréas le résultat de sa métamorphose.

Malheureusement, il ne se trouvait pas dans la suite.

Cléo ravala sa déception. Bien sûr, il était très occupé, il n'allait pas rester les bras ballants à l'attendre ! De surcroît, en son absence, la suite avait été transformée en salon d'essayage. Sur des portants étaient rangés des vêtements pour à peu près toutes les occasions : tenues décontractées et habillées, vêtements de plage, toilettes de soirée.

La styliste, une certaine Mme Bernadette, prenait manifestement son travail très au sérieux. Elle l'enveloppa d'un regard expert avant de déclarer :

— Bien, allons-y. Nous avons du pain sur la planche.

Sur un claquement de doigts, une assistante se hâta de venir présenter un peignoir à Cléo.

Deux heures plus tard, elle avait arrêté de compter le nombre de fois où elle avait dû se changer. A chaque nouvelle tenue, la styliste l'étudiait sous toutes les coutures, corrigeait un drapé, cintrait une tunique, relevait un col. Son œil acéré repérait le moindre détail qui déparait la silhouette de sa cliente, que ce soit pour une robe de cocktail, une jupette de tennis ou un article de lingerie fine. Mais Mme Bernadette connaissait son affaire et bien vite, les portants se vidèrent.

Cléo fut un peu effarée par la quantité de vêtements qui avait été sélectionnée. Depuis six semaines, elle se débrouillait avec le contenu de son sac à dos et, dernièrement, elle avait surtout porté son vieux jean et deux T-shirts qui ne craignaient pas grand-chose. Acheter une garde-robe complète pour seulement un mois semblait totalement extravagant, mais visiblement, les ordres d'Andréas ne se discutaient pas.

Elle se demandait comment réussir à faire tenir toutes ces affaires dans son sac sans les abîmer quand deux chasseurs apportèrent un chariot sur lequel se trouvait un ensemble de bagages portant la griffe d'un grand créateur. Ils étaient suivis de deux femmes de chambre qui saluèrent Cléo d'une petite révérence — une révérence ! — avant de s'activer au rangement des diverses tenues dans les valises et sacs.

Il était presque midi. Cléo ne doutait pas qu'Andréas attende d'elle une ponctualité exemplaire. Elle avait déjà choisi de porter un pantalon en lin ivoire à taille haute, sur un haut de soie marine qui dévoilait à peine la guipure de son soutien-gorge rose pâle. L'ensemble était sexy et chic sans être vulgaire, et Cléo se sentit tout de suite emplie d'un regain d'assurance, d'autant que ses sandales la grandissaient de dix centimètres.

Un carré de soie bleu paon complétait le tout. Mme Bernadette l'avait imposé en décrétant que la couleur faisait ressortir le bleu de ses yeux. Ainsi vêtue, Cléo se sentait ultraféminine, comme si elle avait subitement grandi, mûri, et était passée du statut de gamine à celui de femme en l'espace de quelques heures.

On approchait de 12 h 30 et Andréas ne donnait toujours pas signe de vie.

Assise dans un des fauteuils club, entourée de ses multiples bagages, Cléo se mit à pianoter sur le bras de cuir, tout en se sentant envahie d'une appréhension grandissante. Au cours de cette matinée passée dans un tourbillon d'agitation, elle n'avait guère eu le temps de s'appesantir sur ce qu'elle s'apprêtait à faire, à savoir s'envoler pour un pays étranger en compagnie d'un homme qu'elle ne connaissait pas hier matin.

Les minutes passaient. Elle finit par se demander s'il ne l'avait pas oubliée, ou tout simplement rayée de ses plans pour une raison quelconque, avant de partir sans elle. Il n'y aurait rien eu d'étonnant à ce qu'il s'avise tout à coup que donner un million de dollars à une inconnue était une pure folie. Peut-être en riait-il tout seul en ce moment même, à bord de l'avion qui l'emportait vers son monde, un monde auquel elle n'aurait jamais accès…

Son estomac se contracta douloureusement. Ce ne serait pas la première fois qu'on la laisserait tomber au moment où elle croyait s'engager. C'est exactement ce qu'avait fait Kurt, après avoir proposé de veiller sur son argent. Il avait pris tout ce qu'elle avait à donner, son pécule, son corps, son cœur débordant de naïveté, pour finalement la rejeter. Elle avait été une proie facile pour lui : une étrangère candide, la tête farcie de jolis rêves, séparée de sa famille et de ses amis. Et une fois qu'il avait bien profité d'elle, il l'avait abandonnée pour se mettre en quête d'un autre gibier.

Contrariée par la direction que prenaient ses pensées, Cléo se leva de son fauteuil. Tant pis. Elle n'allait pas attendre indéfiniment en essayant de prendre une attitude nonchalante. Elle était trop nerveuse.

Elle s'efforça de se raisonner. Andréas n'était pas Kurt. Il était peut-être arrogant et autoritaire, mais jamais il ne s'abaisserait à lui jouer un tour pareil. Il avait eu du mal à la convaincre de venir avec lui en Grèce, il avait dépensé sans compter pour la rendre présentable, il n'allait quand même pas tout gâcher maintenant.

Elle s'approcha de la fenêtre, releva le rideau et, le front contre la vitre, observa la circulation sur Park Lane, en contrebas.

La sonnette de la porte retentit. Les nerfs à fleur de peau, Cléo sursauta. Elle alla ouvrir. Le chasseur la salua d'un signe de tête.

— Bonjour, je viens chercher vos bagages pour les emporter à l'aéroport. Votre voiture vous attend, mademoiselle.

Cléo prit une profonde inspiration. Ainsi, elle n'avait pas été abandonnée. Bon, c'était sûrement une bonne chose. Elle se saisit de sa veste en lin, attrapa l'anse de son Birkin en cuir grené et sortit, faisant de son mieux pour ressembler à la jeune femme branchée qu'elle était censée être, alors qu'en réalité, elle se sentait comme une lycéenne à sa première fête.

Seigneur, elle partait vraiment, elle allait s'envoler pour la Grèce et faire semblant d'être la maîtresse d'un milliardaire !

Certes, il était un peu tyrannique, visiblement accoutumé à ce qu'on lui passe ses moindres caprices, et elle avait déjà compris qu'il ne supportait pas qu'on s'opposât à sa volonté. Mais ce n'était que pour un petit mois. Et d'ici à trente jours, elle-même serait devenue millionnaire.

Elle n'allait pas refuser cette chance inouïe.

Souriante, elle traversa le hall de réception, ses boucles blondes dansant sur ses épaules au rythme de ses hauts talons qui cliquetaient sur le sol de marbre. Enfin, la chance lui souriait ! Enfin, Cléo Taylor allait réussir quelque chose !

Le portier en chapeau haut de forme effleura du doigt son couvre-chef au moment où elle passait devant lui.

— Mademoiselle Taylor, la salua-t-il, comme si elle était une invitée de marque et non la fille un peu perdue qui était arrivée la veille en vieilles bottes et jean élimé.

Il lui ouvrit la portière de la limousine. Cléo s'installa sur la banquette, juste derrière le chauffeur, face à Andréas qui ne sembla même pas remarquer son arrivée tant il était absorbé par la lecture d'un dossier posé sur ses genoux.

— J'ai pensé que vous seriez heureuse d'avoir quelques minutes supplémentaires, dit-il sans lever les yeux.

— Vous voulez me rendre responsable de votre retard ?

Cette fois, il redressa la tête, visiblement prêt à croiser le fer. Mais une expression incrédule se peignit sur ses traits et les mots moururent sur ses lèvres. Il n'avait de toute façon pas besoin de parler pour traduire ce qu'il ressentait. Son regard glissa de son visage à sa chevelure, ses yeux, sa bouche, avant de descendre sur son haut de soie, son pantalon ivoire, jusqu'à la pointe de ses sandales.

La lueur de désir qui s'alluma dans ses yeux enflamma à son tour Cléo, qui se sentit rougir et eut toutes les peines du monde à garder contenance.

— Cléo ?

— Vous attendiez quelqu'un d'autre ?

Oublié, le rapport glissa sur les genoux d'Andréas, et tomba sans qu'il réagisse. Elle sourit et demanda :

— Alors, estimez-vous en avoir pour votre argent ?

Pour un peu, Andréas en serait resté bouche bée, s'il n'avait mis un point d'honneur à conserver une absolue maîtrise de lui-même en toutes circonstances.

Tout avait changé. Ses cheveux qui brillaient, soyeux, bouclés. Ses vêtements qui n'avaient plus rien à voir avec les frusques de la veille. Mais surtout, son regard, qui le stupéfiait. Il avait déjà comparé la couleur de ses yeux au bleu du ciel de Santorin au petit matin, mais à présent on aurait dit que la brume s'était dispersée comme par magie et que ses iris avaient pris l'éclat d'un jour d'été.

Oui, son intuition l'avait parfaitement guidé. Elle était parfaite.

— Si j'en ai pour mon argent ? répéta-t-il avec un léger sourire. Peut-être pas tout à fait, mais cela ne saurait tarder.

Elle poussa une exclamation étouffée, tandis que ses pommettes s'empourpraient. Le sourire d'Andréas s'élargit. Elle avait un visage si expressif, et ses réactions étaient si spontanées ! Il espérait bien qu'elle ne perdrait jamais cette délicieuse fraîcheur. Du moins pas pendant les quatre semaines qui suivraient.

Il se pencha pour ramasser son dossier et reprit sa lecture. Il ne voulait pas être obligé de travailler tard.

Pas ce soir.

Ce soir, il aurait bien mieux à faire…

*
* *

Les formalités administratives et douanières réduites à leur minimum, ils embarquèrent sans tarder à bord du jet qui les attendait sur le tarmac du London City Airport.

Cléo reconnut le logo peint sur la carlingue, le même X stylisé qu'elle avait aperçu sur les bagages d'Andréas.

— C'est votre logo personnel ? Vous possédez votre propre avion privé ? s'exclama-t-elle.

— Oui, enfin c'est la société qui en est propriétaire, expliqua-t-il en s'effaçant devant elle pour lui permettre de gravir les marches de la passerelle. Pour les déplacements plus courts en Grèce, nous disposons d'un hélicoptère. C'est fiscalement intéressant.

Cléo se retint de rire. Il s'imaginait peut-être qu'elle s'intéressait aux subtilités financières ? Il n'y a pas si longtemps, elle effectuait son tout premier voyage aérien sur un vol commercial. Elle s'était retrouvée parquée dans la « bétaillère », en compagnie de trois cents autres malheureux, obligés comme elle de se recroqueviller sur les sièges minuscules. La perspective de disposer d'un avion pour eux seuls était très excitante. Elle avait pensé que la limousine était le comble du luxe, et maintenant, elle apprenait qu'il possédait un jet privé *et* un hélicoptère !

— Il doit y avoir au moins vingt vols commerciaux entre Londres et Athènes chaque jour, objecta-t-elle cependant.

— Peut-être, mais ainsi, je peux décoller à l'horaire qui me convient.

Nous y voilà, songea-t-elle. Ce qu'Andréas Xenides voulait, il devait l'obtenir. Et c'est précisément pour cette raison qu'elle était là, à ses côtés.

Une hôtesse affable salua Cléo, la dirigea vers un siège et lui montra où ranger son sac dans un compartiment prévu à cet effet. Puis elle la débarrassa de sa veste avant de s'éclipser.

Cléo jeta autour d'elle un regard curieux.

De chaque côté de l'allée centrale étaient disposés six fauteuils extra-larges en cuir gris pâle, qui auraient semblé plus à leur place devant une cheminée qu'à l'intérieur d'un avion. Cléo repensa à son vol pour Londres, aux sièges étroits, à son voisin de devant qui avait abaissé son dossier au maximum dès qu'il en avait eu l'occasion et à l'enfant qui, deux rangées plus loin, avait toussé durant toute la durée du voyage. Quand on pouvait se permettre de se déplacer en jet privé, pourquoi en effet aurait-on subi les longues files d'attente et les plateaux de nourriture infecte qui étaient le lot du commun des mortels ?

Andréas posa son attaché-case sur la table dont l'extrémité était encastrée dans la cloison et prit place à côté de Cléo. L'hôtesse réapparut avec deux flûtes de champagne.

— Je vous souhaite bon voyage, leur dit-elle. Nous n'allons pas tarder à décoller et le déjeuner sera servi dès que nous nous serons stabilisés.

Andréas la remercia, se saisit des deux verres et tendit le sien à Cléo. Dès que la porte fut fermée, les moteurs se mirent à vrombir et l'avion ne tarda pas à rouler sur le tarmac pour prendre position au bout de la piste d'envol.

Andréas leva sa flûte de champagne.

— A vous, dit-il. Et à ce mois qui s'annonce. Qu'il se déroule à notre entière et mutuelle… satisfaction.

Le verre de Cléo s'était immobilisé près de sa bouche. Comment s'y prenait-il pour qu'un simple mot paraisse si sulfureux ? Tout à coup, elle avait chaud et, involontairement, elle serra les jambes l'une contre l'autre. Andréas but une gorgée. Ses yeux sombres l'épiaient au-dessus du bord de cristal. Tout à coup, elle prit peur. Il avait l'air d'une panthère en train de surveiller sa proie. Un fauve patient, implacable, sûr de sa victoire…

Oh Seigneur, que faisait-elle là ? Elle n'avait fait l'amour qu'une seule fois dans sa vie et l'expérience avait été franchement ratée. Pourtant, pendant un mois, elle allait devoir se comporter comme si elle partageait l'intimité de cet homme. Jamais elle n'avait eu si peu de dispositions pour un travail…

— Vous n'aimez pas le champagne ?

Entre les doigts de Cléo, de la buée s'était formée sur le cristal. Elle toussota.

— Je n'ai pas très soif. Peut-être tout à l'heure, pendant le déjeuner. Combien de temps doit durer le vol ?

— Environ quatre heures. Malheureusement, en raison de notre départ tardif, nous allons rater le coucher du soleil. On dit pourtant que celui de Santorin est le plus beau de toute la Grèce. Avez-vous déjà visité mon pays ?

Encore cette histoire de couchers de soleil. Kurt n'avait peut-être pas menti, finalement. Bientôt, elle pourrait juger par elle-même. C'était le bon côté des choses, se rappela-t-elle.

— Non, je n'y suis jamais allée.

— Ah. Alors vous allez faire une découverte. Je vous promets que vous allez adorer Santorin.

Son enthousiasme était contagieux. Elle lui répondit avec un sourire spontané :

— J'ai vraiment hâte d'y être !

Après une courte immobilisation en bout de piste, le jet fit vrombir ses réacteurs et s'élança. De nouveau, Cléo fut frappée par la différence avec l'appareil à bord duquel elle était montée précédemment et qui avait secoué ses passagers, dans une cacophonie assourdissante. Ici, l'accélération fut brève, puissante, et l'avion décolla en souplesse pour entamer son ascension. Cléo n'eut pas l'impression d'avoir l'estomac retourné, comme cela avait été le cas dans le grand 747. Par le hublot, elle vit le sol s'éloigner rapidement, jusqu'à ce que les nuages semblent avaler le jet. Puis, quelques minutes plus tard, ils émergèrent dans un grand ciel bleu et les rayons du soleil noyèrent l'intérieur de la cabine.

— J'ai un exemplaire du contrat à vous faire signer, et ensuite je dois travailler un peu, annonça Andréas en ouvrant son attaché-case. Vous avez de quoi vous distraire ?

— Oui, ne vous inquiétez pas.

Il y avait plusieurs revues mises à disposition des passagers, et elle préférait de toute façon qu'Andréas soit occupé de son côté. Après cette matinée trépidante, elle était plutôt contente d'avoir quelques heures de répit, seule avec elle-même. Et quand il la regardait, elle se troublait tant qu'il lui devenait impossible de réfléchir avec lucidité.

Andréas considéra un instant les grands yeux bleus de la jeune femme, avant de reporter son attention sur la chemise cartonnée qu'il venait de sortir de sa mallette. Une femme qui ne monopolisait pas tout son temps, qui ne boudait pas et qui acceptait de bon cœur de le laisser travailler en paix ? Décidément, cette fille était une perle.

Quel dommage qu'elle ait insisté pour inclure à leur contrat cette clause excluant toute intimité physique. Car si en plus elle était douée au lit, elle était vraiment exceptionnelle.

7

Après le déjeuner, ils atteignirent le sud de la France et Cléo put admirer la côte méditerranéenne, magnifique, le paysage aux couleurs vibrantes bordé par les collines de l'arrière-pays et les Alpes couronnées de neiges éternelles.

Bientôt, le soir tomba et les teintes se modifièrent; l'ombre s'empara de la terre à mesure que la nuit approchait.

Le contrat avait été signé après que Cléo en avait lu les clauses, assez simples, même pour un esprit qui n'était pas tourné vers les affaires. Il stipulait qu'au terme d'un mois de présence auprès d'Andréas, elle recevrait la somme d'un million de dollars, plus le prix de son retour en Australie. A première vue, il ne semblait pas y avoir de piège. Quant à la clause qui excluait tout rapport sexuel, elle lui avait paru aller de soi, mais maintenant, quand elle regardait Andréas et ressentait des picotements dans tout son corps, il en allait différemment.

Par conséquent, elle ne le regarderait plus, décida-t-elle.

Elle ôta ses sandales, ramena ses pieds sous elle pour se pelotonner dans le large fauteuil. Une fois en Grèce, elle serait plus proche de chez elle d'au moins quatre heures de vol… Kangaroo Crossing lui manquait. Elle sourit avec nostalgie à la pensée de sa mère et de sa grand-mère qui l'attendaient là-bas, et de ses demi-frères turbulents qui étaient toujours fourrés ensemble et ne s'étaient peut-être même pas aperçus de son départ. Elle se promit de leur envoyer une carte postale dès qu'elle en aurait l'occasion pour leur annoncer son retour imminent.

Elle n'eut pas conscience de s'endormir et se réveilla tout à coup dans un sursaut, pour se rendre compte que son siège avait été incliné pour lui permettre de s'étendre et qu'une légère couverture en mohair avait été drapée sur elle.

— Ah, vous voici de retour parmi nous, commenta Andréas en délaissant son ordinateur portable. Nous allons bientôt atterrir.

Cléo porta la main à sa chevelure, puis à son visage, inquiète d'avoir ruiné le travail appliqué du coiffeur et de la maquilleuse. Elle jeta un coup d'œil par le hublot. La nuit était tombée. Au sol, on apercevait des lumières. Mais elle ne parvint pas à capter son reflet dans la vitre pour s'assurer que son maquillage n'avait pas lamentablement coulé.

— Ne vous inquiétez pas, vous êtes parfaite.

Lentement, elle se tourna vers lui, pas tout à fait sûre d'avoir bien entendu, ou même qu'il s'adressât à elle. Il était en train de ranger son portable dans le compartiment situé à hauteur de ses genoux et, quand il reporta son attention sur elle, elle fut frappée par l'intensité de son regard qui semblait pénétrer au cœur d'elle-même.

— En fait, vous êtes superbe, ajouta-t-il d'une voix grave, profonde. Je ne vous l'avais pas dit, je crois.

Personne ne le lui avait jamais dit. Encore moins un homme aussi séduisant. En cet instant, avec sa chemise blanche aux manches retroussées sur ses avant-bras brunis par le soleil, et son col qui s'ouvrait en V sur sa poitrine, il avait plus l'air d'un pirate que d'un magnat des affaires.

Elle s'humecta les lèvres. Seigneur, elle aurait eu bien besoin d'un verre.

— Hum… merci, répondit-elle.

Son ventre se nouait et cela n'avait sans doute pas grand-chose à voir avec le fait que le pilote venait d'entamer sa descente... La lueur avide dans les yeux d'Andréas avait sur elle le même effet que tout à l'heure, dans la voiture : elle allumait chez elle un étrange feu intérieur qu'elle ne parvenait pas à maîtriser.

Non, personne ne lui avait jamais dit qu'elle était superbe. Sa propre mère n'avait pas été plus loin que « mignonne » dans ses éloges. Alors, entendre ce mot dans la bouche d'Andréas la rendait deux fois plus vulnérable à son charme.

Il ne fallait surtout pas qu'il s'en rende compte, décida-t-elle. Cela ne faisait pas partie de leur contrat. Aussi répondit-elle d'un ton qui se voulait désinvolte :

— Eh bien, c'est agréable de savoir que tous ces efforts n'ont pas été faits en vain !

Sur ce, elle déboucla sa ceinture et se leva dans l'intention d'aller aux toilettes. Mais soudain, le sol parut se dérober sous ses pieds et elle perdit l'équilibre. Elle serait certainement tombée dans l'allée si Andréas n'avait pas avancé son bras pour la retenir. Mortifiée, elle bascula sur ses genoux dans une posture totalement dépourvue de dignité.

— Oh mon Dieu... je suis désolée ! bafouilla-t-elle.

Andréas, lui, ne semblait pas désolé du tout. Il sourit, sans faire mine de l'aider à se redresser, l'encerclant au contraire de ses bras puissants.

— Il faut faire attention aux turbulences. On peut se blesser gravement, vous savez.

— Je... je...

Dans la position où elle était, elle était bien incapable de se mettre debout toute seule. Elle pouvait voir le visage d'Andréas qui la dominait, et l'expression arrogante qu'il arborait. Sa peau la brûlait là où leurs corps se touchaient. Et elle avait bien conscience que, sous ses fesses, une partie de son anatomie était en train de durcir et de grossir...

Rouge de honte, elle se tortilla pour tenter de se redresser, mais elle se rendit compte, désemparée, qu'elle ne faisait qu'aggraver les choses. En même temps, sa volonté de mettre une distance rassurante entre eux faiblissait de seconde en seconde...

— Andréas..., implora-t-elle d'une voix curieusement haletante.

Il avait fermé les yeux.

— Arrêtez de vous trémousser !

Elle se figea.

— A moins que vous n'ayez l'intention de réviser la dernière clause du contrat, ajouta-t-il d'un ton rogue.

Cléo battit des bras et parvint enfin à trouver un appui. Dès que ses pieds touchèrent le sol, elle se releva d'un bond, le cœur battant la chamade. Elle rejeta d'un mouvement de tête ses boucles blondes qui l'aveuglaient.

— Ne vous méprenez pas ! s'écria-t-elle. Je n'ai pas fait exprès de tomber sur vos genoux. C'est vous qui m'y avez attirée !

Elle prit la fuite en direction des toilettes. La voix narquoise d'Andréas s'éleva alors dans son dos :

— Peut-être, mais c'est bien vous qui avez gigoté !

Les sommets étaient encore inondés de la lumière faiblissante du soleil quand ils atterrirent. Mais c'est d'abord la qualité de l'air — si pur comparé à celui de Londres — et les parfums que Cléo remarqua.

— Bienvenue à Santorin, lui dit Andréas.

Il la prit dans ses bras et l'embrassa sur la tempe, avant de l'entraîner vers la voiture qui les attendait un peu plus loin et dont les phares éclairaient leurs pas. Cléo frissonna, prise au dépourvu par ce geste inattendu. Andréas avait gardé son bras autour de ses épaules. Apparemment, la mascarade avait commencé.

Son contact n'avait rien de répugnant. Au contraire, il avait un corps ferme, musclé, rassurant, et il émanait de lui un parfum agréable, mélange de savon, de propreté et de lotion épicée. Pourtant elle n'arrivait pas à se détendre. Sa démarche était raide, ses mouvements contraints. Elle devait se reprendre, s'intima-t-elle *in petto*. Ce n'était qu'une petite comédie. Ils devaient donner l'apparence d'un couple amoureux, voilà tout.

— Souriez ! chuchota-t-il à son oreille. A vous voir, on a l'impression que vous vous rendez devant le peloton d'exécution.

Il n'en demeurait pas moins qu'elle était payée un million de dollars pour jouer un rôle, et qu'elle n'avait pas la moindre idée de la manière dont elle devait interpréter son personnage. Cela s'apparentait un peu à du vol, non ?

Elle aurait dû prévenir Andréas, lui avouer que son expérience du sexe opposé se limitait à une aventure ratée. Au lieu de cela, elle avait affirmé avoir une grande expérience. Elle l'avait clairement trompé et il aurait pu lui en vouloir en toute légitimité.

Levant les yeux, elle vit son profil bien découpé, son expression fermée, la ligne soucieuse sur son front. Mieux valait garder cette confession pour plus tard, résolut-elle. A première vue, pour une raison quelconque, il était contrarié. Ce n'était pas la peine d'en rajouter.

Soudain, il pivota vers elle et sa bouche captura la sienne. Il se mit à l'embrasser avec fièvre et sa langue plongea à l'intérieur de sa bouche, avec une sorte de sauvagerie dominatrice qui paralysa Cléo tandis qu'explosait en elle une vague de désir insurmontable.

Malgré elle, elle lui passa le bras autour du cou, plongea les doigts dans l'épaisseur de ses cheveux. Leurs souffles se mélangeaient et elle comprit qu'elle en voulait plus encore. Comment parvenait-il à produire cet effet sur elle simplement en l'embrassant ? La tête lui tournait. Un brasier lui irradiait le ventre. Elle ne pouvait plus réfléchir. Elle voulait juste se rapprocher de lui plus encore. Etre nue contre sa peau nue. Dans un lit.

Il la relâcha de manière abrupte. Chancelante, elle porta machinalement la main à ses lèvres.

— P... pourquoi faites-vous ça ? bredouilla-t-elle.

Il jeta d'un ton impatient :

— Venez. Il y a quelqu'un que je veux vous présenter.

Ils s'approchèrent de l'Alfa Romeo aux lignes fluides, d'un rouge éclatant. Une femme était adossée contre la portière et les regardait, un sourire amusé aux lèvres. Blonde, grande et svelte, elle avait une silhouette à damner un saint. Son jean slim moulait ses jambes interminables dont la longueur était accentuée par le port d'une paire de sandales d'au moins douze centimètres de talons. Une ceinture dorée cintrait sa blouse de soie blanche. Elle avait une allure folle et, en comparaison, Cléo se sentit ridicule en dépit de ses habits flambant neufs.

— Cléo, je voudrais te présenter Pétra Demitriou, mon homme — ou plutôt ma femme — de confiance ! annonça Andréas en souriant.

Pétra se mit à rire et secoua sa chevelure blonde mise en valeur par une coupe étudiée qui donnait l'impression qu'elle avait exactement cette apparence au saut du lit.

— Ah, tu as enfin remarqué que j'appartenais au sexe féminin. Je commençais à désespérer ! plaisanta-t-elle.

Elle avança un bras long et mince pour serrer la main de Cléo. En même temps, son regard acéré se planta dans le sien pour la jauger. Cléo eut l'impression que peu de choses échappaient à son attention. La façon dont elle cilla tout en accentuant son sourire de pure convention indiqua à Cléo qu'elle ne lui faisait pas grande impression. Cela n'avait rien d'étonnant, elle ne s'était toujours pas remise du baiser enfiévré qu'elle venait de recevoir et avait du mal à recouvrer ses esprits et son souffle.

— Bonjour Cléo. C'est toujours sympathique de rencontrer les amies d'Andréas.

Pétra s'était exprimée d'une manière amicale, pourtant Cléo avait perçu une intonation glacée dans sa voix. Elle se moquait bien de savoir qui était la dernière conquête en date de son patron ? On ne pouvait pas vraiment le lui reprocher. A sa place, Cléo aurait sans doute été tout aussi blasée. Aussi, plutôt que de s'appesantir sur cet accueil mitigé, décida-t-elle de passer outre.

Elle remercia Pétra, saisit sa main tendue. Les longs doigts fins ne s'attardèrent pas dans les siens. La seconde suivante, Pétra se tournait vers Andréas pour lui tendre les clés de la voiture.

— Je me suis dit que tu serais content de conduire la nouvelle Alfa. Elle a été livrée aujourd'hui. Cléo et moi allons nous asseoir à l'arrière. Comme ça, nous pourrons faire plus ample connaissance pendant que tu t'amuses avec ton nouveau joujou.

Pétra ponctua ces paroles d'un sourire acide. Cléo se garda bien de protester. Elle ne comprenait pas trop ce qu'on attendait d'elle et ne voulait surtout vexer personne. D'ailleurs, dans l'état d'émoi où elle se trouvait, mieux valait garder ses distances avec Andréas.

— Oui, pas de problème, acquiesça-t-elle.

— Je ne sais pas pourquoi tu t'es déplacée en personne, tu aurais pu nous envoyer Nick, déclara Andréas d'une voix sèche.

Pétra eut un rire amusé et fit cliqueter les clés au bout de son index, sous le nez d'Andréas. Sa bouche sensuelle se plissa dans une moue d'invitation. Cette vision rappela aussitôt à Andréas la mimique qu'elle lui avait adressée le soir où ils étaient sortis de ce restaurant d'Oia, après un repas bien arrosé. Elle lui avait dit alors qu'elle avait trop bu pour conduire et lui avait demandé de la raccompagner chez elle. Sa main était restée posée sur sa cuisse durant tout le trajet…

— Je sais bien que tu as très envie de t'amuser.

Andréas serra les dents. Les allusions de Pétra l'irritaient au plus haut point. Ce bref échange suffisait à lui confirmer qu'il avait eu mille fois raison de revenir à Santorin accompagné.

Le seul problème, c'est qu'il aurait dû choisir une « maîtresse » plus convaincante. Il tenait Cléo par la taille, mais celle-ci demeurait raide comme un bout de bois. Tout à l'heure, se sachant observé par Pétra, il l'avait embrassée, mais Cléo était restée assez passive et par-dessus le marché elle avait paru sidérée, comme outrée qu'il se permette de prendre des privautés avec elle !

Il fallait absolument qu'elle se relaxe et se comporte de manière plus naturelle, sinon leur petite comédie ferait long feu. Mais dans la mesure où il était exclu qu'ils couchent ensemble, il ne voyait pas vraiment comment procéder.

Il ne s'était pas attendu à trouver Pétra à l'aéroport. Avait-elle espéré raviver son désir, au point qu'il en oublie sa nouvelle conquête ? A moins qu'elle n'ait pensé qu'il bluffait, qu'il n'y avait pas de nouvelle petite amie, en réalité… Sinon, pourquoi s'habiller dans ce style si provocant, avec des vêtements qui lui collaient au corps comme une seconde peau ?

Tout à coup, il voyait Pétra sous un tout autre angle. Il appréciait ses compétences d'un point de vue professionnel et il l'avait toujours considérée comme une amie. Mais ce soir, il se rendait compte à quel point elle pouvait être manipulatrice.

— Pardonne-moi, Pétra, tu ne vois pas d'inconvénient à conduire ? Cléo et moi avons eu une journée épuisante avec toutes ces courses et le voyage dans la foulée. Déjà que nous n'avons pas beaucoup dormi la nuit passée… N'est-ce pas, chérie ?

Lui aussi pouvait jouer à ce petit jeu. Si ses sous-entendus ne persuadaient pas Pétra d'abandonner la partie, c'est qu'elle était vraiment obtuse.

Il reporta son attention sur Cléo qui avait les yeux écarquillés, tel un lapin pris dans les phares d'une voiture. Il retint un soupir, s'interposa entre les deux femmes pour ouvrir la portière arrière et inviter Cléo à prendre place sur la banquette.

Pétra n'eut d'autre choix que d'obtempérer. Elle s'installa au volant, démarra.

— As-tu dîné ? s'enquit-elle encore, sans se soucier d'englober Cléo dans la question. Je t'ai réservé une table au *Poséidon*.

Il n'y avait rien d'illogique là-dedans. En général, c'est là-bas qu'il allait dîner quand il rentrait en bonne compagnie. Un plateau de fruits de mer et la traditionnelle salade grecque aux tomates gorgées de soleil, aux saveurs d'olives et de feta, c'était exactement ce qu'il lui fallait pour aborder la nuit revigoré et de bonne humeur.

Mais pas aujourd'hui, alors que sa prétendue petite amie tressaillait à la moindre occasion comme un chaton effrayé. Sans doute parviendrait-elle mieux à se détendre s'ils évitaient les lieux publics.

— Non, je préfère que tu nous emmènes tout droit à la maison, objecta-t-il. Nous avons déjeuné tard, nous mangerons quand nous aurons faim.

Il y eut un silence à l'avant de l'habitacle. Andréas pouvait presque entendre cliqueter les rouages du cerveau de Pétra. Elle cherchait le pourquoi d'un tel changement dans ses habitudes et préparait sa réponse. Jusqu'où iraitelle ? s'interrogea-t-il. Jusqu'à donner sa démission si elle admettait enfin que sa cause était sans espoir ? Il tenait à elle, mais peut-être valait-il mieux, finalement, que leurs chemins se séparent ? Personne n'était irremplaçable.

Quoi qu'il en soit, il ne lui permettrait jamais de croire qu'elle avait des droits sur lui.

Il jeta un coup d'œil à Cléo. Assise à l'autre bout de la banquette, le plus près possible de la vitre, elle contemplait le paysage comme une touriste en excursion, au lieu de se lover contre lui d'un air énamouré. Furieux, il se rapprocha pour lui passer un bras sur les épaules et la ramener contre lui.

Bien entendu, elle sursauta et se tétanisa comme s'il était un pestiféré. Dans le rétroviseur intérieur, Andréas capta le regard intrigué de Pétra qui arqua ses fins sourcils dorés.

— Fira n'est pas loin, dit-il à Cléo tandis que l'Alfa Romeo filait sur la route.

En effet, quelques minutes plus tard, ils atteignirent un petit village pittoresque aux maisons de murs blancs accrochées à flanc de montagne, face à la mer, parmi lesquelles se trouvaient de nombreux hôtels typiques. L'autre versant descendait en pente douce en direction de l'aéroport dont la piste éclairée brillait dans la nuit. La mer était émaillée de petites lumières dansantes.

— Bien sûr, de nuit on apprécie moins le panorama, admit Andréas, dont le pouce traçait des arabesques brûlantes sur l'épaule de Cléo. Santorin est en fait un regroupement de petites îles, vestiges d'une ancienne éruption volcanique. Fira, la capitale, se trouve au bord du cratère. Les lumières que tu aperçois là-bas sont celles de la ville d'Oia. C'est aussi une très belle cité avec ses ruelles pavées et ses bâtiments restaurés vieux de plusieurs siècles. Certains disent que le coucher de soleil à Oia est le plus beau du monde. Je t'y emmènerai, si tu veux.

Il s'agissait sans doute de paroles en l'air. Pourtant, la perspective de contempler un coucher de soleil en compagnie de cet homme plaisait tant à Cléo qu'elle aurait presque souhaité que cela soit vrai.

— Hum… oui, bien sûr, cela me ferait très plaisir, acquiesça-t-elle avec un enthousiasme forcé.

Il y eut un bruit étranglé à l'avant de la voiture, qui longeait en ce moment une succession de venelles plantées de bougainvillées fleuries d'un rose somptueux.

Pétra toussota avant de déclarer :

— Andréas a raison, il y a beaucoup à voir sur notre petite île. Comptez-vous rester longtemps, Cléo ?

— Quelques semaines, je pense, hasarda Cléo en jetant un regard à Andréas qui s'était de nouveau renfrogné.

— Si longtemps ? Vous avez bien de la chance.

La voiture, après avoir bifurqué dans une allée privée, s'immobilisa devant le garage d'une demeure en brique rouge. Pétra actionna la télécommande et attendit que la porte électrique se soulève pour leur livrer passage.

— Bien sûr, il y a toutes les chances pour que Cléo reste plus longtemps, dit alors Andréas d'une voix presque grondante.

Puis, Pétra les escorta jusque dans le hall, avant de se retirer dans ses appartements. Depuis qu'ils avaient quitté la voiture, Cléo se répétait en boucle la phrase prononcée par Andréas. Celle-ci l'avait tant perturbée qu'elle avait à peine jeté un coup d'œil à son nouvel environnement. A première vue, la demeure était vaste, plus proche de l'hôtel particulier ou du manoir que de la simple maison.

— Pourquoi avez-vous dit cela ?

— Dit quoi ?

Andréas se tourna vers le domestique qui s'approchait et le pria d'aller chercher les bagages dans la voiture. Puis il fit signe à Cléo de le suivre. Ils longèrent un couloir, passèrent dans une partie de la maison consacrée aux appartements privés. Andréas avait beau affecter une nonchalance détachée, la tension qui l'habitait était perceptible dans chacun de ses mouvements. Sa voix aussi le trahissait. Il était furieux.

— Pourquoi avez-vous dit que j'étais susceptible de prolonger mon séjour ?

— Parce qu'à vous entendre, on se demandait si vous n'alliez pas repartir par le premier avion !

— Je n'étais pas trop sûre... que vous ayez envie de me garder.

— Nous avons conclu un marché, non ?

Certes, mais de toute évidence il était fâché contre elle. Elle se doutait bien qu'il était irrité qu'elle se montre si piètre actrice. Mais comment était-elle censée se conduire ? Elle n'avait jamais été la petite amie de quiconque. Andréas devait lui accorder un peu de temps. Et puis, ce n'était pas si grave. Il n'avait pas à redouter le jugement de Pétra, celle-ci n'était que son employée.

Une employée vraiment sexy.

A moins que leur mascarade ne lui soit précisément destinée ?

— Pétra est très belle, remarqua-t-elle.

Il haussa les épaules.

— Oui. C'est surtout une fille compétente et efficace.

— Elle vit ici, auprès de vous, dans ce... cette maison ?

— Oui. Les bureaux de Xenides Property sont ici. Je suis souvent absent et Pétra ne compte pas ses heures de travail. C'est un arrangement qui satisfait tout le monde d'un point de vue pratique.

Il s'était exprimé d'un ton indifférent, comme s'il avait parlé de n'importe quel collaborateur. Peut-être était-il juste agacé par l'œil critique que Pétra portait manifestement sur la pléthore de femmes qui se succédaient dans sa vie ? A moins qu'il ne soit juste en colère contre Cléo parce qu'elle était décidément très mauvaise actrice. Cela aurait été somme toute légitime.

— Nous y voilà...

Au bout du couloir se trouvait une porte sculptée de

bois sombre à double battant. Andréas les ouvrit d'une poussée et poursuivit son chemin.

Cléo écarquilla les yeux.

— Le salon, annonça-t-il.

Elle ne songea même pas à fermer la bouche et s'immobilisa pour admirer les lieux. Elle aurait dû s'être accoutumée à cette profusion de luxe — les suites des hôtels cinq étoiles, le jet privé, le champagne, les beaux vêtements griffés — et pourtant, l'opulence qu'elle découvrait la laissait encore pantoise. Cette fois, elle se trouvait *chez* Andréas. Et ce salon était assez grand pour loger toute la famille australienne de Cléo !

— Combien de milliards possédez-vous ? demanda-t-elle quand elle eut recouvré l'usage de la parole.

— Quelle importance ?

— Je ne sais pas… C'est juste que…

— Ne vous inquiétez pas, j'ai assez pour vous payer rubis sur l'ongle.

Ces paroles sardoniques n'auraient pas dû la blesser autant. Il est vrai qu'il la rétribuait pour avoir le droit de lui caresser l'épaule et de l'embrasser passionnément devant ceux à qui il voulait donner le change. Tout cela n'était qu'un simulacre. Pourtant l'effet de ses baisers était bien réel. Et cela n'avait pas de sens. C'est elle qui avait exigé qu'ils demeurent chastes !

Elle n'était pas Cendrillon. D'ici à un mois, elle s'envolerait pour l'Australie et sans doute ne le reverrait-elle plus jamais. Bien sûr, elle serait nantie d'un million de dollars et, pour une fille comme elle, cela s'apparentait déjà à un conte de fées. Elle n'allait pas se plaindre…

La voix d'Andréas la tira de ses réflexions.

— Ça suffit, venez.

Et sans plus attendre, il tira sur son nœud de cravate et se dirigea vers la porte située à l'autre bout du salon.

8

— Que… comment ça ? balbutia-t-elle.

Andréas poussa un profond soupir. Il devait avoir perdu l'esprit quand il avait engagé cette femme pour tenir le rôle de sa maîtresse. Cléo jouait aussi bien la comédie qu'un parpaing de ciment. Et cela continuerait tant qu'ils demeureraient de parfaits étrangers l'un pour l'autre.

— A votre avis ? rétorqua-t-il avant de lancer les clés de la voiture sur la table de chevet.

Debout sur le seuil de la chambre, elle le regardait avec incrédulité. Andréas s'assit sur le lit et entreprit d'enlever ses chaussures et ses chaussettes. Puis il se débarrassa de sa chemise.

— Vous êtes censée être ma petite amie. Pourquoi faut-il que vous fassiez un bond de trois mètres chaque fois que je vous touche ! jeta-t-il avec hargne.

— Parce que… parce que vous me prenez au dépourvu. Je ne peux pas m'en empêcher !

— Nous aurions dû coucher ensemble hier soir. Cela aurait grandement simplifié les choses. Nous serions vraiment amants et vous seriez bien plus à l'aise !

Son pantalon échoua par terre. Cléo aurait voulu le détester pour son arrogance, pour sa fortune et la certitude qu'il avait qu'un domestique allait passer derrière lui pour ramasser le vêtement. Mais elle n'y arrivait pas. Elle était trop fascinée par la vision de ses larges épaules, de ses pectoraux saillants et de son ventre plat.

— Je ne comprends pas. Je vous ai pourtant dit qu'il n'était pas question que nous dormions ensemble, protesta-t-elle.

— Faux. Vous avez proscrit les relations sexuelles, c'est tout. Je vous ai dit que parfois, nous serions obligés de partager le même lit. Alors venez, déshabillez-vous.

Cléo sentit sa bouche devenir sèche. Cette fois, elle était au pied du mur. Tandis qu'elle demeurait paralysée, Andréas disparut un instant dans la salle de bains adjacente. A son retour, il se figea en constatant qu'elle n'avait pas bougé d'un pouce.

— Vous avez l'intention de dormir tout habillée ? Remarquez, cela m'épargnera la vue de cet horrible pyjama en pilou.

Dans la foulée, il ôta son caleçon noir et apparut entièrement nu. Il était si beau que Cléo sentit le souffle lui manquer. On aurait dit un grand fauve qui se déplaçait avec souplesse et fierté dans un environnement qu'il maîtrisait parfaitement. Avec le plus grand naturel, il retroussa le drap et se glissa dessous.

Cléo avait la gorge nouée. Elle parvint à articuler :

— Hier j'ai dormi dans mon propre lit. Pourquoi est-ce impossible ce soir ?

— Hier, nous étions à Londres. Ici, vous devez jouer le jeu. Il n'y a qu'une chambre dans ma suite et, étant donné que les bureaux de mon entreprise sont localisés ici, je n'ai pas envie que le bruit se répande que ma maîtresse passe ses nuits sur le canapé du salon. Ne vous tracassez pas, je suis sûr de pouvoir résister à vos charmes.

Elle n'en doutait pas. Mais l'idée de partager son lit, étendue près de ce corps dénudé, suffisait à enflammer ses sens. Il pouvait peut-être résister à la tentation, mais elle n'était pas du tout certaine d'y parvenir, elle !

Il se redressa sur un coude.

— Je perds patience, Cléo. Allez-vous venir vous coucher ? Ou faut-il que je vous déshabille moi-même ?

La menace contenue dans sa voix la fit frémir. Elle secoua vivement la tête. « Allons, tu peux surmonter cette épreuve », s'encouragea-t-elle. Néanmoins, elle n'allait pas se dévêtir devant lui.

Tournant les talons, elle alla se réfugier dans la salle de bains, s'y enferma à double tour. Là, elle prit plusieurs minutes pour se calmer et rafraîchir ses joues brûlantes avec un peu d'eau du robinet. Evidemment, ses bagages n'avaient pas encore été apportés. Elle ôta son pantalon et son haut, demeura en soutien-gorge et culotte, puis s'enveloppa dans l'épais peignoir en velours qu'elle trouva accroché derrière la porte.

Elle ressortit dix minutes plus tard. Le plafonnier avait été éteint et seule la lampe de chevet diffusait une lumière tamisée. Andréas lui tournait le dos et semblait dormir.

Sur la pointe des pieds, elle s'approcha, hésita une seconde, prêta l'oreille pour distinguer le bruit de sa respiration. Oui, celle-ci était bien régulière. Cléo dénoua la ceinture du peignoir, le laissa glisser sur ses épaules. Voyant qu'Andréas ne bougeait toujours pas, elle s'enhardit, éteignit la lampe et se faufila sous la couverture. Une fois allongée, elle resta tout au bord du matelas, pour éviter de le frôler par mégarde, mais il ne réagit pas et continua de respirer à un rythme paisible.

Cléo ne put s'empêcher de dresser l'oreille de nouveau pour guetter ce son à la fois rassurant et troublant. Elle se sentait parfaitement idiote, terriblement naïve, et ce sentiment perdura alors que le sommeil s'emparait d'elle et l'emportait dans l'oubli.

Cléo se réveilla seule dans le grand lit chauffé par les rayons du soleil. Aussitôt, un sentiment d'incrédulité s'empara d'elle. Elle était vraiment là, dans cette chambre magnifique, blottie au fond d'un lit immense, au cœur de cette demeure ancestrale dressée sur une île grecque... Et cette nuit... cette nuit, elle avait dormi avec un milliardaire qui avait respecté sa part de contrat en s'interdisant de poser la main sur elle.

Un petit frisson la secoua. Quatre semaines, stipulait le contrat. Quatre semaines durant lesquelles elle pourrait partager le lit d'Andréas. Tout à coup, cette perspective lui semblait excitante et non plus effrayante. Des bribes de souvenirs lui revenaient à la mémoire : une main tiède sur sa hanche; le contact dur d'une cuisse contre la sienne; la brûlure d'un souffle sur sa nuque; et la pression de ses lèvres...

Elle avait dû rêver.

Alors qu'elle s'emparait du peignoir abandonné au pied du lit, l'horloge posée sur le manteau de la cheminée sonna. 10 heures! Même en comptant les deux heures de décalage horaire avec Londres, elle n'avait pas dormi aussi longtemps depuis une éternité. Elle ne s'étonnait plus qu'Andréas soit déjà levé et que son estomac criât famine. Elle n'avait rien avalé depuis leur légère collation prise à bord de l'avion.

Elle se dirigeait vers la salle de bains quand une tache de couleur d'un bleu électrique capta son attention à travers le rideau de mousseline qui dansait au gré de la brise devant la porte-fenêtre entrebâillée. Elle ne put résister à la tentation et s'approcha.

La vue lui coupa le souffle. Au-delà de la terrasse dallée de pierres blanches qui reflétaient la clarté aveuglante du soleil, on ne voyait que l'étendue azuréenne de la mer, scintillante, argentée. Santorin était célèbre pour sa beauté, et maintenant qu'elle se tenait devant ce panorama, Cléo comprenait pourquoi.

Cette île était le paradis sur terre.

— Ah, vous êtes levée ?

Elle se tourna et trouva Andréas sur le seuil de la porte, ses cheveux humides semant des gouttelettes sur sa chemise en coton blanc. Cléo le trouva une fois de plus magnifique et ressentit un émoi diffus à la pensée qu'ils avaient dormi l'un à côté de l'autre toute la nuit. Même s'il ne s'était rien passé.

— Je pensais que vous vous étiez mis au travail, dit-elle.

— J'avais certaines choses à faire avant.

Il s'approcha et, d'une main ferme, vint emprisonner la nuque de la jeune femme. Ses yeux se rivèrent à ses lèvres. Il l'attira vers lui. Cléo ferma à demi les yeux. Il allait l'embrasser… Et pourquoi pas, puisqu'elle en mourait d'envie et que la sensation de ses doigts sur sa peau la ravissait en secret ? Un baiser, ce n'était pas interdit par les termes de leur contrat, pas vrai ?

Mais il se redressa et laissa retomber sa main.

— Bien. Au moins vous n'avez pas sursauté comme un lapin, commenta-t-il.

— P… pardon ?

— D'habitude, quand je vous touche, vous faites un bond en arrière ou vous vous raidissez. Les choses s'améliorent. Vous serez peut-être plus convaincante dans votre rôle, aujourd'hui.

— Ah. Oui, sans doute.

Elle baissa les yeux sur ses pieds nus, glissa une mèche de cheveux derrière son oreille. Elle avait l'impression d'être une écolière morigénée par son professeur.

Andréas s'éloignait déjà.

— Si vous avez faim, le petit déjeuner sera servi sur la terrasse d'ici un instant.

— Je ne serai pas longue, promit-elle.

Rapidement, elle se doucha dans la somptueuse salle de bains aux robinets dorés à l'or fin, sous un jet d'eau qui donnait l'effet d'une pluie tropicale. Tout ce luxe…

Elle avait un travail et rentrerait bientôt chez elle. Elle n'allait pas réclamer en plus de la tendresse.

Lorsqu'elle émergea sur la terrasse un moment plus tard, vêtue d'une robe légère en coton vert amande et d'une paire de spartiates, tout sentiment de déception s'évapora. La vue était vraiment inoubliable. La côte s'incurvait et, de son point de vue, elle pouvait voir d'un bout de l'île à l'autre les hautes falaises sombres et les hameaux blancs accrochés à la roche. Avec les différents niveaux, on aurait presque dit une pièce montée saupoudrée de sucre glace.

La brise faisait voleter les boucles de Cléo. Elle s'approcha de la rambarde en fer forgé qui protégeait la terrasse, inspira l'air pur et délicieusement parfumé, tandis que son regard se perdait sur l'immensité bleutée. La lumière était fabuleuse, si différente de l'atmosphère londonienne ! Sur la droite et sur la gauche, elle apercevait les habitations de Fira, serrées les unes contre les autres. Çà et là, les bosquets de bougainvillées formaient des taches de couleur vive. Tout en contrebas de la falaise, dans un petit port charmant, des yachts ultramodernes côtoyaient des voiliers plus traditionnels.

Le tableau était vraiment idyllique. Cléo eut une pensée pour Kurt qui lui avait vanté la beauté de Santorin avec lyrisme. Mais elle l'oublia dans la foulée.

Elle n'était pas venue en simple touriste. Elle allait passer un mois entier ici.

Andréas venait d'apparaître sur la terrasse. Il s'approcha, glissa un bras sur les épaules de Cléo. Il jouait seulement la comédie pour la domestique en train de dresser la table du petit déjeuner, se dit-elle, refusant d'écouter son cœur qui s'emballait dans sa poitrine.

— C'est le plus bel endroit que je connaisse au monde ! affirma-t-elle dans un élan de sincérité.

Il eut un sourire heureux.

— Mon travail m'amène à voyager beaucoup, mais

c'est toujours un plaisir de rentrer, je l'avoue. Vous voyez ces îles, là-bas ? La plus grande est Théra. Et cette autre, c'est Thirassia. Quant à la toute petite, elle s'appelle Aspronissi.

— Et celle-ci ? s'enquit Cléo qui venait de remarquer une proéminence noirâtre émergeant des eaux.

— C'est le volcan, Néa Kaméni.

— Un volcan ?

Il rit devant sa réaction effarouchée.

— Le volcan s'est effondré lors d'une éruption, il y a des milliers d'années. Le cratère s'est rempli d'eau, ne laissant apparent que cet anneau d'îlots.

— Il n'y a plus aucun danger, n'est-ce pas ?

— Il n'y a pas eu d'éruption depuis plusieurs dizaines d'années.

— Mais... le volcan est toujours actif ?

— Il se reconstruit petit à petit. Parfois nous ressentons une secousse tellurique, ou le volcan laisse échapper quelques jets de vapeur. C'est tout. On est bien plus en sécurité ici que dans les rues de Londres, croyez-moi.

— C'est sans doute vrai, reconnut Cléo. Mais à Kangaroo Crossing, il n'y a rien de tel. Bien sûr, nous n'avons pas de tels paysages, il n'y a rien que de la poussière rouge et des touffes d'herbes jusqu'à l'horizon, mais au moins nous sommes sûrs que la terre ne nous réserve aucune mauvaise surprise !

— Vous n'avez donc pas d'araignées ou de serpents venimeux ? Je serais curieux de connaître cette partie de l'Australie !

Cléo ne put s'empêcher de rougir, puis sourit. Andréas l'entraîna vers la table.

— Mangeons, puis je retournerai travailler, dit-il. En suivant cette allée, vous tomberez sur une piscine si vous souhaitez vous rafraîchir un peu. Ou bien vous pouvez explorer la ville, si vous préférez. Croyez-vous que vous saurez vous débrouiller seule sans vous ennuyer ?

— Cela ira très bien, merci.

Un véritable festin avait été disposé sur la table. Il y avait là du yaourt grec et du miel, du fromage, des fruits, ainsi que tout un assortiment de pâtisseries orientales.

— Parfait, dit-il. Ce soir, nous irons admirer le coucher de soleil, et vous comprendrez tous les avantages qu'il y a à vivre au sommet d'une falaise, face à un volcan.

— Je le prends comme une promesse ! riposta Cléo.

Il lui répondit d'un sourire qui lui fit ridiculement plaisir, avant de s'éloigner.

Andréas se dirigea vers les bureaux de son entreprise, situés sur l'arrière de la maison. Le charme dépourvu de sophistication de Cléo lui plaisait de plus en plus. Elle l'amusait et ne cessait de le surprendre. Dire qu'elle s'alarmait à cause du volcan alors qu'elle venait d'un pays infesté de bestioles au venin mortel. C'était plutôt cocasse !

— Ah, te voilà enfin !

Perchée sur le plateau du bureau, Pétra avait croisé ses longues jambes. Son large sourire révélait deux rangées de dents étincelantes entre ses lèvres carmin.

— Ta mère a téléphoné, dit-elle encore.

Il remarqua sa jupe fendue qui laissait voir le haut de sa cuisse, une jupe qu'il ne lui avait encore jamais vu porter. Son imagination lui jouait-elle des tours, ou bien Pétra se mettait-elle en frais pour lui ? Son attitude de la veille l'avait déjà dérouté. Quant à sa tenue d'aujourd'hui…

— Elle a dit qu'elle attendait ta visite, qu'elle ne t'avait pas vu depuis une éternité, et que tu devais la rappeler.

— Autre chose ?

Pétra se rembrunit, et il se demanda de quoi elle et sa

mère avaient bien pu discuter encore. A cette heure de la matinée, en général, lui et Pétra faisaient une pause pour savourer un café. C'était leur petit rituel, et ils en profitaient pour discuter d'opportunités professionnelles. Pour Andréas, ces intermèdes agrémentaient simplement leur journée de travail, mais Pétra y avait peut-être vu autre chose ?

Elle se redressa, lissa sa jupe de la main, puis ajusta son haut qui révéla un peu plus son décolleté. Elle était si éloignée de l'ingénue Cléo qu'il eut presque pitié d'elle. Cléo n'avait pas besoin de toutes ces petites roueries féminines pour attirer l'attention sur elle. Il l'avait remarquée alors qu'elle n'était pas du tout à son avantage, car sa beauté était avant tout naturelle, simplement enfouie sous le manque d'assurance. Il la trouvait attendrissante. La savoir dans son lit, tout près de lui, la veille, alors qu'il n'avait pas le droit de la toucher, avait été une véritable torture. Il avait attendu qu'elle s'assoupisse pour se rapprocher et venir respirer le parfum frais de savon sur sa peau. Sans même s'en rendre compte, elle avait arqué le dos, s'était imbriquée contre lui, et il lui avait alors fallu faire preuve d'une grande maîtrise pour ne pas la retourner et capturer ses lèvres dans le baiser fiévreux qu'il rêvait de lui donner.

La voix de Pétra l'arracha à ce souvenir troublant.

— Tu n'as pas oublié la réception de Constantine Kalistos, ce soir ? Je suppose que Cléo t'y accompagnera. Sinon, nous pouvons toujours y aller ensemble et…

— Bien sûr que j'emmène Cléo, la coupa-t-il.

Pétra frémit et, sans un mot de plus, quitta le bureau. Andréas se laissa tomber sur sa chaise avec un soupir. Il s'était montré grossier. Que lui arrivait-il donc ? Quant à cette réception, dûment notée dans son agenda, il l'avait complètement oubliée. Il n'avait aucune envie de s'y rendre et aurait préféré de loin admirer le coucher de soleil avec

Cléo, comme il le lui avait promis. Mais Kalistos était peut-être son futur associé, leur projet d'unir leurs deux sociétés était presque achevé, et il ne pouvait décemment pas échapper à cette obligation.

Quant à savoir si Cléo ferait une petite amie convaincante devant une cinquantaine d'invités… c'était une autre histoire.

De toute sa vie, jamais Cléo ne s'était sentie aussi nerveuse. Elle avait trouvé bizarre que Mme Bernadette lui sélectionne autant de robes de soirée, alors qu'elle pensait ne pas avoir tellement d'occasions de sortir durant son séjour en Grèce. Mais à peine arrivée, voilà qu'elle devait assister à une fête !

Leurs projets pour la soirée étaient tombés à l'eau. Andréas s'était excusé et, en fin d'après-midi, avait envoyé un coiffeur s'occuper d'elle dans leur suite. L'homme de l'art avait réalisé un chignon noué haut sur la tête, d'où s'échappaient quelques boucles qui se balançaient avec effronterie dans sa nuque. Avec sa robe drapée d'un blanc presque argenté qui scintillait à chaque pas, elle avait un peu l'air d'une vestale. Mais la perfection de sa mise n'avait pas suffi à lui donner de l'aplomb.

Andréas l'avait accueillie avec un long sifflement admiratif lorsqu'elle l'avait rejoint. Aussitôt, des petits papillons s'étaient mis à danser dans son ventre. Et ce sentiment de malaise ne s'était pas arrangé depuis qu'ils roulaient à bord de l'Alfa Romeo en direction du port.

— Constantine Kalistos est un homme d'affaires avisé doublé d'un fin politicien, lui apprit-il. Il est aussi armateur. Je lui ai proposé d'unir nos forces et nous sommes presque parvenus à une entente. C'est pour cette raison que je ne peux me permettre de refuser son invitation. C'est un hôte charmant, mais je ne veux surtout pas l'offenser.

Cléo absorba toutes ces informations qui ne firent qu'accroître sa nervosité. Bientôt, leur voiture s'immobilisa sur un quai, devant la silhouette longiligne d'un yacht illuminé de lampions et de guirlandes lumineuses qui dansaient dans la nuit. De la musique s'élevait, troublée par instants par le « pop » joyeux d'un bouchon de champagne. Des limousines et voitures de sport garées sur le quai émergeaient des couples élégants. Les femmes arboraient des bijoux scintillants de mille feux.

Oh Seigneur ! songea Cléo. Le bateau le plus grand dans lequel elle soit montée était un canoë. A Kangaroo Crossing, elle n'avait assisté à aucune fête plus sophistiquée que la kermesse annuelle, où l'on venait plus volontiers en bottes de caoutchouc qu'en nœud papillon. Elle déglutit avec peine. Une chose était sûre, elle ne trouverait pas de bottes en caoutchouc à bord de ce yacht !

Andréas vint lui ouvrir la portière et prit d'autorité sa main dans la sienne.

— Détendez-vous, tout ira bien, assura-t-il. Et souriez !

Cléo s'efforça d'obéir. Ils franchirent la passerelle et furent bientôt salués par les autres invités qui, pour la plupart, connaissaient bien Andréas. Ils gratifièrent Cléo de regards curieux, quoique amicaux. Sans doute se demandaient-ils ce qu'une fille de Kangaroo Crossing faisait sur ce yacht, en compagnie de l'homme le plus séduisant de l'île…

— Oui, qu'y a-t-il ? lui demanda tout à coup Andréas, avant d'expliquer devant son regard interrogateur : J'ai cru que vous vouliez quelque chose, vous m'avez pressé le bras.

— Je n'ai pas fait exprès. Tout va bien.

Leurs regards se nouèrent, et quelque chose passa entre eux, une sorte de courant magnétique, une onde chaleureuse qui contamina Cléo et se répandit dans son corps pour électriser chacune de ses cellules. Elle était sûre qu'Andréas l'avait ressentie également. Elle était bien obligée de reconnaître qu'il lui plaisait de plus en plus. D'accord, ils étaient liés par un contrat, mais quel mal y avait-il à s'attacher un peu — un tout petit peu — à lui ?

Quelqu'un lui mit une coupe de champagne dans la main, au moment où l'équipage remontait l'ancre et retirait les amarres. Bientôt, le yacht quitta le petit port pour se diriger vers la haute mer qui miroitait sous la lune. Il devait effectuer une petite croisière entre les îles, comme l'expliqua Andréas à Cléo, qui sentit une appréhension nouvelle l'envahir. Elle n'avait guère le pied marin...

Andréas lui présenta un nombre incalculable de gens fort aimables qui semblaient parfaitement à leur aise sur un bateau, même les femmes juchées sur les talons les plus vertigineux. Prudente, Cléo se contenta de tremper ses lèvres dans sa coupe de champagne, avant de prendre un verre d'eau. Mais plus le bateau avançait, plus le roulis s'accentuait, même s'il demeurait léger. Bientôt, elle sentit son malaise s'accentuer. Des gouttes de transpiration perlèrent à son front.

Sa main se crispa sur la manche d'Andréas.

— Andréas, je ne me sens...

— Ah, vous voici, Andréas ! s'exclama une voix joviale près d'eux.

Cléo s'écarta tandis que les deux hommes se donnaient une franche accolade. Pouvait-elle s'éclipser un instant pour se baigner le visage d'eau fraîche ? Mais le petit homme grassouillet qui venait de saluer Andréas reportait déjà son attention sur elle.

— Constantine, permettez-moi de vous présenter Cléo Taylor qui nous arrive d'Australie.

Avec galanterie, le Grec prit la main de Cléo.

— Enchanté de faire votre connaissance, Cléo. Dites-moi, que pensez-vous de mon petit canot ? Je viens de l'acheter.

Cléo eut l'impression que ses jambes allaient se dérober sous elle. Son estomac se révoltait. D'un geste saccadé, elle fourra son verre entre les mains d'Andréas et, dans une brusque volte-face, se précipita vers les toilettes.

9

Un désastre, songeait Andréas en se remémorant le regard consterné de Constantine, quand ils étaient montés à bord de l'annexe qui les avait ramenés au port. Et la mine narquoise de Pétra qui les attendait sur le quai n'avait rien arrangé.

Pourquoi diable avait-il dépensé un million de dollars pour engager cette catastrophe ambulante ?

Tenant ses chaussures d'une main, Cléo gagna la salle de bains où elle se bassina les tempes, avant de poser le gant de toilette humide sur son front. Elle se brossa les dents longuement, but un peu d'eau. Les frissons et la nausée s'étaient peu à peu apaisés dès qu'ils avaient rejoint la terre ferme. Durant le trajet en voiture, Andréas avait gardé un silence obtus, mais elle ne doutait pas un seul instant qu'il laisserait bientôt exploser sa colère.

Elle savait bien qu'elle n'avait fait que le décevoir. Et sans doute allait-il rompre leur contrat. Elle ne pourrait guère l'en blâmer. Elle avait pourtant essayé de le prévenir qu'elle n'était pas la personne qu'il fallait.

Proche des larmes, elle renifla face au miroir, avant de se résoudre à passer dans la chambre. Andréas l'attendait, assis sur le lit. A peine eut-elle franchi le seuil qu'il demanda d'une voix sévère :

— Pourquoi ne m'avez-vous pas dit que vous aviez le mal de mer ?

— Parce que je n'en savais rien, répondit-elle, misérable.

— Comment cela ? s'exclama-t-il d'un air incrédule.

— C'était la première fois que je montais à bord d'un vrai bateau. Là d'où je viens, il n'y en a pas. Mais nous avons évité le pire, non ?

— Vous croyez ?

— J'aurais pu être malade devant tout le monde. Dieu merci…

— Cela n'aurait pas changé grand-chose, pour le bénéfice que je vais retirer de cette soirée !

Il s'était levé et, lui tournant le dos, il entreprit de se déshabiller. Cléo ferma les yeux, mais les larmes qu'elle retenait depuis longtemps débordèrent pour rouler sur ses joues.

— Je sais, dit-elle dans un souffle. J'ai été lamentable, et je suis désolée. Mais cela ne se reproduira plus, je vous le promets. Je vais m'en aller et…

Torse nu, il lui fit face.

— Vous en aller ? Certainement pas ! Qu'est-ce qui vous prend ?

— Je suis incapable de respecter notre accord, Andréas. Il vaut mieux que je rentre chez moi…

— Vous avez signé un contrat !

— Mais je suis nulle ! Vous le savez bien, je…

— Non, pas du tout !

Il avait répondu sans réfléchir. Pourtant, lui aussi avait pensé la même chose tout à l'heure. Il était furieux, alors, et pourtant sa colère s'était évanouie d'un coup. Comment expliquer ce mystère ? Il savait seulement qu'il était exclu de la laisser partir et sortir de sa vie.

— Vous avez toutes les raisons d'être fâché contre moi, reprit-elle. Je vous ai dit que je n'avais pas les qualités nécessaires. Je faisais le ménage. Je suis mauvaise actrice. J'ai le mal de mer. Je suis tout sauf valorisante pour vous…

Elle ne put continuer car Andréas venait de la bâillonner d'un baiser. Ses bras se refermèrent sur elle et, avant qu'elle ne songe à protester, il l'attira contre son torse puissant.

Puis il abandonna sa bouche pour chuchoter :

— Je ne vous trouve pas nulle du tout, Cléo. J'ai très envie de vous. Je voudrais vous faire l'amour.

— Mais... mais..., bredouilla-t-elle, prise de vertige.

— Cela n'a rien à voir avec notre contrat. C'est entre vous et moi. Je vous en prie, laissez-moi vous faire l'amour.

Il ne jouait pas selon les règles. Il trichait, et elle devait le repousser. Sauf qu'elle n'en avait aucune envie. Son baiser l'avait littéralement grisée. Ses mains, qui s'aventuraient maintenant sur sa poitrine, l'embrasaient tout entière. Il reprit sa bouche et elle sentit qu'elle était perdue. Un gémissement lui échappa quand il pinça délicatement la pointe de son sein à travers le tissu léger de sa robe. Alors, il la souleva pour l'emporter vers le lit.

Cléo eut vaguement conscience du matelas qui s'affaissait sous leur poids, du chuintement du zip de sa robe dans son dos. Elle avait noué ses bras autour du cou d'Andréas, se raccrochait à lui comme une noyée à sa bouée tandis qu'il la dépouillait avec habileté de tous ses vêtements.

Bientôt elle fut nue contre lui.

Oh mon Dieu !

La panique l'envahit, en même temps que des sensations délicieuses fleurissaient en elle. La main d'Andréas quitta ses seins pour caresser son ventre et se glisser entre ses cuisses. Elle poussa un cri léger lorsqu'il explora la moiteur de son sexe, déclenchant un éclair de plaisir fulgurant. Ses doigts s'attardèrent sur le point le plus sensible. La tension monta, monta, puis, quand il happa son téton entre ses lèvres pour exercer une pression délicate de ses dents, Cléo eut l'impression que le monde se volatilisait dans une explosion de couleurs et de sensations.

Haletante, elle n'était pas encore tout à fait remise lorsqu'elle sentit qu'il lui écartait les jambes pour se positionner au-dessus d'elle. Son érection pressée contre sa chair sensible lui parut énorme, mais elle était prête à le recevoir.

Tout à coup, il s'immobilisa.

— Tu pleures ? Je t'ai fait mal ? s'exclama-t-il.

A contrecœur, Cléo rouvrit les yeux. Elle secoua la tête et chuchota :

— Je suis désolée... je ne savais pas...

Andréas la considéra un instant avec perplexité, puis le jour se fit dans son esprit. Il s'écarta dans un sursaut, tendit le bras vers le peignoir posé sur le montant du lit.

— Tu es vierge ! lança-t-il d'un ton accusateur. *Vlaka !* J'aurais dû m'en douter !

Il enfila le peignoir, noua la ceinture d'un geste sec. Quel imbécile il était ! Pas étonnant qu'elle ait réagi de manière si bizarre. Elle n'avait jamais été touchée par un homme ! Une vierge. Bon sang, c'était bien la dernière chose dont il avait besoin !

— Tu m'as dit que tu avais couché avec plein d'hommes ! Tu m'as menti !

— Non... enfin, pas tout à fait. Je ne suis pas vierge, je te le jure.

— Mais c'est la première fois qu'un homme te donne un orgasme, n'est-ce pas ? Alors dis-moi, avec combien d'hommes as-tu couché ?

Ecarlate, elle s'était recroquevillée au bout du lit, entourant de ses bras ses jambes repliées.

— Combien, Cléo ?

— Un seul, finit-elle par avouer à voix basse.

— Et pourquoi n'en as-tu rien dit ?

— Parce que ce n'est pas vraiment glorieux d'admettre que sa vie sexuelle est un désert ! Et l'expérience a été tellement ratée que je préfère ne pas y penser. Et puis, nous ne devions pas avoir de relations intimes...

Andréas avait une terrible envie de la secouer comme

un prunier. En même temps, la lueur désespérée dans les grands yeux bleus le bouleversait malgré lui. Il se radoucit et s'approcha d'elle.

— Qui était cet homme ?

— Un type sans importance.

Mais son expression criait le contraire.

— Il t'a fait souffrir ?

— Il s'est moqué de moi. Je ne comptais pas à ses yeux. Il a pris son plaisir et puis… bye-bye !

— Alors, il ne méritait pas le cadeau que tu lui as fait, murmura Andréas en lui caressant la joue.

Elle leva sur lui ses yeux noyés de larmes.

— Je suis désolée. Je n'ai pas du tout l'expérience requise pour tenir le rôle que tu m'as confié.

Andréas la dévisagea. Un lent sourire se dessina finalement sur sa bouche et il répondit :

— Tu as raison. Et il est temps que nous remédions à cet état de fait, tu ne trouves pas ?

Cléo n'eut pas le temps de saisir le sens de ses paroles. De nouveau, il l'avait prise dans ses bras et sa bouche réclamait la sienne. Aussitôt, comme par magie, le brasier se raviva en elle, tandis qu'un bonheur sans mélange s'emparait d'elle. Il ne la repoussait pas. Il avait toujours envie d'elle !

Enivrée, elle sentit qu'il se débarrassait du peignoir. Puis il sema une pluie de baisers sur ses seins et son ventre. Comme il lui écartait les cuisses et descendait plus bas encore, elle se raidit légèrement.

— Fais-moi confiance, chuchota-t-il.

Alors elle s'abandonna, car elle ne pouvait pas faire autrement. Quand sa bouche et sa langue lui donnèrent la plus délicieuse des caresses, elle ne put retenir une plainte éperdue. Elle ignorait qu'on pût éprouver des sensations aussi intenses.

Andréas attendit que la jouissance l'ait emportée une

fois encore avant de la pénétrer d'une longue poussée. Cléo ne ressentit aucune douleur, seulement le sentiment qu'elle était enfin complète, comme si jusqu'alors elle n'avait fait que chercher sa moitié. Andréas commença à aller et venir en elle. Elle se croyait comblée, mais bien vite, ce fut comme si son corps, cellule après cellule, se ranimait. Cramponnée aux larges épaules d'Andréas, elle se laissa de nouveau porter par la vague qui déferlait…

Et cette fois, elle atteignit l'extase en même temps que lui.

Cléo était endormie à son côté. Adossé contre l'oreiller, Andréas se remettait peu à peu de sa surprise. En dépit de son innocence, la jeune femme avait répondu à ses caresses d'une manière extraordinaire. Il avait l'impression d'avoir vécu une expérience hors du commun, très éloignée de ses aventures habituelles. Et il considérait maintenant les quelques semaines à venir sous un jour nouveau. Comme ce serait agréable d'initier Cléo au plaisir ! Il savait déjà qu'elle se révélerait une élève douée et qu'ils passeraient ensemble des moments inoubliables.

Et, quand finalement elle repartirait chez elle, Pétra aurait compris le message et cesserait de vouloir lui imposer une relation dont il ne voulait pas.

Avec un soupir satisfait, il se félicita encore une fois d'avoir signé ce contrat avec Cléo. Oui, les quelques semaines à venir s'annonçaient réjouissantes. Et ensuite, il reprendrait sa vie normale.

10

Andréas se leva tôt pour travailler le lendemain matin. Il voulut tout d'abord joindre Constantine pour tenter d'arranger les choses, mais celui-ci ne prit pas son appel et, frustré, il se plongea dans la lecture d'un dossier qui l'attendait depuis son voyage à Londres.

Plusieurs minutes s'écoulèrent avant qu'il ne relève la tête. Il n'avait pas compris un traître mot de ce qu'il venait de lire. Irrité, il referma le dossier, le jeta sur son bureau et s'approcha de la baie vitrée qui donnait sur la mer.

Que faisait Cléo ? Dans sa tête défilaient les images de leur nuit torride. Avait-elle l'intention de sortir explorer Fira ? Mais elle ne parlait pas le grec. Comment allait-elle s'en sortir ?

Il chercha à la joindre par téléphone, mais un domestique l'informa que la « jeune demoiselle » avait quitté la maison un peu plus tôt. Andréas demanda à être prévenu de son retour.

Une heure plus tard, il n'avait presque pas avancé. Résigné, il s'empara d'un nouveau dossier et tâcha de mieux se concentrer. Ensuite, il signa quelques documents avant d'aborder un projet qui lui tenait particulièrement à cœur.

Constantine n'avait toujours pas rappelé. Et toujours pas de nouvelles de Cléo. Combien de temps lui fallait-il donc pour faire les magasins ? Il n'y avait pas tant de boutiques à Fira…

A 16 heures, n'y tenant plus, il quitta son bureau sous l'œil ahuri de Pétra pour rejoindre ses appartements. Là, à sa grande surprise, il trouva Cléo en peignoir, sur le point de prendre une douche.

— Où étais-tu ? Tu es partie depuis une éternité. Tu n'as pas été faire de shopping, constata-t-il en voyant que nul sac ne traînait dans la pièce.

Le visage de la jeune femme s'était illuminé à sa vue.

— Fira est splendide ! Ces petites rues, ces maisons adorables... Et ces portails magnifiques ! On dirait qu'ils sont tous différents et méritent de retenir l'attention. Avec un peu de chance, on aperçoit les maisons et on comprend qu'ils protègent un petit paradis.

Son enthousiasme était désarmant et contagieux. Andréas sentit son irritation fondre et lui rendit son sourire. Lui-même était habitué depuis longtemps à ce décor devant lequel elle s'émerveillait. Son œil s'était blasé, mais il était enchanté d'entendre Cléo s'extasier devant les merveilles de Santorin.

La jeune femme était intarissable.

— J'ai vu des ânes avec des harnais décorés de rubans et de perles qui acheminent les gens jusqu'au port. Ils sont adorables mais si petits... les pauvres ! J'ai préféré marcher et... je me suis retrouvée devant le musée d'archéologie.

Andréas lui jeta un regard perplexe. Santorin était réputée pour ses bijoux en or. En général, ses petites amies n'oubliaient jamais d'aller faire leurs emplettes chez les orfèvres locaux. Mais visiter le musée... ça, c'était une première !

— Tu as été au musée ?

— Je m'intéresse au passé de l'île et j'ai été bien inspirée. C'était passionnant. L'histoire de Santorin est si riche ! Il y a plusieurs siècles, une ville tout entière a été enfouie sous les cendres du volcan, un peu comme Pompéi. On a retrouvé des urnes, des poteries et tout un tas d'autres articles d'artisanat qui sont exposés là-bas.

Ses grands yeux bleus brillaient, ses joues s'empourpraient sous l'effet de l'excitation. Soudain, Andréas eut envie d'elle. Ici. Tout de suite.

Elle le comprit également et son expression se modifia. Il vit sa poitrine se soulever à mesure que sa respiration s'accélérait. L'air parut crépiter autour d'eux.

— Andréas...

La seconde suivante, elle était dans ses bras et ils basculaient sur le lit.

La tendresse de la veille était oubliée. Cette fois, la même urgence les possédait. Cléo s'attaqua aux boutons de sa chemise et à la ceinture de son pantalon, tandis qu'il lui dévorait la bouche de baisers avides. Puis il plongea en elle, se perdit dans sa douceur féminine et la posséda dans une étreinte presque primitive qu'elle encouragea de ses gémissements.

Andréas poussa un cri sourd au moment de l'ultime coup de reins qui les emporta tous deux au nirvana... puis il retomba sur le corps brûlant de Cléo. Il était à bout de souffle, ébloui et pourtant furieux contre lui-même. Il n'avait pas réussi à se contrôler. Ce n'était vraiment pas la façon de procéder avec une femme manquant totalement d'expérience !

Mais Cléo semblait aussi satisfaite que lui.

— Ouah... ! dit-elle dans un souffle, les yeux clos.

— J'ai été trop brutal ? Je t'ai fait mal ? s'inquiéta-t-il.

— Non, non. C'est juste... Ouah !

Une bouffée d'orgueil envahit Andréas. Il était toujours en elle mais ne cherchait pas à se dégager, parce qu'il était bien et ne voulait pas mettre de la distance entre eux. Doucement, il lui embrassa la tempe. Puis il s'intéressa à la courbe d'un sein qu'il cueillit au creux de sa paume.

— As-tu remarqué les femmes sur les fresques murales ? La façon dont elles sont représentées ? demanda-t-il.

— Oui. Elles sont seins nus.

— Les Minoens célébraient la vie et la nature dans tout ce qu'elles avaient de beau. Tes seins sont... magnifiques ! A cette époque, on t'aurait vénérée comme une déesse. Une déesse blonde venue des confins du monde...

Il inclina la tête pour saisir entre ses lèvres un téton couleur framboise et le mordiller. Cléo soupira et, une fois de plus, il s'enchanta de la sentir si réceptive à ses caresses. Son propre désir était en train de renaître, alors qu'ils venaient de faire l'amour passionnément !

Cette fois, leur étreinte fut langoureuse. Et Andréas éprouva un plaisir plus étourdissant encore. Ce n'est que lorsqu'il se retira d'elle pour la contempler dans sa nudité sublime qu'une pensée perturbante vint faire voler en éclats son bien-être.

Il n'avait pas utilisé de contraceptif.

Atterré, il se maudit intérieurement. *Vlaka !* Il s'était comporté comme un adolescent en rut ! Mais Cléo l'avait rendu fou, fou de désir, au point qu'il n'avait pas réfléchi et avait totalement oublié de prendre la moindre précaution.

— Cléo... Est-ce que tu es dans une période dangereuse ?

Elle mit quelques secondes à comprendre ce qu'il entendait par là. Nageant en pleine euphorie, elle était si loin de ces considérations pragmatiques ! Seigneur, quand avait-elle eu ses règles pour la dernière fois ? Deux semaines plus tôt... ou était-ce trois ?

— Je... je ne sais pas... Il faut que je calcule...

— Eh bien, fais-le. Vite !

La mine sombre, il se releva pour rassembler ses affaires.

— Tu réagis comme si c'était ma faute, lui reprocha-t-elle en se pelotonnant sous la couverture.

Il ne répondit pas. Dans un sens, c'était vrai. Aucune fille ne lui avait jamais fait perdre la tête ainsi. Mais il savait bien en réalité qu'il était le seul responsable. Cléo n'avait pas de relations sexuelles régulières, elle ne prenait donc pas la pilule, et c'est lui qui aurait dû penser à la protéger.

— Tu as raison, je te demande pardon, lui dit-il d'un ton contraint. Mais mes excuses ne serviront pas à grand-chose si jamais tu te retrouvais enceinte.

Enceinte. Le mot résonna dans la tête de Cléo et prit tout son sens. Après cette transe sensuelle, l'atterrissage était brutal. Enceinte. Seigneur, pas étonnant qu'Andréas soit furieux. Non, ce n'était pas possible. La vie ne pouvait pas se montrer aussi injuste, alors qu'elle allait rentrer chez elle d'ici à quelques semaines...

Mais connaissant sa chance légendaire...

Elle eut toutes les peines du monde à déglutir à travers sa gorge serrée d'angoisse. Elle s'imaginait déjà de retour en Australie, enceinte et célibataire. Une fois de plus, l'archétype de la ratée...

Quoique.

Elle avait beau s'en défendre, cette idée ne soulevait pas en elle la terreur qu'elle aurait dû. Elle lui réchauffait même un peu le cœur. C'était totalement irresponsable de sa part, mais si elle quittait la Grèce alors que grandissait en son sein l'enfant d'Andréas... elle aurait au moins quelque chose de lui à chérir pour les années à venir. Et puis, grâce à lui, elle aurait au moins les moyens d'élever cet enfant. Ce ne serait pas si grave, finalement.

Etait-ce mal de raisonner ainsi ?

De toute façon, elle n'était sûre de rien pour l'instant.

Elle releva la tête.

— Nous aviserons le cas échéant. Et n'aie crainte, je ne me crois pas dans un conte de fées. Je sais qu'il y a une date butoir à notre contrat et je n'exigerai rien de toi dans tous les cas de figure.

Andréas hocha la tête et disparut dans la salle de bains.

Sous le jet de la douche, il réfléchissait. Il avait bien vu que la jeune femme avait été blessée par son attitude. Et le plus perturbant, c'était que cela le dérangeait. Il ne voulait pas la faire souffrir. Il aurait dû être tranquillisé de l'entendre affirmer qu'elle n'attendait rien de lui, or il se sentait vaguement ulcéré… comme si elle l'avait rejeté. Ce n'était pas logique. Quelque chose clochait chez lui.

Il leva son visage vers le jet d'eau, se savonna avec énergie. Il allait se racheter, résolut-il. Pétra pouvait bien tenir le fort quelques jours, pendant qu'il faisait visiter Santorin à Cléo. Il allait lui consacrer un peu de temps.

Après tout, s'ils n'avaient qu'un mois devant eux, autant en profiter au maximum.

Les jours suivants passèrent à la vitesse de l'éclair. Andréas fit tout d'abord une surprise à Cléo en lui proposant une croisière autour de l'île. Une croisière le long des côtes et sur une eau paisible, pour ne pas la rendre malade.

A chaque escale, il se révéla un guide passionnant. Ils commencèrent leur exploration par la ville d'Oia, perchée à l'extrémité de l'île, déambulèrent dans les venelles pittoresques, visitèrent les églises aux dômes bleus étincelants, les élégants vestiges de l'occupation vénitienne, et les moulins aux ailes blanches.

Puis, main dans la main, ils gravirent les pentes du mont Mesa Vouno pour atteindre les ruines du site de l'ancienne Théra. Cheveux au vent, Cléo contemplait, fascinée, ces vestiges des civilisations grecques et romaines. Ici avaient réellement vécu des gens, des milliers d'années plus tôt. Ils avaient laissé leur empreinte dans la terre, sur les murs et les colonnes qui se dressaient encore, et sur les gravures qui ornaient la roche. Ces dernières représentaient des aigles, des dauphins et des hommes aux traits rudes et altiers. Andréas aurait pu être l'un de ces derniers. Il possédait la même beauté virile.

— A quoi penses-tu ? la questionna-t-il après avoir surpris son regard sur lui.

— Je viens de prendre une décision. Quand je serai rentrée chez moi, je vais reprendre mes études ! Je veux faire de l'archéologie et tout apprendre des civilisations anciennes.

Heureuse, elle éclata de rire, et il l'imita, gagné par sa joie de vivre. Il pensait cependant que ces belles résolutions seraient vite oubliées quand elle serait de retour chez elle, de l'autre côté de la planète.

Ils déjeunèrent dans un *kafenío* du village voisin, de fruits de mer et de légumes grillés, nourriture simple et saine qui parut divine à Cléo. Ensuite, ils longèrent la plage de sable noir pour une longue promenade. Et le soir venu, ils admirèrent le coucher du soleil dont le disque flamboyant noyait l'horizon d'or et de pourpre.

Cela devint un rituel. Les jours suivants, où que les mènent leurs pérégrinations touristiques, ils revenaient contempler ce spectacle féerique qui laissait chaque fois Cléo sans voix.

Il ne restait plus que deux semaines et quatre jours. Ces derniers temps, Andréas avait déserté le bureau. Il éprouvait un désintérêt singulier pour des dossiers qui, quelque temps plus tôt, auraient absorbé toute son énergie. Mais il en avait assez de tout ce stress et il apprenait enfin à déléguer afin de passer plus de temps avec Cléo.

Un matin, il reçut un appel de sa mère.

— J'allais justement te téléphoner, prétendit-il.

— Il faut que je te parle, Andréas.

Le ton péremptoire le fit sourire.

— Je t'écoute.

— Pas au téléphone. Je t'attends à Athènes. J'ai des nouvelles à te communiquer.

— Que se passe-t-il ?

Il y eut quelques secondes de silence, puis sa mère répéta, catégorique :

— Je t'attends à Athènes.

La brise marine soufflait sur la terrasse inondée de soleil et la rafraîchissait agréablement. Etendue sur une chaise longue à l'ombre d'un parasol, Cléo lézardait au bord de la piscine, une revue d'archéologie à la main. Après avoir fait des longueurs pendant une demi-heure, elle se sentait détendue et d'humeur paresseuse. Il fallait bien faire passer le temps puisque Andréas ne devait revenir que le lendemain.

Elle avait été très déçue lorsqu'il lui avait annoncé qu'il partait en hélicoptère pour Athènes et qu'il serait absent quarante-huit heures. Elle s'était tellement habituée à vivre auprès de lui ! Toutes les nuits, ils faisaient l'amour, et désormais elle n'avait plus à se soucier de jouer la comédie : elle était devenue la compagne d'Andréas.

Frissonnant au souvenir de leurs nuits passées, elle abandonna sa lecture, ferma les yeux dans un soupir. Elle n'était plus la même depuis qu'ils étaient amants. Andréas avait fait d'elle une vraie femme, sensuelle, gourmande. Il avait su libérer des émotions dont elle ne se savait pas capable.

— *Kalimera*. J'espère que je ne vous dérange pas.

La voix de Pétra la ramena à la réalité. Cléo rouvrit les yeux, se redressa. La collaboratrice d'Andréas venait de faire son apparition sur la terrasse, son corps svelte offert aux regards par la magie d'un Bikini blanc et de la jupette coordonnée qui tranchait sur sa peau dorée, et dont la coupe faisait paraître ses jambes interminables.

— *Kalimera*, la salua Cléo avec un sourire hésitant.

Elle savait la jeune femme hostile, et en sa présence,

elle se sentait toujours gauche, mal fagotée. Son maillot de bain bleu et vert lui allait pourtant à merveille et accentuait l'éclat de ses yeux, mais c'était plus fort qu'elle : sous l'œil acéré de Pétra, elle perdait son aplomb.

Feignant de vouloir sécher ses cheveux humides, elle attrapa une serviette et s'en couvrit à demi.

— Je peux ?

Sans attendre la réponse, Pétra ôta l'agrafe de sa jupette et l'abandonna sur le transat voisin. A la vue de ce corps splendide, ferme et bronzé, Cléo se sentit aussitôt disgracieuse.

— Vous ne travaillez pas aujourd'hui ? s'étonna-t-elle.

— J'ai du travail par-dessus la tête depuis qu'Andréas est parti, mais je me sens un peu patraque ce matin et j'ai pensé qu'un petit bain me ferait du bien avant mes rendez-vous de cet après-midi.

Elle avait posé sa main à la manucure parfaite sur son ventre plat et musclé. Cléo se mordit la lèvre. Cette fille n'avait donc aucun défaut ? Elle ne put s'empêcher de suivre du regard la silhouette longiligne, alors que Pétra descendait les marches de la piscine, puis se jetait à l'eau d'un mouvement gracieux pour enchaîner plusieurs longueurs dans un crawl impeccable.

— C'était merveilleux ! s'exclama-t-elle lorsqu'elle revint s'étendre sur la chaise longue sans prendre la peine de se sécher. Et puis, je suis contente de pouvoir discuter un peu avec vous. Nous avons à peine eu le temps de nous croiser. Andréas est très égoïste de vous garder pour lui tout seul. Au fait, j'adore votre maillot de bain. Cette couleur vous va à ravir.

— Merci, murmura Cléo, ébranlée.

Pétra semblait sincère. L'avait-elle mal jugée ? Il est vrai qu'elle n'avait échangé que quelques mots avec elle, juste après leur voyage en avion, alors qu'elle était fatiguée, anxieuse. Peut-être avait-elle imaginé son animosité ?

— L'Australie m'a toujours fascinée. Parlez-moi de l'endroit où vous vivez.

Avec un tel sujet, Cléo se sentait en terrain sûr. Et cela lui faisait plaisir d'évoquer son pays et les siens, un monde diamétralement opposé aux îles grecques. Pétra se mit à rire lorsqu'elle évoqua les étendues de poussière rouge seulement parcourues par des kangourous bondissants. Cléo se détendit peu à peu. C'était bon de bavarder ainsi. La complicité entre femmes lui manquait.

— Ce doit être un pays extraordinaire à visiter. Mais Andréas m'a dit qu'il vous avait rencontrée à Londres. Que faisiez-vous là-bas ?

— Rien de glorieux, croyez-moi !

— Vous m'intriguez. Racontez-moi.

— C'est tellement bête… J'ai honte quand j'y repense.

— Je vous promets que cela restera entre nous, assura Pétra en lui tapotant amicalement le bras.

Mise en confiance, Cléo parla de Kurt, de leurs échanges sur internet, de ce voyage décidé sur un coup de tête, de ses désillusions.

— Et vous vous êtes retrouvée seule, coincée à Londres ?

— J'avais seulement pu m'offrir le billet aller. Par acquit de conscience, ma grand-mère m'avait avancé l'argent du billet de retour. Comme je n'avais pas de compte en banque à Londres, Kurt m'a proposé de verser cette somme sur le sien…

— Il vous a dépouillée ? Quel triste individu ! Croyez-moi, vous êtes bien mieux ici, loin de lui.

— Je sais.

Cléo soupira. Discuter lui avait fait du bien, elle avait un poids en moins sur la poitrine.

— Heureusement, vous avez fait la connaissance d'Andréas. C'est tombé à pic, poursuivit Pétra.

— C'est vrai, reconnut Cléo, sans relever que la

phrase pouvait être mal interprétée. Et j'adore Santorin. L'atmosphère, les paysages, ces ruines chargées d'histoire…

— Certes, nous sommes très fiers de notre île. Savez-vous que les amoureux du monde entier viennent y admirer nos couchers de soleil ? C'est très romantique.

— Oui, quand on est avec la bonne personne.

Pétra arqua ses fins sourcils.

— Je vois que vous ne perdez pas la tête. Entre nous, il vaut mieux. Andréas est un séducteur. Il ne s'attache jamais très longtemps, vous savez. Si vous prenez tout cela avec philosophie, vous ne risquez pas d'être blessée. Bien, cela m'a fait plaisir de bavarder avec vous, mais il faut que je retourne travailler, déclara-t-elle en se redressant pour attraper sa jupe. A plus tard, Cléo. Je pense que nous allons devenir bonnes amies.

— Vous vous sentez mieux ? Vous disiez tout à l'heure que vous étiez « patraque »…

Le visage de Pétra s'éclaira.

— Oh oui, je me sens en pleine forme maintenant, acquiesça-t-elle.

— Ce n'est qu'un kyste, Andréas. Pas la peine d'en faire toute une histoire maintenant.

— Mais tu aurais dû me prévenir à la première alerte ! s'insurgea Andréas.

— Tu étais occupé à Londres, et ensuite… avec Dieu sait qui.

Sa mère croisa les jambes sur son siège avant de boire une gorgée de café. Pour elle, le sujet était clos.

— Tu aurais au moins pu me passer un coup de fil sur mon portable, maugréa-t-il.

— Pour que tu te ronges les sangs ? Non, cela ne servait à rien avant d'avoir les résultats de la biopsie. Maintenant, je peux te dire que tout va bien et que je vais juste devoir subir une intervention légère. Ce n'est pas de cela que je souhaitais te parler. Dis-moi, qu'es-tu allé faire à Londres ? Il paraît que tu as retrouvé Darius ?

Andréas se rembrunit.

— Comment le sais-tu ?

— C'est Pétra qui me l'a dit. Alors ? Est-ce vrai ?

— Oui. Il avait des dettes de jeu énormes et ne possédait plus qu'un hôtel minable. Il n'a pas pu résister à une offre de prêt pour se renflouer et il s'est remis à dilapider son argent à la roulette.

— Et tu t'es vengé en le ruinant, c'est cela ?

— Après ce qu'il nous a fait... c'était tout ce qu'il méritait !

Sofia Xenides poussa un soupir.

— Ce n'est jamais bon de ressasser le passé, Andréas. Je comprends ton amertume, mais maintenant tu dois tourner la page. Tant d'années ont passé... Tu as poursuivi ce voleur hypocrite sans relâche, tu as atteint ton but. Désormais, tu dois vivre pour toi et non pour le souvenir de ton père.

Le regard d'Andréas s'était fixé sur la fenêtre. Il haussa les épaules. Pour le moment, il n'avait aucune envie de s'investir dans son travail. Il avait besoin de faire une pause, de profiter de Cléo tant qu'elle était auprès de lui. Plus tard, quand elle serait partie, il reprendrait le chemin des affaires.

— Je compte bien accroître la notoriété et l'influence de Xenides Property, maman.

— Je ne te parle pas de cela. Il serait peut-être temps que tu te donnes d'autres objectifs.

— Que veux-tu dire ?

— Par exemple, fonder une famille.

Il réprima un soupir. Sa mère revenait à sa marotte préférée.

— Tu vas encore me dire que tu veux des petits-enfants !

— Que veux-tu, je suis une mère grecque. Et je le répète, maintenant que ta vengeance est assouvie, il est grand temps de te tourner vers l'avenir.

— Maman…

Elle le réduisit au silence d'un geste.

— Je ne rajeunis pas, Andréas. Je veux pouvoir profiter de mes petits-enfants avant d'être grabataire. Cette alerte médicale me l'a rappelé. Je ne suis pas aveugle, je vois bien que tu as beaucoup de succès auprès des femmes. Mais à présent, tu dois bien savoir qui te conviendrait comme épouse, non ? A propos, Pétra m'a dit que tu avais une invitée à Santorin ?

Andréas se sentit presque rougir et maudit sa collaboratrice qui, décidément, se mêlait de ce qui ne la regardait pas. Aux yeux de sa mère, Pétra faisait presque partie de la famille. Il est vrai qu'ils avaient grandi ensemble et avaient toujours été proches, mais la complicité qui existait entre les deux femmes commençait à le gêner.

— Ce ne sont pas ses affaires. Ni les tiennes, ne put-il s'empêcher de rétorquer.

— Elle est australienne, apparemment, enchaîna sa mère sans se démonter. Et jolie, à sa manière.

Si Sofia avait su que Cléo était peut-être enceinte ! Curieusement, cette pensée ne le faisait pas frémir. Au contraire. Cette femme portait peut-être son enfant. Ce ne serait pas une catastrophe, après tout. En revanche, la perspective de se marier… Car bien sûr, sa mère l'exigerait. D'ailleurs, il n'était pas question d'avoir un enfant hors des liens du mariage.

La voix de sa mère l'arracha à ses réflexions :

— Cela fait longtemps que toi et Pétra vivez ensemble, maintenant. Et vous avez beaucoup en commun.

— Nous partageons le même toit, pas la même chambre ! rectifia-t-il, peu désireux d'avouer qu'une fois, une seule, il avait franchi la limite avec Pétra.

— Parfois, nous ne voyons pas ce qui se trouve juste sous notre nez, philosopha encore Sofia.

— Tu peux dire ce que tu veux, je ne l'épouserai pas !

Sa mère eut un sourire innocent.

— Ai-je jamais demandé cela ? Je m'interroge, c'est tout. Une mère s'inquiète pour son fils, c'est normal. Il vaut mieux envisager toutes les possibilités que de regarder pousser l'herbe sous ses pieds, non ?

Puis, sans lui laisser le temps de répondre, elle saisit la cafetière et proposa :

— Encore un peu de café ?

11

Debout devant la piscine, Andréas observait Cléo qui, inconsciente de sa présence, s'était immobilisée au bord du bassin, les bras posés sur la margelle, pour offrir son visage à la caresse du soleil.

Elle avait bronzé et sa peau avait pris une chaude couleur dorée beaucoup plus seyante que ce teint pâle qu'elle avait à Londres. Lorsqu'elle ouvrirait les yeux, il verrait ses iris aussi bleus que l'eau de la piscine…

Etait-il possible qu'elle attende son enfant ?

Cette pensée ne cessait de le tarabuster. Sa mère avait raison. Lui non plus ne rajeunissait pas. Auparavant, il n'avait jamais envisagé avec sérieux d'avoir des enfants et une famille à lui, parce qu'il ne songeait qu'à se venger de Darius et était bien incapable de forger le moindre projet personnel. Cette vengeance l'avait dévoré de l'intérieur.

Mais aujourd'hui…

Parti de rien, il avait mis un point d'honneur à amasser une fortune bien supérieure à celle dont Darius l'avait spolié. Pourtant, sa réussite professionnelle ne lui semblait plus si importante maintenant. Il ne s'inquiétait même plus de Constantine qui ne l'avait pas recontacté. Il avait d'autres préoccupations en tête.

Il s'approcha sans bruit, plongea tout près de la jeune femme en soulevant une gerbe d'éclaboussure, entendit son cri de joie. En deux temps trois mouvements, il la rejoignit, la prit dans ses bras. Ils échangèrent un long baiser.

— Enfin tu es de retour ! s'exclama-t-elle quand il lui permit de parler.

— Je t'ai donc manqué ?

— Pas vraiment, prétendit-elle avec un sourire taquin. J'ai beaucoup lu, nagé, fait du shopping…

— Menteuse !

La main d'Andréas s'égarait déjà, cherchait son sein à la pointe durcie sous le triangle du soutien-gorge. Son désir montait. Son autre main descendit emprisonner une fesse ronde.

— Andréas…

— Seigneur, j'ai tellement envie de toi ! dit-il dans un souffle, le front contre ses seins gonflés. Tu m'as manqué…

— Andréas… j'ai mes règles.

Il se figea, releva lentement la tête. Doucement, ses mains vinrent encercler la taille de la jeune femme. Sa vision se brouilla légèrement.

— Oh, je comprends, dit-il d'une voix sourde.

— C'est une bonne nouvelle, non ? Nous sommes sûrs qu'il n'y aura pas de complications.

— Oui. Oui, bien sûr, c'est une bonne nouvelle.

Il la lâcha, prit appui sur la margelle et s'y hissa à la force des bras, stupéfait d'être à ce point déçu.

Lui qui avait toujours pensé qu'il fallait forcer la main au destin… Le destin se moquait bien de lui, aujourd'hui !

Pétra lui apporta son café le lendemain matin, alors qu'il compulsait les dossiers les plus urgents. Il la remercia d'une voix distraite, puis se rendit compte qu'il n'y avait qu'une tasse.

— Tu n'en prends pas ? s'étonna-t-il.

— Non. Tout à coup le café m'écœure, je ne sais pas pourquoi, répondit-elle en plissant le nez.

Andréas ne répondit pas. Il était irritable, de mauvaise humeur, et plus tôt il ferait l'amour à Cléo, mieux cela vaudrait. Peut-être oublierait-il de mettre un préservatif, cette fois encore ? Mais bientôt, elle serait partie…

A moins qu'il ne modifie les conditions du contrat ?

A cette idée, son humeur s'améliora de manière radicale. Oui, c'était sans doute la meilleure solution, conclut-il.

Comme à l'accoutumée, Pétra s'était perchée sur le bureau pour passer en revue le courrier.

— Pauvre Cléo, murmura-t-elle soudain. Se faire voler par son petit ami ! Enfin, elle l'a un peu cherché, quand même.

Andréas sursauta comme elle déposait sous son nez une pile de lettres. Tout à ses ruminations, il avait presque oublié la présence de sa collaboratrice.

— Cherché quoi ?

— Elle t'en a sûrement parlé, non ? C'est pour rejoindre ce type qu'elle est venue à Londres, et il lui a volé l'argent qu'elle gardait pour acheter son billet de retour. Elle s'est retrouvée bloquée en Angleterre. Mais bien sûr, il ne faut pas être très maligne pour faire confiance au premier venu.

Andréas se carra contre le dossier de son fauteuil. Il s'était renfrogné et savait déjà que son visage parlait pour lui.

— Tu prétends que Cléo est stupide ? fit-il d'une voix grondante.

— Non, pas du tout ! Juste un peu… naïve, peut-être ?

— Et peut-être penses-tu que mon père était stupide de s'être fait ainsi escroquer par son associé ?

— Enfin Andréas, cela n'a rien à voir…

— Au contraire. Mon père a fait confiance à un ami. C'est exactement pareil.

— Ne prends pas la mouche, je ne voulais pas t'offenser…

Il se leva, saisit sa veste sur le dossier du fauteuil, l'enfila à gestes saccadés. Puis il se campa devant elle.

— J'en ai assez de ton petit jeu, Pétra. J'ai cru que tu comprendrais, mais je vois qu'il faut te mettre les points sur les *i*. Il ne se passera plus rien entre nous. Notre unique nuit était une erreur. Prends-en ton parti.

Il retrouva Cléo sur la terrasse où elle lisait un livre d'archéologie. En dépit de la colère qui bouillonnait en lui, il réussit à lui sourire. Dans sa robe rose pâle, elle était ravissante, à la fois très fraîche et très féminine.

— Déjà là ? Tant mieux. Tu ne devineras jamais ce que je viens d'apprendre, lui dit-elle. Ecoute : quand le volcan est entré en éruption il y a plus de trois mille ans, il aurait détruit non seulement plusieurs villes, mais toute une civilisation minoenne qui remonterait à la préhistoire.

— C'est une théorie qui se tient, acquiesça-t-il. Cela expliquerait pourquoi cette civilisation si prospère grâce au commerce maritime a été si brutalement rayée de la surface de la terre.

— Certains disent que la légende de l'Atlantide vient de là : un monde entier englouti par les eaux. Et Santorin serait ce qui reste de ce continent. N'est-ce pas incroyable ?

La sonnerie du portable d'Andréas l'empêcha de répondre. Il lut le nom sur l'écran et éteignit l'appareil avant de l'empocher. Au diable Pétra. Le moment était idéal pour faire part à Cléo de ses nouveaux projets.

Le livre calé contre sa poitrine, la jeune femme observait la silhouette du volcan qui émergeait des flots.

— J'ai effectué une recherche sur Google et j'ai trouvé un cours de civilisation classique à Sydney, déclara-t-elle tout à coup.

— Cléo...

— Je vais m'y inscrire dès mon retour. Grâce à toi,

j'aurai les moyens de m'acheter un petit appartement pour vivre là-bas.

— A propos de ton retour…

Elle tourna la tête pour le regarder.

— Oui, quoi ? Tu préfères que je m'en aille plus tôt que prévu ?

— Pas du tout ! Non, en fait… Tu ne parles jamais des tiens. Es-tu très proche de ta famille ?

Elle eut un sourire mélancolique et admit :

— A dire vrai, pas tant que cela. Je m'entends très bien avec ma mère, mais elle est accaparée par mes deux demi-frères. Quant à mon beau-père…

Elle laissa sa phrase en suspens, esquissa une moue éloquente.

— Je suppose que c'est un brave homme dans le fond, reprit-elle au bout d'un moment. Il aime ma mère, mais il m'a toujours considérée comme un poids, et je ne suis pas à l'aise chez eux. Voilà pourquoi je suis heureuse de leur démontrer que je peux être indépendante. Mais pourquoi toutes ces questions ?

— Je m'intéresse à toi, cela n'a rien de surprenant tout de même. Ainsi, c'est pour prouver quelque chose que tu es partie en Angleterre ?

— Oui. J'ai cru que ma rencontre avec Kurt était la chance d'une vie, que je pourrais rebondir dans un autre pays, entreprendre des choses nouvelles à deux… Oh, j'ai été si sotte !

Ses yeux limpides s'étaient embués. Andréas se pencha pour lui caresser la joue.

— Voyons, ce n'est pas un crime de faire confiance, assura-t-il.

Cléo cilla pour chasser les larmes qui lui piquaient les paupières. Pourquoi était-il si gentil ? L'idée de le quitter aurait été moins pénible s'il s'était montré indifférent. Mais depuis quelque temps, il était plus que prévenant.

Il avait mis son travail de côté pour lui faire visiter l'île, il l'accompagnait chaque soir voir le coucher de soleil qu'elle ne voulait en aucun cas manquer et, ce matin encore, il l'avait réveillée avec tendresse avant de lui donner un orgasme fulgurant de ses lèvres et de ses doigts…

Il se comportait comme s'il s'était attaché à elle, de la même manière qu'elle s'était attachée à lui.

« Attention, ne t'aventure pas sur ce terrain glissant ! lui enjoignit une voix intérieure. N'oublie pas ce qui s'est passé la dernière fois que tu as cru que quelqu'un tenait à toi… »

Depuis deux semaines, elle luttait pour ne pas s'abandonner au bonheur de vivre auprès d'Andréas. Depuis deux semaines elle s'interdisait de tomber amoureuse. Non, elle ne commettrait pas deux fois la même erreur. Elle avait signé un contrat, elle s'y tiendrait.

— Merci de me remonter le moral, dit-elle simplement. J'apprécie vraiment que tu sois aussi attentionné avec moi.

— Au point de réviser les termes de notre contrat ? Au point d'accepter une extension du temps imparti ?

— Non !

La réponse avait fusé. La rapidité de sa réaction prit Andréas au dépourvu. Il tressaillit, comme si elle venait de le gifler.

— Ce n'est pas possible, reprit-elle plus doucement. J'ai des projets, reprendre mes études, acheter un appartement…

— Je te paierai le double. Deux millions de dollars !

— Ce n'est pas une question d'argent…

— Pourtant tu te plais ici. Tu affirmes adorer Santorin.

Avec un soupir, elle quitta son fauteuil et alla agripper la rambarde en fer forgé qui protégeait la terrasse. L'été approchait, le temps se réchauffait. Devant elle trois voiliers tanguaient sur l'immensité de la mer. Elle hésitait à parler. Comment lui expliquer qu'elle avait peur, tout simplement ? Andréas était un homme d'affaires, il ne se souciait ni des émotions ni des intuitions. Il ne s'intéressait qu'aux faits.

— Tu aimes être auprès de moi, n'est-ce pas ? demanda-t-il encore.

— Andréas, il nous reste deux semaines. Pourquoi ne pas en profiter à fond au lieu de…

Un bruit dans leur dos l'interrompit. Andréas pivota et se retrouva face à Pétra. *Gamoto*. Qu'avait-elle surpris de leur conversation ? se demanda-t-il avec inquiétude.

— Désolée de vous déranger, mais je devais te parler Andréas, et tu as éteint ton portable.

— C'est si urgent que cela ?

— Je ne me sens vraiment pas bien et je voulais te prévenir que je quitte le bureau pour aller me reposer dans ma suite. J'ai un peu le vertige.

Cléo s'approcha.

— Vous êtes malade ? Voulez-vous que j'aille vous chercher un verre d'eau ?

— Merci, ce serait très gentil.

Comme Cléo s'éloignait aussitôt, Andréas lança d'une voix sonore :

— Ne tarde pas, je veux t'emmener faire du shopping.

Ce n'était pas un prétexte. Bien que Cléo préférât passer son temps sur les sites archéologiques plutôt que dans les boutiques, il avait l'intention de lui offrir un cadeau qui évoquerait pour elle Santorin. Sans doute un bijou. Bleu, comme ses yeux. Et qui peut-être la convaincrait de prolonger son séjour.

Il ne comprenait pas pourquoi elle demeurait si désireuse de partir, alors qu'elle se plaisait manifestement ici. Toutefois, il ne perdait pas espoir de la faire changer d'avis. Il lui en avait coûté un million de dollars pour la faire venir, et il était prêt à débourser bien plus.

Comme il s'arrachait à ses pensées, il surprit sur lui le regard inquisiteur de Pétra.

Une heure plus tard, ils se trouvaient en ville quand Andréas reçut un coup de téléphone. Il s'excusa auprès de Cléo avant de s'isoler pour répondre. La jeune femme en profita pour explorer une boutique de souvenirs. Si elle voulait ramener des cadeaux aux siens, autant ne pas attendre le dernier moment, décida-t-elle.

La ville grouillait de touristes aujourd'hui. Ils emplissaient les rues et les magasins, aussi était-il très compliqué de circuler. Andréas avait mal choisi sa journée pour faire des emplettes, pesta-t-elle en se frayant un chemin difficile jusqu'à un présentoir.

C'est alors qu'elle le vit.

Kurt.

Le porte-clés qu'elle venait de saisir lui tomba des mains.

Andréas reparut à son côté. Tout de suite, il remarqua que quelque chose n'allait pas.

— Que se passe-t-il ? Tu as vu un fantôme ? Tu es toute pâle.

— C'est lui… c'est Kurt. Là-bas, près de la fille qui essaie les lunettes de soleil, balbutia-t-elle.

Kurt se retourna et s'engagea dans leur direction. Il se rendit compte qu'Andréas le fusillait du regard et parut déconcerté. Son regard glissa alors sur Cléo. Manifestement, il ne la reconnut pas tout de suite et il fallut deux ou trois secondes pour que ses yeux s'écarquillent soudain. Dans la foulée, une expression horrifiée se peignit sur son visage. Il rebroussa chemin, attrapa le bras de la fille aux lunettes noires et la tira vivement vers la sortie en dépit de ses protestations véhémentes.

— Ne bouge pas, intima Andréas à Cléo.

Il se tourna à demi vers la caisse, dit quelque chose à

la propriétaire de la boutique dans un grec rapide, avant de s'élancer à la poursuite de Kurt.

Quelques secondes plus tard, la femme apporta une chaise à Cléo et insista pour qu'elle s'y assoie. Elle lui apporta également une bouteille d'eau et un verre. Cléo ne se fit pas prier. Voir Kurt lui avait causé un choc émotionnel, elle se sentait comme assommée.

Ainsi, il était bel et bien venu jusqu'à Santorin. Qui était la fille qui l'accompagnait ? Une autre idiote appâtée sur internet, qui avait eu l'heur de lui plaire ? Une autre victime ? Ou simplement une petite amie qu'il avait trouvée plus jolie que Cléo ? Ce qui n'était pas bien difficile, au fond, se dit-elle avec un pincement au cœur familier.

Les minutes passaient.

Enfin Andréas revint dans le magasin. Cléo se leva dès qu'elle le vit franchir le seuil. Tout de suite, il l'entoura de son bras.

— Comment te sens-tu ? J'ai cru que tu allais t'effondrer tout à l'heure.

— Ça va mieux, merci. Que s'est-il passé avec Kurt ?

— Je te raconterai quand nous serons seuls.

Cléo ne tarda pas à comprendre pourquoi. Un petit attroupement de touristes commençait à se former devant la boutique. Certaines personnes avaient reconnu Andréas et senti qu'il se passait des événements inhabituels. Les regards convergeaient dans leur direction.

Cléo régla rapidement le porte-clés et quelques cartes postales, avant de remercier la propriétaire :

— *Efharisto poli*, dit-elle dans son grec qui s'améliorait lentement au fil des jours.

La femme lui répondit d'un large sourire et d'un torrent de paroles précipitées. Cléo tourna un regard interrogatif vers Andréas.

— Que dit-elle ?

— Que nous aurons de très beaux enfants.

Ils s'arrêtèrent dans un petit restaurant dont la terrasse surplombait la baie. Andréas avait commandé des pâtisseries locales et du café. Il attendit que la serveuse soit repartie pour glisser une enveloppe dans les mains de Cléo.

— Tiens, c'est à toi, je crois.

— Qu'est-ce que c'est ?

— Regarde toi-même.

Intriguée, Cléo ouvrit le rabat et jeta un coup d'œil à l'intérieur de l'enveloppe. A sa grande surprise, elle découvrit une épaisse liasse de billets.

— De l'argent ? Mais pourquoi ?

— J'ai eu une petite conversation avec ton ex.

— Et il t'a rendu l'argent de ma grand-mère ? Non, je ne peux pas croire ça !

— Apparemment, il n'était que trop content de te rembourser l'argent qu'il t'a emprunté, pour ne pas être accusé de vol à la sauvette. Il a même ajouté un petit bonus pour tous les inconvénients occasionnés, m'a-t-il dit.

— Du vol à la sauvette ?

— Oui. Les lunettes de soleil de sa petite amie. Il ne lui a même pas laissé le temps de les reposer sur le présentoir. Je me suis servi de cet argument pour faire pression sur lui. Apparemment, il ne compte pas s'attarder sur Santorin. Le bateau sur lequel il fait une croisière appareille ce soir. C'est ce qu'il a dit aux policiers grecs qui sont intervenus.

Les circonstances importaient peu, finalement. Ce qui comptait, c'est que Cléo ait récupéré la somme perdue par sa propre sottise.

— Tu n'imagines pas à quel point cela me soulage, avoua-t-elle. Cette histoire me pesait sur la conscience et me rappelait sans cesse ma stupidité. Je vais pouvoir l'effacer de ma mémoire, maintenant. Oh, merci Andréas ! Je t'aime tant…

Elle lui sauta au cou, le couvrit de baisers avant de

se rendre compte qu'il s'était raidi contre elle. Prenant alors conscience de ce qu'elle venait de dire, elle rougit et tenta de se justifier :

— Tu sais, c'est une façon de parler. En Australie, nous sommes assez démonstratifs. Je voulais juste te remercier pour ce que tu as fait…

— Je comprends, dit-il, en s'écartant cependant comme s'il brûlait de mettre de la distance entre eux. Ecoute, je dois retourner au bureau vérifier que tout est en ordre, puisque Pétra est malade. Cela ne t'ennuie pas si je te laisse ?

— Non, ne t'inquiète pas pour moi.

Cléo se retrouva seule sur la terrasse, un peu déconfite suite à cette retraite précipitée. Nul doute qu'Andréas aurait pu prolonger ce moment de détente s'il l'avait vraiment souhaité. Pourquoi ne savait-elle pas tenir sa langue ? Elle parlait sans réfléchir et ce défaut lui avait déjà valu bien des déboires. Elle était trop impétueuse. Avec Kurt, par exemple. Elle n'avait pas vraiment été amoureuse de lui. Elle avait juste aimé *l'idée* de tomber amoureuse. Elle avait tellement souhaité que leur couple fonctionne qu'après s'être donnée à lui sur une impulsion, elle avait jugé bon de lui clamer son amour.

Avec Andréas, c'était pareil. Elle ne l'aimait pas vraiment. Il était si généreux qu'elle lui vouait une profonde reconnaissance, mais elle ne devait pas confondre ce sentiment de gratitude avec le véritable amour.

« Menteuse ! lui souffla une petite voix perfide. Tu te mens à toi-même ! »

En réalité, elle voulait partir pour ne pas risquer de tomber encore plus amoureuse de lui. Car le mal était déjà fait. Si elle était vraiment honnête avec elle-même, elle devait admettre qu'elle l'aimait. De tout son cœur.

*
* *

Andréas relut le fax avec une irritation croissante. Il y avait un problème administratif concernant l'acquisition de l'hôtel londonien de Darius. La banque avait besoin de sa signature sur certains documents, faute de quoi la transaction serait arrêtée, voire annulée si rien n'était fait dans un certain laps de temps. Ce qui signifiait que Darius reprendrait alors possession de l'établissement en toute légitimité.

Il n'y avait qu'une seule solution : Andréas devait retourner à Londres.

Cela ne lui prendrait pas beaucoup de temps. Un jour, deux au maximum. Cléo l'attendrait ici.

« Je t'aime tant ! », s'était-elle exclamée dans un élan de spontanéité.

Ils n'avaient pas d'avenir commun. Même s'il la désirait comme un fou, même s'il s'était surpris à espérer qu'elle soit enceinte de lui. Puisqu'il ne l'emmènerait pas à Londres, le mieux était peut-être de la renvoyer tout de suite chez elle… Il n'en avait guère envie, pourtant cette solution semblait la plus raisonnable.

Auparavant, il s'était toujours tenu à l'écart des jeunes filles inexpérimentées. Il avait pour cela de bonnes raisons et ce qu'il vivait avec Cléo n'avait fait que le conforter dans ses résolutions. Les jeunes filles candides avaient la tête farcie de rêves et d'illusions. Elles voulaient le grand frisson, étaient à la recherche d'un homme forcément exceptionnel, qui transcenderait l'aventure physique qu'elles vivaient lors d'une première relation pour en faire une aventure sentimentale.

Bref, elles voyaient des histoires d'amour là où il n'y en avait pas.

Andréas soupira. Sa mère lui avait réclamé des petits-enfants. Et il est vrai qu'il avait imaginé Cléo enceinte, s'arrondissant au fil des jours tel un beau fruit mûr porteur de vie, d'espoir et de bonheur. Mais elle ne voulait pas rester avec lui et, à présent, il se disait qu'il ne valait mieux pas, en effet.

A vrai dire, cela lui paraissait un peu confus aujourd'hui. Il n'y avait plus qu'à espérer que sa lucidité lui reviendrait à son retour de Londres.

C'était sa faute. A cause de quelques mots inconsidérés, elle avait détruit leur belle complicité. Il avait à peine pris le temps de lui annoncer qu'il repartait pour l'Angleterre et, l'instant d'après, il s'était évaporé en lui jetant à peine un regard, sans même daigner la gratifier d'un baiser sur la joue.

Cléo avait mal. Elle souffrait de la séparation physique, mais surtout de cette froideur qu'il lui avait manifestée juste avant de s'en aller. Car elle savait bien qu'à son retour à Santorin, il ne serait plus le même. Sa présence raviverait des souvenirs heureux et le quitter serait alors un véritable calvaire…

Mieux valait s'en aller sans attendre, pendant qu'il était au loin. De toute façon, il n'avait plus envie qu'elle reste.

Incapable de tenir en place et de se plonger dans la lecture d'un livre, Cléo quitta la maison pour se rendre en ville, dans une petite agence de voyages repérée quelques jours plus tôt, près de l'échoppe d'un vendeur de brochettes grillées. Rien ne l'empêchait de se renseigner sur les prochains vols à destination de l'Australie, se disait-elle. Il lui restait deux semaines à honorer de par leur contrat et elle avait un peu l'impression de faire les choses en cachette d'Andréas, pendant qu'il avait le dos tourné. Mais c'était ridicule, se répéta-t-elle devant la vitrine minuscule de l'agence, avant de s'obliger à entrer dans la boutique. Elle savait bien qu'elle finirait par partir de toute façon, alors...

Une vague de nostalgie la frappa dès qu'elle ouvrit la première brochure consacrée à l'Australie. Ces étendues ocre brûlées de soleil, c'était chez elle. Elle n'avait plus rien à faire sur cette île bleu et blanc, avec un homme qui ne voulait pas vraiment d'elle.

D'ici à quinze jours, elle retrouverait les siens.

Il était peut-être plus prudent de réserver dès maintenant.

A son retour, Cléo trouva Pétra dans leur suite. La jeune femme était en train de fouiller le tiroir de la table de chevet d'Andréas.

— Que faites-vous ici ? s'exclama Cléo.

La mine triomphante, Pétra brandit quelques feuillets. Elle ne semblait pas décontenancée le moins du monde après s'être fait surprendre.

— Voilà ! s'exclama-t-elle. Il n'y avait rien dans le bureau, mais je savais que je trouverais quelque chose ici !

— De quoi parlez-vous ?

Cléo avait le cœur battant. Pétra vrillait sur elle ses yeux verts de sorcière. Elle reprit d'un ton sifflant :

— Vous ne devinez pas ?

Et tout à coup, Cléo comprit : Pétra avait mis la main sur l'exemplaire du contrat qu'avait conservé Andréas. Leur contrat. Le jour où il en avait suggéré la prolongation, Pétra les avait surpris. Elle avait dû entendre une partie de leur conversation...

— Cela ne vous concerne en rien, déclara Cléo.

Elle s'avança et tendit la main dans l'intention de récupérer le document, quitte à l'arracher des mains de Pétra, mais cette dernière s'écarta et cacha le contrat derrière son dos. Ses yeux étincelaient.

— Je n'arrive pas à le croire ! Il vous a payée un million de dollars pour coucher avec lui ?

— Non, pas du tout. Rendez-moi ces papiers !

— Vous ne valez guère mieux qu'une prostituée. En fait, c'est exactement ce que vous êtes. Une catin. Une poule de luxe. Et si vous voulez mon avis, vos charmes sont tout à fait surfaits, ajouta-t-elle avec un regard écrasant de mépris.

— Cela ne s'est pas passé comme ça. Je n'étais pas d'accord pour coucher avec lui.

— Ah non ? Pourquoi l'avez-vous fait, alors ? Car vous êtes sa maîtresse, j'en mettrais ma main au feu. J'ai bien vu comment vous le regardiez. Et je sais ce que vous cherchez…

— Ça suffit. Sortez. Tout cela ne vous regarde pas ! coupa Cléo avec toute l'autorité dont elle était capable.

— Croyez-vous ? Dès que vous êtes descendue d'avion, j'ai compris qu'il se tramait quelque chose. Vous m'avez bien fait rire avec vos mines effarouchées ! Andréas n'a jamais aimé les écolières, il préfère les femmes sophistiquées et sensuelles. Tout de suite, je me suis doutée que vous jouiez la comédie pour m'induire en erreur.

— *Vous ?* Mais pas du tout…

— Oui, moi ! Parce que Andréas et moi étions amants avant qu'il ne parte pour Londres et vous ramène dans ses bagages !

Choquée, Cléo recula d'un pas et se sentit blêmir.

— Que… que dites-vous ? bredouilla-t-elle.

— Il ne savait pas comment clore notre liaison, alors il vous a engagée pour me mettre devant le fait accompli !

— Non… il ne ferait pas ça…

Mais alors qu'elle balbutiait cette protestation, Cléo sentit le doute l'envahir. Andréas ne lui avait pas vraiment expliqué pourquoi il tenait absolument à ce qu'on le croie accompagné. Elle avait pensé que c'était pour dissuader quelque croqueuse de diamants… mais Pétra… sa maîtresse… non, elle ne parvenait pas à le croire.

— Pourquoi aurait-il fait cela au lieu d'avoir une simple conversation avec vous ? articula-t-elle.

— Pour m'humilier, voilà pourquoi.

Pétra la toisait de toute sa hauteur, comme si elle était ici chez elle et que ce fût Cléo l'intruse. Une vague de dégoût submergea cette dernière à l'idée que, peut-être, Pétra avait occupé cette chambre, ce lit, avant elle ; qu'elle s'était sans doute blottie contre le corps dur d'Andréas ; qu'il l'avait enlacée, possédée…

Eperdue, elle ferma les yeux pour tenter de bloquer les images odieuses qui dansaient dans sa tête.

Elle ne s'étonnait plus de l'attitude ambiguë de Pétra le jour de son arrivée à Santorin. Par la suite, la Grecque avait fait semblant de sympathiser avec elle, mais c'était pour mieux la piéger. Comment pouvait-on se montrer aussi hypocrite ?

— En tout cas, déclara-t-elle, quelle que soit la méthode employée, Andréas s'est montré très clair : il ne veut pas de vous.

— Espèce de garce ! lança Pétra, haineuse. Croyez-vous vraiment qu'il se soucie de vous ? Qu'il va faire sa vie avec une fille assez stupide pour donner tout son argent à un type qu'elle a connu sur internet ? Pensez-vous vraiment être mieux faite pour lui qu'une femme expérimentée, qui connaît ses goûts, le comprend mieux que quiconque, se dévoue pour lui depuis des années et est capable de parler affaires avec lui ?

Cléo se redressa de toute sa taille. Même si elle manquait de confiance en elle, le comportement de Pétra la révoltait. Elle n'était pas prête à se laisser piétiner.

— Vous le connaissez peut-être bien, mais cela ne veut pas dire qu'il veut de vous dans sa vie. N'avez-vous pas compris qu'il me demandait de prolonger mon séjour, l'autre jour, quand vous nous avez espionnés sur la terrasse ? Vous prétendez lui être loyale, mais cela ne vous gêne pas de vous introduire dans sa chambre pour fouiller ses affaires !

Pétra joua alors son va-tout. Elle s'effondra sur le lit, les épaules secouées de sanglots. Sa main s'ouvrit et laissa échapper le contrat. Ainsi, elle offrait une vision pathétique, mais Cléo se surprit elle-même en n'éprouvant pas le moindre sentiment de compassion. Cette femme était hystérique.

Voyant que Pétra portait la main à sa poitrine, elle s'enquit d'un ton neutre :

— Vous ne vous sentez pas bien ? Voulez-vous que j'aille vous chercher un verre d'eau ? Que j'appelle un médecin, peut-être ?

— Non… c'est inutile. Je sais bien ce qui m'arrive, répondit Pétra d'une voix brisée.

Cléo se mordit la lèvre. Peut-être Pétra avait-elle le cœur en miettes. Peut-être aimait-elle sincèrement Andréas. Ce ne devait pas être facile de se résigner quand on croyait avoir trouvé l'amour de sa vie. C'était peut-être le dépit et le désespoir qui l'avaient poussée à ces extrémités.

— Je sais combien c'est dur d'être rejetée, dit-elle plus doucement. Mais parfois, on se rend compte qu'on n'était pas fait pour cette personne et…

Pétra avait relevé la tête. Ses paupières s'étrécirent.

— Vous me donnez des conseils maintenant ? l'interrompit-elle. Très bien. Vous allez peut-être pouvoir me dire si je dois avorter, alors ?

12

Cléo eut l'impression qu'un coup de tonnerre retentissait dans son crâne. Elle s'était pétrifiée, mais une voix dans sa tête lui enjoignait de prendre ses jambes à son cou, de courir, courir aussi loin et aussi vite que possible, jusqu'à ce que la douleur soit anesthésiée dans son cœur.

— Vous… vous êtes enceinte ?

Tout à coup, tous les morceaux du puzzle s'assemblaient. Les malaises matinaux de Pétra, ses sautes d'humeur, son agressivité et ses larmes…

— Quelle perspicacité ! railla Pétra. Et votre brillante intuition vous soufflerait-elle aussi l'identité du père ?

Cléo eut l'impression que le monde s'écroulait autour d'elle. Andréas. Pétra portait son enfant. Son bébé.

Le côté positif des choses… Où était-il ? « Oh, grand-mère, cette fois, je n'en vois aucun ! », cria-t-elle en silence.

De nouveau, la voix impérieuse résonna dans son cerveau : « Tu as réservé un billet d'avion pour dans deux semaines. Change la date ! »

Cléo savait bien qu'elle n'avait d'autre choix que de partir. Pourquoi serait-elle restée ? Elle ne voulait plus rien avoir à faire avec un homme qui se conduisait ainsi avec les femmes, les manipulait comme des pions, les dressait l'une contre l'autre telles des dames sur un échiquier.

« Seigneur, quand je pense que moi aussi j'aurais pu être enceinte ! », songea-t-elle avec effarement.

Dieu merci, cela ne s'était pas produit.

— Quand Andréas rentrera, je suis sûre qu'il prendra la décision qui s'impose, articula-t-elle.

— Je n'en doute pas. Sa mère le presse d'avoir des enfants. Au moins, je suis certaine qu'elle sera contente.

Cléo n'avait pas besoin d'entendre ces mots qui ébranlaient les fondations même de son âme. Ainsi, Pétra allait lui offrir ce cadeau inestimable qui comblerait la famille d'Andréas. La suite était toute tracée.

— Je pars, annonça-t-elle d'une voix blanche. Je vais boucler ma valise et je quitterai Santorin dans l'après-midi.

Il était encore tôt. Elle trouverait sans problème une liaison pour Athènes, par avion ou par ferry. Elle n'allait pas attendre qu'Andréas rentre pour lui signifier son congé, puisque leur petite comédie n'avait plus lieu d'être. Non, elle partirait d'elle-même, pour sauver le peu de fierté qui lui restait.

Sur le lit, Pétra s'essuya les yeux et eut un faible sourire.

— Oui, c'est sans doute mieux ainsi, soupira-t-elle.

Dans le vol qui l'emportait vers l'Angleterre, Andréas n'avait cessé de se poser la même question lancinante : pourquoi Cléo lui avait-elle dit qu'elle l'aimait ? Il lui avait proposé un deuxième million de dollars pour qu'elle reste auprès de lui, offre qu'elle avait déclinée en disant préférer rentrer chez elle. Pourtant, peu de temps après, au restaurant, elle s'était écriée sans arrière-pensée : « Je t'aime tant ! »

Cela n'avait aucun sens.

Il se remémora l'enthousiasme de la jeune femme quand elle évoquait la mythologie de l'île et son amour des vieilles pierres. Pourtant, elle insistait pour retourner en Australie alors qu'il n'existait pas de meilleur endroit que Santorin pour entamer des études d'archéologie. C'était à n'y rien comprendre !

Que lui fallait-il donc pour rester ?

Et soudain la réponse surgit dans son esprit. Qu'il était bête ! C'était si simple ! Il n'avait qu'à l'épouser. Elle lui plaisait et elle lui donnerait les enfants que sa mère attendait avec tant d'impatience. Et ainsi, il ne serait pas obligé de se lancer dans la quête fastidieuse d'une épouse. Et Cléo l'aimait, elle l'avait dit elle-même. Oui, c'était la meilleure solution.

Tout était réglé.

Il appuya sur l'Interphone qui le mettait en relation avec le pilote.

— Changement de programme. Nous rentrons à Santorin.

Sa décision était prise : il n'irait pas à Londres. Il ignorait s'il aurait le temps de signer en temps voulu les papiers que lui réclamait la banque. Et après ? Il se fichait de cet hôtel, somme toute. L'avanie qu'il avait infligée à Darius lui suffisait. D'ailleurs, en l'obligeant à régler des traites des années durant, il l'humilierait encore plus.

Oui, tout allait pour le mieux, songea-t-il en se renfonçant dans son siège.

Andréas rentra chez lui pour découvrir que Cléo s'était envolée pour l'Australie. Une Pétra larmoyante — vision ô combien surprenante ! — lui apprit qu'elle était enceinte.

Il eut l'impression de recevoir le ciel sur la tête et, la mort dans l'âme, téléphona à sa mère pour lui annoncer son prochain mariage. Il n'avait jamais eu l'intention d'épouser Pétra, mais avait-il le moyen de faire autrement, maintenant ? Il n'entendait pas se dérober face à ses responsabilités.

A l'autre bout du fil, sa mère parut surprise, mais se garda de formuler la moindre critique.

— La cérémonie aura lieu dans trois semaines à Santorin. Je t'enverrai l'hélicoptère à Athènes. Cela te convient-il ?

— Eh bien... c'est un peu précipité, mais oui, bien sûr, je viendrai. Il n'est pas question que je ne sois pas présente aux noces de mon fils ! Dis-moi quand même, Andréas : ce n'est pas à cause de ce que je t'ai dit l'autre jour que tu as pris cette décision si hâtive ?

Andréas retint un soupir. Il fut distrait un instant par l'arrivée d'un assistant qui venait lui apporter un papier. Les mots dansèrent devant ses yeux avant de prendre sens. Il fronça les sourcils.

— Désolé maman, une urgence. Je te rappellerai.

Il raccrocha, relut le message. Il émanait du médecin dont Pétra lui avait communiqué le nom. « Le secret médical m'interdit de divulguer des renseignements sur mes patientes, toutefois je puis vous assurer qu'aucune personne du nom de Pétra Demitriou ne fait partie de ma clientèle », affirmait le praticien.

Pas étonnant que Pétra ait refusé quand il avait proposé de l'accompagner à la clinique !

Andréas serra les dents, soulagé de ne pas avoir eu le temps de révéler à sa mère la raison de sa précipitation. Sans plus attendre, il se mit en quête de Pétra et la trouva dans sa suite, occupée à superviser le rangement des affaires de Cléo dans des cartons.

— Qu'est-ce que tu fais ? s'exclama-t-il, incrédule.

— Oh, Andréas. Je ne t'ai pas entendu entrer.

— Personne ne t'a demandé de vider les placards !

Sur un claquement de doigts, il renvoya les femmes de chambre. Puis il se planta devant Pétra. Celle-ci entreprit aussitôt de le raisonner :

— Voyons Andréas, Cléo est partie. Je vais bientôt m'installer ici, avec toi, et j'ai besoin de place dans le dressing.

Il réprima un frisson de répulsion. Comment avait-il pu croire qu'il supporterait la vie aux côtés de Pétra quand c'était Cléo qu'il avait envie de serrer dans ses bras, Cléo dont il voulait sentir l'odeur sur l'oreiller voisin du sien ? Et Pétra qui ne perdait pas une minute pour s'imposer, sitôt après avoir évincé sa rivale !

— Quelle est la date de ton prochain rendez-vous à la clinique ? J'aimerais t'y emmener.

— Ce n'est vraiment pas la peine. Je dois subir des examens de routine, c'est tout.

— Vraiment ? C'est curieux, car le Dr Varvounis ne sait absolument pas qui tu es.

Pétra rougit violemment.

— Que… Comment cela ?

— Tu ne fais pas partie de ses patientes, Pétra. Tu m'as menti, n'est-ce pas ? Tu n'as jamais été enceinte.

— Tu as dû te tromper de clinique… ou de médecin…

— Non, je me suis trompé de fiancée ! Tu as voulu ruser, tu t'es débarrassée de Cléo et tu as cru refermer tes griffes sur moi par la même occasion. Et cela a failli marcher. Comment comptais-tu t'en sortir ? Une fois le mariage célébré, tu aurais prétendu avoir fait une fausse couche ?

— Andréas, je te jure…

— Très bien, nous pouvons tout de suite aller faire une échographie, si c'est ce que tu veux, coupa-t-il, implacable.

Cette fois, Pétra perdit contenance et fondit en larmes.

— Andréas, je t'aime ! Je ne suis peut-être pas enceinte, mais je le serai sans doute bientôt. Ta mère sera aux anges et nous…

— Ce n'est pas toi que je veux épouser. C'est Cléo.

— Mais elle est trop jeune, trop naïve… et stupide ! Tandis que moi…

— Tais-toi ! Je l'aime et je ne tolérerai pas que tu l'insultes.

Les yeux de Pétra s'écarquillèrent, puis sa bouche se tordit dans un pli amer. Elle était bien obligée de regarder la défaite en face.

— Maintenant va-t'en, lui intima-t-il d'une voix glaciale. Je ne veux plus jamais te revoir.

Il demeura immobile au milieu de la chambre bien après que Pétra, frémissante de fureur et d'humiliation, se fut éclipsée sans un mot. Il ne songeait déjà plus à elle. Il était encore sous le choc de ce qu'il venait de découvrir en même temps qu'il l'annonçait à Pétra.

Il aimait Cléo.

Et il allait gagner son cœur.

13

Cléo essuya d'un revers de manche la sueur qui perlait à son front. Son aspirateur à la main, elle entreprit de nettoyer la moquette de l'unique suite du Kangaroo Crossing Hotel. On était en avril, mais la chaleur était déjà étouffante, et quand elle s'activait ainsi d'une pièce à l'autre, elle ruisselait de transpiration.

Quand ce travail de femme de ménage s'était présenté, elle avait tout de suite sauté sur l'occasion. Le propriétaire avait même accepté de l'héberger contre une somme modique. Ainsi, elle n'était pas obligée de loger chez sa mère et son beau-père. Elle était indépendante. Et quand elle aurait suffisamment économisé, elle irait s'inscrire à ce cours de civilisations anciennes par correspondance qu'elle avait repéré sur internet. Ce n'était pas ce qu'elle avait en tête au début, mais…

Avec un soupir, elle se redressa, éteignit l'aspirateur, puis alla tirer une dernière fois sur le couvre-lit pour effacer le moindre pli. La chambre devait être parfaite, car quelqu'un d'important l'avait réservée pour la nuit. Non qu'elle soit particulièrement confortable, mais c'était quand même la plus grande de l'hôtel qui ne s'étendait que sur deux niveaux. On était à Kangaroo Crossing. Rien à voir avec la suite luxueuse qu'elle avait partagée à Londres avec Andréas…

Résolument, elle chassa ces souvenirs de son esprit. Cela ne servait à rien de ressasser ces moments de bonheur, car ensuite, elle se sentait toujours meurtrie et misérable quand elle reprenait pied avec la réalité. Elle en revenait toujours à Pétra, à l'enfant qu'elle portait, et un désespoir sans nom l'envahissait.

Traînant son aspirateur derrière elle, elle sortit sur le balcon, déposa l'appareil à ses pieds le temps de s'accouder un instant à la rambarde. Le soir tombait. En contrebas, quelques clients discutaient. Des employés étaient en train de décharger leurs valises du coffre de leur voiture. Le regard de Cléo erra sur le ruban rougeâtre de la route qui partait en ligne droite pour se perdre jusqu'à l'horizon…

C'est alors qu'elle aperçut une Porsche qui venait de se garer devant l'hôtel. Intriguée, elle vit la portière s'ouvrir. S'agissait-il de ce fameux VIP qui avait réservé la suite ? Seigneur, il arrivait en avance, elle n'avait pas fini de tout nettoyer et…

Son cœur faillit exploser dans sa poitrine lorsqu'elle reconnut Andréas qui émergeait au grand air.

Vêtu d'un pantalon de toile claire et d'une chemise blanche ouverte au col, il semblait détendu, pas le moins du monde dépaysé. Il s'immobilisa et, lentement, il leva ses yeux masqués par ses lunettes de soleil vers la façade de l'hôtel.

Leurs regards se croisèrent.

Des émotions paradoxales envahirent Cléo. Une bouffée d'amour la submergea tout d'abord. Puis elle se souvint que cet homme s'était servi d'elle, qu'il avait fait un enfant à une autre, qu'il n'avait rien à faire ici.

— *Kalimera*, Cléo.

— Que fais-tu là ? s'écria-t-elle, penchée par-dessus la balustrade.

— Que veux-tu, j'aime les Australiennes. Elles sont franches et disent toujours ce qu'elles pensent.

Les quelques clients regroupés non loin hochèrent la tête en murmurant leur assentiment patriotique. Cléo ne doutait pas que les habitués qui regardaient toujours le temps passer sous le porche de l'hôtel soient eux aussi aux premières loges... Ils avaient vu arriver une voiture de sport clinquante d'où était sorti cet homme qui respirait le pouvoir et l'argent. Et celui-ci s'engageait maintenant dans un dialogue avec la femme de ménage perchée sur le balcon ! C'était assurément un spectacle à ne pas manquer.

— Va au diable ! cria-t-elle encore, partagée entre l'indignation et la joie indéniable qu'elle éprouvait à le revoir et qu'elle aurait voulu occulter.

Sans plus se soucier de l'aspirateur, elle tourna les talons, quitta la suite et dévala l'escalier dans l'intention de rejoindre sa chambre au sous-sol. Elle ne fut pas assez rapide et, alors qu'elle s'apprêtait à traverser le hall d'accueil, elle se retrouva face à Andréas qui lui barrait le passage.

— Tu es venu racheter l'hôtel ? ironisa-t-elle. Dois-je tout de suite me mettre à la recherche d'un autre travail ?

— Non, je ne suis pas venu pour l'hôtel. Je suis venu pour toi, répliqua-t-il tranquillement.

— Et si je ne veux pas te voir ?

— Je veux te parler. En tête à tête.

— Monsieur Xenides, je présume ? s'exclama Daphné Cooper, la femme du propriétaire, qui gloussa comme une collégienne lorsque Andréas se tourna vers elle. Si vous souhaitez un peu d'intimité, je peux vous faire servir le dîner dans votre chambre. Elle est prête. Le menu de ce soir comprend des asperges sauce mousseline, du risotto aux champignons et un fraisier. Cela vous convient-il ?

— Ce sera parfait, merci, répondit Andréas, avant de saisir Cléo par le bras.

Malgré ses protestations, il l'entraîna dans l'escalier qu'elle venait de descendre. Cléo finit par se laisser faire, de peur de déclencher un esclandre et de perdre sa place, une fois de plus. Elle attendit que la porte se soit refermée derrière eux pour se dégager d'un geste brusque et crier :

— Mais que me veux-tu, à la fin ? Tu ne devrais pas être plutôt aux côtés de Pétra ?

Sans répondre, il mit la main dans sa poche et en retira un morceau de papier qu'il agita sous son nez.

— Tu as oublié ceci en partant.

Un chèque. D'un montant de un million de dollars. Cléo eut la nausée. Ainsi c'était cela, il venait régler ses comptes. Mais pourquoi ne s'était-il pas contenté d'envoyer le chèque par la poste ? Cela dit, elle aurait alors été privée du plaisir de faire ceci...

Posément, elle saisit le chèque entre le pouce et l'index, planta son regard dans celui d'Andréas... et, d'un geste rageur, déchira le papier en deux, puis en quatre, et enfin en une pluie de confettis qu'elle laissa tomber sur le sol.

— Je ne veux pas de ton argent. Je suis partie avant la fin du contrat, souviens-toi. Et de toute façon, je trouverais dégradant que tu me paies pour ces moments passés ensemble. D'ailleurs, Pétra n'a pas hésité à me dire qu'elle me tenait pour une prostituée de bas étage !

— Ne me parle pas de Pétra. C'est elle qui nous a séparés.

— Comment peux-tu dire cela ? Tu l'as mise enceinte et puis tu t'es servi de moi pour essayer d'échapper à tes responsabilités. Oh... si tu savais comme je te méprise !

Elle haletait. Posément, Andréas soutint son regard. Enfin il répliqua avec calme :

— Je n'ai jamais eu de liaison sérieuse avec Pétra. Nous avons couché ensemble un soir, un seul. Je l'ai aussitôt regretté et je le lui ai dit. Elle n'a jamais été enceinte. Elle a menti pour me tendre un piège, dans l'espoir que je cède sous la pression, parce qu'elle savait que ma mère avait peur d'avoir un cancer et de ne jamais connaître ses petits-enfants.

— Mais... ses nausées... ses malaises ?

— De la pure comédie. Elle s'est effondrée quand j'ai parlé d'échographie.

Mal remise de sa stupeur, Cléo avait du mal à réfléchir. Elle bredouilla :

— Pourquoi as-tu fait tout ce chemin pour me dire tout ça ? A moins que tu ne cherches une autre idiote pour porter ton enfant et faire plaisir à ta mère ?

Il frémit sous ces mots cinglants, inspira profondément et une fois de plus, chercha son regard.

— Non, Cléo. Je suis venu te chercher. Si tu veux bien de moi. Parce que je t'aime. Je n'en avais pas conscience, mais j'ai ouvert les yeux maintenant. Je veux t'épouser, je veux te faire des enfants, et je veux passer ma vie auprès de toi.

Cléo ouvrit stupidement la bouche. Ses jambes se dérobèrent et elle ne protesta pas quand Andréas la saisit par les bras pour la soutenir.

Son beau visage bronzé avait pris une expression suppliante.

— Un jour, tu m'as dit que tu m'aimais, Cléo. Est-ce vrai ?

Et tout à coup, elle ne put réfréner le flot d'amour qui enflait en elle. Les larmes débordèrent de ses yeux, coulèrent sur ses joues.

— Bien sûr que je t'aime, Andréas ! Je t'aime de tout mon cœur !

— Dieu merci ! Et me feras-tu l'honneur d'accepter d'être ma femme ?

— Oui, oui, oui ! cria-t-elle, riant et pleurant en même temps. Oh Andréas, je t'aime ! Je t'aime tant !

Il l'attira alors dans ses bras et prit ses lèvres dans un baiser passionné qui dura, dura, jusqu'au moment où trois coups discrets furent frappés à la porte.

— Le dîner, monsieur Xenides ! fit la voix de Daphné Cooper derrière le battant.

A regret, Andréas s'écarta de Cléo.

— Il va falloir commander du champagne ! chuchota-t-il à son oreille.

Épilogue

La mère de Cléo étendait son linge et sa grand-mère était assise à l'ombre du vieux poivrier quand la voiture d'Andréas se gara dans l'allée, le lendemain matin. Cléo avait prévenu les siens de la visite de son ancien patron, mais sa mère ne put s'empêcher de le dévorer des yeux tandis qu'il s'approchait. De leur côté, les jumeaux surgirent du coin de la maison et se mirent à tourner autour de la Porsche.

— Ouah, c'est la tienne ? s'extasièrent-ils d'une même voix.

— Hélas non, c'est un véhicule de location, répondit Andréas avec un grand sourire. Mais je vous ferai faire un tour tout à l'heure si vous le voulez.

Des clameurs de joie saluèrent cette proposition. Andréas avait déjà gagné deux cœurs, s'émerveilla Cléo, attendrie.

Elle se sentait un peu empruntée à la perspective de présenter officiellement l'homme qu'elle aimait aux membres de sa famille. Mais Andréas semblait résolu à briser la glace. Et on ne pouvait pas l'accuser de jouer les milliardaires distants.

— Maman, grand-mère, je vous présente Andréas Xenides, l'homme que je vais épouser, dit-elle d'une voix qui tremblait un peu.

— Oh Seigneur ! s'exclama sa mère qui en lâcha le torchon qu'elle s'apprêtait à épingler sur la corde à linge.

— C'est-à-dire, si vous m'accordez la main de votre

fille, madame, corrigea Andréas, solennel, quoiqu'un éclair de malice dansât dans ses yeux.

La mère de Cléo se tourna vers la maison.

— Jack ! Jack ! Viens vite ! Notre Cléo va se marier.

La porte-moustiquaire rebondit contre le mur. Jack fit son apparition sous la véranda et s'approcha. Il jaugea Andréas du regard, et Cléo fut soulagée de le voir tendre spontanément la main.

— Bonsoir, monsieur Xenides. Jack Carter.

— Appelez-moi Andréas, je vous en prie.

— Eh bien Cléo, tu nous réserves d'autres surprises de ce genre ? demanda Jack avec un sourire débonnaire.

Cléo rougit et sourit à son tour. Ses relations avec son beau-père s'étaient beaucoup améliorées depuis qu'elle était rentrée de Grèce et habitait à l'hôtel.

— Alors c'est vrai, tu vas épouser ce gars-là ? demanda encore Jack.

— A une condition : que tu me mènes à l'autel.

— Rien ne me ferait plus plaisir, répondit Jack avec sincérité.

Emue, la mère de Cléo s'essuyait les yeux avec le coin de son tablier. Elle reprit enfin ses esprits et s'enquit :

— Vous restez pour déjeuner, n'est-ce pas ? J'ai un gigot d'agneau au four.

— Quelle chance, j'adore l'agneau, acquiesça Andréas, avant de demander : De l'agneau australien, j'espère ?

— Bien sûr ! répondirent-ils tous en chœur, avant d'éclater de rire.

Andréas glissa un bras autour des épaules de Cléo et ils remontèrent en direction de la maison. Déjà, il se sentait bien au sein de cette famille. Même s'il avait hâte de fonder la sienne, maintenant qu'il avait trouvé l'amour.

Un amour qui illuminerait sa vie jusqu'à la fin de ses jours.

MELANIE MILBURNE

Le désir sur contrat

Traduction française de
ANTOINE HESS

HARLEQUIN

Titre original :
THE GREEK'S CONVENIENT WIFE

Ce roman a déjà été publié en 2011

1

Les yeux ronds, Maddison fixait son jeune frère de dix-neuf ans, se demandant si elle avait bien entendu.

— Tu as fait *quoi* ? Mais ce n'est pas possible ! Kyle, dis-moi que c'est une plaisanterie !

— Non, c'est vrai. Je l'ai coulé pour de bon. Son yacht est maintenant au fond de l'eau. Oh ! Il le méritait, tu sais…

— Mon Dieu, mais tu es complètement fou ! s'exclama-t-elle en se prenant la tête dans les mains. Est-ce que tu te rends compte, au moins, de la gravité de ton geste ?

— Et moi qui pensais que cela te ferait plaisir, grommela le jeune homme d'un ton détaché. Tu sais bien que ce despote est en partie responsable de la mort de papa. J'imaginais que tu serais satisfaite de cette petite revanche…

— Une *petite revanche* ? Mais Kyle, c'est de la démence pure et simple ! Tu coules un yacht qui vaut probablement un million de dollars, sinon plus, et tu m'annonces la nouvelle le sourire aux lèvres ! Te rends-tu vraiment compte de la folie d'un tel acte ?

— On ne saura pas qui a fait le coup, rétorqua Kyle, l'air buté.

— Oh, mais tu ne connais pas Demetrius Papasakis ! C'est un personnage redoutable.

— Mais il ne saura jamais que c'est moi qui ai fait le coup…

— Mais bien sûr que si ! Le recoupement sera facile à

faire. Et n'oublie pas que tu as déjà un casier judiciaire ! Tu es bon pour la prison, mon pauvre Kyle !

— Oh non ! Je n'irai pas en prison. Jamais de la vie !

— Tu n'y couperas pas si nous restons sans rien faire, enfin si *je* reste sans rien faire, grommela-t-elle, angoissée. Comme si ton dernier délit n'avait pas suffi ! Voler une voiture !

— Je ne l'ai pas volée ! Je l'ai empruntée, et…

— Ne fais pas l'innocent ! Tu l'as volée, et tu le sais très bien. Et à présent, c'est moi qui dois rembourser tous les mois un dédommagement à son propriétaire. Mais quand vas-tu donc te décider à grandir ?

— Quand j'aurai de l'argent, je te rendrai ce que tu m'as avancé, murmura Kyle, soudain penaud. Je vais trouver un travail, et je te…

— Un travail ? Permets-moi de te rappeler que tu as déjà eu trois emplois, et que tu n'es jamais resté plus d'une semaine pour chacun. Non, Kyle, cette fois, tu t'es mis dans un sacré pétrin, tu sais…

— Demetrius Papasakis nous a fait beaucoup de mal, l'interrompit son frère, le regard fixe. C'est à cause de lui que papa est mort, tu le sais bien. J'ai voulu faire justice.

Malheureusement, Maddison ne pouvait contredire son frère sur ce point : Demetrius Papasakis était un milliardaire sans scrupule. Il possédait une chaîne d'hôtels qui rapportaient énormément d'argent. Le père de Maddison et de Kyle avait été comptable pour ce groupe hôtelier de longues années, jusqu'au jour où on lui avait reproché d'avoir détourné des fonds. Malgré ses protestations, Demetrius Papasakis l'avait aussitôt renvoyé, ce qui avait rapidement ravagé M. Jones. Quelque temps après, il mourait d'une crise cardiaque.

— Ce n'était pas à toi de faire justice, gronda Maddison. Des gens comme Papasakis reçoivent leur châtiment un jour ou l'autre. Et c'était de la pure folie que de vouloir couler son yacht. Maintenant, il va vouloir se venger et, fais-lui confiance, il va se débrouiller pour trouver le coupable. Attends-toi au pire.

— Je n'ai pas peur de Papasakis, assura Kyle en relevant la tête d'un air de défi.

— Moi si. C'est un homme redoutable et sans pitié. Il peut t'écraser comme un insecte sans le moindre état d'âme.

— Qu'est-ce que je dois faire, alors ? demanda Kyle, brusquement moins fier.

— Il faut que tu te caches, déclara Maddison d'un ton sans réplique. J'ai une amie qui travaille chez des éleveurs, dans le Territoire du Nord. C'est au fin fond de l'Australie. Personne n'ira te chercher là-bas. Mon amie m'a dit que l'on avait besoin de jeunes gens solides pour des travaux manuels.

— Des travaux manuels ? grimaça Kyle d'un ton dégoûté.

— Ecoute-moi bien, Kyle. Tu n'as pas le choix. Si tu te fais pincer, tu iras directement en prison. Je t'offre le voyage en avion pour le Nord. Personne ne saura que tu es là-bas et tu te feras oublier un certain temps. C'est ta seule chance. Si tu ne veux rien entendre et continuer tes bêtises, libre à toi. Mais dans ce cas, ne compte plus sur moi pour continuer à t'aider.

Kyle demeura un moment indécis, tête baissée, bras croisés. Puis il sembla se décider.

— D'accord, soupira-t-il. Je partirai pour le Nord. Mais tu sais, ce n'est pas parce que j'ai peur. C'est juste pour te faire plaisir.

Sur le chemin qui la ramenait de l'aéroport où elle venait d'accompagner son frère, Maddison ne pouvait s'empêcher d'être inquiète ; les dernières frasques de Kyle étaient plus qu'une simple bêtise.

A peine venait-elle de rentrer chez elle que l'on sonnait à la porte.

Aussitôt, un instinct secret l'avertit que les ennuis allaient commencer.

Un homme très grand, de près d'un mètre quatre-vingt-dix, se tenait sur le seuil; son visage était sévère, son regard noir. Il détailla Maddison d'une manière tellement insolente qu'elle faillit lui refermer la porte au nez.

— Mademoiselle Jones, je présume ?

La respiration coupée, elle répondit d'une voix anxieuse par un « oui » mal assuré.

— Monsieur Papasakis, que puis-je pour vous ? demanda-t-elle, paralysée par le charisme du personnage.

— J'aimerais parler à votre frère.

— Il n'est pas là pour le moment.

— Où se trouve-t-il ?

— Je ne sais pas.

— N'essayez pas de jouer à la plus maligne avec moi, mademoiselle Jones, répliqua-t-il d'une voix tranchante. Vous avez tout intérêt à vous montrer conciliante.

— Je suis désolée mais je ne peux rien pour vous.

Comme elle allait refermer la porte, Demetrius Papasakis franchit le seuil d'un mouvement vif et entra dans l'appartement d'un pas résolu. Puis il referma soigneusement la porte.

— Il est préférable que vos voisins n'entendent pas notre petite conversation, annonça-t-il, à la fois calme et menaçant.

— Veuillez quitter mon appartement, monsieur ! rétorqua-t-elle du ton le plus ferme qu'elle put.

Mais elle n'avait pas réussi à contrôler le tremblement de sa voix. Cette arrivée inopinée la déroutait au plus haut point et l'attitude du personnage, qui ne présageait rien de bon, lui fit froid dans le dos.

— Sortez ! lança-t-elle avec exaspération, puisant une force bien ridicule dans ce mouvement de colère.

— Dans ce cas, vous préférez sans doute que j'appelle la police au sujet de votre frère ?

Il sortit aussitôt son téléphone portable de son étui de ceinture et fit mine de composer un numéro.

— J'ai le numéro personnel de l'officier judiciaire qui a le dossier de votre frère. Voulez-vous que je lui explique où était ce dernier hier soir ?

— Il était ici même, avec moi ! répliqua-t-elle, paniquée.

Demetrius Papasakis haussa un sourcil.

— Et vous imaginez que je vais vous croire ?

— Vous croyez ce que vous voulez, grommela-t-elle avec dédain.

Le milliardaire grec appuya nonchalamment son dos contre le mur, près de la porte d'entrée, croisa les bras et marmonna sèchement :

— Je ne partirai pas d'ici avant que vous ne m'ayez dit où se trouve votre frère.

Les yeux bleu saphir de Maddison brûlèrent soudain d'une flamme furieuse.

— Vous pouvez toujours attendre, répliqua-t-elle froidement. J'espère que vous avez emporté votre brosse à dents avec vous, parce que cela risque d'être plutôt long.

— Vous êtes vraiment très drôle, mademoiselle Jones, siffla-t-il entre ses dents. Vous envisageriez donc que je reste toute la soirée ici, avec vous ?

Il la toisait avec audace, un sourire narquois sur les lèvres.

— Et vous aimeriez sans doute aussi que je passe la nuit avec vous ? insista-t-il, railleur et séducteur.

Elle soutint fièrement son regard.

— Cela ne me plairait guère, vous n'êtes vraiment pas mon genre.

Lorsqu'il tendit la main pour saisir délicatement une

mèche de ses cheveux blonds du bout des doigts, comme pour en évaluer le soyeux, elle tressaillit, désarçonnée.

— Vous avez de jolis cheveux, murmura-t-il d'une voix toute différente, presque nonchalante, comme s'ils venaient de se rencontrer dans une réunion mondaine. Vraiment très jolis…

Le regard de Demetrius Papasakis avait brusquement changé. Dans les yeux de prédateur qui scrutaient jusque-là avec froideur la jeune femme venait de s'allumer une petite flamme intense qui dansait gaiement. Mais ce regard de velours qui la caressait à présent semblait tout aussi dangereux.

Troublée par ce brusque changement d'attitude de la part de son visiteur, ainsi que par la fragrance d'une eau de toilette particulièrement envoûtante qui avait accompagné son geste, Maddison sentit son cœur battre un peu plus vite.

— Je vous le demande encore une fois, mademoiselle Jones, reprit-il d'un ton nettement plus courtois. S'il vous plaît, dites-moi où est votre frère.

— Il… il est parti, murmura-t-elle d'une voix enrouée.

— Parti ? Pour où ?

— Je ne sais pas. Loin, je crois.

— Et, bien sûr, vous n'avez même pas une vague idée de l'endroit où il se trouve ?

— Non, je suis désolée.

Demetrius Papasakis fronça les sourcils.

— Dois-je vous préciser qu'il est dans votre intérêt et dans celui de votre frère de me dire la vérité ? laissa-t-il tomber d'un ton qui ne présageait rien de bon. Devrais-je ajouter que vous pourriez le *regretter* ?

— Vous ne me faites pas peur…

— Vraiment ?

Elle croisa les bras, très irritée. Elle commençait à en avoir assez de ce personnage et de ses menaces.

— Maintenant, monsieur Papasakis, veuillez quitter mon appartement, ordonna-t-elle sèchement. Allez, dehors !

Nullement affecté par le ton qu'elle venait d'employer, il eut un sourire presque amical.

— Oh ! Vous pourriez me dire cela plus gentiment, grommela-t-il doucement.

— Si vous ne partez pas, je vais crier !

— Merveilleux ! J'adore les femmes quand elles crient…

Maddison serra les poings rageusement. Si elle ne se retenait pas…

— Vous êtes odieux, vous êtes répugnant, vous…

— Et moi, je vous trouve absolument charmante, lui assura-t-il avec un sourire enjôleur. Mais vous vivez dangereusement, vous savez : vous cachez un criminel et cela peut vous mener… très loin…

— Mon frère n'est pas un criminel !

— Je me suis renseigné. A dix-neuf ans à peine, il a déjà un casier judiciaire disons *conséquent*. Encore un écart de sa part, et il se retrouvera en prison.

Maddison frissonna, brusquement épouvantée par l'image de son frère derrière des barreaux, dans une prison sinistre.

— Je possède des preuves qui suffisent à le faire condamner, reprit Demetrius Papasakis d'un ton posé.

— Je ne vous crois pas. Vous cherchez à m'intimider…

— On a vu votre frère sur mon yacht, hier soir.

— Et alors ?

— Alors mon bateau repose actuellement à trente mètres de fond dans la baie de Parsley. Il a été saboté.

— Et qu'est-ce qui prouve que mon frère est à l'origine de…

— Ceci, par exemple, la coupa-t-il en sortant de sa poche un pendentif en argent avec sa fine chaînette.

Maddison sentit son cœur s'arrêter en reconnaissant le cadeau qu'elle avait fait à Kyle pour ses dix-huit ans et qui se balançait à présent devant ses yeux comme une menace.

— Vous reconnaissez ce médaillon, mademoiselle Jones ?

— Non.

— Regardez bien les lettres gravées : KBJ. « K » pour Kyle, « J » pour Jones, et « B » pour je ne sais quoi, un deuxième prénom, peut-être...

Il s'interrompit soudain et reprit sur un ton presque amical :

— Mais j'y pense, je ne connais même pas votre prénom...

La jeune femme se sentit soudain très lasse. Lutter contre cet homme redoutable, sûr de lui et totalement à son aise allait très vite devenir épuisant... et impossible.

S'opposer à Papasakis ne la mènerait nulle part. Kyle avait fait une énorme bêtise et rien, maintenant, ne l'effacerait. Il fallait donc essayer d'éviter les retombées, qui pouvaient être terribles. Tout dépendait de cet individu détestable qui avait, hélas, toutes les cartes en main.

— Maddison, avança-t-elle à contrecœur. Je m'appelle Maddison.

Demetrius était en train d'inspecter distraitement une étagère où étaient rangés une série de livres. Il avait penché la tête pour lire le titre d'un des ouvrages. Il se redressa et lui fit face en souriant.

— Maddison ? C'est joli, comme prénom.

Surprise, elle l'observa mieux. Toute trace d'arrogance semblait avoir disparu en lui, et la jeune femme découvrait un personnage différent de celui qui lui était apparu au début. Papasakis était un homme d'affaires très puissant, certes, immensément riche. Mais il ne donnait absolument pas l'impression de vouloir briller à tout prix, comme le font souvent les gens qui croulent sous les millions. Il y avait chez lui quelque chose de simple, de direct, presque d'ingénu. Cela se lisait sur son visage, un beau visage admirablement dessiné par la nature. D'ailleurs, il était admirable en tout : un beau visage, un corps athlétique, une taille largement au-dessus de la moyenne, un sourire à tomber par terre…

« Et une dureté de cœur qui a déclenché la mort de ton père », se reprit soudain Maddison dans un sursaut de lucidité.

Il lui faudrait faire appel à toute sa force et son courage pour protéger Kyle, plaider pour lui, faire tout ce qui était en son pouvoir pour lui éviter des poursuites et la prison, elle en avait peur…

Dans une atmosphère brusquement détendue, Demetrius Papasakis allait et venait dans le petit appartement, très à son aise. Il observait les meubles, les objets, s'arrêtait devant un livre posé sur une table, le faisait pivoter pour lire le titre, poursuivait sa promenade.

Le redoutable personnage venu exiger des explications avait fait place à un homme souriant, charmant. Et ce nouveau personnage impressionnait vivement Maddison.

Comme elle le regardait à la dérobée, il déclara de manière impromptue, d'une voix calme et engageante :

— Maddison Jones, je vous propose un marché.

Elle leva le regard vers lui, à la fois surprise et méfiante.

— Quel genre de marché ?

Il reposa le livre qu'il avait en main.

— Mon yacht valait un million et demi de dollars, commença-t-il paisiblement.

— Dieu du ciel ! s'exclama-t-elle, épouvantée.

Jamais elle ne pourrait rembourser une telle somme, même si elle devait s'endetter pour le restant de ses jours et travailler comme une damnée.

— Et en quoi cela me concerne-t-il ? poursuivit-elle, terrifiée, tandis que son cœur s'affolait dans sa poitrine.

— Dans la mesure où vous faites tout ce que vous pouvez pour protéger votre frère, et comme vous ne me donnez aucune indication qui me permette de le retrouver, c'est donc avec vous que je vais traiter.

— Ne vous fatiguez pas : je ne possède pas un million et demi de dollars. Même pas le millième. Il m'est donc impossible de vous rembourser, et dans...

— Nous nous placerons sur un plan tout autre que le plan financier, la coupa-t-il d'un ton grave. J'ai quelque chose à vous proposer...

Il la fixa droit dans les yeux, laissa passer deux interminables secondes, et compléta d'une voix aux inflexions charmeuses :

— ... Maddison.

Il avait prononcé son prénom d'une manière si douce, si langoureuse, qu'elle eut l'impression qu'il venait de la caresser...

Elle ferma les yeux, étourdie par un fantasme fulgurant, puis se ressaisit, leva le menton et répliqua sèchement :

— Qu'avez-vous à me proposer ?

— Une situation que n'importe quelle femme accepterait à bras ouverts, expliqua-t-il, énigmatique.

— Oui mais je ne suis pas « n'importe quelle femme », rétorqua-t-elle avec orgueil.

Il eut un bref sourire tout en levant un sourcil étonné, puis reprit un visage grave.

— Vous me surprenez, Maddison. Je pensais que, contrairement à votre frère et à votre père, vous étiez quelqu'un de sensé...

— Mon père était un homme tout à fait sensé ! lança-t-elle, piquée au vif. Et je vous interdis de parler de lui ainsi à la légère !

Demetrius Papasakis hocha tristement la tête.

— Je suis désolé de vous contrarier, ma chère Maddison, mais votre père... comment dirais-je... s'est laissé prendre dans une sale affaire.

— L'accusation portée contre lui était fausse ! s'écria-t-elle, les larmes aux yeux. Il a été victime d'une injustice éhontée !

— Malheureusement pour lui il n'a pas pu le prouver, marmonna l'homme d'affaires à mi-voix, avec une tonalité de regret. Je comprends que vous le défendiez, c'est humain. Il n'empêche que les faits sont là, et...

— Les faits restent encore à prouver, gronda-t-elle, révoltée.

— Quant à votre frère, mademoiselle Jones, il se trouve à présent dans une situation bien peu enviable. Il suffirait que je porte plainte contre lui pour le faire arrêter.

Maddison se mordilla nerveusement la lèvre, réfléchissant à la meilleure manière de protéger Kyle. Comme elle se préparait à plaider encore une fois en faveur de son frère, Demetrius Papasakis la devança :

— Je suis prêt à passer l'éponge sur la destruction de mon yacht à partir du moment où vous acceptez la proposition que je vais vous faire.

La jeune femme le dévisagea avec intensité, essayant de deviner ce que cachaient ces mots. Quelle était la proposition qu'il évoquait ? Où voulait-il en venir ?

— Je suis donc prêt à effacer l'ardoise de ce million et demi de dollars que votre frère m'a fait perdre. Mais j'ai besoin de votre... *coopération*. Tout dépend de vous.

— Je vous écoute, murmura-t-elle, le cœur battant.

— J'ai besoin d'une sorte d'alibi, commença-t-il d'une voix nonchalante. D'un rideau de fumée, si vous préférez.

— Un alibi ? Un rideau de fumée ? Je ne comprends pas.

— On a parfois besoin de donner de soi une image extérieure qui convienne aux autres. C'est mon cas aujourd'hui. J'ai besoin de donner le change. Je ne vais pas vous expliquer pourquoi, ce serait trop compliqué. En bref, il faut que je paraisse en public avec une maîtresse officielle à mon bras.

— Une *maîtresse officielle* ? répéta-t-elle lentement.

— Oui. Vous.

Maddison, sidérée par cette proposition surréaliste laissa échapper un petit rire méprisant qui exprima, mieux que des mots, ce qu'elle pensait à cet instant. Il se moquait d'elle ! Comment un séducteur aussi célèbre que lui pouvait-il avoir besoin d'une maîtresse officielle ?

Ils demeurèrent un moment sans rien dire, puis Demetrius reprit avec douceur tandis qu'il la fixait de son regard velouté :

— Que pensez-vous de ma proposition ?

Elle soutint son regard et répondit d'une voix narquoise :

— Vous attendez de moi une réponse polie ou mon sentiment réel ?

— Les deux.

— Veuillez m'excuser si je heurte votre fierté, mais je n'accepterai jamais d'être votre maîtresse.

— Et ma femme ?

— Votre *femme* ? reprit-elle, les yeux écarquillés.

Elle secoua lentement la tête avec un sourire amer.

— C'est aussi hors de question, murmura-t-elle.

— Supposons que vous n'ayez pas le choix…

Elle le considéra d'un regard glacial.

— On a toujours le choix pour ce genre de choses.

— Supposons que votre vie en dépende, insista-t-il, obstiné. Ou plus exactement, imaginons que la vie de votre frère en dépende.

— Pourriez-vous être plus clair, je vous prie ?

— Oh, c'est très clair. Voici la situation : il suffit que je prenne mon téléphone et que j'appelle la personne qui s'occupe du dossier de votre frère auprès du tribunal. Si je porte plainte, toutes les polices de ce pays recevront dans l'heure la fiche de Kyle Jones, et il aura beau être caché au fin fond de la brousse, il sera rapidement arrêté et jeté en prison. Il sera facile de prouver sa culpabilité dans la destruction de mon yacht. Et il sera condamné…

— Mon Dieu…, murmura-t-elle d'une voix à peine audible.

Elle savait qu'il ne bluffait pas.

— Vous imaginez votre frère dans une cellule de deux mètres sur trois, en compagnie de brutes, de truands ou de pervers ?

Quelques minutes s'écoulèrent dans le silence le plus total. Maddison regardait fixement le tapis de son appartement, atterrée. Elle avait beau retourner la situation dans tous les sens, ses chances de sauver Kyle ne passaient que par un seul choix…

Elle poussa un soupir accablé.

— Alors, articula-t-elle d'une voix tremblante, il faudrait que je fasse semblant d'être votre femme ?

— Non, pas semblant. Il s'agit tout simplement de devenir officiellement ma femme.

Elle le dévisagea cette fois avec angoisse.

— Pour ce… pour cet *alibi* que vous évoquiez ?

— Exactement, confirma-t-il avec un grand sourire.

Même dans ses cauchemars les plus terribles, Maddison n'avait jamais eu à affronter une telle situation : elle n'avait qu'une seule issue, et cette issue débouchait sur un enfer. Totalement désemparée, elle secoua encore la tête, se tordit les mains avec nervosité, puis répondit d'une voix mal assurée :

— Il faut que… que je réfléchisse. Je ne peux pas vous donner de réponse sans un délai de réflexion…

— Je vous donne une semaine.

— Une semaine ! Vous vous moquez de moi ?

— C'est suffisant. Mais soyez rassurée, Maddison, il ne s'agit pas d'un mariage réel. Vous m'avez bien compris ? Notre mariage ne durera qu'un temps.

— Nous pourrons ensuite divorcer ? questionna-t-elle avec anxiété.

— C'est évident. Comme je vous le disais, notre mariage

ne constituera qu'un alibi passager. J'ai actuellement besoin de cela pour mon image sociale. C'est idiot, mais c'est ainsi. Après quelques mois, vous retrouverez votre liberté. Et nous serons quittes.

— Il s'agira donc d'un mariage de façade, n'est-ce pas ? insista-t-elle néanmoins. Pas d'une union véritable ?

— Absolument.

— Pourrais-je alors avoir votre parole que vous ne... Enfin que vous n'abuserez pas de ce statut matrimonial pour...

— Rassurez-vous ! la coupa-t-il avec un rire amusé. Je n'ai nullement l'intention de vous sauter dessus ! Vous pourrez dormir tranquille, dans votre chambre. J'ai déjà tout ce qu'il faut ailleurs.

— *Tout ce qu'il faut?* répéta-t-elle d'un ton à la fois railleur et méprisant. C'est élégant !

Quelle jolie formule pour désigner ses maîtresses ! Cet homme était bel et bien un... un odieux personnage. Mais elle était bien obligée de passer par cette comédie qu'il lui imposait pour protéger Kyle.

Elle n'avait vraiment pas le choix.

— Je vous explique en bref notre arrangement, résuma-t-il d'un ton déterminé. Il faudra que vous et moi donnions, à l'extérieur, l'image d'un couple uni et heureux.

— Et pendant combien de temps ?

— Oh, pas plus de six mois, assura-t-il avec une paisible bonhomie. Pas plus, car vous risqueriez de vous attacher à votre nouveau rôle.

Maddison serra les dents et le fusilla du regard. Quelle insolence !

— Parce que vous imaginez que je pourrais prendre un quelconque plaisir à ce vaudeville grotesque ?

— On ne sait jamais, on ne sait jamais ! ironisa-t-il avec un petit rire moqueur.

Il sortit une carte de visite de sa poche et la lui tendit.

— Je veux votre réponse dans une semaine, Maddison. Pas plus.

Comme il s'apprêtait à sortir, il se retourna et lança d'un ton allègre :

— Vous savez, notre petit arrangement peut très bien se révéler tout à fait plaisant. Mais oui, tout à fait plaisant ! Je vous salue bien, mademoiselle Maddison Jones.

2

La semaine passa très rapidement pour Maddison. Bien trop rapidement. Elle allait devoir donner sa réponse et, à mesure que ce moment dramatique approchait, elle sentait l'angoisse la gagner.

Son attente lui faisait penser à celle des condamnés qui voient arriver le moment de leur exécution dans les couloirs de la mort des prisons américaines.

Chaque jour, chaque heure, chaque minute constituait pour elle un sursis mais dont elle ne pouvait, hélas, pas profiter pleinement.

Elle se rendait à son travail le cœur serré, l'esprit tourmenté. Pourtant la librairie de livres anciens où elle travaillait, ce lieu magique qu'elle aimait, aurait dû la réconforter. Mais rien n'y faisait. La proposition de Demetrius Papasakis déclenchait en elle des paniques effroyables.

En arrivant à la librairie ce matin-là, elle eut un choc en voyant le visage défait de son patron, Hugo McGill.

— J'ai une mauvaise nouvelle pour toi, ma pauvre Maddison, annonça-t-il d'emblée. Je suis obligé de vendre.

— De vendre la librairie ? articula-t-elle, consternée.

— Oui. Les affaires marchent mal, comme tu le sais. Et l'on vient de me proposer un bon prix. J'ai accepté.

Hugo leva vers elle ses yeux voilés par le souci et ajouta d'une voix étranglée :

— Je suis désolé, Maddison, à la fois pour moi et pour toi.

— J'imagine que la personne qui va reprendre le magasin va continuer dans le même secteur ?

— Hélas non, soupira Hugo. Le repreneur a racheté toutes les autres boutiques du coin. Il va tout raser pour construire un grand hôtel de luxe.

Une colère soudaine envahit Maddison. Non ! Cela ne pouvait pas être...

— Et qui est ce repreneur ? lança-t-elle d'un ton bref, connaissant déjà la réponse.

— Le milliardaire grec qui possède une chaîne d'hôtels, tu sais, Demetrius Papasakis. Tu vois qui c'est ?

— Non, non, je ne vois pas, répondit-elle du ton le plus dégagé possible.

— Les journaux ont beaucoup parlé de lui ces jours derniers. Figure-toi que son yacht a été saboté.

— Tiens donc ! fit-elle d'un ton distrait en ravalant sa fureur.

Ce Papasakis était un monstre de la plus vile espèce ! ragea-t-elle en saisissant au hasard des livres pour les ranger ailleurs. Il s'était renseigné sur elle et avait racheté le magasin où elle travaillait afin de la pousser à accepter sa proposition.

Tous les moyens étaient bons à ce milliardaire sans scrupule. Après son père, il s'en prenait à elle !

Etait-ce un jeu pour lui ?

Un peu plus tard dans la journée, Maddison jeta un coup d'œil à sa montre. Il lui restait six heures pour donner sa réponse à Papasakis.

Le compte à rebours devenait de plus en plus oppressant.

A 16 h 30, elle quitta la librairie, le cœur lourd, l'esprit inquiet, sachant qu'elle allait devoir quitter ce travail qui lui avait donné tant de satisfactions.

Elle sortit de son sac la carte de visite que lui avait donnée Demetrius Papasakis et se dirigea vers une cabine téléphonique. Elle était en panne. Elle se mit à la recherche d'une autre cabine. Et là, le câble du téléphone avait été arraché.

— Puisque c'est ainsi, je vais aller directement à son bureau ! grommela-t-elle, énervée et tendue.

Comme cela, elle allait pouvoir lui dire en face ce qu'elle pensait de lui.

Le bureau de Demetrius Papasakis était situé pas très loin. Elle le trouva rapidement, entra dans un hall somptueux, et demanda à l'hôtesse d'accueil où était l'étage de la direction. Quelques secondes plus tard, elle se présentait à une nouvelle secrétaire.

— Je voudrais voir M. Papasakis, expliqua-t-elle de la voix la plus assurée possible.

— Avez-vous rendez-vous ?

— Non. Enfin, oui, d'une certaine manière.

Lorsqu'elle donna son nom, la secrétaire décrocha son téléphone et murmura d'un ton feutré :

— Mlle Jones est ici. Dois-je…

Elle s'interrompit, puis répondit sur le même ton :

— Bien, monsieur.

Puis elle conduisit Maddison jusqu'à une belle porte de chêne. Elle frappa, ouvrit délicatement la porte et s'effaça pour laisser passer Maddison. Puis elle s'éclipsa, tout aussi discrètement, et Maddison eut l'impression que l'on venait de l'introduire dans la cage aux fauves.

Demetrius Papasakis était assis derrière un grand bureau et contempla un instant la jeune femme avec un certain étonnement.

— C'est bien d'être venue directement, lança-t-il

soudain d'une voix enjouée en se levant à sa rencontre. Et vous êtes à l'heure !

Comme il proposait d'un geste un fauteuil, Maddison lui signifia qu'elle préférait rester debout.

— Comme vous voudrez, murmura-t-il avec un sourire indulgent.

Il s'assit nonchalamment derrière son bureau et considéra sa visiteuse d'un œil bienveillant. Il appréciait beaucoup cette manière qu'elle avait de se tenir devant lui, dans toute sa dignité, alors qu'il devinait un grand émoi en elle.

Elle ne manquait pas de cran, cette Maddison Jones.

— Mais asseyez-vous donc ! insista-t-il d'un ton engageant.

— Non merci. Je préfère rester debout.

— Alors ? Avez-vous réfléchi à ma proposition ?

— Vous appelez cela une *proposition* ? Moi je considère qu'il s'agit d'un chantage pur et simple.

— Un chantage ? Comme vous êtes sévère ! Permettez-moi de vous assurer que vous êtes libre de quitter ce bureau à l'instant, si tel est votre souhait.

— Bien sûr, mais si je m'en vais, il me faudra en payer les conséquences. Très cher ! Et quand on n'a plus de travail, on n'a plus les moyens de payer.

— Ah, vous faites sans doute allusion à cette petite opération immobilière que je viens d'effectuer.

— Vous m'avez prise en traître ! gronda-t-elle. Vous êtes méprisable !

Il la considéra un moment sans répondre, d'un regard où dansait une flamme amusée, puis proclama avec un soupir :

— Bien. Allons droit au but. D'après ce que vous m'exprimez de manière si… *aimable*, j'imagine que votre réponse est « non » ?

La jeune femme lui faisait face, serrant et desserrant ses poings dans un effort évident pour se maîtriser.

— Je vais vous dire quelque chose, monsieur Papasakis, articula-t-elle d'une voix tremblante de colère. Et écoutez-moi bien, parce que, plus tard, vous vous souviendrez de mes paroles. J'ai décidé de vous épouser. Uniquement parce que je n'ai pas le choix. Mais soyez certain d'une chose, monsieur Papasakis : vous regretterez toute votre vie ce mariage absurde. Et je ferai tout pour que vous vous en mordiez les doigts !

Elle s'interrompit, frémissante de rage.

Il la considérait toujours d'un œil amusé, comme s'il assistait à un spectacle des plus divertissants.

— Vous me feriez presque peur avec vos menaces, murmura-t-il, un sourire ironique au coin des lèvres.

— Oh, vous pouvez vous moquer ! Je ne plaisante pas, monsieur Papasakis !

— J'adore quand vous vous emportez ainsi, marmonna-t-il, les yeux brillants. Vous me plaisez infiniment, mademoiselle Jones. Cette *excitation* qui est la vôtre est absolument délicieuse.

— Je ne suis pas excitée, je suis en colère ! s'écria Maddison, hors d'elle. Et une colère des plus légitimes !

Demetrius se leva brusquement dans un mouvement souple et marcha vers elle à grands pas.

— Allons, Maddison. Soyez bonne joueuse. Sachez qu'il y a de très nombreuses femmes qui vont envier votre statut. Vous épousez un homme extrêmement riche, qui vous offrira tout ce dont vous rêvez. Vous pourrez vous acheter tous les vêtements que vous voulez, vous disposerez de voitures de luxe… Que pourriez-vous souhaiter de plus ?

— Si vous croyez que c'est cela que j'attends d'un mari, vous vous trompez complètement. Vous n'aurez de moi que du mépris. Est-ce clair ?

Le regard de Demetrius Papasakis se voila un instant et il considéra la jeune femme en silence.

— Mademoiselle Jones, je n'accepterai pas la moindre insulte de votre part, ni le moindre faux pas durant la période que durera notre mariage, laissa-t-il tomber d'un ton autoritaire, habitué à commander. Est-ce clair ? Si vous choisissez quand même de me traiter de tous les noms et de m'agonir d'injures c'est votre droit, mais sachez que cela compromettra sensiblement notre accord, et vous pourrez alors être certaine que votre frère sera jeté en prison.

— C'est vous que je souhaiterais voir en prison ! rétorqua-t-elle rageusement. Si vous saviez comme cela me ferait plaisir !

Nullement affecté par la dureté de ses propos, il s'était rapproché tout près d'elle, l'enveloppant de l'arôme envoûtant de son parfum de toilette.

— Vous ne souhaitez pas réellement voir votre frère en prison ? murmura-t-il à son oreille avec une tonalité enjôleuse.

Comme elle demeurait obstinément muette, il effleura délicatement ses cheveux.

— Vous ne répondez pas ? insista-t-il à mi-voix, tandis que son visage s'approchait encore du sien.

— Je ne veux pas que mon frère aille en prison, murmura-t-elle faiblement, les larmes aux yeux.

— Et… le reste ?

— Je… j'accepte de devenir temporairement votre femme, articula-t-elle, déchirée.

— Alors c'est parfait ! J'étais sûr que vous accepteriez, Maddison.

Comme elle baissait la tête, écrasée par la décision qu'elle venait de prendre, il releva doucement son menton et la regarda de manière si intense qu'elle se sentit brusquement paralysée.

Dans un mouvement très doux et très naturel, il posa ses lèvres sur les siennes, sans qu'elle ait eu le temps de réagir. Elle sentit le contact suave et tiède de cette bouche sur la sienne, et, l'espace de quelques secondes, il lui sembla être ailleurs.

Mais cela ne dura guère, car il se détacha d'elle et annonça sur un ton presque administratif qui tranchait étonnamment avec l'instant romantique qu'ils venaient de vivre :

— Je vous contacterai d'ici peu pour tous les détails et les papiers à signer, mademoiselle Jones.

Puis il retourna s'asseoir derrière son bureau, redevenant soudain l'homme d'affaires précis et organisé. Il posa nonchalamment un coude sur son bureau et s'appuya sur sa main droite, considérant la jeune femme avec une attention rêveuse.

— Il faudra tout de même une petite cérémonie, non ? Souhaiteriez-vous inviter des personnes en particulier ?

— Avec plaisir ! Des tireurs d'élite.

— Très drôle, répondit-il, glacial.

Il la considéra durement et reprit d'un ton menaçant :

— Faites bien attention, Maddison. Maintenant que vous allez devenir ma femme, vous êtes censée être follement amoureuse de moi. Je ne vous demande pas de vous pâmer devant moi à chaque instant, mais j'exige que vous donniez pour l'extérieur l'image d'une femme amoureuse.

— Vous savez, je n'ai jamais été très douée pour jouer la comédie. J'ai beaucoup de mal à imaginer être amoureuse de vous. Voyez-vous, monsieur Papasakis, vous représentez exactement ce que je déteste le plus chez les hommes.

Il eut un rire léger, tout à fait indifférent à la remarque.

— Tout ce que je vous demande, c'est de faire semblant, dit-il d'un ton persuasif. Ce n'est pas le bout du monde, Maddison.

— Je ne sais pas si je pourrai être assez bonne comédienne…

— Mais si ! Vous verrez, à la longue, vous jouerez parfaitement le personnage de l'épouse comblée, j'en suis sûr.

Demetrius Papasakis fronça les sourcils et reprit d'un ton plus sévère :

— J'espère bien que nous sommes d'accord. Vous connaissez l'enjeu, n'est-ce pas ?

— Je suppose que cette *menace* sera suspendue au-dessus de ma tête pendant tout le temps de notre *prétendu* mariage ?

— Absolument. Ce sera pour moi une sorte d'assurance tous risques. Votre frère ne sera pas inquiété tant que vous vous comporterez, en public tout au moins, comme une bonne épouse.

— Aurai-je au moins le droit de parler à mon frère s'il me contacte ?

— Mais bien évidemment. D'ailleurs, je pense qu'il ne manquera pas de vous faire signe lorsqu'il découvrira notre mariage dans la presse.

— Et comment vais-je lui expliquer ce mariage si soudain ?

— Vous trouverez bien une explication. Les femmes s'entendent très bien à ce genre d'exercice.

Maddison l'observa avec attention. Elle avait entendu dans le ton de son futur mari quelque chose de blessé, comme l'écho d'une ancienne souffrance. En fait, elle ne connaissait rien de lui, de son passé. A trente-quatre ans, avait-il déjà vécu un véritable amour, plus fort que les nombreuses liaisons éphémères qu'il avait pu avoir ? C'était le mystère le plus complet.

« D'ailleurs, se dit-elle, cela ne me regarde pas. »

— Faudra-t-il que je porte une robe blanche pour le mariage ? demanda-t-elle, soucieuse.

— Seriez-vous contre ?

— Non. Cela m'est égal. Je m'étonne simplement du

soin que vous semblez apporter à ce mariage qui n'est, en définitive, qu'un artifice.

Il eut un sourire énigmatique.

— Vous savez, nous autres, Grecs, sommes très attachés aux traditions concernant le mariage, à la fête… et même à la virginité de l'épouse !

Comme Maddison sentait ses joues s'empourprer, il reprit sur un ton rassurant :

— Je ne suis pas assez stupide pour exiger la virginité de ma future épouse. Vous avez vingt-quatre ans, et à cet âge, on est rarement vierge. Je me trompe ?

— Oui, oui… Non, non, balbutia-t-elle, les joues en feu.

Elle venait de mentir, mais cela n'avait aucune importance. Elle pouvait raconter n'importe quoi à un futur mari qui n'en était pas un.

Il se leva d'un mouvement vif, mettant un point final à l'entrevue, et la raccompagna jusqu'à la porte.

— Alors, nous sommes bien d'accord ? lança-t-il avec fermeté.

— Oui, murmura-t-elle, le front plissé.

— Evitez les faux pas, n'oubliez pas que je vous surveille discrètement.

— Oh, je le sais bien, marmonna-t-elle, amère.

Puis elle sortit d'un pas vif, l'esprit tourmenté.

Comme elle traversait le couloir qui menait au bureau de Papasakis, un violent parfum l'agressa. Puis une femme se leva d'un bond à son approche, ce qui augmenta encore l'intensité des effluves dans le couloir.

— Demetrius est-il dans son bureau ? lança la jeune femme de manière abrupte, avec une voix haut perchée.

Maddison l'observa un instant sans répondre, surprise par l'accoutrement outrancier de la visiteuse : une coiffure comme un gâteau d'anniversaire et des talons comme des pics à glace.

— Oui, il est là, répondit-elle d'un ton railleur. Mais

je ne sais pas s'il lui reste encore quelques forces. Vous savez… il est tellement fougueux quand il est amoureux…

La jeune femme la dévisagea un instant, les yeux agrandis par la stupeur, puis elle bredouilla d'un ton furieux :

— C'est avec vous que… qu'il…

— Oui ! C'est *avec moi qu'il*, confirma Maddison, le sourire aux lèvres. Oh, ne lui en veuillez pas trop : il est tellement heureux de se marier qu'il… qu'il se laisse un peu aller. C'est bien compréhensible, non ?

Le sol de marbre du couloir résonna d'un clic-clac précipité tandis que Maddison, ravie, souriait pour la première fois de la journée, du sourire un peu cruel d'un chat qui venait de prendre une souris au piège.

Le mercredi suivant, on vint déposer dans la boîte aux lettres de Maddison les documents nécessaires au mariage, sans que la date ne fût précisée. Demetrius Papasakis y avait joint une carte de crédit au nom de Maddison.

Déterminée à ne pas entrer dans le rôle d'une femme entretenue, Maddison renvoya immédiatement la carte de crédit à son expéditeur sans un mot d'explication.

Pourtant elle ne roulait pas sur l'or, loin de là. Elle avait dû payer intégralement le billet d'avion pour Kyle, et le salaire minime qu'elle avait gagné en travaillant à la librairie ne lui avait pas permis de faire des économies.

La situation dans laquelle elle se trouvait la fit sourire tristement : une jeune femme pauvre allait épouser un des hommes les plus riches du pays ! Cela avait tout des contes de fées de son enfance.

Néanmoins, il n'était pas question pour elle d'utiliser un seul dollar provenant de Papasakis.

Le soir même, le milliardaire grec vint sonner à sa

porte. Lorsqu'elle lui ouvrit, il lui lança aussitôt d'une voix enjouée :

— Bonsoir, Maddison. Je ne vous dérange pas ?

Sans répondre, elle s'écarta pour le laisser passer.

— Alors, vous n'avez pas de rendez-vous galant, ce soir ? railla-t-elle sur un ton caustique.

— Après ce que vous avez dit à Elena Tsoulis, mes rendez-vous sont passablement compromis…

— Ah, la jeune femme qui se noie dans le parfum ! Elle s'appelle Elena ! Je vous souhaite bien du plaisir avec elle…

— Oublions cela, grommela-t-il, agacé.

— En fait, vous tombez bien, poursuivit Maddison d'un ton plus sérieux. Je me demandais ce que j'allais faire de mon appartement.

— Déménager. Vous allez venir habiter chez moi.

— Mais vous plaisantez !

Il haussa les sourcils, étonné.

— Mais nous allons être mariés, permettez-moi de vous le rappeler. Et les gens qui se marient ont coutume de vivre ensemble, non ?

Elle se mordilla la lèvre, perplexe, et s'enquit d'un ton soucieux :

— Où vivez-vous ?

— Dans le Papasakis Park View Tower.

— Vous vivez à l'hôtel ! s'exclama-t-elle, sidérée.

— Oui. Pourquoi pas ?

— Je pensais que vous habitiez dans un château ou dans une immense maison au milieu d'un parc…

— Il est très agréable de vivre dans un hôtel, vous savez. Surtout lorsque l'établissement vous appartient. Et puis je voyage beaucoup…

— Ah ? Vous voyagez beaucoup ? répéta-t-elle, agréablement surprise.

Sa vie serait sans doute plus supportable avec un mari

en voyage. Les absences de Demetrius lui apparaissaient soudain comme une lueur d'espoir à l'horizon.

Comme s'il avait deviné sa pensée, il marmonna d'un ton menaçant :

— Ce n'est pas parce que je serai à l'étranger que vous serez libre de faire n'importe quoi.

— N'importe quoi ! s'écria-t-elle, agacée. Mais pour qui me prenez-vous ?

— Et puis vous pourrez m'accompagner dans certains de mes déplacements, enchaîna-t-il, pensif, sans tenir compte de son indignation.

— Oh, quel bonheur ce serait ! se moqua-t-elle avec une grimace. J'en rêvais depuis toujours, figurez-vous.

— Mais il y a beaucoup de femmes qui seraient enchantées de découvrir des régions, des pays, des capitales en ma compagnie…

— Pas moi.

— Et pourquoi ? grommela-t-il, les sourcils froncés.

— Parce que je préfère choisir mes compagnons de voyage.

— Vous trouverez peu d'hommes qui, comme moi, sont prêts à effacer l'offense qu'on leur a faite. N'importe qui aurait exigé le remboursement intégral du yacht ! C'est incroyable à quel point vous pouvez vous montrer désagréable avec moi…, ajouta-t-il, désappointé.

— Vous n'espérez tout de même pas que je vous saute au cou après cet odieux chantage au mariage ?

— Non, mais j'aurais aimé un peu plus de *reconnaissance*. Enfin, Maddison, soyez objective : il me suffit d'un bref appel téléphonique pour expédier votre frère en prison. Je suis prêt à tout oublier en échange d'un simple mariage pour une durée limitée. Ce n'est pas le bout du monde !

Maddison croisa les bras et fronça les sourcils.

— Que voulez-vous de moi, au juste, en dehors de ma signature sur un registre officiel ?

— Mais je vous l'ai déjà précisé, Maddison. Je veux simplement que vous fassiez semblant, pendant quelques mois, d'être une épouse comblée et une femme amoureuse. Vous savez bien que c'est cela, notre marché. Nous y trouvons notre compte, vous et moi. Ce n'est pas bien compliqué.

— Il ne me sera pas très facile de me comporter comme une épouse qui nage dans le bonheur.

Une braise noire brilla soudain dans le regard de Demetrius.

— Si vous ne vous en sentez pas capable, on laisse tout tomber, gronda-t-il. Et dans trois jours, votre frère sera derrière les barreaux.

Maddison frissonna, glacée à la perspective de son frère enfermé dans une prison sinistre.

— Pourquoi est-ce *moi* que vous voulez épouser, dans cet arrangement surréaliste ? interrogea-t-elle brusquement. Vous devez connaître un nombre incalculable de femmes prêtes à vous suivre dans cette aventure si romantique. Moi, je n'ai absolument rien à vous offrir.

— Au contraire, vous avez tout à m'offrir, Maddison. Le seul fait de votre générosité à l'égard de votre frère, ce *sacrifice* que vous faites pour le sauver, en dit long sur vous. Non seulement vous êtes une femme généreuse, mais…

Il s'interrompit, l'air pensif.

— Mais quoi ? marmonna-t-elle avec impatience.

— Mais vous avez également d'autres qualités, ajouta-t-il d'une voix brève et neutre. Et, en tous les cas, vous constituez pour moi l'alibi parfait pour mon plan. Je vous l'ai expliqué dès le premier jour.

Maddison n'avait toujours pas très bien compris cette notion d'« alibi » invoquée par Papasakis. Alibi de quoi ?

Pour qui ? Pourquoi et en quoi un simple mariage pouvait-il aider ce richissime homme d'affaires ?

Elle aurait pu insister, exiger des explications. Mais ce qui importait, avant tout, c'était de sauver Kyle et de le sortir du bourbier où il avait sauté à pieds joints.

— Vers quelle date envisageriez-vous ce mariage d'opérette ? demanda-t-elle en levant le menton de manière dédaigneuse.

— Nous nous marierons la semaine prochaine.

— Quoi ? Si tôt ? s'écria-t-elle, brusquement paniquée.

— Oui, la semaine prochaine me paraît parfait, répéta-t-il avec le ton qu'il aurait employé pour envisager un pique-nique au bord d'une rivière.

Comme Maddison ne réagissait pas, il précisa d'une voix tranquille :

— Un mariage aussi rapide va surprendre la presse et détourner son attention de sujets que je ne souhaite pas la voir aborder.

« Quels sujets ? », eut-elle envie de demander. Mais elle se doutait bien qu'elle n'aurait aucune réponse concrète. « L'alibi » demeurait bien mystérieux.

— Cela ne va pas être simple d'organiser un mariage en moins d'une semaine, assura-t-elle, déconcertée.

Il afficha un large sourire, plein de confiance.

— J'ai fait en sorte que tout soit prêt. Je suis un homme efficace, vous savez.

— Je n'en doute pas, murmura-t-elle. *Redoutablement* efficace.

— J'ai pensé qu'il serait opportun de faire des apparitions publiques ensemble, vous et moi, reprit-il d'un ton réjoui. Il faut absolument que l'on nous voie ensemble. J'ai prévu quelques sorties pour cette semaine.

— Oh ! Quel dommage ! Cette semaine, j'ai justement des engagements. Je ne peux pas, répliqua-t-elle sèchement.

— Annulez tout.

— Mais il n'en est pas question ! Vous croyez donc que…

— Ecoutez-moi bien, Maddison. Je n'ai aucunement l'intention de vous empoisonner la vie, mais il est indispensable de vous libérer. Nous devons absolument nous montrer au grand jour avant notre mariage au cours de réceptions amicales ou officielles. Me suis-je bien fait comprendre ?

— Oh, parfaitement…

Il fouilla dans sa poche pour prendre son trousseau de clés.

— Je passerai vous chercher demain soir, à 19 heures. Je compte sur vous pour que vous soyez prête à cette heure.

— Comment devrai-je m'habiller ?

— Mais comme vous le voulez, Maddison.

Au moment de passer la porte, il se retourna et ajouta en souriant :

— Surprenez-moi. J'aime bien les surprises !

Lorsqu'il eut disparu, les lèvres de Maddison se plissèrent en un sourire vengeur.

— Il aime les surprises ? murmura-t-elle pour elle-même. Bien. Il ne va pas être déçu…

3

Le téléphone sonna juste au moment où Maddison était en train de fouiller dans son placard à vêtements.

Elle reposa la paire de bas résille d'un rouge vif, des bas on ne peut plus provocateurs qu'elle avait portés plusieurs années auparavant pour un bal costumé.

— Quelle surprise ! s'exclama-t-elle joyeusement en reconnaissant la voix de son frère. Comme je suis heureuse de t'entendre ! Comment vas-tu ?

— Oh, ça peut aller... J'ai des coups de soleil, des courbatures, mais je vais très bien ! Le travail est dur, mais cela me plaît beaucoup.

Maddison n'en croyait pas ses oreilles. D'habitude, les travaux que l'on proposait à son frère ne duraient pas plus de deux ou trois jours. C'était la première fois qu'elle ne l'entendait pas pester contre son travail.

— J'essaye de mettre de l'argent de côté, ajouta-t-il d'une voix fière.

— Tu m'épates, mon frère ! Je ne te reconnais plus !

Emue, elle l'entendit rire à l'autre bout du fil. Kyle était-il en train de devenir raisonnable ? Elle n'osait l'espérer.

— J'ai quelque chose à te dire, à propos de Demetrius Papasakis.

— Qu'est-ce qu'il veut encore, celui-là ? grogna Kyle d'un ton haineux.

— Il sait que c'est toi qui as coulé son yacht.

Un silence de plusieurs secondes se fit sur la ligne.

— Sait-il où je me trouve actuellement ?

— Non, et à vrai dire, il s'en moque. Il a bien autre chose en tête.

— Tu veux dire qu'il ne va pas engager de poursuites contre moi ? s'étonna Kyle.

— Pas si le plan qu'il a imaginé fonctionne.

— Et c'est quoi, ce plan ?

— Il accepte de passer l'éponge sur le sabotage du yacht si j'accepte sa demande.

— Et il te demande quoi ?

— Il veut que je l'épouse.

— Que tu l'épouses ! glapit Kyle, hors de lui. Mais c'est de la folie ! Où va-t-il chercher des idées pareilles ? Il est malade, ce type !

Maddison ne put s'empêcher de sourire, amusée.

— Enfin, Kyle, je ne suis pas si repoussante que cela.

— Ce n'est pas ce que je… ce que je voulais dire, balbutia son frère, embarrassé. Papasakis n'est pas le genre d'homme qui se marie, c'est un don Juan sans foi ni loi !

— Il se trouve qu'il a besoin d'un alibi, expliqua-t-elle à mi-voix. Quelque chose qui l'aiderait à dissimuler son vrai visage pendant quelques mois, si j'ai bien compris.

— C'est machiavélique ! gronda Kyle.

— Il exige de moi que je joue le rôle de l'épouse radieuse et comblée. En échange de quoi il te laisse la liberté.

— Et tu es d'accord ?

— Ai-je vraiment le choix ? murmura doucement Maddison.

Une nouvelle fois, le frère et la sœur restèrent silencieux quelques secondes. Maddison imaginait sans peine la tempête qui devait agiter les pensées de Kyle à cet instant précis.

— Je suis… je ne sais pas quoi dire, bredouilla-t-il enfin d'une voix brisée. Je… je suis désolé, Maddy.

Elle l'entendit ravaler ses larmes, mais il reprit aussitôt avec énergie :

— Je vais travailler dur, je te le promets. Et lorsque j'aurai assez d'argent, nous pourrons fuir, toi et moi, très loin, à l'étranger...

— Mais tu rêves, mon pauvre Kyle ! Papasakis saura te retrouver où que tu sois, même aux antipodes ! Il est inutile et absurde de fuir. Laisse-moi faire : je vais me battre bec et ongles, et c'est moi qui aurai le dernier mot, tu verras.

— Tu es fantastique, lui assura Kyle, admiratif. Tu sais que tu es fantastique ?

— Oh, tu n'as encore rien vu, mon frère, marmonna-t-elle, fière cependant des paroles de Kyle. Tu vas voir ce que tu vas voir...

Après avoir fait promettre à son frère de ne pas faire de nouvelles bêtises, elle raccrocha, le sourire aux lèvres.

Quelques instants plus tard, elle se planta devant le miroir en pied de son placard.

— Impressionnant ! murmura-t-elle, épatée par son accoutrement.

Des bas résille rouges sous une jupe de cuir noir ultra-courte, un bustier provocant et un maquillage outrancier, avec d'énormes faux cils et du fard tartiné au pinceau tout autour des yeux : voilà tout ce que méritait Papasakis.

Lorsque Demetrius Papasakis vint la chercher, une demi-heure plus tard, il ne s'étonna même pas du spectacle grotesque de sa tenue et fit comme si de rien n'était.

Comme il ouvrait pour elle la portière de sa luxueuse Jaguar, la jeune femme demanda d'un ton dégagé :

— Où allons-nous ?

— C'est une surprise.

Lorsqu'il se gara devant chez Otto, l'un des restaurants

les plus chic de la région, Maddison sentit son estomac se nouer. Comment allait-elle oser entrer dans un endroit aussi prestigieux dans l'accoutrement qu'elle s'était choisi ?

En s'habillant de cette manière provocante, elle avait voulu blesser l'amour-propre de Demetrius, une façon pour elle de lui dire : « Voyez-vous, ce n'est pas parce que vous voulez m'épouser que je vais ramper dans la docilité. Je serai excentrique autant que bon me semblera. »

Mais en sentant le regard méprisant des convives se poser sur elle sur son passage, Maddison comprit immédiatement la signification de l'expression « mourir de honte »...

Imperturbable, le maître d'hôtel les conduisit jusqu'à la meilleure table de l'établissement.

— Quel plaisir de vous voir, monsieur Papasakis ! Je vous apporte la carte des vins.

— Allez plutôt me chercher une bouteille de votre meilleur champagne. Nous fêtons un grand événement.

— Oh ! s'exclama le maître d'hôtel. Mais c'est magnifique ! Serait-il indiscret de vous demander quel est ce grand événement ?

— Je me marie, annonça calmement Demetrius. Nous nous marions.

Maddison, malade d'humiliation, faisait semblant de choisir son menu, le nez dans la carte. Elle n'avait absolument pas envisagé que les événements prendraient une telle tournure.

Dès que le maître d'hôtel eut tourné le dos, elle chuchota :

— Mais vous êtes fou ! Tout le monde va croire que vous allez épouser une prostituée !

— C'est bien vous qui avez choisi votre tenue de ce soir, non ? Il faut donc en assumer les conséquences, ma chère Maddison.

— J'ai seulement voulu vous donner une leçon et...

— Une leçon ? la coupa-t-il avec un sourire amer. Sachez que j'ai passé l'âge de recevoir des leçons !

— Pourtant vous le mériteriez, grommela-t-elle, vexée.

— Tiens donc ? Et de quel ordre ?

— Tout d'abord, sur l'art et la manière de vous comporter avec les femmes. Je n'aime pas que l'on me traite comme un objet, que l'on me dise ce que j'ai à faire ou à ne pas faire. Vous aimez votre indépendance, j'aime la mienne.

Elle se tut lorsqu'elle vit arriver un des garçons de salle avec le champagne.

Ce dernier déboucha la bouteille avec des gestes précis et remplit cérémonieusement chacune des deux flûtes avant de s'incliner et de s'éloigner discrètement.

— A nous ! lança Demetrius en levant son verre.

Maddison l'imita sans répondre en soutenant courageusement le regard en vrille qu'il dardait sur elle.

Tandis qu'il l'observait avec attention, Demetrius Papasakis ressentait un sentiment étrange, comme un mélange d'admiration et d'attendrissement. Cette jeune femme lui tenait tête, évidemment, mais c'était tout à son honneur. Il s'était demandé si elle allait accepter sa proposition de mariage factice. Il voyait bien qu'elle était déchirée entre son frère qu'elle voulait protéger et son indépendance qu'elle voulait conserver, et il admirait son courage.

Il aurait voulu lui dire qu'il avait beaucoup apprécié son père, et qu'il avait été très surpris et terriblement déçu par le détournement comptable dont il s'était rendu coupable. Mais il valait mieux éviter ce sujet douloureux. Maddison avait suffisamment de soucis pour l'instant. Certes elle acceptait le mariage, mais il comprenait bien qu'elle s'y rendait à reculons.

Quant à lui, il se réjouissait sincèrement de ce mariage qui allait pouvoir redresser nettement son image de marque. Depuis de nombreuses années, la presse le présentait comme un personnage instable, coureur, joueur, bref, comme un milliardaire peu sérieux qui n'était même pas capable d'aller jusqu'au mariage.

Et cette détestable réputation nuisait à ses affaires, car, en affaires, la vie sociale joue un rôle de premier plan.

Mais il y avait aussi un autre élément, plus mystérieux, qui l'incitait à ce mariage insolite.

En choisissant Maddison Jones, il avait eu un éclair de génie. Il en était de plus en plus persuadé.

Tandis que Maddison et Demetrius entamaient l'entrée de leur dîner, un flash les aveugla.

— Mon Dieu ! s'exclama sourdement Maddison. Je suis sûre que deux ou trois journaux vont étaler ma photo dès demain…

— Allons, cela n'a pas grande importance.

— Mais ils vont croire que vous épousez une fille de rien, une débauchée !

— Je vous rappelle que c'est vous qui avez choisi ce rôle, ce soir…

Il n'avait pas besoin de lui rappeler sa lumineuse idée ! pesta-t-elle en le fusillant du regard. Elle n'avait pas fini de s'en mordre les doigts.

Le dîner se poursuivit sans qu'elle ne fasse aucun effort d'amabilité, ni même de civilité. Elle mangea sans appétit, l'humeur sombre.

Au milieu du dîner, Demetrius déclara tout à trac :

— J'aurai un document à vous faire signer, demain.

— Encore ? Je croyais avoir signé tout ce qu'il fallait.

— Il s'agit d'un acte différent. Lorsque notre mariage aura pris fin, vous recevrez tous les mois une pension pour vous dédommager de votre peine.

— Je ne veux pas votre argent, bougonna-t-elle.

— Vous m'en voulez toujours à cause de votre père ? C'est cela qui vous rend si hostile ?

— Cela, entre autres choses.

— Il ne faut pas m'en vouloir pour cette malheureuse histoire. J'ai vraiment été désolé lorsque votre père a dû quitter ma société. J'appréciais beaucoup son travail. Mais nous avons bien été obligés de constater un détournement de fonds qui…

— Mon père aurait été incapable d'une telle ignominie, j'en suis intimement convaincue. C'était un homme foncièrement honnête.

— Il est normal que vous preniez sa défense, mais les faits sont là.

— Avez-vous effectué vous-même l'investigation qui a conclu à un détournement ?

— Pas personnellement, mais un de mes adjoints, Jeremy Myalls, s'en est chargé. Son enquête a conclu à une escroquerie avérée.

— Mon père n'a jamais été un escroc. C'était un homme d'honneur, qui a beaucoup souffert, tout particulièrement quand ma mère est morte.

— Vous aviez quel âge, lorsqu'elle a disparu ?

— Dix ans. Et Kyle cinq.

Il la considéra un moment avec compassion.

— Cela doit être terrible de perdre sa mère à cet âge-là, murmura-t-il avec douceur.

— Oui. C'était très dur. Il a fallu faire face. Et mon père…

Elle s'interrompit brusquement et essuya d'un geste rapide et discret les larmes qui avaient perlé à ses yeux.

Demetrius se pencha vers elle, le visage tourmenté.

— Vous savez, Maddison, j'ai été vraiment désolé, pour votre père…

— Ne vous fatiguez pas, monsieur Papasakis, murmura-t-elle en serrant les dents.

*
* *

Le reste du dîner se déroula sans incident notable. Prise soudain d'un sentiment de malaise confus, Maddison se rendit aux toilettes, et se planta face au miroir ; du bout des doigts, elle retira lentement ses faux cils.

— La comédie est finie, articula-t-elle d'une voix sinistre.

Demetrius la reconduisit jusqu'à chez elle et ils restèrent silencieux durant tout le trajet. Lorsqu'ils furent arrivés, Maddison n'attendit pas qu'il vînt lui ouvrir la portière ; elle sortit le plus vite possible et se dirigea d'un pas vif vers l'entrée de son immeuble.

Il la rattrapa aussitôt et la saisit par le bras.

— Maddison…

— Laissez-moi !

— Allez-vous enfin cesser de faire la guerre ?

— Mais lâchez-moi, enfin !

— Il faut que je vous parle, Maddison.

— Nous n'avons rien à nous dire !

Il la dévisageait d'un regard si brûlant qu'elle fut sur le point de baisser les yeux.

— Je vous déteste, dit-elle en le fusillant du regard.

— Alors je vais vous donner une raison supplémentaire de me détester, murmura-t-il en l'attirant à lui.

L'instant d'après, sa bouche était sur la sienne ; une bouche dévorante, passionnée, animée d'une ardeur folle.

La jeune femme fut tellement saisie que, sur le coup, elle n'eut même pas l'idée de se défendre. Et très vite elle fut dominée par un ravissement qui l'envahissait totalement, qui transformait ses muscles en miel, ses os en un liquide brûlant, toute sa chair en un tapis de plaisir…

Elle fondait, totalement prise par cette spirale de sensations, tandis que sa langue jouait voluptueusement avec celle de Demetrius.

La main de Demetrius s'était glissée sous son soutien-gorge

et caressait passionnément ses seins, tout en essayant de la débarrasser de ses vêtements.

Maddison ne luttait pas. Toute résistance eût d'ailleurs été impossible. Le feu qui l'avait envahie la consumait et la comblait d'un plaisir sans limites.

Son pire ennemi la rendait folle et elle acceptait cette folie, plus forte que tous les raisonnements.

— Oh... Demetrius...

Pour la première fois depuis leur rencontre, elle avait prononcé son prénom.

— Maddison... Maddison..., répétait-il, ivre lui aussi de ces voluptés partagées.

Ce n'est que lorsqu'ils entendirent le bruit d'une voiture qu'ils se détachèrent l'un de l'autre, haletants, égarés, le souffle court.

Maddison, bouleversée, réajusta ses vêtements en désordre et courut vers chez elle.

— Bonne nuit, Demetrius, lança-t-elle d'une voix éraillée par ce désir démentiel qui venait de la submerger pour la première fois de sa vie.

Elle entra en courant dans le hall de son immeuble et grimpa les deux étages sans s'arrêter.

Demetrius ne tenta pas de la rejoindre.

Il retourna comme un automate vers sa voiture et se laissa tomber sur son siège.

Le subtil parfum de la bouche de Maddison vibrait toujours sur ses lèvres, sur sa langue...

Et tout son corps tremblait encore de leur étreinte fugitive et passionnée.

4

Le lendemain matin, on vint livrer un message chez Maddison : elle devait se rendre à 14 heures au bureau de Demetrius Papasakis afin d'y recevoir des documents importants.

Agacée, elle chiffonna furieusement le papier.

Dès qu'elle entra dans le bureau de Demetrius, quelques heures plus tard, il lui tendit sans un mot une enveloppe assez épaisse contenant une série de documents à signer.

— Qu'est-ce que c'est ? s'enquit-elle, méfiante.

— Il y a là, entre autres, la carte de crédit que vous m'avez renvoyée. Je tiens à ce que vous l'utilisiez.

— Je ne veux pas de votre sale argent !

Un tic nerveux, très bref, passa sur les lèvres de Demetrius tandis qu'un éclair s'allumait dans ses yeux. Manifestement, il n'avait pas l'habitude qu'on lui réponde aussi vertement.

— Je vous conseille vivement de prendre cette carte de crédit, mademoiselle Jones. Et de l'utiliser. Vous vous achèterez toutes les tenues nécessaires et au besoin superflues. Je ne souhaite pas vous revoir dans des déguisements aussi excentriques que celui que vous portiez hier. Sachez que, au cas où vous vous habilleriez encore n'importe comment, je me ferai un plaisir, le matin, de vous habiller, *moi-même*, avec des vêtements décents.

Comme elle restait debout face à lui, sans répondre, le regard buté, il tendit la main vers un des fauteuils.

— Asseyez-vous, Maddison, je vous en prie. J'ai à vous parler.

De mauvaise grâce elle s'installa dans le fauteuil et croisa les bras dans un geste de défi.

— Mon conseiller juridique a donc préparé une série de documents à signer que vous trouverez dans cette enveloppe, poursuivit-il. L'un des protocoles stipule que lorsque notre mariage aura pris fin, vous toucherez une allocation annuelle de…

— Je n'en veux pas, trancha-t-elle, obstinée.

— Vous n'avez pas le choix. Cela fait partie de notre accord. Si vous n'acceptez pas, je serai obligé de renoncer à notre engagement, avec les fâcheuses conséquences que cela aurait pour votre frère.

Les bras toujours croisés sur sa poitrine, la jeune femme le toisa froidement et ne répondit pas.

— Il y a autre chose, reprit-il avec autorité. J'ai fait appel à une entreprise de déménagement. Vous quitterez votre appartement la veille du mariage. Toutes vos affaires seront emportées ce jour-là. Ah… J'oubliais : j'ai pris rendez-vous pour vous avec une esthéticienne qui effectuera tous les soins nécessaires et élaborera un maquillage adéquat.

Il tendit le bras et saisit un journal qui était posé sur son bureau.

— Je ne veux plus de *ça* ! grommela-t-il en lui tendant le journal.

Lorsqu'elle vit la photo prise au cours du dîner de la veille, Maddison se figea, horrifiée. Son absurde tenue était vraiment grotesque et, cerise sur le gâteau, une grimace particulièrement horrible la faisait ressembler à une harpie.

Rouge de honte, la jeune femme se jura que plus jamais elle ne s'amuserait à porter un tel déguisement.

Des coups frappés à la porte lui permirent d'échapper au regard méprisant de Demetrius.

— Entrez, Jeremy ! lança ce dernier en se calant dans son fauteuil.

Après la poignée de main échangée avec l'assistant de Papasakis, un grand blond au visage mou, Maddison s'essuya discrètement la main contre sa hanche. Jeremy Myalls avait les mains horriblement moites, et tout, dans son attitude, évoquait la sangsue.

— Permettez-moi de vous présenter toutes mes félicitations pour ce merveilleux mariage, commença l'adjoint d'un ton mielleux.

« Garde tes félicitations pour toi », pensa-t-elle, l'esprit ailleurs, tandis qu'il se répandait en compliments et politesses.

— J'ai très bien connu votre père, vous savez, enchaîna-t-il. C'était un homme de grande valeur.

« Qui a été viré de la société de manière odieuse », compléta-t-elle intérieurement, sentant la colère monter en elle.

— Bien. Je vais vous laisser, annonça-t-elle brusquement. Vous avez certainement du travail.

Comme elle se dirigeait vers la lourde porte de chêne, Demetrius Papasakis lui lança sur un ton musical :

— Vous n'oubliez rien, chérie ?

Elle se retourna, ébahie. Chérie ? Mais il rêvait !

— Quoi donc ? répondit-elle, les yeux ronds.

— Vous ne m'avez pas embrassé !

Et d'un pas souple et vif, il s'approcha d'elle et posa ses lèvres sur les siennes, d'une manière appuyée, dans un baiser qui dépassait la convenance sociale.

Elle se détacha de lui, chancelante et avec la désagréable impression que le piège qu'elle n'avait pas vraiment voulu voir venait de se refermer sur elle. La comédie sociale dans laquelle elle s'était engagée commençait véritablement.

***

Vingt-quatre heures avant le mariage, Maddison prit un taxi qui la déposa devant l'immense hall de l'Hôtel Papasakis Park View Tower pour prendre la clé de la suite qu'elle allait désormais occuper avec son mari.

— Je suis mademoiselle Jones, annonça-t-elle à l'employé qui se trouvait derrière un vaste comptoir.

— Oh, mademoiselle Jones, quel plaisir ! s'exclama l'homme avec un grand sourire. Bienvenue dans notre établissement.

— Merci, répondit-elle poliment.

— Voici votre clé.

Il lui tendit le petit rectangle plastifié destiné aux serrures électroniques des établissements modernes.

— Si vous avez besoin de quoi que ce soit, n'hésitez pas à appeler la direction. Je crois que tous vos bagages ont déjà été livrés. Voulez-vous qu'un garçon d'étage vous accompagne jusqu'à votre suite ?

— Non, merci. Ce n'est pas nécessaire. M. Papasakis est-il déjà là ?

— Il est là-haut, oui. Voulez-vous que je le prévienne de votre arrivée ?

— Non. Je préfère lui faire la surprise. Il adore les surprises ! ajouta-t-elle avec un rire forcé.

« Et des surprises, il va en avoir ! », pensa-t-elle tandis qu'elle s'engouffrait dans l'ascenseur.

Lorsqu'elle arriva tout en haut du building, elle s'engagea sur l'épais tapis rouge du vaste couloir qui menait à la suite de Demetrius Papasakis.

Comme elle s'apprêtait à frapper à la porte, elle hésita quelques secondes et choisit d'entrer sans prévenir. Après tout, elle était chez elle. Elle inséra le petit carton plastifié dans la fente de la serrure, et la porte s'ouvrit avec un « clic » discret.

— C'est toi, mon bébé ? lança la voix de Papasakis, à l'autre bout de la suite.

« Quelle drôle de manière de m'appeler », pensa Maddison, étonnée par une familiarité si soudaine. Mais était-ce bien à elle qu'il s'adressait ?

— C'est moi, mon canard ! répondit-elle en appuyant avec ironie sur les dernières syllabes afin de souligner le ridicule de l'appellation.

Demetrius apparut en tenue de gymnastique et sembla surpris de la voir.

— Je ne vous attendais pas aussi tôt, dit-il simplement en souriant.

— Voulez-vous que je reparte et que je revienne dans cinq minutes ? ironisa-t-elle.

— Allons, ne soyez pas stupide !

— Vous attendiez peut-être quelqu'un d'autre ? hasarda-t-elle, moqueuse.

Il éluda la question.

— Pourquoi ce sobriquet de « canard » ? Ne trouvez-vous pas cela un peu ridicule ? Nous n'allons pas entrer dans le jeu des appellations débiles, si fréquentes dans les couples.

— Comment souhaitez-vous que je vous appelle ? « Mon cœur » ? « Mon chat » ? « Ma puce » ? En l'occurrence, et vu votre taille, le qualificatif serait mal choisi, non ?

— Appelez-moi Demetrius, ce sera plus simple.

Elle se laissa tomber dans un profond fauteuil et observa les lieux, clairs et luxueux.

— Je meurs de faim, lança-t-elle d'un ton dégagé. Comment fait-on pour manger, ici ?

— Il suffit d'appeler le service d'étage. Vous aurez tout ce que vous voulez. Vous faites le « 9 ».

Elle se leva distraitement et s'approcha de la grande baie vitrée qui surplombait la ville.

— Oh, quelle vue magnifique ! s'exclama-t-elle, sincère. Je sens que je vais être très bien, ici.

— Je suis heureux de vous l'entendre dire. Avez-vous acheté la robe que vous porterez au mariage ?

— Ce n'était pas la peine, je l'ai confectionnée moi-même.

— Mais je vous ai donné une carte de crédit pour…

— Pourquoi gaspiller ainsi l'argent ? Il me restait du tissu provenant de mes rideaux.

— De vos *rideaux* ! s'étrangla-t-il, visiblement horrifié. Vous vous êtes fait une robe avec vos rideaux ?

— Oui, avec le tissu qui restait, laissa-t-elle tomber d'une voix tranquille.

Cette femme allait le rendre fou ! L'air catastrophé, il se força à respirer calmement.

— Avec vos rideaux…, murmura-t-il une nouvelle fois, au comble de la consternation.

— Je pensais que vous apprécieriez mon sens de l'économie, dit-elle, le regard ailleurs. C'est tellement absurde de jeter son argent par la fenêtre, surtout lorsque l'on vient de perdre un million et demi de dollars.

— Oublions cela, grommela-t-il.

— J'ai une petite faim, Demetrius. Pas vous ? Voulez-vous que nous allions dîner quelque part ou préférez-vous appeler le service de l'hôtel ?

— A vrai dire, j'ai un rendez-vous.

— Oh… Je vois. Vous allez enterrer votre vie de célibataire.

— Pas exactement. J'ai rendez-vous avec Elena.

— Elena ? Le réservoir à parfum ? railla-t-elle.

Il la considéra d'un œil noir et répondit sèchement :

— J'ai cru que c'était elle qui arrivait, tout à l'heure, lorsque vous êtes entrée dans l'appartement.

— Ah ! C'était donc elle, le *bébé* !

Malgré elle, Maddison ressentit une étrange boule au

creux de l'estomac. Allons ! Il était tout à fait absurde qu'elle éprouvât de la jalousie à l'égard des petites amies de Papasakis ! C'était son affaire à lui. Qu'il mène sa vie, qu'il s'amuse. Cela ne la regardait pas. La nature de leur mariage n'avait-elle pas été nettement précisée ?

Il n'empêche qu'elle éprouvait une sorte de pincement au cœur tout à fait désagréable.

— Avez-vous invité Elena pour le mariage ? s'enquit-elle du ton le plus détaché possible.

— Non. Cela ne m'a pas semblé être une très bonne idée.

Maddison n'avait guère de difficultés à le croire. Elle imaginait sans peine la tête d'Elena au moment de féliciter les jeunes mariés…

— Je vais prendre une douche et m'habiller, annonça Demetrius d'un ton léger. Installez-vous, mettez-vous à votre aise. N'oubliez pas que vous êtes maintenant chez vous.

— Merci. Je vais appeler le « 9 » et commander mon dîner.

Lorsque le garçon d'étage lui apporta le plateau roulant, Maddison se rendit soudain compte que la situation qui était la sienne était plutôt surréaliste.

Elle allait se marier avec un homme qu'elle méprisait, son futur mari était allé rejoindre une de ses maîtresses, et elle se retrouvait seule, au dernier étage d'un luxueux hôtel dans une suite qui allait constituer son lieu de résidence pour les mois à venir.

C'était totalement absurde.

Mais elle n'avait pas le choix.

C'était la seule manière d'éviter la prison à Kyle.

Vers 2 heures du matin, tout ensommeillée, elle entendit Demetrius qui rentrait dans sa chambre personnelle.

Elle dormit mal cette nuit-là, et se réveilla en entendant les pas de Demetrius dans l'appartement.

Elle se leva, se brossa machinalement les cheveux, puis sortit de sa chambre.

La suite disposait d'un coin cuisine des plus confortables qui jouxtait le salon. Demetrius était en train de préparer son petit déjeuner et tourna la tête en l'entendant venir.

— Bonjour, lança-t-elle d'un ton neutre.

— Bonjour ! Bien dormi ?

— On ne dort jamais très bien dans un nouveau lit…

— En avez-vous connu beaucoup, de *nouveaux lits* ? s'enquit-il en la dévisageant avec curiosité.

— Vous aimeriez connaître ma vie amoureuse avant de vous rencontrer ? Pas de chance. Je n'ai aucunement l'intention de vous en parler.

Maddison sentait le regard appuyé de son futur mari qui la scrutait avec insouciance jusqu'aux tréfonds d'elle-même, et ne put réprimer un frisson.

Mais elle était bien décidée à ne rien confier de personnel à cet homme qui, elle ne devait pas l'oublier, demeurait un redoutable ennemi pour elle.

— Nous nous retrouverons au Jardin botanique, annonça-t-il tandis qu'il versait le café dans la cafetière. Ce sera plus simple.

— Le marié et la mariée vont donc arriver chacun de leur côté, selon la tradition, remarqua Maddison avec une tonalité ironique et amère. Cela ressemblerait presque à un *vrai* mariage ! Il ne manque plus que les demoiselles d'honneur avec leurs gants blancs !

— Si vous renoncez à ce mariage, autant le dire tout de suite, pendant qu'il est encore temps, gronda-t-il, l'œil noir. Mais vous connaissez les conséquences d'une telle démission…

— Je sais, je sais ! marmonna-t-elle entre ses dents, agacée. Je n'ai pas le choix.

— L'esthéticienne viendra tout à l'heure pour les soins de beauté et le maquillage, enchaîna-t-il. Puis ce sera mon adjoint, Jeremy Myalls, qui vous conduira jusqu'au Jardin botanique.

L'homme aux mains moites ! Elle n'avait vraiment pas de chance !

— Vous n'avez trouvé personne d'autre ? grommela-t-elle, irritée. J'aurais pu aussi bien proposer à un de mes amis de m'accompagner.

— Mais vous m'avez dit vous-même que vous ne vouliez inviter personne !

— C'est vrai. Je ne pouvais pas décemment inviter des amis à un mariage qui n'en est pas un.

Moins d'une demi-heure plus tard, Demetrius Papasakis tirait la porte derrière lui, le visage sombre.

Maddison venait à peine de sortir de la douche que l'on frappait discrètement à la porte.

C'était l'esthéticienne.

— Bonjour mademoiselle Jones, et toutes mes félicitations !

— Entrez, je vous en prie.

— Je m'appelle Candice, annonça la jeune femme avec un charmant sourire.

Comme elle la faisait entrer, Maddison se dit que le mieux serait de se faire maquiller et coiffer près de l'une des grandes baies du salon. Autant profiter des rares plaisirs que lui offrait ce stupide mariage.

— Je crois que je n'aurai pas beaucoup de travail, annonça gaiement Candice. Vous êtes déjà très joliment coiffée, et votre teint est parfait.

« Comme c'est agréable de recevoir des compliments aussi spontanés », pensa Maddison, sincèrement touchée.

La jeune femme n'avait jamais été absolument sûre de sa beauté, et doutait énormément de son charme naturel.

— Quelle belle robe ! s'exclama Candice en découvrant l'ensemble que Maddison allait porter. Elle vient d'un grand couturier ?

Maddison éclata de rire.

— C'est moi qui l'ai faite avec du tissu pour rideaux !

— Avec... du *tissu pour rideaux* ? C'est incroyable ! Vous avez un talent fou !

Il ne fallut guère de temps à Candice pour arranger la coiffure et parfaire un maquillage qui rehaussait la finesse du visage de Maddison et soulignait le bleu azur de ses grands yeux.

Lorsqu'elle se plaça devant le miroir, habillée, coiffée et maquillée, Maddison eut un sourire satisfait.

La robe lui allait merveilleusement bien.

Candice lui avait assuré avec enthousiasme qu'elle était belle à ravir, et c'était vrai.

A présent, elle pouvait aller rejoindre au Jardin botanique l'homme qui allait être officiellement son mari ; cet homme qui resterait toujours son ennemi juré.

5

Jeremy Myalls vint la chercher peu de temps après le départ de Candice.

— Vous êtes absolument ravissante ! s'exclama-t-il aussitôt. Demetrius a bien de la chance !

— Allons-y, décida-t-elle, impatiente d'en finir avec cette bouffonnerie maritale.

Son estomac se contracta violemment tandis qu'elle entrait dans la voiture qui l'attendait devant l'hôtel, une somptueuse Mercedes blanche. Il n'était pas si facile que cela de jouer le rôle d'une mariée, même factice.

Un petit groupe l'attendait déjà devant la salle où l'on allait procéder à la brève cérémonie.

Au milieu de ce groupe et dominant tout le monde d'une bonne tête, Demetrius Papasakis, en costume gris sombre, avait le visage grave.

Lorsqu'il la vit s'avancer vers lui son visage s'éclaira, et la jeune femme crut déceler une note d'admiration au fond de son regard.

Il lui prit le bras en souriant et la conduisit jusqu'au premier rang où ils s'installèrent, dans un silence des plus impressionnants.

Mais c'est d'une oreille distraite que Maddison écouta les formules solennelles et ronflantes que l'on prononce d'ordinaire en ce genre de circonstance. Elle ne se sentait nullement concernée par ce discours ; ce n'était pas elle, la mariée. De toute façon, même en essayant de se concentrer, elle était à mille lieues du personnage qu'elle devait interpréter.

Elle songeait à Kyle, qui se trouvait à l'autre bout du pays, et qui avait enfin trouvé un travail qui lui convenait, son cher petit frère pour qui elle n'avait pas hésité à s'engager dans un absurde mariage avec un fort bel homme, certes, mais qui se trouvait être le personnage le plus odieux qu'elle ait jamais rencontré.

Elle sursauta lorsque le célébrant haussa le ton pour lancer d'une voix tonnante :

— Et je vous présente M. et Mme Demetrius Papasakis !

Tous les invités applaudirent à tout rompre et, tandis que s'amplifiait le tumulte joyeux de la cérémonie, elle eut sur ses lèvres les lèvres de Demetrius…

Ce ne fut pas un baiser de circonstance, mais un véritable baiser, avec l'ardeur d'une langue qui exige une réponse immédiate. Pendant un temps qu'elle ne put évaluer, Maddison perdit toute notion d'espace, de temps et de lieu.

Lorsque Demetrius abandonna enfin ses lèvres, les flashes des photographes crépitaient autour d'eux, la ramenant brutalement à la réalité.

— Vous êtes très belle, chuchota-t-il à son oreille avec un sourire radieux.

Il était sincère, cela se voyait ; ses yeux brillaient de plaisir et d'admiration, et Maddison oublia un court instant que le compliment venait de lui pour se laisser gagner par un véritable sentiment de fierté.

— Vous vous attendiez au pire, n'est-ce pas ? lança-t-elle, malicieuse. La robe en *tissu de rideaux* vous inquiétait, avouez-le.

— Je trouve que ce serait du gâchis que de mettre devant une fenêtre un si joli tissu. Venez à présent. Les photographes nous attendent pour les photos officielles.

Comme elle s'était pliée au protocole de la cérémonie,

Maddison se plia au protocole des poses photographiques et s'efforça d'afficher le sourire de la jeune mariée comblée.

Mais au fond d'elle-même, elle attendait avec impatience que toute cette mascarade soit finie.

Au fil des minutes, les muscles de son visage devinrent de plus en plus douloureux, tandis qu'elle avait l'impression que ses sourires se transformaient irrémédiablement en fâcheuses grimaces.

Et c'est avec un immense soulagement qu'elle entendit une voix qui annonçait : « Bien, les photos sont terminées ! »

Une réception se tenait dans l'un des salons du Papasakis Park View Tower. Rien n'avait été laissé au hasard, et un luxe inouï s'étalait dans la vaste salle fleurie pour l'occasion du sol au plafond.

— Trinquons, ma chère épouse ! annonça Demetrius tout en levant sa coupe de champagne.

Elle leva aussi sa coupe mais évita soigneusement de croiser son regard.

Jeremy Myalls vint bientôt les rejoindre, un verre de whisky à la main, et Maddison réprima un mouvement de recul ; il y avait quelque chose dans le regard de cet homme qui contredisait le large sourire qu'il affichait, comme un reflet glacial qui inquiéta la jeune femme. Instinctivement, elle se méfiait de cet homme aux mains moites, au regard froid et sournois.

— Encore une fois, toutes mes félicitations, déclara-t-il avec une véhémence débordante. Je suppose que vous allez partir en voyage de noces ?

Il s'était tourné vers Maddison qui secoua la tête.

— Non, nous n'avons pas prévu de…

— Bien sûr, l'interrompit Demetrius d'un ton joyeux. Nous partirons juste après la réception. C'est une surprise. Je n'en ai parlé à personne. Tu préviendras ma secrétaire,

Jeremy. Je compte sur toi pour que tout se passe bien au bureau en mon absence. S'il y a quelque problème, tu m'appelles.

Myalls, après avoir approuvé chaleureusement et renouvelé félicitations et souhaits de bon voyage, s'éloigna bientôt vers un groupe d'amis, au grand soulagement de Maddison.

La jeune femme était furieuse ! Comment Demetrius avait-il osé organiser une lune de miel sans la mettre au courant ! Croyait-il que, parce qu'ils étaient à présent mariés, il allait décider pour elle ?

Elle leva la tête vers lui et demanda sèchement :

— Vous m'aviez fait comprendre qu'aujourd'hui serait un jour comme les autres, en dehors de cette formalité administrative. Et maintenant, vous envisagez un voyage ? Je ne comprends plus ! Je n'ai aucune envie de partir en voyage ! Surtout avec vous !

Demetrius la considéra d'un regard absent, comme si elle n'existait pas.

— Excusez-moi un instant, dit-il d'un ton distrait. Il faut que je voie quelqu'un.

Et, sans plus d'explications, il s'éclipsa. Sans doute allait-il rejoindre une femme, pensa Maddison. Goujat comme il l'était, cela ne l'aurait pas étonnée.

Pendant la vingtaine de minutes qui suivit, Maddison n'eut pas le temps de penser à l'étrange conduite de Demetrius, et dut faire face à différentes personnes qui la complimentèrent et l'interrogèrent. Elle se montra évasive et continua de jouer la comédie de la jeune mariée heureuse et comblée, prenant parfois plaisir à ce petit jeu.

Lorsque Demetrius revint, il la prit par la taille de manière possessive, et salua les uns et les autres en souriant. Le grand milliardaire volage jouait parfaitement son rôle, pensa-t-elle, prise soudain d'un curieux sentiment.

Enfin, tous les invités s'en allèrent, et ils demeurèrent

seuls dans le grand salon qui bruissait encore des échos de la fête.

— Montez préparer vos affaires, ordonna Demetrius d'une voix impassible. Je vous rejoins dans quelques minutes.

Il tourna les talons avec vivacité, puis poussa d'une main énergique l'une des portes du salon avant de disparaître.

Loin de se révolter devant une telle grossièreté, Maddison se contenta de hausser les épaules et se dirigea vers le hall de l'ascenseur. Au passage, elle saisit d'un geste vif une coupe de champagne qui restait sur un plateau et la dégusta à petites gorgées.

Lorsqu'elle fut dans l'ascenseur, au lieu d'appuyer sur le bouton du dernier étage où se trouvait la suite, elle appuya sur le bouton du cinquième niveau, qui était l'étage du bar.

Elle avait tout le temps de se retrouver toute seule dans l'appartement de celui qui était à présent son mari.

Lorsqu'elle arriva devant le bar, le jeune barman lui lança d'un ton respectueux :

— Madame Papasakis désire boire quelque chose ?

Elle hésita un instant. Elle n'avait pas l'habitude des bars, d'abord parce qu'elle buvait rarement de l'alcool, ensuite parce qu'elle ne voyait pas ce qui aurait pu l'attirer dans ce genre d'endroit.

— Donnez-moi un Mai Tai, commanda-t-elle, l'esprit ailleurs, se souvenant avoir un jour apprécié ce cocktail assez doux.

Elle se demanda où était parti Demetrius. Probablement avait-il rejoint une de ses anciennes maîtresses. Après tout, c'était son droit, puisque leur mariage n'était qu'un faux mariage. Ce n'était pas cela qu'elle critiquait. Non. Elle lui reprochait des événements bien plus graves : d'abord la menace qu'il faisait peser sur Kyle et le chantage qu'il avait exercé sur elle, ensuite la mort de son père, qu'elle ne lui pardonnerait jamais.

Son père était mort prématurément à la suite de l'accusation injuste dont il avait fait l'objet au sein de la société Papasakis et de son licenciement.

A cet instant précis, elle comprenait à quel point elle détestait Demetrius Papasakis. Oui, elle haïssait cet homme qui se servait d'elle comme d'un objet que l'on utilise et que l'on jette ensuite à la poubelle. Elle ne croyait guère à l'argument de son fameux *rideau de fumée* qu'il avait évoqué pour ce mariage. Sa puissance financière était énorme, il était connu de tous et sa place était solidement ancrée dans la société. Quel besoin avait-il d'un alibi ?

Non. Il l'avait épousée pour une autre raison. Mais laquelle ? Il ne lui disait pas toute la vérité, elle le pressentait. Mais elle finirait bien par découvrir la vraie raison de ce mariage arrangé. Le puissant Papasakis ne savait pas à qui il avait affaire !

Elle était accoudée au bar, perdue dans ses pensées lorsqu'elle entendit la voix de Jeremy Myalls, tout près. Elle sursauta.

— Ne me dites pas que Demetrius vous a déjà abandonnée ! plaisanta l'adjoint de Papasakis en la fixant de ses yeux de glace.

— Non, non, répondit-elle avec un rire bref. Dans l'ascenseur, j'ai eu subitement envie de m'arrêter un instant au bar, et je vais remonter dans un instant pour préparer mon sac de voyage.

— Allons ! On n'a besoin de rien pendant un voyage de noces ! plaisanta de nouveau Myalls, un grand sourire aux lèvres. Les jeunes mariés se contentent d'un peu d'amour et d'eau fraîche...

Elle laissa de nouveau échapper un petit rire de gorge, par pure politesse. Une sorte d'instinct lui soufflait de prendre garde à cet homme. Il suffisait d'observer son regard pour deviner qu'il était dangereux.

Elle posa son verre à demi vide sur le bar et annonça d'une voix pressée :

— Il est temps que je remonte à l'appartement. Au revoir, monsieur Myalls.

Jeremy Myalls posa sa main sur le bras de Maddison d'une manière un peu trop appuyée.

— Appelez-moi Jeremy, insista-t-il, charmeur.

— Au revoir, Jeremy, lâcha-t-elle, mal à l'aise.

— J'espère que vous passerez une merveilleuse lune de miel, susurra-t-il, les paupières à moitié baissées.

Lorsqu'elle se retrouva dans l'ascenseur, Maddison s'adossa contre la paroi d'acier poli et ferma les yeux. D'un seul coup, la fatigue l'avait envahie et elle n'avait qu'une envie : se jeter dans un lit et dormir d'un profond sommeil trois jours d'affilée !

La porte de l'ascenseur coulissa avec un chuintement qui ressemblait à un soupir désespéré. Arrivée devant la suite, Maddison chercha dans son sac sa clé magnétique.

Mais, d'un seul coup, la porte s'ouvrit et la haute silhouette de Demetrius se dressa devant elle.

— Mais où diable étiez-vous passée ? rugit-il, furieux.

Elle le fixa d'un regard bref et inquiet.

— L'ascenseur s'arrêtait à tous les étages, plaida-t-elle sans conviction, l'air dégagé.

L'argument était tout à fait absurde, mais elle n'avait pas envie de discuter ni de se justifier.

Mais à cet instant précis, Demetrius ne partageait manifestement pas son sens de l'humour.

— Avant toute chose, j'aimerais que vous notiez un point qui me tient particulièrement à cœur, articula-t-il d'un ton sec. Je ne supporte pas que l'on me raconte des mensonges.

Elle croisa les bras et le regarda bien en face.

— Et moi, j'aimerais également que vous notiez un point qui me tient particulièrement à cœur, répéta-t-elle en détachant chaque mot avec colère. Je ne supporte ni d'être bousculée, ni d'être traitée comme une esclave. Vous avez beau être richissime, posséder des hôtels somptueux, des yachts ou des…

— Ah ! Parlons-en des yachts ! grommela-t-il, les yeux noirs de fureur.

— Oui… Bon… L'allusion n'est pas judicieuse. Mais est-ce que je vous demande où vous étiez, vous ? se reprit-elle. Non. Il est d'ailleurs préférable de ne pas poser la question !

— D'autant plus que vous devinez la réponse, n'est-ce pas ?

— Vous pouvez voir Elena Tsoulis autant que vous voulez, vous noyer aussi longtemps que cela vous plaira dans son sillage parfumé qui empoisonne l'atmosphère, lâcha-t-elle d'un ton méprisant, cela ne m'empêchera pas de dormir.

Une lueur ironique dansa dans les yeux sombres de Demetrius.

— Ne ressentez-vous même pas un petit pincement de jalousie, malgré tout ?

— Jalouse ? Moi ? Vous voulez rire ! Vous êtes officiellement mon mari depuis quelques heures, mais ce n'est qu'un acte administratif et rien de plus. Vous pouvez aller vous amuser ailleurs autant que vous le désirez. Tout ce que j'exige, c'est de ne pas faire partie de votre troupeau.

— Oh, le vilain terme ! s'exclama-t-il en riant. Vous me prenez pour un cow-boy ?

— Je ne vous prends pour rien du tout, siffla-t-elle entre ses dents.

— Ne craignez-vous pas que je fasse valoir mes droits conjugaux, maintenant que nous sommes mariés ?

Elle le fixa d'un regard glacial.

— Je vous conseille de ne même pas y songer, le menaça-t-elle, tendue malgré elle.

— Alors, je n'ai aucune chance de vous séduire ? insista-t-il avec un sourire charmeur qui eût fait fondre n'importe quelle femme.

Maddison le fusilla du regard. Elle détestait ce genre d'homme, conscient de son charme et qui savait en jouer. Elle n'avait aucune intention de jouer. Elle savait qu'elle allait devoir passer quelques mois difficiles auprès de cet individu, jusqu'à ce qu'il lui rende sa liberté. Puis elle pourrait enfin tirer un trait sur cette malheureuse affaire. Kyle serait libre. Elle serait libre.

Mais en attendant, elle était bien obligée de jouer les épouses fidèles et amoureuses. Du moins en public. En privé, elle mettrait un point d'honneur à lui dire, chaque fois qu'il le serait nécessaire, ses quatre vérités.

Comme s'il avait pu lire dans ses pensées, Demetrius murmura d'un ton enjoué :

— Sachons donner du temps au temps. Après quelques jours passés en ma compagnie, après quelques semaines, quelques mois, vous constaterez que je ne suis pas un monstre. Je ne suis pas le personnage abject et diabolique que vous imaginez.

Il écarta ses mains dans un geste d'innocence et ajouta d'une voix douce :

— Je suis un gentil garçon, vous savez…

Maddison lui lança un regard qui en disait long.

— Et je suis sûre, moi, que dans trois jours, dans trois semaines, dans trois mois, je vous détesterai encore plus qu'aujourd'hui !

— Ouh ! Comme elle y va fort ! rétorqua-t-il en mimant une grimace comique. Ouh, qu'elle est méchante !

A cet instant, la jeune femme l'aurait volontiers giflé. Il ne semblait aucunement touché par les paroles déplaisantes qu'elle avait prononcées, et souriait à présent de manière confiante, sûr de lui et de son charme.

— Vous êtes odieux, marmonna-t-elle, furibonde. Et vous ne...

Elle fut interrompue de manière totalement imprévue. Vif comme l'éclair, Demetrius s'était approché d'elle et avait posé sa bouche sur la sienne, avec un tel naturel, une telle rapidité, qu'elle n'avait pu esquiver le baiser.

Au début, elle essaya de se dégager et d'échapper à l'étreinte puissante. Mais par une sorte de magie qui la dépassait et qui allait bien au-delà de toutes les décisions, elle se sentit vaincue par le plaisir et le désir qui l'avaient subitement embrasée de la tête aux pieds...

Tandis que la langue de Demetrius fouillait sa bouche avec une ferveur passionnée, elle oublia tout de l'homme qu'il était, elle oublia ce qu'il avait fait à son père ; elle se mit à répondre à son baiser avec une ferveur égale à la sienne.

A présent elle désirait l'homme qui la serrait dans ses bras avec ivresse, elle le désirait comme elle n'avait désiré aucun homme jusqu'à ce moment.

Emportée par ce baiser qui n'en finissait pas, Maddison perdit toute notion de la réalité. Seuls comptaient pour elle ce plaisir ardent, ce désir brûlant et cette incroyable jouissance qui la foudroyaient.

Lorsque enfin il détacha doucement ses lèvres des siennes, ses yeux brillant d'une flamme intense, il murmura d'une voix un peu éraillée :

— Alors ? Vous me détestez toujours autant ?

Le son de sa voix eut pour effet de ramener brusquement Maddison à l'instant présent, et c'est de la manière la plus ferme qu'elle rétorqua :

— Plus que jamais !

Mais il afficha un sourire réjoui.

— Tant mieux ! J'adore les batailles. Nous aurons encore à nous affronter. Et je gagnerai. J'adore gagner.

— Vous ne doutez de rien ! répliqua-t-elle, méprisante. Pour vous, tout est un jeu, et vous pensez toujours gagner… Mais avec moi, ce sera différent, vous verrez !

— Allons, Maddison. Ne gâchons pas notre lune de miel en nous chamaillant inutilement. Allez préparer votre sac de voyage. Nous partons dans dix minutes.

— Je n'ai pas du tout envie de lune de miel ! Cela ne faisait pas partie de notre accord. Au départ, vous m'avez proposé un simple mariage, une simple formalité, mais pas plus.

Il fronça les sourcils, puis répéta d'un ton plus ferme :

— Dix minutes, Maddison. Si vous ne me rejoignez pas en bas dans dix minutes, je monterai vous chercher par la peau des… par la peau du cou !

— Mais…

— Neuf minutes, Maddison !

Furieuse, elle traversa l'appartement et claqua une porte à toute volée. Il la traitait comme une gamine de douze ans ! Non, comme un patriarche romain — grec, plus exactement — aurait traité une esclave voici deux mille ans !

Elle fourra dans son sac de voyage quelques vêtements au hasard, marcha d'un pas nerveux jusqu'à la salle de bains, prit quelques affaires de toilette, claqua une nouvelle fois la porte…

Lorsqu'elle le rejoignit dans le vaste hall d'entrée de l'hôtel, elle bouillait encore de rage.

Demetrius saisit son sac sans un mot.

— J'ai demandé que l'on amène la voiture devant l'entrée. Allons-y.

Ce n'était pas la belle Jaguar habituelle qui les attendait, mais un énorme 4x4 qui semblait capable de traverser n'importe quel désert.

Maddison prit place en silence.

— Où allons-nous ? demanda-t-elle alors qu'ils s'engageaient sur une large avenue à proximité de l'hôtel.

— A Black Rock Mountain, répondit-il d'un ton enjoué. J'ai une maison, là-bas. J'adore cet endroit.

Maddison imagina aussitôt une énorme bâtisse face à un parc immense, un château entouré de jardins à la française, une tour de vingt-cinq étages, ultramoderne…

— C'est aussi un hôtel ? interrogea-t-elle distraitement.

— Oh non ! s'exclama-t-il en riant. Je n'ai pas des hôtels partout ! Vous verrez, Black Rock Mountain vaut le détour.

Maddison s'était endormie, et elle se réveilla brusquement lorsque le 4x4 s'arrêta.

— Où sommes-nous ? dit-elle en se frottant les yeux.

— Nous sommes arrivés. Voici l'endroit où j'aime tant me retirer, de temps à autre, loin du monde…

La jeune femme, éberluée, n'en croyait pas ses yeux. Au lieu du château qu'elle imaginait, au lieu d'une luxueuse demeure, elle avait en face d'elle une modeste cabane perdue dans une clairière, une sorte de hutte sauvage.

La nuit était maintenant presque tombée, et l'on avait peine à distinguer les choses. Demetrius fouilla dans le coffre de la voiture et en sortit une torche électrique. Puis il se dirigea vers la cabane et entra.

Maddison, qui l'avait suivi mais l'attendait à l'extérieur, lui demanda au bout d'un moment :

— Pourquoi n'allumez-vous pas les lumières ?

— Il n'y a pas d'électricité, ici.

— Quoi ? Pas de courant ? s'écria-t-elle, saisie brusquement d'une sourde angoisse. Mais nous sommes XXIe siècle, non ?

Depuis qu'elle était toute petite, Maddison avait peur

du noir. C'était absurde, assurément, mais elle n'y pouvait rien. Dans le noir, elle paniquait.

— Entrez, l'invita Demetrius. Je vais prendre les affaires dans la voiture.

— Je... je viens vous aider ! lui proposa-t-elle aussitôt, ne voulant à aucun prix rester seule dans l'obscurité.

A la lueur de la torche, ils revinrent à la voiture, puis entrèrent de nouveau dans la vieille cabane.

— Il y a des araignées ? demanda-t-elle d'une voix qu'elle souhaitait la plus dégagée possible.

— Des colonies entières ! répondit-il, taquin.

— Oh, mon Dieu ! Moi qui déteste les ar...

— Rassurez-vous. Elles ne sont pas méchantes, lui assura-t-il avec un rire léger.

Il alluma deux bougies qui étaient fixées sur des bouteilles et entreprit d'allumer le feu dans la cheminée.

Maddison s'était rapprochée du foyer, rassurée par les flammes orange qui s'élevèrent peu à peu.

— J'aime les cheminées, murmura-t-elle, songeuse, tandis qu'elle fixait d'un œil rêveur les flammes qui ondulaient.

Comme elle ajoutait une bûche dans le foyer, Demetrius lui recommanda de ne pas gaspiller le bois.

— Je n'ai pas de réserve, lui expliqua-t-il avec un sourire charmant.

Maddison le regarda d'un air ébahi.

L'un des hommes les plus riches de ce pays possédait, comme résidence secondaire, une cahute misérable, sans électricité, sans chauffage, sans confort. Personne ne la croirait !

— Y a-t-il au moins des lits, dans cette masure ? questionna-t-elle d'un ton railleur.

— Bien sûr, répondit-il flegmatiquement. Un grand lit.

6

Maddison sursauta.

— *Un* lit ? Mais il n'est pas question que je dorme dans le même lit que vous !

— Ah bon ? Et où allez-vous dormir, alors ? Dehors ?

Non. Ce n'était pas possible. Il la faisait marcher. C'était sa petite vengeance personnelle pour la punir d'avoir choisi cette tenue ridicule le soir de leur premier dîner en tête à tête.

— Dites-moi que vous plaisantez, Demetrius.

— Eh bien si vous ne voulez vraiment pas dormir dehors, il vous faudra partager mon lit, conclut-il, une note amusée dans la voix.

— Je crois que je préfère encore passer la nuit à la belle étoile, grommela-t-elle.

Il haussa les épaules.

— Dehors, c'est la jungle, plaisanta-t-il d'un ton mesuré. Il y a toutes sortes de bestioles…

Elle songea immédiatement aux scorpions, aux araignées, aux moustiques, aux rats… et frissonna de dégoût. Mais elle releva le menton d'un air de défi.

— Il est parfait, votre plan, lâcha-t-elle d'un ton amer. Vous m'avez amenée ici pour me donner une leçon, en quelque sorte.

Il haussa un sourcil.

— Une leçon ? s'étonna-t-il, l'air amusé. Une leçon de quel genre ?

— Je ne sais pas. Vous avez sans doute votre petite idée derrière la tête.

— J'avais simplement envie de m'éloigner de la foule, expliqua-t-il posément. Un endroit tel que celui-ci va nous offrir l'occasion de mettre les choses au point entre nous.

— De *mettre les choses au point* ? répéta-t-elle avec un ton ironique et amer. Nous sommes ici parce que vous l'avez décidé je vous rappelle. Moi, je n'avais pas le choix.

— Nous sommes ici parce que votre frère a coulé mon yacht en plaçant une grenade explosive sous la coque !

Maddison fixa Demetrius avec des yeux ronds.

— Une grenade sous la coque ? C'est vraiment ainsi qu'il a procédé ?

— Oui. Et il a sûrement dû plonger plusieurs fois pour la placer. Oh, il s'est montré extrêmement déterminé, votre *petit frère*. C'est sans doute un caractère de famille ?

— J'avoue que je suis perplexe. Kyle a toujours été très mauvais nageur. A peine pouvait-il effectuer une longueur de piscine sans se noyer. Je ne vois pas comment il aurait plongé plusieurs fois pour placer une grenade sous la coque…

— Tout est une question de motivation. Il était farouchement déterminé à détruire le bateau. Et il a réussi.

— Oh, la motivation…, murmura-t-elle, pensive. Vous connaissez la chanson, vous aussi. Et je me demande de quelle nature a été votre *motivation* lorsque vous avez décidé de me proposer le mariage.

— Disons que vous m'êtes apparue comme une sorte de contrat d'assurance après le sabordage de mon yacht.

— Je ne savais pas que l'on pouvait m'estimer à un million et demi de dollars ! s'étonna-t-elle, amusée. Vous m'en voyez flattée.

— Ne vous sous-estimez pas, Maddison.

— En tous les cas, nous nous sommes bien mis d'accord

sur un point : le mariage restera purement administratif, n'est-ce pas ?

Demetrius ne répondit pas.

— Vous m'avez donné votre parole, insista-t-elle, subitement inquiète.

— Ah bon ? fit-il, l'air faussement étonné.

Elle serra les poings.

— Oh, ne jouez pas au plus fin avec moi, Demetrius. Vous jouez un jeu dangereux, vous savez… Ce que vous avez préparé en m'emmenant ici malgré moi porte un nom : c'est un enlèvement ! La prison vous guette, Demetrius !

— Cela m'étonnerait, dit-il calmement, le sourire aux lèvres.

L'assurance dont il faisait preuve la déconcertait totalement. Elle demeura un moment déroutée, puis elle reprit d'une voix maîtrisée :

— Pouvez-vous me dire où se trouve la salle de bains ?

— Il y a une petite douche dans le coin, là-bas. Mais les toilettes se trouvent à l'extérieur.

— Ah, vraiment très commode ! bougonna-t-elle avec humeur.

— Prenez la torche, ce sera plus commode, lui conseilla-t-il aimablement.

— On est en plein cauchemar…

— Non. Nous sommes simplement en pleine nature. Le cadre est rustique, je vous l'accorde, mais je vous avoue que je l'aime beaucoup.

— *Rustique ?* C'est le moins que l'on puisse dire ! J'ai l'impression de vivre à l'époque de *La Guerre du feu*.

— N'avez-vous donc pas le sens de l'aventure ? s'étonna-t-il. Il y a beaucoup de personnes qui paieraient des fortunes pour ce genre de dépaysement.

— Alors, vous devriez compléter votre chaîne d'hôtels par des établissements tels que celui-ci, railla-t-elle. Des baraques délabrées, sans électricité, sans toilettes, perdues au milieu de nulle part… Vous seriez assuré d'une fidèle clientèle de masochistes.

— Ah Maddison ! soupira-t-il d'un air déçu. Je vois que vous n'appréciez pas les vacances insolites. C'est dommage…

— Je ne conçois pas de vraies vacances dans un tel taudis, reprit-elle, contrariée. Et encore moins une lune de miel.

— Vous attendiez-vous donc à une véritable lune de miel ? questionna-t-il avec douceur.

— Bien sûr que non ! s'écria-t-elle, hors d'elle. Ne me faites pas dire ce que je n'ai pas dit !

Elle saisit la torche électrique et se dirigea d'un pas vif vers la porte.

— Je vais aux toilettes, annonça-t-elle, exaspérée.

— Je peux vous accompagner, si vous voulez…

— Surtout pas !

— Si vous n'êtes pas de retour dans dix minutes, je viendrai quand même vous chercher.

— Vous n'en ferez rien ! De toutes les manières, je serai de retour dans deux minutes.

Elle sortit en claquant la porte et éclaira son chemin jusqu'à la minuscule cahute qui abritait les toilettes. Par bonheur, il n'y avait pas d'araignées. Ni de scorpions ou autres charmantes bestioles.

Lorsqu'elle revint dans la cabane principale, Demetrius était penché sur une petite marmite qu'il avait installée sur un trépied, près du feu.

— Ah, vous voici de retour, saine et sauve ! lança-t-il d'un ton enjoué en tournant la tête dans sa direction. Avez-vous trouvé ?

— Sans problème.

— Je suis en train de préparer à dîner. Avez-vous faim ?

— Vous ? Cuisiner ? Je dois rêver…

— Ce n'est pas de la grande cuisine, certes, mais je crois que vous devriez aimer.

Il prit une grande cuillère et remplit une assiette qu'il tendit à Maddison.

— Prenez la chaise, installez-vous et goûtez-moi ça !

Elle fut surprise par le sourire lumineux qui éclaira son visage à cet instant. Jusqu'à présent, aveuglée par sa haine, elle n'avait pas voulu s'attarder sur ce détail : Demetrius Papasakis était un très bel homme.

Mais ce soir, à la douce lueur du feu de bois qui crépitait dans la cheminée, elle ne pouvait pas ne pas admirer les traits magnifiques de cet homme qui était son mari. Du moins sur un registre.

Elle baissa les yeux sur son assiette. Cela sentait vraiment très bon. Un mélange de tomates, de thym et de romarin, avec une pointe d'ail pour corser le tout.

Elle goûta. C'était délicieux.

— Je vous sers un peu de vin ? lui proposa Demetrius avec un sourire qui aurait fait fondre le plus cruel des guerriers d'Attila.

Elle tendit son verre tout en évitant de s'attarder sur le beau visage qui se penchait sur elle.

Puis elle but une gorgée, et continua de manger sans un mot.

Elle était de plus en plus troublée par la présence et le magnétisme de cet homme à la stature imposante qui rendait le chalet tout petit.

— Il y a longtemps que vous possédez cette cabane ? demanda-t-elle afin de rompre le silence qui devenait trop oppressant.

— Quelques années.

— C'est amusant, vous n'avez absolument pas l'air d'un bricoleur. Or cette cabane, dans l'état où elle est, doit bien exiger des petits travaux de temps à autre, non ?

Il eut de nouveau un sourire lointain.

— Oh, vous savez, je suis tout à fait capable de me servir d'une hache ou d'un marteau…

Maddison avait de plus en plus de mal à saisir la vraie nature de Demetrius Papasakis, milliardaire de son état. Comment un homme d'affaires de son envergure pouvait-il venir se ressourcer dans une cabane de bois, perdue dans la nature ?

La cuirasse de l'ennemi se révélait bien plus complexe qu'elle ne l'aurait cru.

Comme s'il avait deviné ses interrogations, il demanda d'une voix paisible :

— A quoi pensez-vous ?

— A rien, mentit-elle avec assurance.

En fait, les questions se bousculaient dans sa tête : qui était réellement cet homme ? Pourquoi avait-il tenu à l'épouser ? Que souhaitait-il d'elle ? Voulait-il coucher avec elle ? Comment allait-elle pouvoir se sortir du piège dans lequel elle était tombée ?

Leurs regards se croisèrent et restèrent soudés l'un à l'autre l'espace de plusieurs secondes.

— On dirait que vous avez envie d'aller vous coucher, murmura-t-il d'une voix étrange.

— Absolument pas. Je ne suis pas fatiguée. Et puis j'ai l'habitude de lire avant de dormir.

— Avez-vous apporté un livre avec vous ?

— Je n'en ai pas eu le temps. Vous m'avez tellement pressée, au moment du départ, que…

— Mais non, je ne vous ai pas pressée, comme vous dites. C'est vous qui…

— Ah, cessez de m'interrompre à tout bout de ch…

— C'est vous qui m'interrompez !

— J'en ai assez que vous me manipuliez comme vous le feriez d'une marionnette ! s'écria-t-elle, furieuse.

Il se leva d'un bond, et elle se recroquevilla instinctivement sur sa chaise, le cœur battant.

Comme il la dominait de sa haute taille, l'air mauvais, elle se leva aussi et lui fit front.

Ils s'observèrent un moment, comme des lutteurs qui vont s'affronter. Puis Demetrius murmura d'un ton à la fois amusé et railleur :

— Quel caractère vous avez, Maddison ! Vous étiez comme cela, avec vos amants précédents ?

— Cela ne… ne vous regarde pas, grommela-t-elle, les joues rosies par l'émotion.

— Je me demande ce qui vous met dans des états pareils chaque fois. Auriez-vous peur de moi, par hasard ?

— Peur de vous ? Mais non. Simplement, je ne veux pas… Je ne veux pas…

Comme elle ne parvenait pas à terminer sa phrase, il la compléta à sa place :

— Vous ne voulez pas coucher avec moi !

Elle eut l'impression que le rose qui était monté à ses joues il y a un instant avait viré au rouge.

La contradiction qu'elle était en train de vivre et dans laquelle elle se débattait la mettait dans tous ses états. Une partie d'elle-même était extrêmement séduite par le charme de cet homme, tandis que l'autre partie s'opposait farouchement à lui.

— Vous êtes la dernière personne avec qui j'aurais envie de coucher, marmonna-t-elle, bouleversée. Vous n'êtes vraiment pas mon type d'homme.

Une lueur amusée dansa dans le regard sombre de Demetrius.

— Quel est votre type d'homme ?

Elle aurait dû s'attendre à une telle question ! Que répondre ? « Etant donné que je suis encore vierge, je n'ai aucune idée de ce que je désire chez un homme. »

Mais cela, il n'était pas question qu'elle le lui avoue, évidemment.

Comme il la considérait avec une attention amusée,

elle évita son regard en gardant les yeux fixés sur le col de son T-shirt, et ajouta sur le ton le plus assuré possible :

— Vous êtes certainement la dernière personne avec laquelle je pourrais partager un lit.

Un silence tendu s'installa. Puis Demetrius reprit, pensif :

— Vous employez des mots très durs pour moi, Maddison. Mais je me demande si vous pensez réellement ce que vous dites lorsque vous me parlez de cette manière.

— Bien sûr que je le pense !

— Hum…

Il avait sur les lèvres son demi-sourire de loup et paraissait vraiment très sceptique.

Comme il s'approchait d'elle, Maddison, le cœur battant, recula d'un pas, puis d'un autre…

Mais il fut bientôt tout près d'elle, et c'est d'un mouvement à la fois lent et gracieux qu'il posa le bout de son index sur sa lèvre supérieure, comme pour indiquer que c'était là qu'il voulait commencer.

Et « là », c'était un point particulièrement sensible de ses lèvres, un arrondi charmant qu'il longea, du même doigt, pour suivre lentement, subtilement, la courbe de la bouche…

La jeune femme, bouleversée par la délicatesse de la caresse, ouvrit imperceptiblement la bouche dans le secret espoir que cette caresse s'égare plus avant…

Ce doigt qui l'effleurait, comme le pinceau d'un peintre glissant sur une toile, lui procurait des sensations exquises, vertigineuses et traçait les esquisses d'un monde de sensualité qu'elle ne connaissait pas encore.

Mais la main de Demetrius se plut à choisir un chemin tout autre. Elle longea la joue, puis le cou de la jeune femme, et se posa sur l'arrondi de l'épaule qu'elle serra doucement.

Toute tremblante, Maddison sentait qu'elle était perdue,

qu'il était trop tard pour s'enfuir. Le plaisir la clouait littéralement sur place.

Lorsque la bouche de Demetrius se posa sur la sienne, la jeune femme vibra de tout son être et retint à grand-peine un petit cri.

Les lèvres tièdes de Demetrius jouèrent tout d'abord avec la bouche de Maddison dans un mouvement de va-et-vient raffiné et délicieux. Puis sa langue se glissa entre les lèvres de la jeune femme pour prendre possession de sa bouche.

Emportée par un plaisir dévastateur, la jeune femme chancela et crut basculer dans le vide.

Et lorsque leur étreinte prit fin, elle eut l'impression que des années-lumière venaient d'être parcourues.

Peu à peu elle retrouva la réalité et cette flamme un peu ironique qui brûlait dans le regard de Demetrius.

— Vous avez fini par céder, murmura-t-il à la manière d'un vainqueur qui pose le pied sur la poitrine de l'adversaire dans l'arène.

Maddison avait à présent recouvré son souffle et ses esprits. Elle marmonna d'une voix contrariée :

— Evidemment. Vous ne respectez pas les règles du jeu. Vous les changez sans cesse… D'abord, vous promettez un mariage purement formel puis, dans un deuxième temps, vous abusez de la situation et me forcez à faire ce que… ce que je ne veux pas… Je vous déteste, avec vos pulsions détestables !

— Détestables ? s'étonna-t-il.

— Pas seulement détestables, mais également dégoûtantes, répugnantes, diaboliques…

— Ça suffit ! gronda-t-il, le regard brûlant d'une flamme mauvaise.

Maddison tressaillit. Elle comprit brusquement que les mots qu'elle venait de prononcer étaient terriblement blessants, et elle le regrettait déjà. Mais cet homme avait l'étrange pouvoir de lui faire dire et faire des choses insensées.

— Je vais faire un tour, annonça Demetrius d'une voix sinistre. Pendant que je serai dehors, je souhaiterais que vous prépariez le lit. Choisissez le côté qu'il vous plaira, cela m'est égal.

Il tourna les talons, puis, se ravisant, ajouta d'un ton glacial :

— Que cela vous plaise ou non, vous dormirez dans ce lit. Vous n'avez pas le choix. Ai-je été suffisamment clair ?

Désemparée, les larmes aux yeux, Maddison baissa la tête.

— C'est d'accord, répondit-elle d'une voix à peine audible.

Il sortit en claquant la porte, faisant trembler la flamme de la bougie.

7

Lorsqu'elle l'entendit revenir, quelques minutes plus tard, elle sentit son cœur battre plus sourdement dans sa poitrine. Etait-il encore en colère ? Avait-il pris une nouvelle décision ? Une décision qui aurait compromis la liberté de Kyle...

Mais elle ne se sentait pas le courage de lui poser la moindre question, même la plus anodine.

Anxieuse, elle écouta le bruit de l'eau venant du recoin qui servait de salle de bains.

Lorsqu'elle l'entendit ouvrir avec précaution la porte de la chambre, elle se recroquevilla sur le bord du lit, terrifiée, et ferma les yeux.

Elle perçut le froissement des vêtements qu'il enlevait et son cœur battit un peu plus vite. Elle n'avait pas voulu se déshabiller, ses vêtements lui étant apparus comme une protection, protection bien fragile, il est vrai, mais à cet instant, la fragilité semblait être le maître mot de sa vie.

Lorsqu'il se glissa dans le lit, elle sentit le creux qui se formait au milieu du matelas et se raidit. Elle sortit discrètement sa main de dessous les draps pour se cramponner au bord du matelas.

— Pouvez-vous souffler la bougie, Maddison ?

Le noir, le noir absolu... Oh non ! Chez elle, elle s'endormait toujours avec une lampe de chevet allumée. Le noir absolu était une de ses phobies, encore plus vive que la peur des araignées.

— Maddison ? Eteignez donc cette bougie, je vous prie ! insista Demetrius avec un ton las.

— On ne peut pas la laisser allumée ? hasarda-t-elle dans un chuchotement mal assuré.

— Non, c'est dangereux. Un feu peut se déclarer rapidement… Tout s'embrase très vite, vous savez…

Oh, il ne croyait pas si bien dire…

Quelques minutes plus tôt, il avait allumé en elle l'incendie le plus intense qui fût. Et il avait suffi de peu de chose : un doigt, une caresse, une pression un peu marquée, son corps tendu contre le sien, sa bouche qui dévorait la sienne, et l'embrasement avait été complet. Pour la première fois de sa vie, elle avait compris ce qu'était véritablement le désir impétueux.

Et puis tout s'était brusquement arrêté, et elle avait perçu cette lueur moqueuse dans son regard. Et c'est alors qu'elle avait eu l'impression que son cœur se fissurait.

Demetrius Papasakis demeurait plus que jamais l'ennemi, le destructeur. Il jouait avec elle ; il ne fallait jamais qu'elle l'oublie.

A présent, dans cet absurde cabanon perdu au milieu de nulle part, seule la toute petite flamme jaune de la bougie, qui dansait devant ses yeux, la rassurait.

Et il voulait l'éteindre !

— Laissons-la brûler, supplia-t-elle dans un murmure.

— Soufflez-moi cette bougie, enfin ! gronda-t-il d'un ton exaspéré. Sinon, c'est moi qui vais le faire.

Elle dut se résigner, et le grand voile obscur de la nuit s'abattit dans la cabane. Terrifiée, elle se réfugia sous le drap et une plainte douloureuse lui échappa malgré elle :

— Il fait sombre…

— Normal, c'est la pleine nuit, grommela Demetrius en s'enfonçant dans son oreiller.

Moins d'une minute plus tard, elle entendait son souffle régulier ; il dormait profondément.

Elle poussa un soupir exaspéré. Le lit était trop étroit pour deux personnes, et elle était obligée de se tasser à un bout pour éviter tout contact avec lui. En plus, le matelas était très inconfortable, plein de trous et de bosses ! Pourquoi un homme aussi riche que Papasakis ne pouvait-il pas s'offrir un matelas décent ?

A bout de nerfs, elle se leva et alla s'installer devant la cheminée qui rougeoyait encore. Elle posa deux bûches sur la braise et attendit patiemment que le feu reprenne.

De jolies flammes orangées s'élevèrent rapidement, et elle passa un long moment à les fixer, l'esprit vide, le cœur triste.

Pourtant, peu à peu, elle se détendit. Bientôt ses paupières devinrent de plus en plus lourdes.

Demetrius se réveilla au moment où l'aube commençait à éclairer le paysage d'une lumière tendre.

Il aimait dormir dans cette cabane, si près de la nature. Au petit matin, le concert des oiseaux était une véritable merveille.

Il s'étonna en constatant que Maddison n'était plus dans le lit. Quelque peu inquiet, il enfila ses vêtements en vitesse et passa dans l'autre pièce.

La jeune femme était étendue devant la cheminée dans une attitude si gracieuse que l'on aurait dit un ange venu s'échouer pour une pause terrestre.

Il demeura un long moment à la contempler, à la fois séduit et étonné. Il avait rencontré tant de femmes qui avaient ardemment souhaité partager son lit, et voici que celle qui en possédait le droit légitime préférait le déserter !

Maddison se réveilla un peu plus tard, surprise par la puissance du chant des oiseaux.

Elle vit Demetrius s'activant dans le coin cuisine, et le souvenir de la soirée de la veille lui revint brutalement à l'esprit.

— Bonjour ! lança-t-il gaiement. Voulez-vous une tasse de thé ? Je viens d'en faire.

Elle se redressa et passa une main dans ses cheveux. Elle avait dormi à même le sol, sur le tapis, devant la cheminée, et ses membres étaient tout endoloris.

— Merci, je veux bien, répondit-elle, un peu égarée.

Il lui apporta bientôt un bol plein de thé fumant au parfum délicat. Il portait un vieux pantalon de travail d'un bleu usé et un chandail tirebouchonné. Il n'était pas rasé, et une ombre couvrait ses joues, ce qui le faisait ressembler à un héros de western.

Elle ressentit comme une boule au creux de l'estomac : cet homme était extrêmement beau.

— Je ne vous demande pas si vous avez bien dormi, lui lança-t-il avec un sourire discret.

— Je m'attendais à pire. Finalement, on arrive tout à fait à dormir sur un sol dur.

— Voulez-vous du pain grillé ?

— Comment avez-vous fait pour griller du pain dans une cabane sans électricité ?

— Dans la cheminée, pendant que vous dormiez.

Elle fronça les sourcils, agacée par l'idée qu'il s'était approché si près d'elle pendant qu'elle dormait.

Sans doute avait-il lu dans ses pensées, car il reprit aussitôt d'une voix rassurante :

— Mais je ne vous ai pas touchée, si c'est cela qui vous inquiète. Je ne vous ai même pas effleurée !

— Heureusement ! grommela-t-elle.

Il lui apporta bientôt une assiette de tartines de pain grillé, puis lui demanda d'un ton chaleureux :

— Cela vous ferait-il plaisir, une balade dans la brousse ? Il y a une très belle cascade à une heure de marche. Et le trajet est très agréable. Si nous avons de la chance, nous pourrons même apercevoir des oiseaux-lyres.

— Etes-vous sûr de ne pas vous perdre dans une contrée aussi sauvage ?

— Je connais la région comme ma poche. Ne vous faites pas de souci. Avez-vous de bonnes chaussures pour la promenade ?

— Oui, j'ai emporté des souliers à talons plats.

Moins d'une heure plus tard, Maddison marchait à grandes enjambées derrière Demetrius qui ouvrait la route au milieu d'une végétation exubérante, sous des arbres majestueux.

Plus ils avançaient, plus la végétation devenait dense. Le silence n'était interrompu, de temps à autre, que par l'envol soudain d'un oiseau effrayé.

Maddison, très impressionnée, suivait docilement son guide, qui paraissait tout à fait à l'aise au sein de cette jungle luxuriante.

Bientôt il lui sembla entendre un grondement, au loin. Ils continuèrent d'avancer, et le grondement se fit de plus en plus sonore.

Quelques minutes plus tard, alors que le bruit était devenu véritablement assourdissant, la jeune femme découvrait l'énorme chute d'eau qui dévalait des falaises.

— C'est grandiose ! s'écria-t-elle, impressionnée.

— Nous allons grimper jusqu'en haut ! expliqua-t-il en hurlant lui aussi. Il y a une vue magnifique sur toute la vallée ! Suivez-moi !

Ils entreprirent d'escalader les rochers qui entouraient la cascade. Au cours de leur ascension, ils aperçurent un oiseau-lyre qui s'envolait à tire-d'aile.

Ils étaient presque au bout de leur avancée, lorsque Maddison dérapa sur une roche mouillée. Demetrius la rattrapa et la retint fermement par le bras.

Elle leva les yeux vers lui.

Les eaux tumultueuses du torrent grondaient, juste sous leurs pieds.

— Merci, dit-elle, le souffle court. J'ai glissé.

— Il faut faire attention. Je n'ai pas envie de vous repêcher dans le torrent…

Il ne la lâchait pas et la gardait tout contre lui, comme s'il voulait lui faire comprendre qu'il ne fallait pas prendre de risques.

Puis il posa sa bouche sur la sienne dans un baiser aussi soudain que fougueux.

En écho au torrent qui dévalait la pente, tout près d'eux, un torrent intérieur tout aussi puissant la submergea d'un seul coup.

Et elle oublia de nouveau qui était Demetrius…

Tout contre lui, elle éprouva pour la première fois un sentiment réellement fort pour lui, un sentiment qui échappait à toute logique.

« Je ne vais tout de même pas tomber amoureuse, pensa-t-elle, chavirée. Il est mon ennemi depuis que nous nous connaissons, et il n'y a pas de raison que cela change. Il faut réagir ! »

Lorsque Demetrius relâcha son étreinte, elle s'écarta brusquement de lui.

— Attention ! lança-t-il d'une voix inquiète.

Trop tard.

Maddison perdit de nouveau l'équilibre et bascula dans les eaux tourbillonnantes.

8

— Maddison ! hurla-t-il tandis qu'elle était emportée par le courant fougueux.

Un peu plus bas, en aval, le torrent s'élargissait en une sorte de conque géante tout aussi tumultueuse. C'est là qu'il la rejoignit.

Mais elle était hors d'atteinte. De temps à autre, sa tête disparaissait sous l'eau, et elle tendait la main dans un appel désespéré.

Il comprit qu'il ne parviendrait pas à la sortir de là en restant sur le bord.

Sans hésiter il plongea dans l'eau glacée, puis nagea de toutes ses forces dans sa direction, luttant contre le courant qui le déportait sans cesse avec une violence inouïe.

Il parvint enfin à la saisir par les cheveux, alors qu'elle allait de nouveau être entraînée vers le fond.

Tant bien que mal, il l'entraîna vers le bord, saisit la branche d'un arbre pour s'y cramponner, et, à bout de souffle, se hissa sur la rive, serrant Maddison contre lui.

Elle resta un long moment à tousser et à recracher toute l'eau qu'elle avait absorbée.

Haletant, il la fixait avec des yeux fous.

— Ça va ?

Elle ne répondit pas et fit un vague signe de la tête.

— Vous auriez pu vous noyer ! grommela-t-il.

Elle le considéra d'un regard absent à travers les mèches boueuses qui pendaient de son front.

Puis elle sentit que son estomac se soulevait une nouvelle fois, et elle cracha un mélange d'eau et de boue.

Demetrius l'observait d'un regard compatissant et il écarta, d'un geste doux, une mèche qui lui cachait le visage.

— Ça va mieux ? demanda-t-il au bout d'un moment.

— Oui, je... je crois, articula-t-elle faiblement d'une voix brisée.

Il s'approcha d'elle et la serra tendrement contre lui. Elle tremblait de tous ses membres.

— Pouvez-vous marcher ? lui demanda-t-il.

— Je le pense, mais j'ai perdu une chaussure dans l'eau.

Il réprima un sourire.

— La belle affaire ! Encore heureux que vous n'ayez pas perdu la vie.

— Ne me... ne me faites pas la morale, dit-elle en hoquetant. Je n'ai pas fait ex... exprès de tomber dans... dans...

— Je veux bien le croire. C'est évident. Mais vous n'avez pas été très prudente. Nous aurions pu nous tuer tous les deux, dans les remous...

— Il ne fallait pas ri... risquer votre vie pou... pour moi, assura-t-elle, claquant des dents.

— Allons, vous plaisantez ! Croyez-vous que j'aurais pu vous laisser dans ce tourbillon infernal ? Pouvez-vous imaginer que j'aurais pu vous regarder tranquillement vous noyer, bien installé sur la berge ?

— Vous avez pris de... de gros risques pou... pour moi, hoqueta-t-elle en frissonnant. Il ne fa... fallait pas. Je m'en serais peut-être so... sortie toute seule...

— Toute seule, c'est possible. Mais probablement pas vivante.

Elle s'ébroua, effectua des moulinets avec les bras pour se réchauffer, puis elle reprit d'une voix plus assurée :

— Ma disparition aurait sûrement rétabli une certaine justice, non ? Ma vie contre le sabordement de votre yacht.

Il se redressa brusquement, piqué au vif.

— Ne dites pas n'importe quoi, Maddison. Je n'ai jamais eu l'intention de vous faire payer la perte de mon bateau.

Elle le regarda bien en face, le menton haut.

— Vraiment ? lança-t-elle sur un ton de défi.

— C'est votre frère qui est en cause. Pas vous. Si vous me dites où il se cache, vous êtes libre de rentrer chez vous, aujourd'hui même.

Surprise par une telle promesse, Maddison le fixa avec étonnement. Ce qu'il proposait était foncièrement logique : il lui rendait sa liberté si elle acceptait de lui fournir le coupable.

Elle baissa les yeux et se mordilla douloureusement la lèvre, torturée par le dilemme qui se présentait à elle.

L'image du sourire naïf de son frère lui apparut. Non, elle ne pouvait pas abandonner ainsi Kyle.

Demetrius, qui avait manifestement senti son hésitation, insista encore :

— Dites-moi, Maddison. Dites-moi, et vous serez définitivement libre.

Elle releva fièrement le menton et riva son regard au sien.

— Même si ma dernière heure était arrivée, je ne vous révélerais jamais où se cache mon frère. Même si vous me torturiez à la manière chinoise, je resterais muette.

Il la considéra encore quelques secondes avec une acuité intense, puis il laissa tomber, déçu :

— Votre loyauté vis-à-vis de votre frère est tout à votre honneur, mais, à mon avis, parfaitement absurde. En couvrant ainsi Kyle, vous ne lui permettez pas de se rendre compte de l'énormité de son acte. Vous lui donnez l'absolution avant même de lui offrir la chance de pouvoir prendre ses responsabilités d'adulte. Mais peut-être que, dans le fond, cela vous convient de vivre avec moi…, ajouta-t-il sur un ton ironique.

— Je préférerais mille fois croupir dans une prison

plutôt que de vivre auprès de vous, dans cette espèce de comédie maritale régie par un arrangement débile ! Vous me faites horreur, monsieur Papasakis !

Elle se leva d'un bond puis s'en alla en boitant, droit devant elle.

Après avoir marché un moment, elle hésita. Elle ne savait absolument plus dans quelle direction se trouvait la cabane...

Vexée, elle retourna sur ses pas.

Demetrius la vit revenir, un sourire moqueur aux lèvres.

— Vous avez eu la sagesse de faire demi-tour, Maddison. C'est une chance, car vous n'étiez pas du tout dans la bonne direction.

— Normalement, je possède un très bon sens de l'orientation, mais tous ces arbres se ressemblent, et je m'y perds..., marmonna-t-elle en évitant de croiser son regard.

— Il faut connaître un tant soit peu la nature et savoir observer les subtilités de la végétation, lui expliqua-t-il avec un sourire indulgent.

— Bien sûr ! explosa-t-elle, piquée au vif. Je suis une oie tout à fait incapable de m'orienter ! Et en plus, je ne possède qu'une chaussure. Ah, j'ai l'air malin !

— Calmez-vous, Maddison. Je trouve que vous avez eu beaucoup de cran, après cette chute dans le torrent. La plupart des femmes seraient devenues hystériques...

Surprise par la sincérité qu'elle ressentait dans ses propos, elle l'observa mieux. Il la considérait avec des yeux rieurs, dépourvus de toute animosité, et ce regard la troubla. Il lui semblait qu'il était en train de tirer secrètement à lui un fil invisible relié à son cœur.

— C'est fou ce que vous êtes mignonne quand vous vous mettez en colère, remarqua-t-il d'un ton admiratif.

Elle redressa machinalement une mèche qui restait collée sur son front et poussa un « pfff... » méprisant.

— Quand nous serons de retour, je vous ferai chauffer un bain, dit-il d'un ton allègre.

— Mais il n'y a qu'une simple douche, dans votre cabanon de misère !

— J'ai un grand baquet, pour les occasions exceptionnelles. On peut même y entrer à deux...

Elle le dévisagea, incrédule.

— Il n'est pas question que je prenne un bain avec vous, marmonna-t-elle, alarmée, sentant qu'elle rougissait.

— Pourtant, ce serait vraiment très agréable...

— Pour vous peut-être, pas pour moi !

— Là vous me vexez, Maddison.

— Sans doute avez-vous charmé de nombreuses femmes avec ce genre d'invitation au bain, façon Grand Siècle. Mais avec moi, cela ne prend pas.

Demetrius la considéra d'un air désolé. Dans son regard brillait pourtant une lueur amusée.

— Vous sous-estimez mes... potentialités, poursuivit-il modestement.

Elle eut un rire nerveux.

— Vos *potentialités* ? Sans doute ont-elles pu séduire un certain nombre de femmes, mais je peux vous assurer que je ne rallongerai pas votre liste.

— Oh, c'est toujours ce que l'on dit..., marmonna-t-il d'un ton confiant en la fixant d'un regard intense. Il y a bien quelque chose que vous aimez chez moi, non ? Ma cuisine, peut-être ?

— Je déteste tout ce que vous faites et tout ce que vous êtes, gronda-t-elle, les poings serrés.

Il garda son regard fixé sur elle, et resta silencieux un bon moment. Puis il reprit avec un hochement de tête :

— Moi j'ai l'impression que vous affichez votre animosité à mon égard de manière excessive. Je suis sûr que vous ne pensez pas tout ce mal de moi.

Elle cala ses poings sur ses hanches et lança d'un ton furieux :

— Allons-nous prolonger indéfiniment cette conversation stupide qui ne mène à rien ? Je suis trempée. J'ai froid. J'ai besoin d'une douche. Rentrons, à présent, si vous le voulez bien.

La première chose que fit Demetrius lorsqu'ils furent de retour au cabanon, ce fut d'allumer un grand feu dans la cheminée.

Maddison se précipita sous la douche, qui, malgré sa fraîcheur, lui fit le plus grand bien.

Lorsqu'elle sortit de l'étroit réduit, elle vit que Demetrius avait enlevé son T-shirt.

Bronzé, musclé, admirablement bâti, il était si parfait qu'elle eut un véritable choc en le voyant.

Il vint à sa rencontre et murmura d'une voix douce et musicale :

— Vous avez encore froid… Vos lèvres sont toutes bleues.

Il tendit la main, et, très délicatement, effleura ses lèvres d'une caresse légère et brûlante.

C'est alors que l'existence de la jeune femme bascula dans une direction qui allait changer toute sa vie.

Elle fut brusquement saisie par un désir irrépressible et elle eut l'impression que toute l'atmosphère de la pièce était habitée par ce désir.

Sans doute Demetrius avait-il deviné le bouleversement intense qu'elle vivait, car il l'attira doucement contre lui et posa sans plus attendre ses lèvres sur les siennes.

Dès qu'elle sentit sa bouche contre la sienne, sa langue qui se frayait un chemin en elle, Maddison sut que tout combat serait inutile. Elle était vaincue d'avance.

Alors elle répondit à son baiser, et sa réponse fut pleine de fougue et de passion.

Dans l'ardeur du baiser, leurs corps, plaqués l'un contre l'autre, vibraient d'une folle intensité. Elle percevait son désir, tout contre elle, dur, tendu, exigeant, et elle eut envie d'arracher leurs vêtements pour sentir sa peau contre la sienne.

Dans un geste venu d'une partie inconnue d'elle-même, elle défit le bouton de son pantalon pour le caresser.

— Etes-vous sûre de ce que vous faites, Maddison ? chuchota-t-il à son oreille d'une voix rauque. Vous imaginez où cela va nous mener ?

Incapable de proférer la moindre parole, elle hocha la tête, accrochant son regard brûlant au sien avec une intense émotion.

— Je ne veux pas vous forcer à un acte que vous ne souhaitez pas, insista-t-il pourtant.

Pour toute réponse, elle l'attira contre elle avec une violence extraordinaire.

Il enleva le sweat-shirt qu'elle portait avec une virtuosité de prestidigitateur, et, en un instant, posa ses mains douces sur ses seins.

— Vous savez que ce que nous faisons ne correspond pas à l'accord que nous avons conclu, reprit-il d'un ton ardent.

Une nouvelle fois, elle hocha la tête pour lui certifier qu'elle savait parfaitement ce qu'elle faisait.

Comme il la débarrassait de ses autres vêtements, il ajouta encore :

— Nous étions convenus d'un mariage sur le papier, vous le savez, n'est-ce pas ? D'un mariage de pure forme, sans passage à l'acte, sans échange, sans amour. Un mariage uniquement platonique.

— Oui, je sais, murmura-t-elle d'une voix brûlée par le désir.

Il avait à présent totalement dénudé la jeune femme et la contemplait avec des yeux admiratifs.

— C'est incroyable comme vous êtes belle…

Il posa ses lèvres sur ses épaules et ajouta gravement :

— Je ne devrais pas, n'est-ce pas, Maddison ? Je ne devrais pas…

Comme elle ne répondait pas et s'offrait totalement à lui, il la poussa jusqu'au tapis, devant la cheminée.

Le cœur battant elle s'étendit, offerte, les lèvres tremblantes, le regard voilé par le désir.

La bouche de Demetrius se posa sur son nombril, qu'il taquina de la langue pendant quelques instants, puis elle descendit, plus bas, et Maddison ne put retenir une plainte, tandis que le plaisir devenait de plus en plus vif.

Elle n'avait jamais connu un plaisir aussi intense. Jamais la bouche d'un homme ne l'avait approchée de si près.

Un cri de jouissance lui échappa très vite, et elle roula sur le tapis, frémissante.

Dans une sorte d'inconscience, elle vit Demetrius enlever son pantalon. Il fut bientôt nu, sur elle, et, instinctivement, elle s'ouvrit pour l'accueillir.

Il entra en elle en une seule poussée.

Elle poussa un cri d'animal blessé.

— Je vous ai fait mal ? s'affola-t-il, soudain inquiet.

— Non… Ce n'est rien… C'est seulement…

— Mon Dieu ! murmura-t-il, catastrophé, comprenant qu'elle faisait l'amour pour la première fois de sa vie. Je suis désolé, articula-t-il d'une voix défaite. Je ne pouvais pas penser un seul instant que…

— Ne vous inquiétez pas, le rassura-t-elle dans un souffle.

— Vous auriez dû me prévenir ! Je n'aurais jamais imaginé que vous étiez…

— Vierge ? Encore vierge à vingt-quatre ans ? Vous

pensiez probablement que j'avais eu des tas d'amants, n'est-ce pas ?

— Je suis confus. Je ne sais pas comment...

— Ne vous inquiétez pas, vous dis-je.

— Mais j'ai dû vous faire très mal ! Je vous ai pénétrée avec une sauvagerie impardonnable. J'avais tellement envie de vous, je... Si j'avais su, je me serais montré beaucoup plus doux, plus attentif...

Il la fixait avec un regard accablé.

— Pourquoi ne m'avez-vous rien dit, Maddison ?

— Parce que vous ne m'avez rien demandé.

Il secoua la tête, atterré.

— Il est vrai que vous êtes si différente des autres femmes, murmura-t-il lentement. J'aurais dû m'en douter... Je... Ah, si vous saviez comme je m'en veux !

Maddison se rhabilla sommairement, honteuse à présent de sa nudité. C'est à elle qu'elle en voulait, en premier lieu. Pas à lui. Lui, il n'avait rien fait pour la forcer.

— Dans le calepin où vous notez vos conquêtes, vous pourrez inscrire une mention spéciale pour la jeune écervelée qui s'est jetée dans vos bras...

— Ne dites pas n'importe quoi, grommela-t-il.

— Une petite pucelle naïve et maladroite qui...

— Je vous en prie, Maddison !

Sa voix avait claqué comme un fouet. Le visage ravagé, il marmonna d'un ton aigre :

— Il ne fallait pas m'épouser, Maddison. Il vous suffisait de me dire où se cachait votre frère !

— Pour que vous l'écrasiez, comme vous avez écrasé mon père ? Sûrement pas !

Demetrius se prit le visage dans les mains et resta un long moment, immobile.

Puis il se redressa et lança d'une voix autoritaire :

— Faites votre valise. Nous rentrons.

— Vous voulez partir ? interrogea-t-elle, désemparée.

— Oui. Tout de suite.

— Mais…

— Ne discutez pas, Maddison, la coupa-t-il d'un ton impatient.

Comme il s'affairait à rassembler ses vêtements, elle fixa le feu un long moment d'un regard douloureux, l'esprit agité d'étranges sentiments.

Ce qu'elle craignait plus ou moins consciemment depuis quelque temps était arrivé.

Elle était tombée follement amoureuse de lui.

9

Le voyage du retour se déroula en silence.

Chacun demeurait absorbé par ses pensées, perdu dans ses propres préoccupations.

Maddison se disait qu'il était sans doute en train de penser à Elena, et qu'il prévoyait de la retrouver dès leur retour.

« Je ne vais tout de même pas être jalouse ? », songea-t-elle avec amertume. Certes, l'étrange contrat qu'ils avaient établi tous les deux avait toujours été clair à ce sujet. Mais aujourd'hui, l'existence d'Elena tournait dans la tête de Maddison comme une blessure ouverte.

Dès qu'ils furent de retour à l'hôtel, on vint prendre leurs bagages, et ils s'engouffrèrent dans l'ascenseur, toujours sans un mot.

Tandis que la cabine glissait silencieusement vers le dernier étage, la jeune femme pensa que cette montée était la plus douloureuse qu'elle eût jamais connue dans un ascenseur. Il lui semblait que l'ascension ne prendrait jamais fin. A côté d'elle, Demetrius, bien campé sur ses longues jambes, fixait la paroi d'un œil absent.

Lorsque les portes automatiques s'ouvrirent, il s'effaça pour la laisser passer.

Dès qu'ils furent dans l'appartement, il annonça d'un ton sec :

— Je vais prendre une douche et me raser. Vous avez

votre propre salle de bains, donc nous ne nous dérangerons pas.

Maddison, qui trouvait déjà bien assez consternant ce retour précipité, observait celui qui était son mari officiel avec une stupéfaction grandissante. Pourquoi se montrait-il soudain aussi désagréable avec elle ?

— Arrêtez de me regarder comme cela, Maddison, grommela-t-il après un moment. Je ne vais pas vous sauter dessus pour vous violer !

Elle ouvrit de grands yeux, à la fois effrayée par une telle dureté, et déroutée par la tournure que prenaient les événements.

— Assez ! reprit-il avec mauvaise humeur. Ce que vous pouvez être pénible avec votre regard de martyre !

— Souhaitez-vous que je me mette un sac sur la tête, de manière à ce que mon *regard de martyre* ne vous importune pas ?

— Ne vous donnez pas cette peine, je vais partir. Si vous avez besoin que l'on vous apporte à dîner, vous pouvez appeler le service de restauration. Vous connaissez le numéro.

Elle serra les poings, amère et furieuse.

— Allez donc retrouver vos maîtresses ! lança-t-elle d'une voix vibrante de colère. Vous avez assez perdu de temps avec moi, n'est-ce pas ?

Elle l'entendit rentrer à 3 heures du matin.

Il faisait manifestement un effort pour ne pas faire de bruit et marchait sur la pointe des pieds.

Elle nota une certaine hésitation dans son pas lorsqu'il passa devant sa porte. Mais il continua jusqu'à sa chambre. Il y eut des bruits familiers de robinet qui coule, de chaussures que l'on enlève…

Et, cinq minutes plus tard, le silence était retombé dans l'appartement.

Maddison essuya rageusement une larme. Puis le sommeil la gagna progressivement et elle s'endormit profondément.

Elle fut réveillée quelques heures plus tard par une toux sonore, une mauvaise toux, aux résonances inquiétantes.

Alertée, elle se leva et se dirigea jusqu'à la chambre de Demetrius.

Elle s'arrêta devant la porte et hésita un instant. Puis elle leva la main et frappa trois coups discrets.

Pas de réponse.

Elle décida d'entrer, et poussa doucement la porte.

— Vous avez une toux inquiétante, Demetrius. Etes-vous malade ?

Il était debout au milieu de sa chambre, vêtu d'un simple caleçon américain. Son visage était livide.

— Que voulez-vous ? demanda-t-il d'une voix horriblement caverneuse.

— Je vous ai entendu tousser. Vous avez l'air malade. Votre mine est terrible…

— On a la mine que l'on peut.

— Mais vous êtes malade, Demetrius.

— C'est la deuxième fois que vous le dites, répondit-il, agacé.

Pas démontée pour autant, Maddison insista d'un ton décidé :

— Il faut voir un médecin.

— Je survivrai sans eux.

Il la considérait d'une telle manière qu'elle comprit qu'il souhaitait être seul.

Il passa une main sur son front et ferma les yeux un instant.

— Vous avez mal à la tête ? questionna-t-elle, soucieuse.

Il poussa un soupir.

— S'il vous plaît, Maddison. Lorsque je suis dans des états pareils, je n'aime pas que l'on s'apitoie sur moi. Je reste dans mon coin, et j'attends que cela passe.

— Ne restez pas debout, déclara-t-elle avec un aplomb qui la surprit elle-même. Vous allez attraper froid. Recouchez-vous. Je vais chercher des cachets.

Tout en marmonnant des mots qu'elle ne comprit pas, il retourna dans son lit.

Trois minutes plus tard, la jeune femme revenait avec un verre d'eau et des comprimés.

— Avalez ça, ordonna-t-elle en posant deux comprimés dans sa main.

Il lui lança un regard qui exprimait, mieux que des mots, ce qu'il pensait d'elle à cet instant précis, mais finit par obéir. Puis il laissa tomber sa tête contre son oreiller, les yeux fermés.

Elle posa doucement une main sur son front.

— Vous avez une sacrée fièvre, murmura-t-elle d'un ton préoccupé.

— N'en faites pas tout un drame, marmonna-t-il, toujours enroué.

Il se couvrit les yeux de la main, comme si la lumière le blessait, et murmura :

— Partez, à présent, Maddison. Ne vous occupez pas de moi.

Mais elle ne bougea pas.

— Il faut beaucoup boire, poursuivit-elle avec douceur. Est-ce que vous avez mal à la gorge ?

— Un peu.

— Des courbatures ?

Il ouvrit un œil à demi et soupira :

— Je n'ai pas besoin d'une infirmière…

— Il serait bon que vous avaliez quelque chose de chaud, un bouillon de…

L'écartant brusquement du bord du lit, Demetrius se leva et se précipita dans la salle de bains.

En l'entendant vomir, Maddison fut prise de pitié. A cet instant, il n'y avait plus de milliardaire odieux et sans scrupule, mais un homme qui souffrait.

Comme elle entendait les hoquets qui se répétaient, elle entra et vit qu'il était plié en deux de douleur.

Il se releva péniblement et s'appuya contre le mur, le front en sueur.

Elle prit une serviette, la passa sous le robinet d'eau chaude et nettoya sans hésiter son visage.

L'air à la fois égaré et étonné, Demetrius la regardait, acceptant son aide sans bouger.

— Cela ne faisait pas partie de notre contrat de mariage, murmura-t-il d'une voix faible.

— Je le sais bien, répondit-elle en décrochant un peignoir qui pendait pour le poser sur ses épaules.

— Et si vous preniez une douche pendant que je refais votre lit ?

Il la fixa d'un regard voilé par la fatigue.

— Pourquoi faites-vous cela, Maddison ?

— Ce n'est jamais drôle d'être malade.

— C'est encore moins amusant d'observer quelqu'un qui est malade.

— Je ne vous *observe* pas, je vous aide, c'est tout. Allez donc prendre une douche, bien chaude. Je m'occupe de votre lit.

Lorsqu'il revint dans la chambre, un peu plus tard, Maddison avait refait le lit et rangé quelques objets de manière à lui rendre la pièce plus agréable.

— Ça va mieux ? demanda-t-elle en scrutant son visage avec anxiété.

Il grommela un « oui » caverneux en hochant lentement la tête et s'assit sur le bord du lit.

Malgré elle, son regard s'attarda sur le ventre bronzé et

plat de Demetrius, qu'elle entrevoyait dans l'échancrure du peignoir.

Cela ne dura pas plus d'une seconde, mais ce fut suffisant pour Demetrius qui comprit aussitôt le trouble de la jeune femme.

L'incident ne se prolongea guère, et Maddison se reprit, lançant d'un ton dégagé :

— Voulez-vous quelque chose à boire ?

Et, sans attendre la réponse, elle se dirigea vivement vers le coin cuisine.

Lorsqu'elle revint, une tasse fumante à la main, elle vit qu'il s'était endormi.

Elle hésita, posa la tasse sur un meuble, puis revint près du lit, comme aimantée par ce visage qui reposait contre l'oreiller.

Elle détailla le front, rond et net, les cheveux en désordre, les oreilles délicates, la bouche sensuelle, terriblement attirante, le nez légèrement déformé, mais pas suffisamment pour abîmer le bel équilibre de ce visage aristocratique.

Elle s'était accroupie près du lit, émue.

« Cet homme est mon mari, pensa-t-elle, bouleversée. En tous les cas mon mari officiel. C'est inouï. »

Elle se leva et approcha un siège afin de rester près de lui.

Au bout d'une heure, environ, Demetrius ouvrit les yeux.

— Vous me disiez à l'instant que vous alliez me chercher une boisson chaude, non ?

Elle laissa échapper un rire léger.

— Oui, mais c'était il y a une heure, au moins. Ne bougez pas. Je retourne vous préparer quelque chose. Un thé ?

— Ce sera parfait.

— Avec des tartines grillées ?

A ce moment, leurs regards se croisèrent et restèrent soudés l'un à l'autre l'espace de plusieurs secondes.

Quelque chose d'étrange et d'émouvant se tissait entre eux, indifférent au temps et au lieu.

— Des tartines ? répéta Maddison d'une voix douce.

Il acquiesça d'un très léger signe de tête.

— On dirait que vous avez déjà soigné quelqu'un qui était malade, remarqua-t-il en esquissant un sourire.

— Lorsque Kyle a été atteint d'une fièvre pernicieuse, je me suis occupée de lui. Mais c'était il y a plusieurs années déjà...

— Vous êtes une garde-malade de tout premier ordre, Maddison.

— Vous êtes trop bon.

— Mais non. C'est vrai.

Elle eut encore un rire feutré.

— Je vais m'occuper de votre thé.

De manière étrange, le lien qui venait de les réunir semblait ne pas vouloir se rompre. Maddison, curieusement, ne parvenait pas à s'éloigner de cet homme qui, même malade, possédait un magnétisme surprenant.

— J'en ai pour deux minutes, précisa-t-elle sans bouger pour autant.

— Prenez votre temps.

— Je ferai vite.

Il eut un sourire en coin, un sourire attendri.

— Arrêtez d'être polie, par pitié, marmonna-t-il.

— Je ne suis pas polie !

— Mais si !

— Mais non !

Ils éclatèrent de rire en même temps.

— Je suis très perplexe, murmura Demetrius. Depuis que je vous connais, vous vous montrez d'un caractère, disons... bougon à mon égard, quand ce n'est pas d'une humeur carrément détestable. Et puis, il suffit que je sois un peu malade pour que vous changiez totalement de comportement.

Il fit une pause, plissa les yeux, la considéra d'un regard malicieux, puis ajouta, flegmatique :

— Finalement, je me demande si je ne devrais pas continuer à être malade pour que nos rapports deviennent enfin cordiaux.

Maddison résista à l'envie de rire une nouvelle fois. Elle fronça les sourcils et déclara d'un ton volontairement sec :

— Ce n'est pas parce que je m'occupe de vous que vous devez vous méprendre sur mes sentiments. Vous parlez de rapports *cordiaux*. Nous ne connaîtrons jamais cette relation-là.

— Pourquoi ? s'étonna-t-il en haussant un sourcil.

— Parce que je ne vous aime pas. Voilà tout.

— Ah, ce que vous êtes dure avec moi ! soupira-t-il d'un ton indéfinissable.

— Du sucre, dans votre thé ? interrogea-t-elle d'une voix dégagée.

— Pas de sucre, merci.

— Du beurre, sur vos tartines ?

— Pas de beurre, merci.

Au moment où elle se dirigeait enfin vers le coin cuisine, il lança de manière gracieuse, presque musicale :

— Maddison !

Elle tourna la tête.

— Oui ?

— Merci. Merci, Maddison, pour ce que vous faites pour moi.

Quelques instants plus tard, Demetrius avalait quelques gorgées de thé. Près de lui, Maddison jouait de manière machinale, quelque peu nerveuse, avec le bracelet de sa montre, l'air soucieux.

Il posa sa tasse sur le plateau et observa la jeune femme quelques instants à la dérobée.

— J'aimerais que vous me rendiez un service, demain, annonça-t-il posément. Il y a une réunion à 10 heures, et j'aimerais que vous me remplaciez.

— Mais vous serez peut-être rétabli, demain ! protesta-t-elle, surprise par cette étrange demande.

— Probablement pas. J'aimerais donc que vous voyiez Jeremy qui vous expliquera le but de la réunion.

Elle tenta de protester une nouvelle fois.

— Mais je ne connais rien au travail que vous faites ! Je ne serai d'aucune utilité !

— S'il vous plaît, Maddison. J'insiste. Vous me représenterez lors de cette réunion. Tout ce que je vous demande, c'est de noter les points principaux qui seront abordés. Ce n'est pas le bout du monde…

Elle eut soudain envie de lui confier la méfiance instinctive qu'elle éprouvait à l'égard de Jeremy Myalls, mais elle préféra s'abstenir.

— Très bien, je ferai comme vous le souhaitez, assura-t-elle calmement.

Mais elle dormit mal, cette nuit-là, et entendit Demetrius se lever plusieurs fois. Elle fit aussi un mauvais rêve où apparaissait Myalls, brandissant une liasse de documents au-dessus de sa tête avec un sourire diabolique…

10

Lorsque Maddison arriva dans la salle du conseil, elle fut impressionnée par la gravité des visages et le sérieux des personnages qui avaient pris place autour de la grande table.

La réunion portait sur des investissements hôteliers prévus par le groupe Papasakis dans la région de Sunshine Coast.

La jeune femme suivit à grand-peine les échanges, et elle sursauta lorsqu'on lui demanda son avis sur l'échelonnement des futurs travaux. Confuse, elle répondit par une vague formule qui lui permit de contourner habilement le problème.

Jeremy Myalls se tenait fièrement en bout de table, faisant office de président, et paraissait follement heureux de remplacer Papasakis dans ce rôle.

Lorsque la réunion fut terminée, il vint s'asseoir près de Maddison qui ne put réprimer un mouvement de recul. Cet homme ne lui inspirait vraiment aucune confiance.

— Je souhaiterais discuter d'une ou deux choses avec vous, chère madame, déclara-t-il avec un sourire affable.

— Ah ? fit-elle, très étonnée. A propos de quoi ?

— Une affaire privée. Mais nous serons mieux dans un endroit tranquille. Il y a une cafétéria, de l'autre côté de la rue. Allons-y, si vous le voulez bien.

— J'imagine que cela concerne le travail ? insista-t-elle, un peu méfiante.

— Absolument. Il s'agit d'affaires vous concernant *personnellement.*

Il avait appuyé de telle manière sur le dernier mot qu'elle frissonna malgré elle.

Manifestement, cet homme était dangereux et elle allait devoir se tenir sur ses gardes.

Ils s'installèrent dans un coin tranquille de la cafétéria, commandèrent un café, puis Myalls se pencha légèrement vers elle.

— Alors, madame Papasakis. Votre frère se plaît-il, dans le Territoire du Nord ?

Maddison eut brusquement l'impression que le souffle lui manquait. Elle se força à garder son sang-froid, mais elle était bouleversée : comment Myalls avait-il découvert la cachette de Kyle ?

Du ton le plus dégagé possible, comme si elle eût évoqué la tiédeur de l'air d'un jour de printemps, elle répondit posément :

— Vous savez, Kyle me donne peu de nouvelles. Il est jeune, il a d'autres préoccupations.

— C'est tout à fait normal, dans un ranch comme celui de Gilaroo.

Effondrée, Maddison comprit avec horreur que cet homme diabolique avait réussi à localiser Kyle.

C'était la catastrophe.

Elle serra les dents et dévisagea courageusement l'individu qui lui faisait face et venait de lui donner une raison supplémentaire de le détester.

— Vous voulez quoi, exactement ? interrogea-t-elle froidement. Ou plutôt, vous voulez *combien* ?

Le regard de Myalls glaça Maddison.

L'homme se cala d'un air satisfait contre le dossier de sa chaise et répondit d'une voix doucereuse :

— Je vois que nous nous comprenons…

Brusquement Maddison sentit son sang se glacer dans

ses veines. Elle venait de réaliser que si Myalls connaissait la cachette de Kyle, il ne se gênerait pas pour en parler à Demetrius…

— Je n'ai pas d'argent personnel, expliqua-t-elle à mi-voix, en tentant de recouvrer un semblant de calme.

— Ce n'est pas de *votre* argent dont j'ai besoin, chère madame.

— Bien sûr… C'est l'argent de Demetrius qui vous intéresse, n'est-ce pas ?

Il la considéra un instant d'un regard de serpent, puis posa lentement ses deux mains bien à plat sur la table, comme pour donner plus de poids à ce qu'il allait dire.

— Voyez-vous, chère madame, je me suis renseigné. Je sais que vous ne vous êtes pas mariée de gaieté de cœur, je sais que vous détestez votre mari à cause de la pression qu'il a exercée sur vous, à cause aussi de la ruine où il a entraîné votre père…

Tout en l'écoutant, Maddison sentait qu'il la poussait progressivement dans un piège d'où il lui serait difficile de s'échapper.

Myalls avait très bien compris la situation. Mais ce qu'il ignorait, c'est que les choses avaient bien changé depuis peu.

Ce dont Jeremy Myalls était loin de se douter, c'est qu'à présent elle aimait Demetrius d'un amour profond et sincère.

Et surtout qu'elle était prête à tout pour le protéger, de même qu'elle était prête à tout pour protéger Kyle.

Elle possédait donc un atout précieux face à cet ignoble individu qui s'apprêtait manifestement à la manipuler.

Cette pensée la rasséréna.

— Qu'attendez-vous de moi ? lança-t-elle en fixant Myalls dans le blanc des yeux.

Il afficha le sourire du pêcheur au gros qui vient de capturer la plus belle prise de sa carrière.

— Je voudrais que vous m'aidiez à détourner les fonds destinés à la construction du complexe de Sunshine Coast.

Elle avala péniblement sa salive. Il voyait grand !

— Et de quelle manière ? lâcha-t-elle avec hauteur.

— C'est simple. Il suffit juste d'une écriture comptable qui me permettra de détourner les sommes destinées au complexe hôtelier.

— Ces sommes se montent à combien ?

Lorsqu'il lui annonça le chiffre, elle arrondit les yeux de stupeur. Elle était loin d'imaginer une telle somme !

— Et comment voulez-vous que je fasse pour détourner tout cet argent ?

— On peut faire beaucoup de choses avec l'homme qui partage votre lit…, grimaça-t-il avec un sourire suggestif.

— Nous ne dormons pas dans le même lit, si c'est à cela que vous faites allusion.

— Oh ! Alors Elena est toujours en scène…

Comme elle allait lui dire que cette histoire ne le concernait pas, elle pensa brusquement à Kyle et se retint.

— Elle est toujours sa maîtresse, en effet, se contenta-t-elle de répondre.

— Et vous n'êtes mariés que depuis soixante-douze heures !

La jeune femme évita le regard ironique qu'il lui adressait.

— Finissons-en, marmonna-t-elle, agacée. Que voulez-vous au juste ?

— Oh, peu de chose en vérité : simplement votre numéro de compte bancaire. Ce sera suffisant pour effectuer les opérations que j'évoquais il y a un instant. Je m'occuperai de la suite et je vous tiendrai au courant.

Maddison ouvrit son sac, sortit son carnet de chèques et copia le numéro sur un bout de papier qu'elle tendit à Myalls.

— Je savais que je pouvais vous faire confiance, murmura-t-il, satisfait.

Effondrée, la jeune femme comprenait qu'elle marchait à présent sur une corde raide et qu'il ne lui serait pas aisé de se sortir de ce nouveau piège…

Le cœur serré par l'angoisse, elle demanda néanmoins de l'air le plus dégagé possible :

— Dites-moi, comment avez-vous réussi à retrouver la trace de mon frère ?

— Oh, vous savez, on arrive à savoir beaucoup de choses en distribuant, çà et là, de gros billets. C'est fou ce que les gens se montrent coopératifs lorsque vous ouvrez votre portefeuille.

La lueur cynique et cupide qui passa dans le regard de Jeremy Myalls glaça Maddison.

Mais ce qui l'inquiétait avant tout, c'était de savoir si Myalls avait dit à Demetrius qu'il connaissait la cachette de Kyle.

— Demetrius est-il au courant ? s'enquit-elle avec une anxiété qu'elle eut du mal à masquer.

— Non, rassurez-vous. Mais il le sera au moindre écart de votre part.

Il laissa fuser un petit rire grinçant.

— Mais vous n'allez pas vous amuser à faire n'importe quoi, n'est-ce pas, chère madame ? Je vous salue bien, ajouta-t-il en se levant brusquement.

Elle le regarda s'éloigner, les tempes bourdonnantes. Son instinct ne l'avait pas trompée : c'était le diable en personne.

Comme elle allait se lever à son tour, elle remarqua qu'il n'avait même pas pris la peine de régler l'addition.

Ce qui ne l'étonna pas.

Lorsqu'elle revint à l'appartement, Demetrius était réveillé et avait l'air de mauvaise humeur.

— Vous en avez mis, un temps ! grogna-t-il dès qu'elle entra dans sa chambre.

— J'avais des petites courses à faire, après la réunion, répondit-elle aussitôt. Je vous ai apporté des vitamines.

— Des vitamines ? Mais je n'en ai pas besoin !

Sans s'émouvoir pour autant, elle sortit de son sac différents flacons qu'elle avait achetés à la pharmacie.

— Tout est une question de défenses, Demetrius. Nous avons tous les deux pris froid dans ce torrent. Moi, cela ne m'a rien fait, parce que j'ai une nourriture saine et équilibrée. Pour vous, c'est différent : vos défenses immunitaires sont amoindries par une nourriture choisie en dépit du bon sens…

— Dans mes établissements hôteliers, la cuisine est assurée par les meilleurs chefs ! s'exclama-t-il, vexé. Et pas en dépit du bon sens !

— Je n'en doute pas. Mais ils proposent des plats trop riches, mal équilibrés, trop gras… J'ai acheté de quoi vous préparer un consommé de poulet dont vous me direz des nouvelles.

Il la considéra un instant, les sourcils froncés, l'air circonspect.

— Pourquoi faites-vous cela pour moi ? marmonna-t-il d'un ton bourru. Cela fait-il partie de votre stratégie de vengeance ?

Elle esquissa un sourire pensif.

— Vous êtes malade, Demetrius. Et je vous soigne. C'est aussi simple que cela.

— Je ne suis pas d'accord. Les choses ne sont pas aussi simples. Du moins pas en ce qui *vous* concerne.

Un grand silence se fit.

Maddison, perdue dans ses soucis, repensa aux jours qui venaient de s'écouler.

Sa vie avait basculé d'un coup, dès le moment où Kyle, fier comme un grand guerrier, lui avait naïvement et triomphalement annoncé le sabordage du yacht de Papasakis. A partir de cet instant, elle avait perdu toute quiétude, et chaque jour n'avait été qu'un tourment recommencé.

— Alors ? reprit Demetrius, l'arrachant à ses sombres pensées. Cette réunion s'est-elle bien passée ?

— Très bien, lui assura-t-elle d'un ton dégagé tout en évitant soigneusement son regard.

— Jeremy vous a-t-il bien expliqué la situation ? Le complexe de Sunshine Coast constitue un projet grandiose, non ? Qu'en pensez-vous ?

Ce qu'elle pensait ? A une image de cauchemar : une corde raide tendue au-dessus de l'abîme, et elle, en plein milieu, oscillant dans un équilibre instable, entre Demetrius Papasakis et Jeremy Myalls.

Le moindre faux pas, et Kyle était perdu.

— J'ai pris quelques notes, pendant la réunion, dit-elle à mi-voix en sortant nerveusement de son sac une feuille de papier pliée en quatre.

— C'est inutile. Jeremy est passé et m'a donné toutes les informations qui ont été abordées à la réunion.

— Quand est-il passé ? demanda-t-elle, soudain effrayée.

— Tout à l'heure.

Pendant deux ou trois secondes, la jeune femme fut envahie par une affreuse panique. Si Myalls avait révélé à son patron ce qu'il savait sur Kyle, le pire était à redouter.

— Je vais préparer votre bouillon de poulet, annonça-t-elle précipitamment.

— C'est inutile, je n'ai pas faim.

— Il faut que vous avaliez quelque chose. Ce sera très léger, vous allez voir !

— Attendez, Maddison ! dit-il d'une voix vibrante.

— Oui ?

— J'apprécie vraiment ce que vous faites pour moi, murmura-t-il. Même si je ne comprends pas tout à fait pourquoi vous le faites.

— Je ne le comprends pas non plus moi-même, vous savez, répondit-elle d'un ton pensif.

Une demi-heure plus tard, elle revenait dans la chambre de Demetrius portant un plateau sur lequel elle avait posé un bol fumant et odorant et deux tranches de pain grillé.

Il ne toucha au bouillon que du bout des lèvres et semblait exténué.

Inquiète, elle approcha une chaise de son lit.

— Il serait plus raisonnable d'appeler un médecin, dit-elle, soucieuse.

— Ce serait tout à fait inutile. Les médecins ne peuvent rien contre les virus. Il faut que cela passe.

— C'est étrange, Demetrius. Quand vous êtes malade, vous paraissez un autre homme.

Il souleva un sourcil, l'air étonné.

— Ah ? Et un homme comment ? Plus intéressant ?

Elle sourit.

— Oui, un homme plus intéressant... Comment dirais-je ? Moins *redoutable*.

— Tiens donc, fit-il, surpris.

Il la considéra un instant en silence, puis reprit à voix basse, sur le ton de la confidence :

— Vous me faites du bien, Maddison. Finalement, j'aime bien vous avoir près de moi.

— Ce n'est pas ce que vous disiez hier.

— C'est ce que j'affirme maintenant, assura-t-il avec un sourire plein de douceur.

Touchée par sa bienveillance nouvelle, Maddison ne put s'empêcher de murmurer, comme si elle se parlait à elle-même :

— Finalement, vous êtes bien plus agréable à vivre quand vous êtes malade...

Il laissa échapper un rire bref et discret, puis la fixa d'un regard ému.

— Je me suis comporté d'une manière plutôt dure avec vous, n'est-ce pas ? questionna-t-il, songeur.

Elle détourna son regard, intimidée par la flamme sombre qui brûlait dans ses yeux.

— C'est-à-dire…, commença-t-elle, hésitante.

— J'ai été un véritable goujat, non ?

— Eh bien, pour tout vous dire…

— Un affreux bonhomme, avouez-le, Maddison.

— Oh, mais je pense que…

— Tout à fait insupportable, non ?

— Je n'irais peut-être pas jusque-là, mais…

— Méphistophélique !

Elle eut un rire nerveux.

— Vous avez de ces termes, Demetrius !

— Je sais que je peux être parfaitement odieux, quand je m'y mets.

« Quel étrange revirement », pensa-t-elle, bouleversée par la douceur et la tendresse soudaines dont faisait preuve cet homme qui était, sur le papier, son mari mais qui restait pourtant un inconnu.

Un redoutable inconnu…

Il tendit la main vers elle, la paume tournée vers le haut.

Sans hésiter, elle posa sa main dans cette grande main qui se présentait à elle de manière simple et tendre.

Il la serra doucement et l'attira imperceptiblement vers lui.

— Maddison, vous êtes une femme extrêmement charmante, vous savez… J'ai beau être malade, le désir que vous suscitez en moi n'en est pas moins présent…

Bouleversée, Maddison ne répondit pas.

Tout l'amour qu'elle éprouvait pour cet homme montait à la surface avec impétuosité.

Elle le désirait.

Elle l'aimait.

— Demetrius, murmura-t-elle dans un souffle. Je crois que…

— Dites-moi…, la pressa-t-il, fiévreux.

— Je me demandais si… Enfin je me disais que…

Confuse, le cœur battant, elle n'avait qu'une envie : se jeter dans les bras de cet homme qu'elle désirait de tout son corps, de toute son âme.

Il l'attira doucement contre lui, et elle se laissa faire, chavirée.

Il posa ses lèvres sur les siennes; elles étaient chaudes et douces.

Elle offrit sa bouche sans retenue.

Le baiser qu'ils échangèrent fut un baiser de tendresse et de passion. Lorsque leurs lèvres se séparèrent, Demetrius commença à défaire ses vêtements. Elle l'aida, embrasée par une soudaine fièvre amoureuse.

Il ouvrit le lit, et elle vint se blottir contre lui, ardente et impatiente.

— J'ai l'impression que ma maladie s'est complètement envolée, murmura-t-il d'une voix éraillée par l'émotion et le désir.

— Vous n'avez plus l'air du tout malade…, lui confirma-t-elle en souriant.

— Cette fois-ci, je serai beaucoup plus délicat, lui promit-il d'un ton fervent tandis que ses lèvres la frôlaient.

Elle était à présent allongée sur le dos, entièrement nue, prête à laisser l'homme qu'elle aimait prendre peu à peu possession de son corps.

La tête de Demetrius descendit le long de son ventre, et sa langue vint caresser la zone la plus sensible de tout son être.

Elle ferma les yeux, électrisée par l'intensité et la violence du plaisir qui la submergeait.

Et bientôt, il fut au-dessus d'elle, la regardant avec ferveur, prêt à la pénétrer.

Il se cala contre son corps de la manière la plus douce et la plus délicate possible. Tendu à l'extrême, il la frôla à plusieurs reprises, cherchant le voluptueux passage.

— Si je vous fais mal, dites-le-moi, articula-t-il à voix basse et rauque.

Elle lui sourit et le saisit par les hanches pour l'encourager à entrer en elle. Un instinct puissant et lointain l'avait envahie tout entière. Elle avait besoin d'être remplie de lui, totalement comblée...

Elle ferma les yeux et retint son souffle lorsqu'il entra très doucement en elle.

Le mouvement de va-et-vient qu'il se mit à imprimer à leurs deux corps commença à lui faire perdre la tête.

— Laisse-toi aller, mon amour, murmura-t-il à son oreille. Ouvre-toi...

— Oh oui... Oui... Viens, viens, viens ! cria-t-elle, ivre de volupté.

Entraînée dans la spirale d'un plaisir fulgurant, elle criait son amour avec des mots insensés, des gémissements tour à tour rauques et aigus.

Au summum de leur étreinte enfiévrée, Demetrius poussa lui aussi un cri de jouissance, puis se laissa tomber contre elle, comme fusillé de plaisir.

Elle enroula avec ferveur ses jambes autour de ses reins, désireuse de le garder en elle encore un peu. Mais, quelques instants plus tard, il roula sur le côté, épuisé.

Elle se souvint alors brusquement qu'il était malade, et éprouva une vague d'amour toute différente pour le cadeau qu'il venait de lui offrir.

— Tu es bien, mon tendre amour ? murmura-t-il.

— Oh oui ! Je me sens merveilleusement bien !

A cet instant précis venaient de s'envoler toutes les

hostilités qui les avaient séparés jusqu'alors, tous les mépris, toutes les haines, toutes les guerres.

Elle reposait contre lui, tout enivrée des plaisirs inouïs qu'elle venait de connaître, quand il approcha son visage et posa ses lèvres contre son oreille.

— Je crois que j'ai encore envie de toi...

11

Plus tard dans la soirée, Maddison, lovée dans les bras de Demetrius, songea qu'il serait tentant, à présent, de faire comme si leur mariage était un vrai mariage d'amour.

Mais à la réflexion, elle se dit que ce serait plutôt une folie pure et simple.

Ils restèrent ainsi un long moment dans les bras l'un de l'autre, silencieux, repus d'amour. Heureux.

Plus tard, après avoir plus ou moins somnolé, Maddison entendit Demetrius qui lui demandait, d'une voix ensommeillée, d'éteindre la lumière.

— Oh, j'aimerais bien garder un peu d'éclairage, murmura-t-elle. Vous voulez bien ?

Même blottie dans les bras de son amant, sa peur du noir ne la quittait pas.

Lorsqu'elle s'éveilla, le lendemain matin, Demetrius était déjà debout, habillé de pied en cap avec une élégance étonnante. Il semblait prêt pour se rendre au travail.

Comme par enchantement, sa maladie semblait avoir disparu. Maddison n'en croyait pas ses yeux. Elle s'appuya sur ses coudes et se redressa.

— Pourquoi ne m'avez-vous pas réveillée ? lui reprocha-t-elle.

— Je n'en voyais pas l'utilité.

Elle le considéra un instant, surprise de le voir si vite rétabli.

— C'est incroyable, reprit-elle en souriant. Vous étiez si malade hier… Etes-vous sûr d'aller bien ?

— Absolument.

— Vous êtes un homme vraiment à part, murmura-t-elle, sidérée.

Un sourire éclaira subrepticement son visage. Puis la mine grave de l'homme d'affaires reprit le dessus, et il demanda, presque sèchement :

— Que comptez-vous faire, aujourd'hui ?

— Je n'en ai aucune idée. Qu'ai-je la *permission* de faire ? Ou plutôt, que dois-je *ne pas faire* ? questionna-t-elle, railleuse.

— Vous connaissez la règle du jeu, n'est-ce pas ?

— Sans aucun doute : pas de familiarité avec le personnel de l'hôtel, pas de rendez-vous amoureux, pas de…

— Très bien, très bien, la coupa-t-il, agacé. Je vous demandais simplement si vous aviez une idée quelconque pour la journée. Faire des achats, par exemple ?

— Des achats ? reprit-elle en faisant la moue. Cela ne me tente pas énormément…

— Mais toutes les femmes adorent cela !

— C'est fort possible. Mais moi, je ne suis pas « toutes les femmes ».

Demetrius secoua la tête et n'insista pas.

Il se pencha sur son front, y posa un baiser bref et annonça d'une voix mécanique :

— Bon, j'y vais. Je vous téléphonerai dans la journée.

Comme il s'apprêtait à ouvrir la porte pour sortir, il se retourna.

— N'oubliez pas que je vous observe, Maddison, la prévint-il. Ne vous avisez pas de faire… n'importe quoi.

A la fois glacée par la menace et révoltée, elle rétorqua sèchement :

— Message reçu. L'Oncle Sam, enfin je veux dire l'Oncle Demetrius veille sur moi.

*
* *

Maddison, après s'être demandé à quoi elle allait bien pouvoir occuper sa journée, décida finalement de faire quelques courses. Demetrius lui avait offert une carte de crédit en précisant qu'elle pouvait s'acheter tout ce dont elle avait envie. Pourquoi ne pas en profiter ?

Elle flâna durant l'après-midi dans des magasins, effectua une série d'achats qu'elle fit livrer à l'hôtel, puis continua sa promenade au hasard.

Comme elle passait à proximité du jardin Botanique, elle fit une halte devant l'édifice où elle s'était officiellement mariée moins d'une semaine plus tôt.

Mon Dieu, que les choses avaient changé pour elle !

Elle était devenue la femme de Demetrius Papasakis, au sens biblique du terme.

Mais pour combien de temps ?

Et pendant combien de temps se balancerait l'épée de Damoclès suspendue au-dessus de sa tête ? Kyle était toujours dans son exploitation agricole, dans le Nord, et toujours à la merci d'une arrestation, si Demetrius décidait brusquement qu'il devait en être ainsi. Il avait certes promis qu'il laisserait son frère tranquille, mais était-il un homme de parole ?

Comme elle marchait droit devant elle, tout à ses réflexions, elle aperçut Jeremy Myalls. C'était bien la dernière personne qu'elle avait envie de voir, mais elle ne pouvait plus l'éviter ; lui faisant signe de la main, il marchait droit à sa rencontre.

— Quelle bonne surprise ! s'écria-t-il avec un sourire des plus hypocrites.

Il l'avait suivie, sans aucun doute. Cet homme était un redoutable serpent.

— Bonjour, monsieur Myalls, dit-elle avec froideur.

— Appelez-moi donc Jeremy ! Nous sommes des amis, à présent, non ?

Un sourire amer marqua le visage de Maddison. Cet individu était le pire ennemi qu'elle eût jamais eu. Il était bien plus redoutable que Demetrius, car ce dernier avait toujours joué franc-jeu, alors que Myalls procédait par reptations sournoises.

— Voulez-vous prendre un café ? proposa-t-il gaiement.

Elle leva les yeux sur lui, méfiante et prête à prétexter un rendez-vous urgent. Mais mieux valait ne pas refuser, même si elle n'avait absolument pas envie de se trouver en tête à tête avec lui.

— Si c'est *vous* qui me l'offrez, pourquoi pas ? ironisa-t-elle en faisant allusion à l'addition qu'il avait *oublié* de régler la dernière fois qu'ils s'étaient vus.

Mais il ne réagit pas.

Ils entrèrent dans le premier café qu'ils trouvèrent et s'installèrent, à une petite table, face à face.

— Alors monsieur Myalls, votre plan se déroule-t-il comme vous l'avez prévu ?

Il la fixa de son regard glacial et ses lèvres s'écartèrent dans un sourire de saurien.

— Mais oui, parfaitement. Demetrius ne se doute de rien.

— Le transfert des fonds a-t-il été effectué ? insista-t-elle, se rappelant qu'une énorme somme d'argent devait transiter prochainement par son compte en banque, comme l'avait exigé Myalls.

— L'argent sera sur votre compte dès demain matin, précisa-t-il.

Elle lui adressa un bref regard et poursuivit, ironique :

— Ne craignez-vous pas que je n'utilise ces millions à des fins personnelles ?

La paupière de Myalls vibra un dixième de seconde.

— S'il venait à manquer un seul centime de ce dépôt

provisoire qui a été fait sur votre compte, des mesures immédiates seraient prises, dit-il d'une voix aux inflexions impitoyables.

Elle frémit et détourna la tête.

— Demetrius serait immédiatement informé du lieu exact où se cache votre frère, ajouta-t-il.

— Mais moi, qu'ai-je à gagner dans cette opération ? questionna-t-elle avec une grimace de dégoût.

— La satisfaction de faire regretter à jamais à Demetrius le choix qu'il a fait en vous forçant à l'épouser. Quelle belle revanche, n'est-ce pas ?

Elle tressaillit, soudain affolée par les conséquences de cet odieux marché conclu avec Myalls.

— Pourquoi détestez-vous autant Demetrius ? reprit-elle après un temps d'hésitation.

— Parce qu'il m'a pris la femme que j'aimais. Et cela, je ne le lui pardonnerai jamais.

Maddison, remuée malgré elle par cet aveu, demeura silencieuse un instant. Mieux valait ne pas faire de commentaires. Mais elle se demanda néanmoins s'il lui avait bien dit la vérité. Il se pouvait tout aussi bien que la trahison de Myalls à l'égard de son patron n'ait aucun rapport avec la jalousie. Elle ne faisait aucune confiance à cet homme.

— Lorsque Demetrius s'apercevra du détournement d'argent que vous aurez effectué, il sera certainement fou furieux, dit-elle soudain, pensive. Ne craignez-vous donc pas un retour de bâton de sa part ?

— Quand il se rendra compte de la chose, je serai à des milliers de kilomètres et l'on ne pourra pas me retrouver !

— Demetrius est un homme très intelligent, insista-t-elle pourtant. Et il possède un sixième sens qui l'avertit de tout. Il est fort possible qu'il se méfie déjà…

Myalls éclata d'un rire sardonique. Il avait de vilaines

dents, et Maddison détourna la tête, écœurée par le personnage.

— Vous n'avez pas à vous faire de souci, chère madame ! Demetrius ne sait rien et ne pourra rien deviner de notre petit secret. Comme pour le malheureux épisode de votre père, il me fait une confiance absolue.

Une pique incandescente traversa le cœur de Maddison. Ce dont elle se doutait plus ou moins depuis qu'elle connaissait Demetrius venait de lui apparaître clairement : c'était donc Myalls qui était à l'origine du renvoi de son père !

— C'est vous qui avez fait chasser mon père, n'est-ce pas ? interrogea-t-elle d'une voix blanche. De quelle manière avez-vous procédé ?

— Votre père avait un soudain besoin d'argent pour rembourser une des dettes de votre frère. Rien de plus simple que de soutirer quelques liasses dans la caisse annexe de la société. Et de faire courir le bruit que ce pauvre Jones avait bien des soucis avec son fils…

— Et vous avez fait cela dans le dos de Demetrius ?

— Evidemment !

Bouleversée, elle se rendait compte du traquenard qu'avait tendu ce misérable à son pauvre père.

Elle eut une soudaine envie de saisir le premier couteau à sa portée sur l'une des tables pour le planter dans la gorge de Myalls, et elle dut faire appel à toute son énergie pour reprendre calmement sa respiration.

— Saviez-vous que mon père est mort peu de temps après d'une crise cardiaque consécutive à sa mise à pied ? Saviez-vous cela ?

Myalls écarta les bras d'un air fataliste.

— C'est Demetrius qui lui a donné son congé, précisa-t-il avec un sourire mauvais. Pas moi.

C'en était trop. Elle se leva, à bout.

— A plus tard ! lança Jeremy Myalls d'un ton satisfait.

Lorsqu'elle revint à l'hôtel, Maddison constata que l'on avait livré tous les achats qu'elle avait effectués.

Encore sous le coup de l'indignation, elle rangea les différents vêtements dans les placards de la pièce attenante à la chambre de Demetrius. Mais ces gestes simples ne la calmèrent pas pour autant. Elle se rendait compte qu'elle aussi avait été prise dans les filets sataniques de Myalls et qu'elle n'avait aucun moyen de défense.

Demetrius revint en début de soirée et posa ses lèvres sur celles de Maddison dans un baiser bref, à la limite du conventionnel.

Surprise, elle songea que ce baiser était d'une nature toute différente de celle des baisers échangés plus tôt dans leurs étreintes passionnées.

« Est-ce déjà le train-train du mariage ? se demanda-t-elle avec amertume. Un baiser du bout des lèvres, à la va-vite… »

— Avez-vous passé une bonne journée, Demetrius ?

Il marmonna une réponse impossible à décrypter. Ce n'était ni un oui, ni un non, mais un bougonnement distant et fatigué.

— C'est fou ce que vous êtes tendre, ce soir, lança-t-elle sur un ton railleur.

Il tourna la tête et sembla soudain se rendre compte de sa présence.

— Vous m'en voulez encore ? demanda-t-il d'une voix bourrue.

Le discret parfum de son eau de toilette flotta dans l'air un instant lorsqu'il enleva sa veste pour la poser sur un cintre.

Tout d'un coup, la jeune femme fut consciente de l'absurdité de cette situation : mariée par obligation à un homme qu'elle n'aimait pas et qu'elle aimait, qu'elle désirait et rejetait à la fois. Elle devait certainement devenir folle.

Elle essuya les larmes qui perlaient à ses yeux.

Demetrius s'en aperçut aussitôt.

— Mais vous pleurez, Maddison ! murmura-t-il, touché. Ne pleurez pas…

Rien de tel qu'un conseil de cet ordre pour décupler un chagrin que l'on s'efforce de retenir. Les sanglots montèrent aussitôt à sa gorge sans qu'elle puisse rien faire pour les retenir.

— Ex… excusez-moi, bégaya-t-elle, désespérée. Il y a des jours où c'est tr… trop difficile…

Il la prit contre lui et caressa doucement ses cheveux.

— Et si nous décidions d'une paix provisoire ? proposa-t-il avec douceur.

— Pou… pourquoi « provisoire » ? répondit-elle dans ses larmes.

— Je n'aime pas les engagements à long terme, soupira-t-il, tout contre son oreille.

— Et moi, je n'apprécie guère les engagements à court terme. Ils témoignent d'une absence totale de confiance !

Elle se dégagea brusquement de ses bras et s'essuya les yeux d'un geste rageur.

— Faites-vous confiance aux gens en général, Demetrius ?

Il réfléchit quelques instants avant de répondre :

— Il y a des gens qui ont toute ma confiance. Voyez-vous, Maddison, c'est ce qui m'a désolé avec votre père. Je lui faisais une confiance absolue, et il a abusé de cette confiance.

Le cœur de la jeune femme bondit dans sa poitrine et elle se retint de lui crier : « Ce n'est pas mon père, dont il fallait se méfier ! C'est de Jeremy Myalls ! C'est lui qui vous a volé. C'est lui la canaille ! »

Mais elle ne pouvait pas. L'enjeu était trop important.

— Quelle est la personne qui vous a le plus déçu ? insista-t-elle, poussée par un irrésistible besoin de savoir.

Il la dévisagea comme si elle venait de prononcer le pire des jurons.

— Ce que vous êtes agaçante avec vos questions ! grommela-t-il, l'air exaspéré. Les choses ne sont-elles pas claires entre nous depuis le début ? Je vous ai proposé de m'épouser pour une période bien définie. Un point c'est tout.

Elle poussa un soupir rageur.

— Il n'est pas dans mes habitudes de me mettre dans le lit d'un inconnu…

— Vous n'étiez pas forcée d'entrer dans le mien !

Elle serra les poings, furieuse.

— Oh, très bien ! Puisque vous le prenez ainsi…

Il la considéra d'un regard sombre.

— Tout ce que je vous demande, c'est de remplir le rôle que je vous ai expliqué. Rien de plus.

Il s'interrompit et ajouta sur un ton moins tendu :

— Ah, j'oubliais ! Ce soir, nous avons un dîner. Je vous emmène au restaurant. Si vous pouviez vous habiller en conséquence, j'en serais ravi.

— Cela tombe très bien, j'ai acheté tout à l'heure une très jolie robe pour le soir.

Elle entendit un marmonnement approbateur et soupira. Il fallait éviter les conflits autant que possible.

Et attendre patiemment.

Elle n'avait pas le choix.

12

Maddison, qui avait choisi d'étrenner sa robe achetée le jour même, faisait face à Demetrius dans un angle du luxueux restaurant où il avait réservé une table isolée.

Leurs regards se croisèrent un instant, puis Demetrius demanda d'une voix feutrée :

— Parlez-moi un peu de vous, Maddison.

— De moi ? Je ne suis pas sûre de… d'être très intéressante, murmura-t-elle sur un ton hésitant.

— Allons donc ! fit-il avec un accent encourageant.

Elle joua machinalement avec la flûte de champagne qu'un serveur venait de remplir.

— J'ai eu une enfance à peu près heureuse jusqu'à la mort de ma mère. J'avais alors dix ans. Et c'est une vie toute différente que j'ai connue par la suite. Mon père faisait ce qu'il pouvait pour nous élever, mon frère et moi.

Elle s'interrompit, fronça les sourcils, puis reprit d'un air soucieux :

— Kyle a cinq ans de moins que moi. C'est un garçon qui n'en a toujours fait qu'à sa tête. Il a dû faire toutes les bêtises possibles et imaginables : des vols à l'étalage, pour le sport, des vols de voitures, par désœuvrement, des…

— … Des sabordages de bateaux ?

— Un seul ! Mais de taille…

Un sourire amusé éclaira un instant le visage de Demetrius. Il paraissait ne plus se soucier de son yacht. La page semblait être tournée. Maddison se demanda s'il était prêt à passer l'éponge. Peut-être pourrait-elle bientôt reprendre sa liberté.

Et Mme Maddison Papasakis redeviendrait alors tout simplement Maddison Jones.

A cette pensée, elle ressentit un curieux sentiment, mélange de soulagement et de mélancolie. Le rôle qu'elle avait accepté de jouer n'était pas désagréable après tout.

— Et vous ? reprit-elle après un moment. Vous ne m'avez jamais parlé de vous.

Il poussa un soupir, la considéra une demi-seconde d'un regard pensif, saisit délicatement son verre, but une gorgée, puis murmura paisiblement :

— Pas terrible, résuma-t-il en fixant les bulles de manière rêveuse. Ma mère est partie quand j'avais cinq ans. Et l'on m'a fait comprendre alors qu'il était inutile de la regretter.

Tout était dit, ou presque, et Maddison comprit qu'il ne fallait pas insister sur ce sujet.

— Dites-moi, Maddison, enchaîna-t-il d'un ton enjoué. Qu'aimeriez-vous faire si vous aviez tout votre temps et, naturellement, pas de problèmes d'argent ?

— De la musique ! répondit-elle immédiatement. J'apprendrais la guitare, le piano, la flûte…

Elle s'interrompit, lui sourit et poursuivit d'un ton presque complice :

— Et vous, Demetrius ? Que feriez-vous si vous disposiez de toute votre liberté ?

— Je passerais mon temps dans la nature, au milieu des bois, loin de toute habitation, près des oiseaux. Et puis j'écouterais le silence, cette musique suprême… J'aime tellement le silence…

Il but de nouveau un peu de champagne et considéra la jeune femme de manière pensive, les sourcils légèrement froncés.

— Pourquoi avez-vous accepté de m'épouser, Maddison ?

— Je crois que je vous l'ai déjà dit : pour protéger Kyle. Vous m'avez bien fait comprendre que c'était le seul moyen...

— Il n'y avait pas d'autres raisons ? insista-t-il, le regard sévère.

— Quelles autres raisons pouvait-il y avoir ?

— Une fois, vous m'avez dit que vous me feriez regretter un jour de vous avoir épousée. Je n'ai pas oublié cette menace, et depuis, je me demande de quelle manière vous avez l'intention de la mettre à exécution.

Maddison haussa les épaules.

— J'ai dit cela sans y penser parce que vous m'aviez poussée à bout. Il ne faut pas prendre au mot ce genre de paroles qui vous échappent sous le coup de la colère.

Le garçon qui venait prendre les commandes interrompit heureusement un dialogue qui s'engageait sur une pente dangereuse.

Maddison, soulagée, fit son choix, puis la conversation reprit sur un mode bien plus léger.

Lorsqu'ils eurent terminé, Demetrius proposa à la jeune femme de terminer la soirée dans une boîte de nuit à la mode. Elle donna son accord du bout des lèvres ; elle n'aimait guère ce genre d'endroits qu'elle trouvait en général beaucoup trop bruyants.

Mais lorsque Demetrius l'enlaça pour un slow langoureux, elle retrouva instantanément l'intense désir qu'elle avait déjà éprouvé pour lui. Elle n'eut plus alors qu'une idée en tête : rentrer chez eux, à l'hôtel, le plus vite possible pour faire passionnément l'amour...

Plaquée tout contre lui, elle se laissait bercer par la musique, n'osant rompre ce moment magique où le désir que l'on a de l'autre devient peu à peu insoutenable...

— On rentre ? murmura brusquement Demetrius, tout contre son oreille.

— Oui..., répondit-elle d'un ton vibrant.

A peine arrivés dans leurs appartements, ils s'enlacèrent avec fougue, leurs bouches se dévorant avec une passion qui semblait jaillir de toutes parts.

Ils roulèrent sur le tapis du salon, brûlants d'impatience.

Et ce fut une nouvelle fois un raz de marée dévastateur qui s'abattit sur eux.

Comme Maddison s'arrachait langoureusement à leur étreinte passionnée, Demetrius l'interrogea des yeux.

— Il faut que j'aille à la salle de bains, souffla-t-elle. J'en ai pour une minute.

— Attendez ! lança-t-il sur un ton inquiet.

— Puisque je vous dis que je reviens…

— Il faut que nous mettions tout de suite les choses au point, Maddison. C'est grave.

Elle le dévisagea, déroutée.

— Vous ne prenez pas la pilule ? reprit-il, tendu. Ou d'autres moyens de contraception ?

Il avait repris le vouvoiement comme il avait toujours coutume de le faire après leurs ébats passionnés. D'abord surprise, Maddison avait fini par y trouver un certain charme.

— Je ne suis pas enceinte, Demetrius, si c'est cela qui vous inquiète.

— Comment pouvez-vous en être sûre ?

— Je connais mon corps, et je sais que je ne suis pas enceinte. D'ailleurs je vais avoir mes règles dans peu de temps.

Elle leva les yeux vers lui, affronta son regard, et ajouta d'une voix bien posée :

— Ne vous faites pas de souci. Ce n'est pas moi qui irai vous poursuivre dans une reconnaissance de paternité.

— Mais cela ne me ferait pas peur ! rétorqua-t-il aussitôt avec fougue.

Stupéfaite, elle le considéra quelques secondes sans répondre.

— Pourriez-vous préciser votre pensée, Demetrius ?

— Je voulais simplement dire que j'ai trente-quatre ans et que je n'ai pas envie d'attendre encore des années. Je serais tout à fait prêt pour avoir un garçon, ou une fille, ou les deux…

Comme elle le fixait avec des yeux ronds, il ajouta en souriant :

— Quel mal y a-t-il à vouloir fonder une famille ?

Elle serra convulsivement ses mains l'une contre l'autre, jusqu'à la douleur.

— Vous n'attendez tout de même pas de moi que… que je…

— Pourquoi pas ? Vous êtes ma femme, non ?

— Je suis votre femme uniquement sur le papier !

— Vous l'avez été de manière bien plus… *concrète*, corrigea-t-il avec un sourire. Pas plus tard que tout à l'heure ! L'auriez-vous oublié ?

— Il s'agissait simplement d'un moment de… d'égarement, de folie…

Elle ramassa fébrilement ses vêtements éparpillés sur le sol, et les serra contre sa poitrine, tandis qu'il la considérait d'un regard triste.

— Vous savez très bien, Maddison, que ce que nous avons vécu tout à l'heure était bien plus fort qu'un *égarement*, comme vous dites, et bien plus sensé que la folie que vous évoquez. J'aimerais que vous repensiez calmement à ce que je viens de vous proposer.

— C'est tout réfléchi, marmonna-t-elle. C'est non.

— Est-ce votre dernier mot ?

— Bien sûr, que c'est mon dernier mot !

— Quand serez-vous définitivement fixée ?

— Mais puisque je vous dis que c'est non ! Vous êtes vraiment bu…

— Je parlais de vos règles, coupa-t-il sèchement.

— Elles viendront demain ou après-demain, dit-elle à voix basse, avec humeur.

— Vous n'en avez pas l'air sûre…

— Je ne suis pas une pendule suisse non plus ! Ah, ce que vous êtes agaçant, avec vos questions indiscrètes !

— Il est tout à fait possible que vous portiez déjà un enfant de moi, articula-t-il lentement d'une voix rêveuse en la contemplant.

Maddison tressaillit et posa instinctivement une main sur son ventre.

— Je ne suis pas enceinte, c'est certain, lui assura-t-elle à voix basse en se dirigeant vers la salle de bains.

— Maddison !

— Quoi encore ?

— Je vous interdis de revoir Jeremy Myalls.

Elle se figea, le cœur battant.

Comment savait-il qu'elle l'avait vu ?

— Pou… pourquoi ? balbutia-t-elle.

— Je ne lui fais plus confiance.

— Ah ? murmura-t-elle d'une petite voix.

Demetrius se leva d'un bond et reprit ses vêtements d'un geste vif et précis. En moins d'une minute, il s'était rhabillé.

— Vous partez ? s'étonna-t-elle, anxieuse. Où allez-vous ?

— Je sors. Y voyez-vous un inconvénient quelconque ?

Avant même d'avoir obtenu une réponse, il avait disparu.

Il ne rentra pas de la nuit.

Dans la matinée, Maddison se rendit dans la plus proche agence bancaire et inséra sa carte.

Lorsqu'elle vit le chiffre qui s'inscrivait sur l'écran, elle poussa un petit cri. En plus de la somme détournée par

Myalls, le total de son compte était faramineux. Jamais elle n'aurait imaginé posséder autant d'argent.

Bien entendu, la plus grosse partie devait être remise à Myalls. Mais après avoir longuement pensé et repensé à cette ignoble tractation, la jeune femme avait décidé de ne pas céder à ses exigences : cet argent appartenait à Demetrius, et c'est à Demetrius qu'elle le remettrait.

Ce dernier la comprendrait, elle en était sûre, et lui pardonnerait. Elle allait donc retirer la somme en liquide, ranger l'argent dans un sac pour le lui remettre. Elle ne pouvait agir autrement.

Elle entra d'un pas résolu dans l'agence et demanda en combien de temps elle pourrait disposer de la somme. On lui répondit que ce serait assez long, car cet argent provenait de capitaux étrangers, et on lui remit un bordereau attestant du montant de la transaction qui avait été faite sur son compte.

Au moment où elle sortait de l'établissement, une voix la héla.

— Maddison, Maddison ! C'est moi !

— Kyle ! s'écria-t-elle, alarmée. Mais que fais-tu là ? Tu ne devrais pas être ici ! C'est de la folie !

Le jeune garçon se jeta dans les bras de sa grande sœur et l'étreignit avec fougue.

— Ne t'inquiète pas. Tout va bien ! Il fallait absolument que je te parle. Mon patron m'a donné de quoi acheter le billet d'avion, et me voici !

Maddison jeta un regard effrayé autour d'elle.

Il suffisait que Demetrius, Myalls ou n'importe qui donne l'alerte pour que Kyle soit arrêté sur-le-champ.

— Il faut absolument que je te parle, répéta Kyle d'un ton impatient.

— Montons à l'appartement. Nous y serons plus tranquilles. Viens !

A peine entré, Kyle déclara d'une voix ferme :

— Ce n'est pas moi qui ai coulé ce yacht, Maddison. Je te le jure : ce n'est pas moi !

— Mais tu m'as annoncé toi-même que c'était toi ! Tu en étais même très fier !

— Je *pensais* l'avoir coulé, mais ce n'est pas moi. Figure-toi que je suis tombé sur un article de journal qui expliquait la manière dont le yacht avait été saboté. C'est une grenade explosive, placée sous la coque, qui l'a envoyé au fond de la baie. Moi, j'avais tenté le sabotage quelques heures plus tôt en dévissant une vanne dans la cale de manière à ce que le bateau prenne l'eau.

— Alors, ce… ce n'est pas toi qui as placé cette grenade sous la coque ?

— Tu me connais, je nage très mal et j'ai peur de l'eau. J'aurais été totalement incapable de plonger sous la coque, à trois ou quatre mètres de profondeur, pour placer la grenade.

— Mais alors ? Qui a placé cet explosif ?

13

— Je ne le sais pas encore, murmura Kyle, pensif. Mais j'ai l'impression que nous n'allons pas tarder à l'apprendre.

— Qu'est-ce qui te fait dire ça ?

Kyle releva fièrement le menton.

— Figure-toi que Demetrius Papasakis sait où je suis, depuis le début.

— Quoi ?

Les yeux agrandis de stupeur, Maddison dévisageait son frère sans comprendre.

— Demetrius m'a téléphoné il y a quelques jours et nous avons eu une longue conversation, très fructueuse. C'est un homme très différent de l'image que j'en avais…

— Mais il n'a cessé, depuis que nous nous connaissons, de me demander où tu te cachais ! s'écria la jeune femme, ne pouvant associer ce qu'elle entendait avec la réalité.

Elle avait fait asseoir son frère dans le salon et s'était installée tout près de lui. Tout allait trop vite pour elle. Le mensonge de Demetrius et le changement qui semblait avoir métamorphosé son frère du tout au tout ; le gamin frondeur s'était transformé en un jeune homme responsable, aux yeux brillants de vie et d'intelligence.

— Il fallait que je te voie, Mad, pour te dire à quel point je suis désolé pour les ennuis que je t'ai créés. Je me suis conduit de façon stupide, et je m'en veux beaucoup. Mais j'ai décidé de tourner la page, d'avoir une vie tout autre. Quand j'aurai terminé le stage agricole, je vais reprendre des études solides.

A travers un brouillard de larmes, Maddison fixait son frère, bouleversée.

— Tu vas vraiment reprendre tes études ? murmura-t-elle la gorge nouée.

— Absolument. C'est Demetrius lui-même qui m'a fortement conseillé de m'inscrire à la fac et de travailler dur. Il m'a fait comprendre à quel point une formation universitaire était importante dans la vie.

Kyle se leva et regarda sa sœur en souriant.

— Il fallait que je te dise tout cela directement, Mad. Tu comprends ?

Les yeux toujours noyés de larmes, elle se leva et étreignit son frère avec tendresse.

— Oh oui, je comprends, Kyle.

Juste au moment de sortir, Kyle se retourna, regarda sa sœur dans les yeux et murmura d'un ton vibrant :

— Sois heureuse, Mad.

Elle essuya le coin de sa paupière et sourit.

— Oui, Kyle. Je vais essayer.

Kyle n'était pas parti depuis plus d'un quart d'heure lorsqu'elle entendit le bruit de la carte magnétique dans la serrure. Demetrius était de retour.

Il entra, la mine sombre, l'air tendu, posa sa mallette sur un meuble et s'approcha de Maddison, un papier à la main.

C'était un relevé de banque.

La jeune femme crut défaillir.

— Je... je peux tout expliquer, balbutia-t-elle, terrifiée par le regard de Demetrius.

— C'est dans votre intérêt, car ce papier peut vous envoyer directement devant un juge d'instruction.

Elle leva les yeux sur lui, terrifiée.

— Vous n'allez quand même pas envisager une telle démarche ? Ce serait terrible pour moi…

— Je n'hésiterai pas une seconde, gronda-t-il d'un ton menaçant.

— J'ai… j'ai simplement essayé de… de protéger Kyle, bredouilla-t-elle, désespérée. C'était la seule solution pour… pour éviter que… que…

— Une chose est certaine, la coupa Demetrius d'un ton sec, Jeremy Myalls et vous avez préparé une véritable arnaque. Oh, c'était bien manigancé. Mais, voyez-vous, je possède une sorte de sixième sens, et je me méfiais de Jeremy depuis quelque temps. Ce qui m'étonne, c'est que *vous*, vous ayez pu me trahir de la manière la plus vile qui soit.

La jeune femme sentit le sol s'ouvrir sous ses pieds. Le piège monté par Myalls se refermait sur elle.

— Je vous jure que j'avais décidé de reprendre cet argent pour vous le rendre, Demetrius. J'ai même acheté un grand sac où je comptais ranger les billets. Mais on m'a dit, à la banque, que l'argent ne serait disponible que dans quelque temps…

Il la considérait d'un œil froid.

— Et vous pensez sincèrement que je vais vous croire ? marmonna-t-il entre ses dents. Je ne veux plus vous voir, Maddison. Je vous donne une demi-heure pour faire votre valise. Quand je reviendrai, il faut que vous soyez partie. C'est compris ?

Les yeux pleins de larmes, la jeune femme hocha la tête.

Une vingtaine de minutes plus tard, elle quittait l'appartement avec un petit bagage. Elle traversa le hall de l'hôtel d'un pas vif, appela un taxi et expliqua au chauffeur où se trouvait Black Rock Mountain. Puis elle se laissa tomber sur la banquette, les yeux fermés, l'esprit en feu.

Le chauffeur de taxi fut très étonné lorsqu'il découvrit la cabane isolée dans les bois.

— Vous allez vraiment rester là ? interrogea-t-il d'un ton soucieux. Au milieu de nulle part ? Vous êtes bien certaine de...

— Ne vous inquiétez pas pour moi, répondit-elle en lui tendant les trois ou quatre billets correspondant à la course.

Lorsque le taxi eut disparu, elle resta un long moment immobile, se laissant envahir par le chant joyeux des oiseaux.

Elle entra dans la cabane, trouva du petit bois et alluma un feu dans la cheminée.

Elle contempla les flammes qui dansaient dans l'âtre, essayant de rassembler les morceaux éparpillés de sa vie.

Lorsque ses yeux se mirent à papilloter, elle s'allongea devant la cheminée et s'endormit.

Demetrius avait menacé de renvoi tout le personnel travaillant au premier niveau de l'hôtel, exigeant qu'on lui dise dans quelle direction était partie sa femme.

Un chasseur lui expliqua qu'elle avait pris un taxi. Il se souvenait même de la couleur de celui-ci. On parvint à remonter jusqu'à la compagnie, et, par radio, on retrouva le chauffeur qui avait transporté Maddison.

Lorsque Demetrius arriva à la cabane, il découvrit la jeune femme allongée devant la cheminée où des braises finissaient de se consumer.

Il s'installa sur le seul fauteuil du modeste abri et la contempla longuement, avec un amour infini.

Lorsqu'elle ouvrit les yeux, il murmura d'une voix enrouée :

— Pourquoi êtes-vous venue jusqu'ici, Maddison ? Pourquoi cette cabane loin de tout ?

— Je... je ne savais pas où aller...

— Et pourquoi ne m'avez-vous pas expliqué, tout à l'heure, que vous n'êtes pour rien dans la machination inventée par Jeremy pour me dépouiller ? Pourquoi ?

— Vous ne m'en avez pas laissé le temps. Vous étiez tellement furieux...

Il passa une main nerveuse dans ses cheveux et soupira.

— Vous auriez dû me prévenir immédiatement de ce que manigançait Myalls. Cela aurait été bien plus simple...

— J'avais peur de votre réaction ! Et puis j'avais terriblement peur pour Kyle !

— Dès le début de notre aventure, je savais où il se cachait.

— Je le sais. Kyle vient de me l'apprendre. Alors pourquoi avez-vous fait semblant de ne rien savoir ?

Demetrius s'accroupit devant les vestiges du feu et les contempla quelques instants d'un air songeur.

— En fait, j'ai su assez vite que ce n'était pas votre frère qui avait coulé mon yacht. C'est quelqu'un d'autre qui a posé la grenade explosive.

Il la fixa ardemment des yeux. Elle fut surprise par la luminosité de son regard dans la pénombre.

— Vous devinez sans doute qui a fait le coup, enchaîna-t-il avec un sourire discret.

— Jeremy Myalls ?

— Oui. Jeremy Myalls.

— Ce que je ne comprends pas, en revanche, c'est pourquoi vous avez tenu à m'épouser quand même.

— Ne pouvez-vous deviner ?

— Ma foi... Vous m'avez parlé, au début, de ce *rideau de fumée*. Et puis il y a votre maîtresse, Elena Tsoulis...

— Je n'ai pas vu Elena une seule fois depuis le jour de notre mariage.

Le cœur de Maddison bondit dans sa poitrine, et il lui sembla qu'un immense poids la quittait.

— Vous ne l'avez pas revue…, répéta-t-elle d'une voix sans relief, comme si elle se parlait à elle-même. C'est… c'est incroyable !

— J'avais d'autres préoccupations, précisa-t-il avec un léger sourire. Des objectifs bien plus importants. Comme, par exemple, l'ambition de conquérir votre cœur, afin que notre mariage dépasse le statut de temporaire pour devenir définitif. J'espérais follement que, un jour, vous puissiez tomber amoureuse de moi…

Maddison, bouleversée, ne savait que répondre.

— Mais… Vous m'avez pourtant bien fait comprendre que notre union n'était que provisoire !

— Au début, c'est ce que je prévoyais, je l'avoue. Pour faire taire certaines rumeurs à mon sujet. Mais la perspective a changé au fur et à mesure que je vous côtoyais. En apprenant à vous connaître, j'ai découvert une femme merveilleuse, une femme comme je n'en avais jamais rencontré jusqu'alors. Je suis tombé fou amoureux de vous, Maddison, et…

— Mais pourquoi m'avez-vous chassée de l'appartement avec une telle violence ?

— J'étais fou de rage. J'ai pensé un instant que vous aviez imaginé le détournement d'argent dès le début avec Jeremy, pour vous venger. Et cette idée m'a mis hors de moi. J'ignorais que c'était lui et uniquement lui qui avait tout manigancé.

Il prit la main de la jeune femme et la garda dans la sienne, la serrant avec tendresse et passion.

— Et puis j'ai remarqué que vous pleuriez, Maddison. Et cela m'a complètement dérouté. Mais lorsque je suis revenu à l'appartement, après avoir réfléchi, vous étiez déjà partie. Pourquoi pleuriez-vous, Maddison ?

— Parce que je vous aime, Demetrius. Cela fait longtemps que je vous aime…

— Malgré le chantage au mariage ?

— Oui, malgré le chantage et cette haine que j'éprouvais pour vous à cause du renvoi de mon père. La révélation récente, par Myalls, de la vérité concernant mon père m'a libérée. J'ai appris que ce n'était pas mon père qui avait détourné l'argent, mais Myalls.

— Comme à son habitude, commenta-t-il avec un sourire malicieux.

— Comme d'habitude, reprit-elle avec un rire bref. Cet homme est malfaisant.

— Il m'a mené en bateau — si j'ose dire — depuis des années... Mais il va le payer, soyez-en sûre.

Maddison, bouleversée, se tut un instant et fixa son regard sur les braises dans la cheminée. Elle sourit. Il suffisait de poser une nouvelle bûche pour que le feu reprenne. Il avait suffi que Demetrius lui avoue son amour pour que ses angoisses et ses souffrances disparaissent, faisant place à la lumière.

— Embrasse-moi, Demetrius, murmura-t-elle en tendant ses lèvres.

Ils s'étreignirent avec une tendresse et une passion débordantes.

Le souffle court, brûlante de désir, Maddison, tout contre l'homme qui était maintenant son mari, son mari pour toujours, murmura encore d'une voix hésitante :

— Mais tu devrais être en ville, dans une réunion de travail, au bureau... Enfin, je ne sais où... Des milliardaires comme toi ne peuvent se permettre de batifoler avec n'importe qui au milieu d'une forêt... Les affaires avant tout !

— D'abord, tu n'es pas « n'importe qui », tu es ma femme, la femme de ma vie. Ensuite, ma devise sera maintenant : « Les affaires *après* tout. » Ou plus exactement : « Les affaires *après toi*, mon amour. »

Les larmes aux yeux, tremblante de désir et de bonheur,

Maddison se laissa dévêtir par cet homme qui avait su faire éclore en elle la femme amoureuse.

— Tu es ma priorité absolue, chuchota Demetrius, passionné, tandis qu'il l'allongeait doucement sur le tapis.

Composé et édité par HarperCollins France.

Achevé d'imprimer en février 2020.

CPi
BLACK PRINT

Barcelone

Dépôt légal : mars 2020.

MIXTE
Papier issu de sources responsables
FSC® C108412
FSC www.fsc.org

Pour limiter l'empreinte environnementale de ses livres, HarperCollins France s'engage à n'utiliser que du papier fabriqué à partir de bois provenant de forêts gérées durablement et de manière responsable.

Imprimé en Espagne.